A VÍTIMA PERFEITA

Sophie Hannah

A VÍTIMA PERFEITA

Tradução de Alexandre Martins

Título original
HURTING DISTANCE

Primeira publicação na Grã-Bretanha em 2007 pela
Hodder & Stoughton
uma divisão da Hodder Headline

Copyright © 2007 *by* Sophie Hannah

Todos os direitos reservados. Nenhuma parte desta obra pode ser reproduzida, ou transmitida por qualquer forma ou meio eletrônico ou mecânico, inclusive fotocópia, gravação ou sistema de armazenagem e recuperação de informação, sem a permissão escrita do editor.

Todos os personagens nesta publicação são fictícios
e qualquer semelhança com pessoas reais,
vivas ou não, é mera coincidência.

Direitos desta edição reservados à
EDITORA ROCCO LTDA.
Av. Presidente Wilson, 231 – 8º andar
20030-021 – Rio de Janeiro – RJ
Tel.: (21) 3525-2000 – Fax: (21) 3525-2001
rocco@rocco.com.br/ www.rocco.com.br

Printed in Brazil/Impresso no Brasil

CIP-Brasil. Catalogação na fonte.
Sindicato Nacional dos Editores de Livros, RJ.

H219v   Hannah, Sophie
        A vítima perfeita/ Sophie Hannah; tradução de Alexandre
        Martins. – 1ª ed. – Rio de Janeiro: Rocco, 2015.

        Tradução de: Hurting distance
        ISBN 978-85-325-2948-0

        1. Ficção inglesa. I. Martins, Alexandre. II. Título.
14-17858   CDD – 823
                                                                 CDU – 821.111-3

Para Lisanne, com amor

De: NJ <nj239@hotmail.com>
Para: Speak Out and Survive <survivorsstories@speakoutandsurvive.org.uk>
Assunto: Esta não é minha história
Data: Seg., 18 de maio de 2003 13:28:07 +0100

Esta não é minha história. Não estou certa se quero partilhar aquilo, ou meus sentimentos, com estranhos em um site na internet. Pareceria de algum modo falso — falso e apelativo. Isto é apenas algo que eu quero dizer, e seu site não oferece um endereço para cartas dos leitores.

Vocês pararam para pensar, quando procuravam um nome para sua organização, se falar é sempre a melhor coisa a fazer? Assim que você conta algo a alguém, torna isso mais real. Por que pegar o que deseja que nunca tivesse acontecido e fazer isto voltar a acontecer repetidamente na cabeça de todos que conhece? Eu nunca contarei a ninguém minha dita história, o que significa que não haverá justiça, nem punição, para aqueles que a merecem. Algumas vezes é muito difícil suportar esta ideia. Ainda assim, é um pequeno preço a pagar para não ter de passar o resto da minha vida sendo vista como uma vítima.

Desculpe, uma sobrevivente. Embora essa palavra me deixe desconfortável. Em nenhum momento ninguém quis me matar. Faz sentido falar em sobreviventes no contexto de uma queda de avião ou explosão nuclear — situações nas quais seria de esperar que todos os envolvidos morressem. Mas na maioria dos casos, estupro não é algo que coloque a vida em risco, então a sensação de rara façanha que a palavra "sobrevivente" transmite parece condescendência — uma espécie de falso consolo. Quando entrei pela primeira vez no site, esperei ler nele algo que me fizesse sentir melhor, mas aconteceu o oposto. Por que tantas de suas colaboradoras usam o mesmo vocabulário meloso: evoluir, contar e curar, sorrir por entre lágrimas, se erguer das cinzas etc.? Isso me lembra as letras de um disco de heavy metal ruim. Ninguém diz que jamais espera superar o que lhe aconteceu.

Isso irá soar péssimo, mas, na verdade, sinto inveja de muitas das pessoas cujas histórias são postadas no site de vocês: aquelas com namorados insensíveis e exigentes, aquelas que bebem demais nos primeiros encontros. Pelo menos elas podem descobrir sentido em seu sofrimento. Meu agressor foi alguém que eu nunca vira antes e não vi desde então, alguém que me sequestrou à luz do dia e sabia todos os detalhes sobre mim: meu nome, meu trabalho, onde eu morava. Não sei como ele sabia. Não sei por que me escolheu, para onde me levou e quem eram todas aquelas outras pessoas. Não vou entrar em mais detalhes. Talvez, se o fizesse, vocês pudessem entender por que levo tão a sério o que vou dizer a seguir.

Na página do seu site sobre "O que é estupro?", vocês relacionam uma série de definições, a última das quais é "qualquer comportamento sexual intimidante". A seguir dizem: "Não é preciso ter havido qualquer contato físico — algumas vezes um olhar ou comentário inadequado é suficiente para fazer uma mulher se sentir violada." Quando li isso, quis bater em quem escreveu.

Sei que irão desaprovar esta carta e tudo o que disse, mas estou enviando mesmo assim. Acho que é importante destacar que nem todas as vítimas de estupro têm a mesma cabeça, o mesmo vocabulário e as mesmas atitudes.

N.J.

Parte I

2006

1

Segunda-feira, 3 de abril

Eu poderia explicar, caso você estivesse aqui para escutar. Estou quebrando minha promessa a você, a única que já me pediu para fazer. Estou certa de que se lembra. Seu tom de voz não estava nada relaxado quando disse: "Quero que me prometa uma coisa."
"O quê?", perguntei, me apoiando em um cotovelo, queimando a pele no lençol amarelo de nylon na ânsia de ficar empertigada, atenta. Estava desesperada para satisfazê-lo. Você pede muito pouco, e estou sempre procurando formas sutis de lhe dar mais. "Qualquer coisa!", eu disse rindo, deliberadamente exagerada. Uma promessa é o mesmo que um voto, e eu queria que houvesse votos entre nós, nos unindo.

Minha exuberância o fez sorrir, mas não por muito tempo. Você era muito sério quando estávamos juntos na cama. Você acha uma tragédia logo ter de partir, e é assim que sempre parece: um homem se preparando para uma calamidade. Eu normalmente choro depois que você parte (não, nunca lhe contei isso, pois de modo algum vou encorajar sua tendência melancólica), mas enquanto estamos juntos em nosso quarto fico tão empolgada quanto se tivesse tomado fortes drogas alteradoras da consciência. Parece impossível que um dia estaremos separados, que o momento irá passar. E de certa forma não passa. Quando vou para casa, quando estou fazendo macarrão em minha cozinha ou esculpindo números romanos em meu ateliê, não estou realmente ali. Ainda estou no quarto onze do Traveltel, com seu áspero carpete sintético cor de ferrugem que parece feito de cerdas de uma escova de dentes sob seus pés, e as camas de solteiro unidas, com colchões que não são absolutamente colchões, mas tapetes de espuma laranja do tipo usado para cobrir o piso do ginásio da minha escola secundária.

Nosso quarto. Eu tive certeza de que o amava, que não era apenas entusiasmo ou atração física, quando o ouvi dizer à recepcionista: "Não, precisa ser o quarto onze, o mesmo da última vez. Precisamos do mesmo quarto todas as vezes." Precisamos, não queremos. Tudo é urgente para você; nada é descuidado. Você nunca se joga no sofá desbotado e mole, ou tira os sapatos e ergue os pés. Você se senta empertigado, totalmente vestido, até estarmos prestes a ir para a cama.

Depois, quando estávamos sós, você disse: "Temo que será sórdido nos encontrarmos em um motel vagabundo. Pelo menos se nos limitarmos a um quarto, eu me sentirei mais em casa." Então você passou os quinze minutos seguintes se desculpando por não poder me levar a algum lugar mais grandioso. Mesmo então (havia quanto tempo nos conhecíamos? Três semanas?), eu sabia que não devia me oferecer para dividir.

Lembro-me de quase tudo que você me disse ao longo do ano passado. Talvez se pudesse resgatar a frase certa, a fala crucial, ela me levasse diretamente a você. Não acredito realmente nisso, mas continuo repassando tudo na cabeça, só por garantia.

"Então?", eu disse, cutucando seu ombro com o dedo. "Aqui estou, uma mulher nua se oferecendo para lhe oferecer qualquer coisa, e você me ignora?"

"Isto não é brincadeira, Naomi."

"Eu sei. Lamento."

Você gosta de fazer tudo lentamente, até mesmo falar. Fica com raiva se é apressado. Acho que nunca o fiz rir, ou mesmo o vi rir de verdade, embora você com frequência fale sobre rir — no pub com Sean e Tony. "Eu ri de chorar", diz. "Ri até as lágrimas escorrerem pelo rosto."

Você se virou para mim e perguntou: "Você sabe onde eu moro?"

Eu corei. Maldição, fui descoberta. Você percebeu que eu estava obcecada por você, reunindo qualquer fato ou detalhe no qual conseguisse deitar as mãos. A semana toda eu recitei seu endereço de cabeça, algumas vezes até mesmo falando ou cantando em voz alta enquanto trabalhava.

"Você me viu escrever da última vez, não? Naquele formulário da recepção. Notei você olhando."

"Chapel Lane, 3, Spilling. Desculpe. Preferiria que eu não soubesse?"

"De certa forma", você disse. "Porque isto tem de ser totalmente seguro. Eu lhe disse isso." Então você também se sentou, e colocou os óculos. "Não quero que isto termine. Quero que dure muito tempo, o tempo que eu durar. Tem de ser cem por cento seguro, totalmente separado do resto da minha vida."

Eu entendi imediatamente e anuí.

"Mas... Agora a recepcionista do Traveltel também sabe seu endereço", falei. "E se eles mandarem uma conta ou algo assim?"

"Por que fariam isso? Sempre pago ao sair."

Torna mais fácil ter um ritual administrativo a concluir antes de partir, uma pequena cerimônia que acontece na fronteira entre nossa vida e sua outra vida? Desejaria ter uma tarefa equivalente a realizar antes de sair. Sempre passo a noite (embora permita que você pense que é apenas às vezes, não toda vez), e saio rapidamente do Traveltel na manhã seguinte, mal parando para sorrir para a recepcionista. De alguma forma parece informal demais, rápido e fácil demais.

"Não há papelada a enviar", você disse. "De qualquer forma, Juliet não abre sequer sua própria correspondência, quanto mais a minha." Notei uma leve vibração em seu maxilar inferior, uma tensão ao redor da boca. Sempre acontece quando você menciona Juliet. Também estou colecionando detalhes sobre ela, embora desejasse não estar. Muitos deles envolvem um "quanto mais": ela não sabe ligar um computador, quanto mais usar a internet. Ela nunca atende ao telefone, quanto mais ligar ela mesma para alguém. Ela parece esquisita, eu quis dizer muitas vezes, e me contive. Não devia permitir que minha inveja dela me tornasse cruel.

Você me beijou de leve antes de dizer: "Você não pode entrar na casa, ou ligar para mim lá. Se Juliet a vir, se ela descobrir dessa forma, isso acabará com ela." Eu adoro o modo como você usa as palavras. Seu discurso é mais poético, mais grandioso que o meu. Tudo o que eu digo pesa com detalhes mundanos. Você estava olhando através de mim e eu me virei, meio que esperando, pela sua expressão, ver uma cordilheira cinza e roxa envolta em uma nuvem branca, em vez de um bule de plástico bege marcado "Rawndesley East Services Traveltel", um que regularmente contribui com pequenos grânulos de crosta às nossas bebidas quentes.

Para o que está olhando agora? Onde você *está*?

Eu queria pedir mais detalhes. O que você quis dizer sobre "acabar" com Juliet? Ela iria desmoronar no chão soluçando, perder a memória, ficar violenta? As pessoas podem acabar de muitas formas, e eu nunca consegui decidir se você sentia medo de sua esposa ou medo por ela. Mas seu tom era solene, e eu sabia que você tinha mais a dizer. Não queria interromper.

"Não é apenas isso", você murmurou, apertando nas mãos a colcha com padronagem de diamantes. "É ela. Não suporto a ideia de você vê-la."

"Por quê?" Achei que seria uma total falta de tato lhe dizer que você não tinha nada com que se preocupar nesse sentido. Você imaginava que eu estava curiosa, desesperada para saber com quem você era casado? Mesmo agora, eu tenho horror a ver Juliet. Desejaria não saber seu nome. Gostaria de mantê-la tão irreal quanto possível em minha mente. Idealmente, eu a conheceria apenas como "ela", e haveria menos a que minha inveja se aferrar. Mas eu não poderia dizer isso quando nos conhecemos, poderia? "Não me diga o nome de sua esposa, pois acho que posso estar apaixonada por você e não suporto saber algo sobre ela."

Duvido que você pudesse imaginar a angústia que senti ao subir em minha cama todas as noites desse último ano e pensar: Juliet está deitada ao lado de Robert na cama deles neste momento. Não é a ideia de ela dormir ao seu lado que faz meu rosto contorcer de dor e minhas entranhas darem um nó, é a ideia de que ela considera isso normal, rotineiro. Eu não me torturo com a ideia de vocês dois se beijando ou fazendo amor; em vez disso, imagino Juliet do seu lado da cama, lendo um livro — algo tedioso sobre um membro da família real ou como cuidar de plantas domésticas — e mal erguendo os olhos quando você entra no quarto. Ela não nota você se despindo, deitando na cama ao lado dela. Você usa pijamas? Não consigo imaginar isso. De qualquer forma, seja lá o que for que você vista, Juliet está acostumada com isso, após anos de casamento. Não é especial para ela; apenas outra tediosa noite comum em casa. Não há nada que ela queira ou precise especialmente lhe dizer. É perfeitamente capaz de se concentrar nos detalhes do divórcio do príncipe Andrew e Fergie, ou de como plantar um cacto em vaso. Quando suas pálpebras começam a se fechar, ela joga o livro no chão e vira para o lado, longe de você, sem sequer dizer boa-noite.

Eu quero a oportunidade de considerá-lo garantido. Embora nunca vá ter.

"Por que você não quer que eu a veja, Robert?", perguntei, pois você parecia imerso em um pensamento, preso em algum lugar de sua cabeça. Estava com aquele olhar de sempre: cenho franzido, o maxilar se projetando. "Há algo... Errado com ela?" Se eu fosse qualquer outra, poderia ter acrescentado: "Você sente-se envergonhado dela?" Mas nos últimos três anos, fui incapaz de usar a palavra "envergonhada". Você não entende isso, por causa do que não lhe contei. Há coisas que também eu quero deixar separadas.

"Juliet não teve uma vida fácil", você disse. Seu tom era defensivo, como se eu a tivesse ofendido. "Quero que você pense em mim como sou quando estou com você, aqui. Não naquela casa, com ela. Eu odeio aquela maldita casa! Quando nos casarmos comprarei algo novo para nós." Lembro de dar um risinho quando você disse isso, pois pouco antes eu vira um filme no qual um marido leva sua nova esposa para ver a casa que ele projetara e construíra para ela. É enorme e bonita e tem um grande laço vermelho ao redor. Quando ele tira as mãos de sobre os olhos dela e diz "surpresa!", a esposa sai furiosa; sente raiva por ele não tê-la consultado, ter apresentado um *fait accompli*.

Eu adoro quando você toma decisões por mim. Quero que tenha um sentimento proprietário por mim. Quero coisas porque você as quer. Exceto Juliet. Você diz que não a quer, mas ainda não está pronto para partir. Não é se, é quando, você diz. Mas ainda não. Acho difícil entender isso.

Acariciei seu braço. Não consigo e nunca fui capaz de tocá-lo sem me sentir fraca e arrepiada, e então me senti culpada, porque deveria estar tendo uma conversa séria, não pensando em sexo.

"Prometo que manterei distância", disse, sabendo que você precisava estar no controle, não suportava sentir os acontecimentos fugindo de você. Se um dia nos casarmos — *quando* nos casarmos — eu o chamarei de controlador, afetuosamente, e você rirá. "Não se preocupe." Ergui a mão. "Promessa de escoteiro. Não vou aparecer em sua casa de repente."

Mas aqui estou eu, estacionada bem em frente. Mas me diga: que escolha tenho? Se você estiver aqui, eu me desculparei e explicarei como ficara preocupada, e sei que me perdoará. Se estiver aqui, talvez eu não ligue se me perdoar ou não; pelo menos saberei que você está bem. Já são mais de três dias, Robert. Estou começando a lentamente enlouquecer.

Quando entrei na sua rua, a primeira coisa que vi foi seu caminhão vermelho, estacionado bem no fim do acostamento gramado, além das poucas casas e antes que a estrada se estreite para se tornar um caminho interiorano. Senti uma ânsia no peito, como se alguém tivesse me dado uma dose de hélio, quando li seu nome na lateral da van. (Você está sempre me dizendo para não chamar de van, não é? Você não aceita "Homem da van vermelha" como apelido, embora eu tenha tentado várias vezes.) Robert Haworth, em grandes letras pretas. Adoro seu nome.

O caminhão é do mesmo tamanho que sempre foi, mas parece enorme aqui, em ângulo no acostamento, apertado entre as casas e os campos; mal sobra espaço para ele. Meu primeiro pensamento é que não é um lugar muito conveniente para um caminhoneiro morar. Deve ser um pesadelo dar marcha à ré para a estrada principal.

Meu segundo pensamento é que é segunda-feira. Seu caminhão não deveria estar aqui. Você deveria estar nele, trabalhando. Agora estou ficando realmente preocupada, preocupada demais para me intimidar — com a visão de sua casa, sua e *dela*, Juliet — e voltar correndo para a minha e fingir que provavelmente tudo está bem.

Eu sabia que sua casa era a de número três, e suponho que imaginei que os números fossem até vinte ou trinta, como na maioria das ruas, mas a sua é a terceira e última casa. As duas primeiras ficam uma em frente à outra, mais perto da estrada e da Old Chapel Brasserie na esquina. Sua casa fica isolada mais ao fundo, na direção dos campos no final da travessa, e tudo o que posso ver dela desde a rua é um pedaço de telhado de ardósia e um comprido trecho retangular de parede de pedra bege, interrompido apenas por uma pequena janela quadrada no alto à direita: um banheiro, talvez, ou um depósito.

Aprendi uma coisa nova sobre você. Você escolheu comprar o tipo de casa que eu nunca compraria, uma em que os fundos são para frente e a frente é escondida, não sendo vista pelos passantes. Não dá uma impressão de boas-vindas. Sei que é pela privacidade, e faz sentido ter a frente voltada para a melhor vista, mas ainda assim sempre achei casas como a sua desconcertantes, como se tivessem grosseiramente dado as costas ao mundo. Yvon concorda; eu sei, porque passamos por outra casa virada de costas no caminho que costumamos fazer para o supermercado. "Casas assim são para reclusos que vivem como eremitas e dizem muito 'Bah, absurdo'", Yvon disse na primeira vez que passamos por ela.

Sei o que ela diria sobre o número 3 da Chapel Lane se estivesse aqui: "Parece a casa de alguém que diria: 'Você nunca deve vir à casa.' E de fato é!" Eu costumava falar de você com Yvon, mas parei depois que você franziu o cenho e disse que ela soava sarcástica e ressentida. Foi a única vez em que você disse algo que realmente me chateou. Eu lhe disse que ela era minha melhor amiga, desde a escola. E, sim, ela é sarcástica, mas apenas no bom sentido, apenas de um modo que de alguma forma nos alegra. Ela é direta e irreverente, e acredita firmemente que devemos rir de tudo, mesmo das coisas ruins. Mesmo de um amor doloroso por um homem casado que você não pode ter; Yvon acha que especialmente isso é algo com que devemos brincar, e na metade do tempo é a leveza dela a única coisa que mantém minha sanidade.

Quando você viu que fiquei magoada com sua crítica a ela, me beijou e disse: "Vou lhe contar uma coisa que li em um livro e que tornou a vida mais fácil para mim desde então: fazemos tanto mal a nós e aos outros quando nos ofendemos quanto ao ofendermos. Entende o que quero dizer?" Eu anuí, embora não tivesse certeza de que entendia.

Eu nunca lhe contei, mas repeti seu aforismo para Yvon, embora, claro, não tenha explicado o contexto. Fingi que você tinha feito alguma outra observação agressiva, não relacionada a ela. "Impressionantemente conveniente", ela disse, rindo. "Então vamos esclarecer: você é tão culpado quando ama um cretino quanto quando você *é* o cretino. Obrigada, grande iluminado, por partilhar isso conosco."

Eu não paro de me preocupar com o que irá acontecer em nosso casamento, quando finalmente nos casarmos. Não posso imaginar você e Yvon tendo uma conversa que não degringole rapidamente em silêncio de sua parte e ridicularização bombástica da parte dela.

Ela telefonou para sua casa noite passada. Eu a forcei, implorei, arruinei sua noite até ela concordar. Fico meio nauseada com a ideia de que ela ouviu a voz de sua esposa. É um passo mais perto de algo que eu não quero encarar, a realidade física de Juliet no mundo. Ela existe. Se não existisse, você e eu já estaríamos vivendo juntos. Eu saberia onde você está.

Juliet soou como se mentisse. Foi o que Yvon disse.

Em frente aos fundos de sua casa há um muro de pedra com um portão de madeira marrom. Não há um número três em lugar algum; só consigo identificar sua casa por um processo de eliminação. Saio do meu carro e cambaleio ligeiramente, como se meus membros estivessem desacostumados ao movimento. É um dia de vento, ventania, mas brilhante — quase espetacularmente. Isso me faz apertar os olhos. Sinto como se sua rua estivesse destacada, o modo da natureza de dizer: "É aqui que Robert mora."

O portão é alto, no nível dos meus ombros. Abre com um rangido, e penetro em sua propriedade. Eu me vejo de pé em um caminho de terra com ramos espalhados, olhando para seu jardim. Em um canto há uma banheira velha com duas rodas de bicicleta dentro, ao lado de uma pilha de caixas de papelão desmontadas. A grama é irregular. Posso ver mais ervas daninhas que plantas. Está claro onde antes ficavam os canteiros de flores, diferente do gramado maltratado, mas agora tudo está se fundindo em um caos emaranhado verde e marrom. A visão me deixa furiosa. Com Juliet. Você trabalha todo dia, com frequência sete dias por semana. Não tem tempo para cuidar do jardim, mas ela tem. Não tem emprego desde que casou com você, e os dois não têm filhos. O que ela faz o dia todo?

Sigo para a porta da frente, passando pela lateral da casa e outra pequena janela alta. Ai, Deus, não posso pensar em você preso do lado de dentro. Mas claro que não pode estar. Você é um homem de ombros largos, pesado, de um metro e oitenta e cinco. Juliet não conseguiria trancar você em lugar algum. A não ser... Mas não posso me permitir começar a ser ridícula.

Decidi ser ousada e eficiente. Jurei a mim mesma há três anos que nunca teria medo de nada ou ninguém novamente. Irei diretamente até a porta da frente, tocarei a campainha e farei as perguntas que precisam ser feitas. Sua casa, eu me dou conta ao chegar à frente, é uma cabana, comprida e baixa. De fora, parece que nada foi feito a ela em várias décadas. A porta é verde desbotado, e todas as janelas são quadradas e pequenas, o vidro dividido em losangos por linhas de chumbo. Você tem uma árvore grande. Quatro cordas irregulares pendem do galho mais grosso. Era onde havia um balanço? O gramado ali na frente é em declive, e além dele a vista é do tipo pelo qual pintores de paisagem brigariam. Pelo menos quatro torres de igreja visíveis. Agora sei o que o atraiu para a cabana invertida. Posso ver até o vale do Culver, com o rio serpenteando até Rawndesley. Fico pensando se conseguiria ver minha casa se tivesse binóculos.

Não consigo passar pela janela sem olhar para dentro. De repente me sinto empolgada. Esses aposentos são seus, com suas coisas dentro. Colo o rosto ao vidro e levo as mãos junto aos olhos. Uma sala de estar. Vazia. Engraçado — sempre imaginei cores escuras nas paredes, cópias de pinturas tradicionais em pesadas molduras escuras: Gainsborough, Constable, esse tipo de coisa. Mas as paredes de sua sala são brancas, irregulares, e o único quadro é o de um velho desmazelado com chapéu marrom vendo um jovem tocar flauta. Um tapete vermelho liso cobre a maior parte do piso, e abaixo dele há o tipo de laminado de madeira que não parece nada com madeira.

A sala é arrumada, uma surpresa depois do jardim. Há muitos ornamentos, demais, em filas regulares. Eles cobrem todas as superfícies. A maioria é de casas de cerâmica. Que estranho; não consigo imaginar você morando em uma casa cheia de badulaques piegas. É uma coleção? Quando eu era adolescente, minha mãe tentou me encorajar a colecionar umas criaturas de cerâmica hediondas que acho eram chamadas "Whimsies". Não, obrigada, disse. Estava muito mais interessada em reunir cartazes de George Michael e Andrew Ridgeley.

Culpo Juliet por transformar sua sala de estar em um patrimônio imobiliário em miniatura, assim como a culpo pelo piso laminado. Tudo mais na sala é aceitável: sofá azul-marinho com cadeira combinando; luminárias na parede com arremates semicirculares de massa para esconder as lâmpadas; um tamborete de madeira revestido de couro; uma trena; um calendário de mesa pequeno. Seu, seu, seu. Sei que é uma ideia lunática, mas descubro que me identifico com esses objetos inanimados. Eu me sinto empolgadíssima. Junto a uma parede há uma cristaleira de portas de vidro contendo mais casas de cerâmica, uma fila de pequenas, as menores na sala. Abaixo delas, uma grossa vela cor de mel que parece nunca ter sido acendida...

A mudança se dá rapidamente e sem aviso. É como se algo tivesse explodido em meu cérebro. Eu me afasto da janela, tropeçando e quase caindo, puxando a gola da minha camisa como se fosse isso que me impedisse de respirar. Com a outra mão, cubro os olhos. Meu corpo inteiro treme. Sinto como se fosse ficar nauseada caso não conseguisse um pouco de ar logo. Eu preciso de oxigênio, muito.

Espero que passe, mas piora. Pontos negros explodem e se dissolvem diante dos meus olhos. Eu me ouço gemer. Não consigo ficar de pé; é esforço demais. Fico de quatro, ofegando, suando. Não penso mais em você, ou em Juliet. A grama está insuportavelmente fria. Tenho de parar de tocar nela. Movo minhas mãos e caio para frente. Durante alguns segundos apenas fico deitada ali, sem conseguir entender o que lançou meu corpo naquele estado de emergência.

Não sei quanto tempo fiquei paralisada e sem respirar naquela posição indigna — segundos ou minutos. Não acho que possa ter sido mais que alguns minutos. Assim que me sinto capaz de me mover, fico de pé e corro na direção do portão sem olhar novamente para a sala. Não conseguiria virar a cabeça naquela direção caso tentasse. Não sei como sei isso, mas sei. A polícia. Eu tenho de ir à polícia.

Contorno a lateral da casa em disparada, esticando as duas mãos na direção do portão, desesperada para sair dali o mais rápido possível. Algo terrível, penso. Eu vi algo terrível através da janela, algo tão inimaginavelmente aterrorizante que sei que não imaginei. Mas não consigo por nada no mundo dizer o que foi.

Uma voz me detém, uma voz de mulher. "Naomi!", ela chama. "Naomi Jenkins." Eu engasgo. Há algo chocante em ter meu nome completo gritado para mim.

Eu me viro. Estou agora do outro lado da casa. Não há risco de ver a janela de sua sala daqui. Estou com muito mais medo daquilo do que daquela mulher, que suponho ser sua esposa.

Mas ela não sabe meu nome. Ela não sabe que eu existo. Você mantém suas duas vidas completamente separadas.

Ela caminha na minha direção. "Juliet", eu digo, e sua boca se torce brevemente, como se ela engolisse um riso amargo. Eu a examino atentamente, assim como fiz com a trena, a vela, a imagem do velho e do garoto. Ela é outra coisa que lhe pertence. Sem sua renda, como sobreviveria? Provavelmente encontrará outro homem que a sustente.

Eu me sinto esgotada e ineficiente quando pergunto: "Como você sabe quem sou?"

Como aquela mulher pode ser Juliet? Por tudo que você me contou sobre ela, eu construí um retrato de uma dona de casa tímida e ignorante, enquanto a pessoa para quem estou olhando tem cabelos louros cuidadosamente trançados e veste um terninho preto com malha preta fina. Seus olhos queimam enquanto caminha lentamente na minha direção, deliberadamente gastando tempo, tentando me intimidar. Não, essa não pode ser sua esposa, aquela que não atende ao telefone e não consegue ligar um computador. Por que está vestida com tanta elegância? As palavras surgem em minha cabeça antes que possa impedir: para um funeral. Juliet está vestida para um funeral. Recuo um passo. "Onde está Robert?", grito. Tenho de tentar. Eu vim aqui determinada a encontrá-lo.

"Foi você quem telefonou a noite passada?", ela pergunta. Cada palavra se crava em meu cérebro, como uma flecha disparada a curta distância. Eu quero me afastar de sua voz, seu rosto, tudo nela. Não consigo suportar que agora serei capaz de imaginar cenas e criar conversas entre vocês dois. Perdi para sempre aquela reconfortante lacuna escura na qual eu podia fantasiar.

"Como você sabe meu nome?", pergunto, me encolhendo enquanto ela se aproxima. "Você fez algo a Robert?"

"Acho que ambas fizemos a mesma coisa a Robert, não?"

O sorriso dela é de superioridade. Tenho a sensação de que está gostando de si mesma. Está totalmente no controle.

"Onde ele está?", pergunto novamente.

Ela vai na minha direção até nossos rostos estarem a poucos centímetros.

"Você sabe o que uma colunista de aconselhamento diria, não é?"

Jogo a cabeça para trás, para longe do hálito quente. Procurando o portão, agarro o trinco e o solto. Posso sair quando quiser. O que ela pode me fazer?

"Ela diria que você está melhor sem ele. Pense nisso como um favor meu que você não merece." Mal erguendo a mão, ela dá um pequeno aceno, um movimento quase imperceptível dos dedos, antes de voltar para a casa.

Não consigo olhar para onde ela vai. Não consigo sequer pensar nisso.

2

3/4/06

— Liv? Você está aí?

A sargento detetive Charlie Zailer falou baixo no celular, tamborilando os dedos na escrivaninha. Olhou por sobre o ombro para confirmar que ninguém estava escutando.

— Você deveria estar fazendo as malas. Pegue o telefone!

— xingou Charlie em voz baixa. Olivia provavelmente fazia compras de última hora. Ela se recusava a comprar coisas como hidratante e pasta de dentes em um supermercado estrangeiro. Passou semanas fazendo uma lista de tudo que iria precisar e comprou antecipadamente. "Assim que saio de casa estou de férias, e isto significa nada de tarefas, nada prático, apenas deitar na praia", disse.

Charlie ouviu a voz de Colin Sellers atrás dela. Ele e Chris Gibbs estavam de volta, tendo parado apenas para trocar insultos com dois detetives de outra equipe. Ela baixou a voz e sibilou ao telefone.

— Olhe, eu fiz algo realmente idiota. Estou indo para uma entrevista que pode demorar um pouco, mas ligo assim que estiver liberada, certo? Então apenas fique aí.

— Algo realmente idiota, sargento? Certamente não.

Nunca ocorreria a Sellers fingir não ter entreouvido uma conversa particular, mas Charlie sabia que ele só estava provocando. Não iria abusar da sorte ou usar isso contra ela. Já tinha esquecido aquilo, se concentrando no computador à sua frente.

— Pegue uma cadeira — disse a Gibbs, que o ignorou. Ela realmente tinha dito "Apenas fique aí" à irmã em tom tão imperioso? Fechou os olhos, lamentando. A ansiedade a deixava mais autoritária, que era o rumo que decididamente não precisava tomar. Ficou pensando se conseguiria de algum modo deletar a mensagem da caixa de Olivia. Seria uma boa desculpa para manter Simon esperando um pouco mais. Sabia que ele já estaria imaginando o que a atrasava. Bom. Que ele se irrite.

— Aí vamos nós — disse Sellers, anuindo para a tela. — Poderia imprimir isso agora. O que acha?

Ele claramente admitiu não estar trabalhando só. Gibbs nem sequer olhava para a tela. Deixava o tempo passar a alguma distância atrás de Sellers, roendo as unhas. Ele lembrava a Charlie um adolescente determinado a parecer entediado diante dos adultos. Se não estivesse tão obviamente deprimido com isso, Charlie suspeitaria de que Gibbs mentia sobre seu casamento em breve. Quem afinal se casaria com um cretino tão soturno?

— Gibbs — Charlie disse secamente. — Deixe para meditar no seu tempo livre. Volte ao trabalho.

— O mesmo vale para você. Não sou eu que estou telefonando para minha irmã.

As palavras saíram em uma enxurrada, lançadas na direção de Charlie. Ela o encarou, incrédula.

Sellers balançava a cabeça.

— *Como tornar a vida mais fácil*, por Christopher Gibbs — murmurou, brincando com a gravata.

Como de hábito, ele a usava bem frouxa no pescoço, e o nó era apertado demais, balançando abaixo como um pingente. Lembrava a Charlie um urso desgrenhado. Como podia ser, pensou, que Sellers, maior, mais gordo, mais ruidoso e fisicamente mais forte que Gibbs, parecesse totalmente benigno? Gibbs era baixo e magro, mas tinha uma ferocidade compacta, do tipo que parecia ter sido enfiada em um recipiente pequeno demais. Charlie costumava usá-lo para assustar as pessoas quando precisava. E se esforçava muito para não ter medo dele ela mesma.

Gibbs se virou para Sellers.

— Cala a porra da boca.

Charlie desligou o telefone e o jogou na bolsa. Olivia tentaria ligar enquanto ela estivesse ocupada com a entrevista, e, quando Charlie conseguisse ligar de volta, a irmã teria saído novamente — não era assim que sempre funcionava?

— Isso continua — disse friamente a Gibbs. Não podia lidar com ele no momento.

— Férias amanhã, sargento! — disse Sellers alegremente enquanto ela saía da sala. Era o código para "Pegue leve com Gibbs, sim?". Não, o cacete que iria fazer isso.

No corredor, a uma distância segura da sala dos detetives, ela parou, tirou o espelhinho da bolsa e o abriu. As pessoas falavam de dias de cabelo ruim, mas nunca mencionavam dias de rosto ruim, e era isso que Charlie parecia estar tendo. Sua pele parecia desgastada, os traços desgraciosos. Ela precisava comer mais, fazer alguma coisa a respeito da dureza daqueles malares, preencher os vazios. E seus novos óculos de armação preta não serviam em nada para dar melhor aparência aos olhos embotados.

E — se você quisesse ir além do rosto, o que Charlie não queria — havia três fios cinza em seus cabelos crespos, curtos e escuros. Isso era justo, tendo ela apenas 36? E seu sutiã não ajustava devidamente; nenhum dos seus sutiãs ajustava. Alguns meses antes ela comprara três do tamanho que acreditava ser, e todos ficaram grandes demais na largura de seu corpo, os bojos pequenos demais. Ela não teve tempo de fazer nada em relação a isso.

Sentindo-se desconfortável em suas roupas e com sua pessoa, Charlie fechou o espelho e foi à máquina de bebidas. Os corredores da parte original do prédio, a parte que costumava ser a Piscina Pública de Spilling, tinham paredes de tijolos vermelhos expostos. À medida que Charlie caminhava, ouvia o som de água correndo rapidamente sob seus pés. Tinha algo a ver com a canalização do sistema de aquecimento central, ela sabia, mas produzia o estranho efeito de fazer a delegacia soar como se sua função principal ainda fosse aquática.

Ela comprou um copo de café mocha na máquina do lado de fora do refeitório, instalada recentemente em benefício daqueles que não tinham tempo de entrar, embora a ironia fosse as bebidas disponíveis na caixa que zumbia no corredor serem muito mais variadas e atraentes do que aquelas feitas por pessoas de verdade com suposta experiência no ramo alimentício. Charlie virou sua bebida, queimando boca e garganta, e foi encontrar Simon.

Ele pareceu aliviado quando ela abriu a porta da sala de entrevistas um. Aliviado, depois constrangido. Simon tinha os olhos mais expressivos de todos que Charlie conhecia. Sem eles, poderia ter o rosto de um bandido. Seu nariz era grande e torto, e ele tinha um grande maxilar proeminente que lhe dava uma expressão determinada, como um homem que pretendia vencer toda luta. Ou com medo de perder e tentando esconder isso. Charlie se deu uma sacudida mental. *Não seja mole com ele, é um merda. Quando você vai se dar conta de que é necessário esforço e planejamento para ser tão irritante quanto Simon Waterhouse é?* Mas Charlie na verdade não acreditava nisso. Gostaria de acreditar.

— Desculpe. Fui retida — disse.

Simon anuiu. À frente dele estava uma mulher magra, pálida e de olhos penetrantes usando uma saia de brim preta comprida, tamancos de camurça marrons e um pulôver verde de gola em V que parecia cashmere. Seus cabelos eram ondulados, castanho-avermelhados e brilhantes — uma cor que fazia Charlie lembrar das castanhas presas a barbantes com as quais costumava brincar com Olivia — e ela os usava à altura dos ombros. Aos seus pés estava uma bolsa Lulu Guinness verde e azul que Charlie estimou que deveria ter custado algumas centenas de libras.

A mulher franziu os lábios enquanto escutava as desculpas de Charlie e cruzou os braços com mais força. Irritação ou ansiedade? Difícil dizer.

— Esta é a sargento detetive Zailer — disse Simon.

— E você é Naomi Jenkins — Charlie disse, novamente sorrindo em um pedido de desculpas. Ela tomara a resolução de ser mais serena, menos ácida nas entrevistas. Será que Simon percebera? — Vamos ver o que temos até agora.

Pegou a folha de papel A4 que estava coberta com a pequena caligrafia caprichada de Simon. Ela uma vez o provocara sobre isso, perguntando se quando criança sua mãe o obrigara a inventar um país ficcional e a encher cadernos encadernados em couro com histórias de sua terra inventada, como as irmãs Brontë. A piada não caíra bem. Simon era suscetível em relação à sua infância sem televisão, à insistência de seus pais em atividades que estimulassem o cérebro.

Assim que deu uma olhada no que ele tinha escrito, Charlie voltou sua atenção para o outro conjunto de anotações na mesa. Haviam sido feitas pela policial Grace Squires, que entrevistara Naomi Jenkins brevemente antes de passá-la aos detetives. As anotações diziam que ela insistira em falar com um detetive.

— Vou resumir o que temos aqui — Charlie disse. — Você está aqui para relatar o desaparecimento de um homem. Robert Haworth. Ele foi seu amante no último ano?

Naomi Jenkins anuiu.

— Nós nos conhecemos em 24 de março de 2005. Quinta-feira, 24 de março.

A voz dela era grave, rascante.

— Certo — disse Charlie, tentando soar mais firme que seca.

Informação demais poderia ser uma dificuldade tanto quanto pouco demais, particularmente em um caso simples. Teria sido fácil partir para a conclusão de que não havia caso policial algum: muitos homens casados largam suas amantes sem uma devida explicação. Charlie se lembrou de que tinha de dar uma chance. Não podia se permitir tomar posição contra uma mulher que disse precisar de ajuda; ela fizera isso antes, e ainda se sentia péssima, ainda pensava todos os dias na violência terrível que poderia ter evitado se não tivesse escolhido a conclusão mais fácil.

Hoje ela iria escutar devidamente. Naomi Jenkins parecia séria e inteligente. Certamente estava alerta. Charlie tinha a impressão de que ela teria respondido às perguntas antes de serem feitas, caso pudesse.

— Robert tem 40 anos, motorista de caminhão. É casado com Juliet Haworth. Ela não trabalha. Eles não têm filhos. Robert e você tinham o hábito de se encontrar toda quinta-feira no Rawndesley East Services Traveltel, entre quatro e sete horas — disse Charlie, em seguida erguendo os olhos. — Toda quinta-feira durante um ano?

— Não perdemos nenhuma desde que começamos — disse Naomi, sentando-se mais à frente e colocando os cabelos atrás da orelha. — E ficamos sempre no quarto onze. É uma reserva regular. Robert sempre paga.

Charlie se encolheu. Poderia ser sua imaginação, mas parecia que Naomi Jenkins estava imitando seu — de Charlie —

modo de falar: resumindo os fatos rápida e eficientemente. Se esforçando demais.

— O que fazem se o quarto onze não está disponível? — perguntou Simon.

— Sempre está. Eles agora sabem que devem nos esperar, então o mantêm vazio. Nunca estão muito cheios.

— Então, quinta-feira passada você saiu para encontrar o sr. Haworth, como de hábito, mas ele não chegou. E não entrou em contato para explicar por quê. Seu celular foi desligado e ele não respondeu às suas mensagens — Charlie resumiu. — Certo?

Naomi anuiu.

— Foi o ponto ao qual chegamos — disse Simon.

Charlie passou os olhos sobre o resto das anotações. Algo chamou sua atenção, pareceu incomum.

— Você faz relógios de sol?

— Sim — respondeu Naomi. — Por que isso é importante?

— Não é. Apenas um trabalho incomum. Você faz relógios de sol para pessoas?

— Sim — ela disse, parecendo levemente impaciente.

— Para... Empresas, ou...

— Eventualmente empresas, mas normalmente indivíduos com grandes jardins. Algumas escolas, eventuais faculdades de Oxbridge.

Charlie anuiu, pensando que seria legal ter um relógio de sol em seu pequeno pátio da frente. Sua casa não tinha jardim, graças a Deus. Charlie odiava a ideia de ter de cortar ou podar alguma coisa — uma perda de tempo. Pensou se Naomi faria modelos pequenos, como Marks & Spencer.

— Ligou para o telefone fixo do sr. Haworth?

— Minha amiga Yvon, que também é minha inquilina, telefonou noite passada. A esposa dele, Juliet, atendeu. Disse que

Robert estava em Kent, mas o caminhão dele está estacionado diante da casa.

— Você esteve lá? — perguntou Charlie, exatamente ao mesmo tempo que Simon falava:

— Que tipo de caminhão é?

A diferença entre homens e mulheres, pensou Charlie.

— Um vermelho grande — Naomi respondeu. — Não sei nada sobre caminhões, mas Robert o chama de um 44 toneladas. Vocês verão quando forem à casa.

Charlie ignorou esse último comentário e evitou olhar Simon nos olhos.

— Você foi à casa de Robert? — estimulou.

— Sim. Mais cedo esta tarde. Vim de lá direto para cá — disse, se interrompendo de repente e baixando os olhos para o colo.

— Por quê? — perguntou Charlie.

Naomi Jenkins levou alguns segundos para se recompor. Quando ergueu os olhos, havia um brilho de desafio neles.

— Após ter ido à casa, soube que havia algo muito errado.

— Errado em que sentido? — perguntou Simon.

— Juliet fez algo a Robert. Não sei o quê — disse, o rosto empalidecendo levemente. — Ela arranjou para que ele não possa entrar em contato comigo. Se por alguma razão ele não tivesse conseguido ir ao Traveltel quinta-feira passada, teria me ligado imediatamente. A não ser que não conseguisse fisicamente.

Ela flexionou os dedos das duas mãos. Charlie teve a sensação de que se esforçava muito para parecer calma e controlada.

— Ele não está tentando se livrar de mim — Naomi disse, dirigindo o comentário a Simon, como se esperasse que ele a contradissesse. — Robert e eu nunca fomos mais felizes. Desde que nos conhecemos, somos inseparáveis.

Charlie franziu o cenho.

— Vocês são separáveis e separados seis dias em cada sete, não é mesmo?

— Você sabe o que quero dizer — cortou Naomi. — Veja, Robert mal consegue sobreviver de uma quinta à outra. Igual a mim. Ficamos desesperados para nos ver.

— O que aconteceu quando você foi à casa do sr. Haworth? — perguntou Simon, brincando com a caneta. Charlie sabia que ele odiava qualquer coisa assim, qualquer coisa emocionalmente confusa. Embora nunca tivesse usado essa expressão.

— Eu abri o portão e passei para o jardim. Contornei a lateral da casa até a frente, que fica nos fundos se você vem da rua. Eu planejava ser bastante direta, simplesmente tocar a campainha e perguntar claramente a Juliet: "Onde está Robert?"

— A sra. Haworth sabia que você e o marido estavam tendo um caso? — interrompeu Charlie.

— Eu achava que não. Ele está desesperado para abandoná-la, mas não quer que ela saiba nada sobre mim. Isso tornaria a vida difícil demais — disse Naomi, rugas aparecendo na testa e a expressão ficando sombria. — Mas depois, quando estava tentando sair e ela correu atrás de mim... Mas isso foi depois. Você me perguntou o que aconteceu. É mais fácil para mim contar como aconteceu, na ordem certa, ou não fará sentido.

— Vá em frente, srta. Jenkins — disse Charlie gentilmente, pensando se aquela irritação seria o prelúdio de uma histeria incontrolável. Ela já vira isso acontecer antes.

— Preferiria que me chamasse de Naomi. "Srta." e "sra." são ambos ridículos de formas diferentes. Eu estava no jardim, indo para a porta da frente. Passei pela janela da sala de estar e não resisti em olhar para dentro — contou, e engoliu em seco. Charlie esperou. — Vi que a sala estava vazia, mas eu queria olhar todas as coisas de Robert.

A voz dela murchou. Charlie notou os ombros de Simon enrijecendo. Naomi Jenkins acabara de perder metade da plateia.

— Não de uma forma sinistra, sorrateira — ela disse, indignada. Aparentemente a mulher lia mentes. — É bem sabido que se a pessoa que você ama tem uma vida totalmente separada que não a envolve, você sente uma falta desesperada daqueles detalhes cotidianos que casais que vivem juntos partilham. Você começa a ansiar por eles. Eu apenas... Eu imaginara tantas vezes como seria a sala dele, e então ali estava ela na minha frente.

Charlie ficou pensando em quantas vezes mais a palavra "desesperada" iria se fazer presente.

— Veja, não tenho medo da polícia — disse Naomi.

— Por que teria? — Simon perguntou.

Ela balançou a cabeça, como se ele não tivesse entendido nada.

— Assim que vocês começarem a investigar, irão descobrir que Robert está desaparecido. Ou há alguma outra coisa muito errada. Não quero que aceite minha palavra, sargento Waterhouse. Quero que investigue e descubra você mesmo.

— PD Waterhouse. Policial Detetive — Charlie corrigiu. Ficou pensando em como se sentiria se Simon fizesse e passasse no exame para sargento, se ela deixasse de ser superior a ele em patente. Isso acabaria acontecendo. Decidiu que não a incomodaria. — O sr. Haworth tem carro? Poderia ter ido nele a Kent?

— Ele é motorista de caminhão. Precisa do caminhão para trabalhar e trabalha todo minuto que tem disponível quando não está comigo. Precisa, pois Juliet não ganha nada; tudo depende dele.

— Mas tem um carro também?

— Não sei. Nunca perguntei — disse Naomi corando. E acrescentou defensivamente. — Quase não temos tempo juntos, e não perco o pouco que temos com trivialidades.

— Então você estava olhando pela janela da sala do sr. Haworth — começou Charlie.

— O Traveltel tem uma política de cancelamento — disse Naomi por cima dela. — Se você cancela antes do meio-dia na data da reserva, eles não cobram. Eu perguntei à recepcionista, e Robert não havia cancelado, o que ele decididamente faria se estivesse planejando me largar. Ele nunca desperdiçaria dinheiro assim.

Havia algo agressivo — quase punitivo — no modo como ela falava. Você tenta ser tolerante e paciente, e veja o que acontece, pensou Charlie. Achou que Naomi Jenkins ficaria com esse humor pelo resto da entrevista.

— Mas o sr. Haworth não apareceu quinta-feira passada, então presumivelmente você pagou — destacou Simon.

Charlie estivera prestes a fazer exatamente a mesma objeção. Mais uma vez Simon ecoara seus pensamentos de um modo que ninguém mais fazia.

O rosto de Naomi desmoronou.

— Sim — ela finalmente admitiu. — Eu paguei. Foi a única vez em que precisei. Robert é bastante romântico e antiquado em certo sentido. Tenho certeza de que ganho muito mais que ele, mas sempre fingi que não ganhava quase nada.

— Ele não pode dizer por suas roupas, sua casa? — perguntou Charlie, que soube assim que entrou na sala de entrevistas que estava olhando para uma mulher que gastava em roupas consideravelmente mais que ela.

— Robert não se interessa por roupas e nunca viu minha casa.

— Por que não?

— Não sei! — disse Naomi, parecendo chorosa. — É bastante grande. Eu não queria que ele pensasse... Mas principalmente por causa de Yvon.

— Sua inquilina.
— É minha melhor amiga, e está morando comigo há dezoito meses. Eu soube que ela e Robert não gostariam um do outro no instante em que o conheci, e não queria ter de lidar com este fato.

Interessante, pensou Charlie. Você conhece o homem dos seus sonhos e instantaneamente sabe que sua melhor amiga irá odiá-lo.

— Veja, se Robert tivesse decidido acabar com o relacionamento, teria aparecido como planejado e me dito na cara — insistiu Naomi. — Falamos sobre casamento sempre que nos vemos. E, no mínimo, teria telefonado. É a pessoa mais confiável que já conheci. É fruto de uma necessidade de estar no controle. Ele teria sabido que se desaparecesse de repente, eu iria procurá-lo, iria à sua casa. E então seus dois mundos iriam se chocar, como aconteceu esta tarde. Não há nada que Robert fosse odiar mais. Ele faria tudo para garantir que sua esposa e sua... namorada nunca se encontrassem, nunca conversassem. Sem ele lá, poderíamos começar a comparar impressões. Robert preferiria morrer a permitir que isso acontecesse.

Uma lágrima rolou pela sua face.

— Ele me fez prometer nunca ir à sua casa — sussurrou. — Não queria que eu visse Juliet. Fez soar como se... Como se houvesse algo de errado com ela, como se fosse louca ou doente de alguma forma, como uma inválida. E então, quando a vi, ela parecia muito confiante; até mesmo superior. Vestia um terninho preto.

— Naomi, o que aconteceu na casa do sr. Haworth esta tarde? — perguntou Charlie, conferindo o relógio. Olivia certamente já estaria de volta.

— Acho que vi algo — disse Naomi, suspirando e esfregando a testa. — Tive um ataque de pânico, o pior que já senti.

Perdi o equilíbrio e caí na grama. Eu me senti sufocando. Levantei assim que consegui e tentei sair correndo. Olhem, tenho certeza de que vi algo, certo?

— Através da janela? — perguntou Simon.

— Sim. Estou começando a me sentir desconfortável agora, só de falar sobre isso, embora a casa de Robert esteja a quilômetros. Charlie franziu o cenho, se inclinando para frente na cadeira. Teria perdido alguma coisa?

— O *que* você viu? — perguntou.

— Não sei! Só sei que entrei em pânico e tinha de escapar. Toda a minha razão para estar lá foi... Apagada de repente, e eu tinha de ir embora o mais rápido possível. Não podia suportar ficar perto daquela casa. *Devo* ter visto alguma coisa. Estava bem até aquele momento.

Estava tudo nebuloso demais para o gosto de Charlie. As pessoas viam coisas ou não viam.

— Você viu algo que a levou a acreditar que Robert poderia ter sido ferido? — ela perguntou. — Algum sangue, algo quebrado, alguma evidência de luta ou briga ter acontecido?

— Não *sei* — disse Naomi com uma voz petulante. — Posso lhes contar todas as coisas de que me lembro ver: um tapete vermelho, um piso de laminado de madeira, muitas casas de cerâmica de não muito bom gosto de todas as formas e tamanhos, uma vela, uma trena, uma cristaleira com portas de vidro, uma televisão, um sofá, uma cadeira...

— Naomi! — disse Charlie, interrompendo a recitação agitada da mulher. — Acha que poderia estar supondo, equivocadamente, que essa reação repentina foi determinada por algum estímulo misterioso e não identificado, algo que viu através da janela? Poderia ter sido uma explosão de tensão que estava se acumulando havia algum tempo?

— Não. Acho que não — disse secamente. — Vá à casa de Robert. Você encontrará algo. Sei que sim. Se estiver errada, pedirei perdão por desperdiçar seu tempo. Mas não estou errada.

— O que aconteceu depois do ataque de pânico? — perguntou Charlie. — Você disse que tentou sair correndo...

— Juliet foi atrás de mim. Ela me chamou pelo nome. Também sabia meu sobrenome. Como saberia? — contou Naomi, parecendo completamente perturbada por um momento, como uma criança perdida. — Robert fazia questão de manter suas duas vidas completamente separadas.

As mulheres são muito idiotas, Charlie pensou, se incluindo no insulto.

— Talvez tenha descoberto. Esposas fazem isso com frequência.

— Ela me disse: "Você está melhor sem ele. Eu lhe fiz um favor." Ou algo assim. Isso é tão bom quanto admitir que fez algo com ele, não é?

— Não exatamente — contestou Simon. — Ela poderia ter querido dizer que o persuadira a terminar a relação com você.

Naomi apertou os lábios, formando uma linha.

— Você não ouviu o tom dela. Ela queria que eu pensasse que havia feito algo muito pior que isso. Queria que temesse o pior.

— Talvez sim, mas isso não significa que o pior aconteceu — disse Charlie, pensando em voz alta. — Ela deveria estar com raiva de você, não?

Naomi pareceu ofendida. Ou talvez enojada.

— Nenhum de vocês conhece alguém que sempre aparece meia hora mais cedo para tudo por achar que um mundo irá terminar se estiver um segundo atrasado? Alguém que telefona se só for chegar cinco minutos antes para se desculpar por estar "quase atrasado"?

A mãe de Simon, pensou Charlie. Pelo modo como ele se curvava sobre suas anotações, ela podia dizer que estava pensando a mesma coisa.

— Vou considerar isso um sim — disse Naomi. — Imagine que um dia vão se encontrar com ela e não aparece. E não telefona. Vocês saberiam, não, assim que estivesse cinco minutos atrasado, mesmo um minuto atrasado, que algo ruim tinha acontecido? Então? Não saberiam?

— Deixe isso conosco — disse Charlie, se levantando. Robert Haworth provavelmente estava dormindo na casa de um amigo, com um copo e gemendo nesse mesmo instante sobre como não podia acreditar que tinha sido descoberto, o último de uma longa galeria de homens que deixam a fatura do cartão de crédito para a esposa encontrar.

— É isso? — reagiu Naomi. — É só o que podem dizer?

— Deixe conosco — Charlie repetiu com firmeza. — Você deu muitas informações, e certamente iremos segui-las. Assim que houver novidades, entraremos em contato. Como podemos encontrá-la?

Naomi bufou, mexendo em sua bolsa. Os cabelos caíram sobre os olhos e ela os enfiou atrás de uma orelha, sibilando um xingamento em voz baixa. Charlie estava impressionada: a maioria das pessoas de classe média tentava não xingar na frente da polícia, e se uma cometia o deslize, se desculpava rapidamente. Irônico, já que a maioria dos policiais xingava o tempo todo. O detetive inspetor Giles Proust era o único que Charlie sabia não fazer isso.

Naomi jogou na mesa um cartão de visitas, bem como uma fotografia dela e de um homem de cabelos castanho-escuros e óculos sem armação. As lentes eram retângulos finos que mal cobriam os olhos. Era bonito, de uma forma troncuda, e parecia estar tentando travar uma disputa de olhares com a câmera.

— Aí! E se não entrarem em contato logo, eu entrarei. O que devo fazer, sentar e girar os dedos, sem saber se Robert está vivo ou morto?

— Suponha que está vivo até ter um bom motivo para achar que não está — disse Charlie secamente. Deus, essa mulher era dramática. Pegou o cartão de visitas e franziu o cenho. — "Silver Brae Luxury Chalets. Proprietário: G. Angilley"?

Naomi teve um esgar e recuou lentamente, balançando a cabeça.

— Achei que fazia relógios de sol.

— Eu lhe dei o cartão errado. Só... Só...

Naomi revirou a bolsa novamente, rosto vermelho.

— Foi a um desses chalés com o sr. Haworth? — perguntou Charlie, curiosa. Na verdade intrometida.

— Eu lhe disse onde eu ia com Robert, ao Traveltel. Aqui!

O cartão que ela estendeu a Charlie dessa vez era o certo. Havia uma foto colorida de um relógio de sol — uma meia esfera inclinada de pedra esverdeada com números romanos e uma grande asa de borboleta de ouro se projetando do meio. Também havia uma frase em latim, em letras douradas, mas apenas parte era visível: "*Horas non*". Charlie estava impressionada.

— Este é um dos seus? — perguntou.

— Não. Eu queria que meu cartão de visitas anunciasse a mercadoria de meus concorrentes — respondeu Naomi, olhando feio para ela.

Certo, foi uma pergunta idiota. Concorrentes? Quantos fabricantes de relógios de sol poderia haver?

— O que é "*horas non*"?

Naomi suspirou, irritada com a pergunta.

— *Horas non numero nisi aestivas*. Eu só conto as horas ensolaradas.

Ela falou rapidamente, como se quisesse acabar com aquilo. Horas ensolaradas fez Charlie pensar em suas férias, e em Olivia. Fez um gesto de cabeça para Simon juntar as coisas e saiu da sala de entrevistas, deixando a porta bater atrás de si.

No corredor, ligou o telefone e apertou o botão de rediscar. Felizmente sua irmã atendeu ao segundo toque.

— E então — disse Olivia, a boca cheia de comida. Salmão defumado e cream-cheese, imaginou Charlie. Ou um brioche de chocolate — algo que pudesse ser tirado da embalagem e comido sem qualquer preparação. Charlie não ouviu suspense na voz da irmã enquanto perguntava: — Qual novo e nada surpreendente feito idiota você tem a relatar?

Charlie riu de forma convincente, deixando para mais tarde as implicações nada elogiosas da pergunta de Olivia, e começou sua confissão.

— Gnômon — disse Simon. — Palavra interessante.

Ele estava com a página do site de Naomi Jenkins aberta na tela à sua frente. A sala dos detetives tinha um clima de abandono: papéis espalhados sobre mesas desabitadas, copos de isopor quebrados no chão, silêncio a não ser pelo zumbido leve de computadores e lâmpadas. Nenhum sinal de Sellers ou Gibbs, o cretino. O aquário do detetive inspetor Proust no canto estava vazio.

Charlie leu por sobre o ombro de Simon.

— "Um gnômon projeta sombra." Não é assim que relógios de sol funcionam? O modo como a sombra bate diz que horas são? Ah, olhe, diz que ela também faz miniaturas. Eu poderia conseguir um para o batente da minha janela.

— Eu não pediria a ela se fosse você — disse Simon. — Ela provavelmente chutaria seus dentes. Veja, ela faz de todos os tipos: de parede, de coluna, verticais, horizontais, de latão, pedra, fibra de vidro. Impressionantes, não são?

— Eu adorei. Exceto este — disse Charlie, apontando para uma foto de um cubo de pedra liso com gnômons triangulares de ferro presos a dois lados. — Eu preferiria uma frase latina. Acha que ela mesma esculpe as letras? Aqui diz que são feitas à mão...

— "O tempo é uma sombra" — leu Simon em voz alta. — Por que alguém iria encomendar um relógio de sol com uma coisa dessas? Imagine: tomar banho de sol, fazer jardinagem ao lado de uma lembrança de que sua morte se aproxima rapidamente.

— Encantadoramente colocado — disse Charlie, pensando se Simon sabia que ela estava puta com ele. Puta, chateada, seja lá o que for. Estava se esforçando muito para esconder isso. — O que achou da srta. Jenkins?

Simon largou o teclado e se virou para encará-la.

— Ela está exagerando. Um pouco instável. Insinuou que teve ataques de pânico antes.

Charlie anuiu.

— Por que você acha que estava tão raivosa e ressentida? Acho que a ouvimos por um bom tempo, não acha? E por que disse "eu não tenho medo da polícia"? Isso saiu do nada, não é? — falou, depois apontando com a cabeça para a tela do computador. — Há uma página sobre ela no site, informações pessoais, algo assim?

— Se esse tal Haworth a está evitando, não o culpo — disse Simon. — Pode ser uma forma covarde de sair disso tudo, mas você gostaria de tentar encerrar uma relação com ela?

— Ele também lhe prometeu casamento, então teria sido um senhor abandono. Por que os homens são tão cretinos?

Uma fotografia de Naomi Jenkins encheu a tela. Estava sorrindo, sentada em um grande relógio de sol semicircular negro, apoiada em seu projetor de sombra de prata em forma de cone, seu gnômon. Iria levar algum tempo para se acostumar com aquela palavra, Charlie pensou. Os cabelos castanhos de Naomi estavam presos atrás, e ela vestia calças de veludo cotelê vermelho e um suéter azul-claro.

— Ela parece bastante normal aqui — disse Simon. — Uma mulher de negócios feliz e de sucesso.

— É o site dela — retrucou Charlie. — Ela mesma deve ter projetado.

— Não, olhe, na base diz "Summerhouse Web Design".

Charlie bufou, impaciente.

— Não quis dizer literalmente. Quis dizer que ela mesma deu todas as informações e fotografias. Qualquer *freelancer* criando um site com o objetivo de promover seu negócio iria pensar com muito cuidado em que tipo de imagem iria querer transmitir.

— Acha que está mentindo para nós? — Simon perguntou.

— Não estou certa — Charlie respondeu roendo a unha do polegar. — Não necessariamente, mas... Não sei. Estou apenas chutando, mas duvido que perder o amante tenha sido o começo dos problemas dela. De qualquer forma, encontre Haworth, verifique se está bem, e tudo termina. Enquanto isso, eu... Vou embora deitar na praia na Andaluzia — disse, sorrindo. Mais de um ano havia se passado desde que ela conseguira ter cinco dias livres consecutivos. E agora iria ter a devida semana de férias, como uma pessoa normal. Poderia ser verdade?

— Eis o cartão de visitas da lançadora de sombras — ela disse. — Certamente não precisarei entrar em contato com ela enquanto estiver me divertindo nas férias. Por acaso você também quer um do Silver Brae Luxury Chalets? A srta. Jenkins mentiu para mim sobre isso. Quando falei "Silver Brae Luxury Chalets" ela pareceu ter levado um tapa. Aposto que ela e Haworth foram lá — falou, virando o cartão. — Esqueci de devolver a ela. Ahn. Eles buscam no aeroporto de Edimburgo. Refeições caseiras, caso você queira, spa, todas as camas super king-size... Talvez você e Alice pudessem ir.

Maldição. Por que tinha dito aquilo?

Simon ignorou o comentário.

— O que achou daquela coisa da janela? Acha que ela viu alguma coisa?

— Ah, por favor! Aquilo foi uma montanha de bosta. Ela estava estressada e surtou; simples assim.

Simon anuiu.

— Disse que Haworth gosta de controlar tudo, mas ela é que me pareceu a controladora. Insistindo em contar a história cronologicamente, ordenando que fôssemos à casa de Haworth — disse, pegando a fotografia de Naomi com Robert Haworth e a estudando. Havia um letreiro do Burger King ao fundo, acima de uma fila de carros. — Parece ter sido tirada do lado de fora do Traveltel.

— Que cenário.

— É um pouco triste, não? Ele nunca esteve na casa dela, e passaram um ano juntos.

— A relação deles é o verdadeiro mistério nisso — disse Charlie. — O que há de errado nele que ela não quer que a melhor amiga o conheça?

— Talvez sinta vergonha da amiga — Simon sugeriu.

— O que uma criadora de relógios de sol artísticos que usa bolsa de grife e um motorista de caminhão sem vintém poderiam ter em comum?

— Atração física? — arriscou Simon, parecendo não querer se demorar nisso tempo demais.

Charlie quase disse: "Quer dizer sexo?", mas se deteve a tempo.
— Ele não parece um motorista de caminhão, parece? — disse, franzindo o cenho. — Quantos motoristas de caminhão você conhece que usam camisas sem colarinho e óculos quadrados da moda?

— Eu não conheço nenhum caminhoneiro — respondeu Simon um tanto desalentado, como se acabasse de lhe ocorrer que poderia gostar disso.

— Bem... — disse Charlie, dando um tapinha nas costas dele. — Tudo isso está prestes a mudar. Mande uma mensagem assim que o encontrar, certo? Irá iluminar minhas férias descobrir que ele emigrou para a Austrália para evitar a lançadora de sombras. Pensando bem, não faça isso. Na última vez em que saí de férias, Proust me telefonou pelo menos uma vez por dia, o infeliz. Isso pode esperar a minha volta.

Charlie pendurou a bolsa no ombro e começou a juntar suas coisas. Tudo que dizia respeito a trabalho poderia esperar uma semana. O que não podia esperar era a explicação que Olivia exigira. Charlie iria direto da delegacia encontrar com a irmã no aeroporto, e ela teria de se sair melhor do que se saíra ao telefone. Por que sentia a necessidade urgente de sempre revelar a Olivia o momento em que fodia tudo? Até ter confessado, se sentia em pânico e descontrolada; tinha sido assim desde que eram adolescentes. Pelo menos conseguira deixar Olivia em silêncio chocado por três ou quatro segundos; isso nunca havia acontecido antes. "Não tenho ideia de por que fiz isso", dissera, o que era verdade.

"Bem, você tem três horas para pensar nisso e chegar a uma conclusão plausível", retrucara Olivia assim que recuperara a voz. "Vou perguntar novamente em Heathrow."

E o que eu direi então para fazer você calar a boca, ainda não tenho ideia, pensou Charlie.

3

Terça-feira, 4 de abril

Só há uma pessoa atrás do bar no Star Inn: um homem baixo e esquelético, de rosto comprido e nariz grande. Ele assovia, limpando copos de cerveja com uma toalha verde puída. Passa pouco de meio-dia. Yvon e eu somos suas primeiras freguesas. Ele ergue os olhos e sorri para nós. Percebo que seus dentes são compridos, como dentes de cavalo, e que há uma leve depressão dos dois lados da cabeça, acima de cada orelha, como se o rosto tivesse sido apertado por tenazes.

Acha que é uma boa descrição? Você nunca descreve coisas. Acho que você não quer impingir a outras pessoas o modo como vê o mundo, então se limita a nomes simples: caminhão, casa, pub. Não, isso é mentira. Nunca ouvi você dizer a palavra "pub". Você diz "local", que eu suponho ser uma espécie de descrição.

Não sei por que estou tão desapontada de encontrar o Star vazio a não ser pelo barman de aparência peculiar. Não é como se esperasse que você estivesse aqui. Se tive a mínima esperança, então devia estar me iludindo. Se você fosse capaz de sair para beber, seria capaz de entrar em contato comigo. Yvon aperta meu braço ao notar minha expressão desolada.

Pelo menos sei que estou no lugar certo. Assim que atravessei o umbral, todas as minhas dúvidas desapareceram. Isto é o que você queria dizer quando falava sobre o Star. Não me surpreende que você tenha escolhido um lugar fora de mão, enfiado no vale, bem junto ao rio. É no centro da cidade, mas você não consegue ver da rua principal de Spilling. Precisa pegar a rua entre a loja de molduras e o Centro de Medicina Alternativa, e descer tudo, passando pelo parque Blantyre.

O pub é um salão comprido, com um bar na extremidade. Há um cheiro úmido fermentado e uma nuvem de fumaça no ar, presa desde a noite anterior.

O barman continua a sorrir.

— Bom-dia, senhoras. Ou melhor, boa-tarde. O que posso oferecer?

A partir disso, deduzo que ele é o tipo de jovem que tem o hábito de falar como um velho falaria. De certa forma fico contente de não ter escolha quanto a com quem falar. Agora posso me concentrar no que devo dizer.

As paredes são cobertas com páginas emolduradas de velhos jornais: o *Rawndesley Telegraph*, o *Rawndesley Evening Post*. Espio o mais perto de mim. Em uma coluna está a matéria sobre uma execução que aconteceu em Spilling em 1903. Há um retrato de um laço e, ao lado, outro do infeliz criminoso. A segunda coluna tem o título "Fazendeiro de Silsford recebe prêmio de melhor porco", e um desenho do animal e seu dono, ambos parecendo orgulhosos. O porco tem o nome de Roncador.

Pisco para afastar as lágrimas. Finalmente estou vendo todas as coisas que você viu, seu mundo. Ontem foi sua casa, hoje, este pub. Eu me sinto como se fazendo uma visita guiada pela sua vida. Esperava que isso pudesse me levar para mais perto de você, mas teve o efeito oposto. É horrível. Sinto como se olhasse para seu passado, não seu presente, e certamente não algo que eu possa um dia partilhar. É como se estivesse presa atrás de uma tela de vidro ou uma barreira de corda vermelha e não conseguisse chegar a você. Quero gritar seu nome.

— Quero um gim duplo com tônica — diz Yvon, alto. Ela está tentando soar animada por minha causa, como se estivéssemos ali para um passeio divertido. — Naomi?

— Meio *lager shandy* — eu me ouço dizer. Não tomo esse drinque há anos. Quando estou com você, só bebo o pinot grigio que você leva, ou o chá de nosso quarto no Traveltel.

O barman anui.

— Já vem — ele diz. Tem um forte sotaque de Rawndesley.

— Você conhece Robert Haworth? — solto, agitada demais para perder tempo pensando na melhor forma de tocar no assunto. Yvon parece preocupada: eu dissera a ela que seria sutil.

— Não. Deveria?

— Ele é assíduo. Vem aqui o tempo todo.

— Bem, achamos que ele vem — Yvon me corrige.

Ela é minha sombra mais moderada, ali para diluir qualquer efeito que eu possa ter. Comigo, em particular, ela é sarcástica e tem opiniões fortes, mas em público tenta seguir normas sociais. Talvez você entenda isso melhor que eu. Quando você parece perturbado e distante, eu com frequência penso que está sendo travada uma luta dentro de você, forças puxando em direções opostas. Nunca fui assim, nem mesmo antes de conhecer você. Sempre fui uma pessoa de mão única. E desde que o vi pela primeira vez, tenho sido puxada totalmente para você. Nada mais tem a mínima chance.

— Ele vem — digo com firmeza.

Quando Yvon olhou nas Páginas Amarelas esta manhã, descobriu o que ela chamou de "três concorrentes": o Star Inn em Spilling, o Star and Garter em Combingham, e o Star Bar em Silsford. Descartei os dois últimos imediatamente. Combingham fica a quilômetros e é soturno, e eu conheço o Star Bar. Apareço por lá algumas vezes, se estou visitando um cliente por perto, e tomo um bule de chá de hortelã orgânico. A ideia de você sentado naqueles tamboretes baixos de couro lendo o cardápio de infusões quase me fez rir alto.

— Tenho uma foto dele em meu telefone — digo ao barman. — Você o reconhecerá quando vir.

Ele anui, simpático.

— Pode ser — diz, colocando nossos drinques no bar. — São sete libras e vinte e cinco, por favor. Há muitos rostos aos quais não relaciono nomes.

Tiro o telefone da bolsa, tentando me preparar para o pior, como sempre. Não fica mais fácil. No máximo fica mais difícil. Quero uivar quando vejo que não há um pequeno ícone de um envelope na tela. Ainda nenhuma mensagem sua. Uma nova onda de dor e medo, misturada a pura descrença, faz meu peito apertar. Penso na sargento Zailer e no policial Waterhouse e quero bater suas densas cabeças impassíveis uma na outra. Eles quase admitiram que planejavam não fazer nada.

— E quanto a Sean e Tony? — pergunto ao barman, repassando as fotografias no telefone enquanto Yvon paga nossas bebidas. — Você os conhece?

Minha pergunta produz uma gargalhada.

— Sean e Tony? Você está brincando comigo, certo?

— Não — reajo, parando de mexer no telefone e erguendo os olhos. Meu coração está disparado. Os nomes significam algo para ele.

— Não? Bem, eu sou Sean. E Tony também trabalha aqui, atrás do bar. Estará aqui de noite.

— Mas... — começo, sem palavras. — Robert falava de você como se...

Eu imaginara que você, Sean e Tony fossem ali juntos. Pensando agora, você na verdade nunca disse que era o que acontecia. Devo ter inventado, chegado à conclusão errada.

Você vem aqui sozinho. Sean e Tony já estão aqui porque trabalham aqui.

Retorno ao telefone. Não quero que Yvon veja que estou confusa. Como esse desdobramento pode não ser bom? Encontrei Sean e Tony. Eles o conhecem, são seus amigos. Só preciso mostrar a Sean uma fotografia, e ele o reconhecerá. Escolho aquela de você de pé em frente ao caminhão, do lado de fora do Traveltel, e passo meu telefone para o outro lado do bar.

Vejo um reconhecimento instantâneo nos olhos de Sean e me permito voltar a respirar.

— Elvis! — ele diz, rindo. — Tony e eu o chamamos de Elvis. Na cara dele. Ele não liga.

Quase caio em lágrimas. Sean *é* seu amigo. Até tem um apelido para você.

— Por que o chamam assim? — Yvon pergunta.

— Não é evidente?

Yvon e eu balançamos a cabeça.

— Ele parece uma versão maior de Elvis Costello, não? Elvis Costello após ter comido todas as tortas — diz Sean, rindo de sua esperteza. — Nós dizemos isso a ele.

— Não sabiam que o nome dele era Robert Haworth? — Yvon pergunta. Vejo com o canto do olho que ela olha para mim, não para Sean.

— Não sei se ele alguma vez nos disse seu nome. Sempre foi apenas Elvis. Ele está bem? Tony e eu estávamos dizendo noite passada que não víamos Elvis havia algum tempo.

— Quando? — pergunto secamente. — Quando o viram pela última vez?

Sean franze o cenho. Devo ter soado perturbada demais. Eu o assustei. *Idiota.*

— Quem é você, por falar nisso? — ele pergunta.

— Sou a namorada de Robert.

Eu nunca disse isso antes. Desejaria poder dizer repetidamente. Desejaria poder dizer esposa em vez de namorada.

— Ele nunca mencionou uma Naomi? — Yvon pergunta.

— Não.

— E uma Juliet?

Sean balança a cabeça. Está começando a parecer desconfiado.

— Veja, isso é realmente importante — digo. Dessa vez me asseguro de que minha voz esteja calma e não alta demais. — Robert está desaparecido desde a última quinta-feira...

— Espere... — Yvon diz, tocando meu braço. — Não temos certeza disso.

— Eu tenho — digo, me soltando. — Quando o viu pela última vez? — pergunto a Sean.

Ele está anuindo.

—Teria sido por aí. Quinta-feira, quarta, algo assim. Mas normalmente ele aparece na maioria das noites para uma cervejinha e um papo, então, após algumas noites sem a presença dele, Tony e eu começamos a pensar. Não que isso não aconteça, veja bem. Temos muitos clientes assim: pontuais como um relógio por anos, e então, de repente. Puf! Desaparecem e você nunca mais põe os olhos neles.

— E ele não disse nada sobre ir embora? — pergunto, embora já soubesse a resposta. — Não mencionou planos de sair de férias ou algo assim?

— Ele falou algo sobre Kent? — acrescentou Yvon.

Sean balança a cabeça.

— Nada assim. Ele disse "Até amanhã", como sempre — falou, rindo. — Algumas vezes ele dizia, "Até amanhã, Sean, se sobrevivermos". Se sobrevivermos! Camarada meio soturno, não?

Olho para as tábuas escuras do piso, sangue latejando em meus ouvidos. Eu nunca o ouvi usar essa expressão. E se você disse isso a Sean por uma razão? E se desta vez você não sobreviveu? Yvon está agradecendo a Sean por sua ajuda, como se a conversa tivesse terminado.

— Espere — digo, me arrastando para fora da nuvem de terror que me silenciou temporariamente. — Qual o seu sobrenome? Qual o de Tony?

— Naomi... — disse Yvon, parecendo alarmada.

— Algum problema se eu der seus nomes à polícia? Vocês podem dizer a eles o que acabou de nos contar, que concorda que Robert está desaparecido.

— Ele não disse isso — contesta Yvon.

— Não ligo. Como eu falei, Tony e eu achamos isso um pouco engraçado. O meu é Hennage, Sean Hennage. O de Tony é Wilder.

— Espere aqui — digo a Yvon, e estou do lado de fora com bolsa e telefone antes que ela tenha tempo de objetar.

Eu me sento a uma das mesas de metal pintadas de branco e aperto o casaco sobre o corpo, puxando as mangas sobre as mãos. Vai demorar um pouco até que as pessoas estejam bebendo do lado de fora. Só é primavera no nome. Vejo três cisnes deslizando em fila rio abaixo enquanto teclo o número que passei uma hora rastreando esta manhã, aquele que me levará direto à sala dos detetives da delegacia de Spilling. Quis ligar imediatamente para perguntar o que exatamente a sargento detetive Zailer e o investigador detetive Waterhouse estavam fazendo para tentar encontrar você, mas Yvon disse que era cedo demais, e eu tinha de dar uma chance a eles.

Tenho certeza de que não estão fazendo nada. Acho que não erguerão um dedo para ajudar você. Eles acreditam que você me deixou por vontade própria, que escolheu Juliet no meu lugar e está com medo demais de me dizer isso pessoalmente. Apenas você e eu sabemos como essa ideia é ridícula.

Um investigador detetive Gibbs atende ao telefone. Ele me diz que Zailer e Waterhouse estão ambos fora. Seus modos são bruscos, quase grosseiros. Será que ele se irrita tanto de falar comigo que tenta usar o menor número possível de palavras em resposta às minhas perguntas? É a impressão que tenho. Ele provavelmente já ouviu tudo sobre mim e acha que sou algum tipo de desequilibrada, perseguindo você, quando você quer ser deixado em paz, mandando a polícia fazer o trabalho sujo por mim. Quando digo que quero deixar um recado, ele finge pegar uma caneta, finge escrever os nomes de Sean e Tony, mas não pode estar fazendo isso. Ele grunhe "Peguei" rápido demais. Sei dizer quando alguém realmente está anotando algo — há pausas longas, e algumas vezes a pessoa repete fragmentos em voz baixa, ou confere a grafia.

O inspetor detetive Gibbs não faz nada disso. Ele desliga o telefone enquanto ainda estou falando com ele.

Caminho até a balaustrada de ferro pintado de branco que separa a varanda do pub do rio. Eu deveria ligar novamente para a delegacia, exigir falar com a pessoa de mais alta patente no prédio — um inspetor chefe ou superintendente — e reclamar do modo como fui tratada. Sou ótima em reclamar. Era o que estava fazendo na primeira vez em que você me viu, e por isso se apaixonou por mim — sempre me diz isso. Não tinha ideia de que você estava observando, escutando, do contrário certamente teria baixado o tom. Graças a Deus que não o fiz. Belamente selvagem: foi como você descreveu como eu estava naquele dia.

Nunca lhe ocorreria protestar por algo — em seu próprio benefício, quero dizer; você sempre me defenderia. Mas por isso você admira meu espírito de luta, minha convicção de que infelicidade e mediocridade não precisam ser parte da vida. Você ficou impressionado por eu ter a coragem de mirar tão absurdamente alto.

Não posso voltar ao pub, ainda não. Estou agitada demais. Lágrimas de raiva enchem meus olhos, borrando a água que se move lentamente diante de mim. Eu me odeio quando choro, realmente me detesto. Não faz bem algum. Qual o sentido de decidir nunca mais ser fraca e desamparada novamente se tudo o que você pode fazer quando seu amante desaparece no ar é ficar de pé junto a um rio e chorar? Isso é patético.

Yvon me dirá novamente para dar uma chance à polícia, mas por que eu faria isso? Por que a sargento detetive Zailer e o inspetor detetive Waterhouse não estão aqui no Star perguntando a Sean quando ele viu você pela última vez? Eles vão se incomodar de ir à sua casa e falar com Juliet? Amantes de maridos sumidos devem estar no pé da lista de prioridades deles. Especialmente agora, quando por todo o país, às vezes parece, redes de maníacos planejam se explodir e levar com eles carregamentos de homens, mulheres e crianças inocentes. Criminosos perigosos — essas são as pessoas que a polícia se preocupa em achar.

Meu coração dá um pulo quando uma ideia impossível começa a ganhar forma em minha cabeça. Eu tento enterrá-la, mas ela não some; avança, saindo das sombras lentamente, paulatinamente, como uma figura emergindo de uma caverna escura. Enxugo os olhos. Não, não posso fazer isso. Até mesmo pensar nisso parece uma terrível traição. Desculpe-me, Robert. Devo estar ficando realmente louca. Ninguém faria isso. Ademais, seria uma impossibilidade física. Eu não seria capaz de pronunciar as palavras.

Que tipo de pessoa faz isso? Ninguém! Foi o que Yvon disse quando contei a ela sobre como nos conhecemos, como você chamou minha atenção. Eu lhe contei que ela tinha dito isso, lembra? Você sorriu e disse: "Diga a ela que sou a pessoa que faz as coisas que ninguém faria." Eu disse a ela. Ela fez a mímica de enfiar o dedo na garganta.

Agarro a balaustrada para me apoiar, me sentindo ser torcida, como se esse novo medo que de repente me encharcou pudesse dissolver meus ossos e músculos. "Não posso fazer isso, Robert", sussurro, sabendo ser inútil. Tive a mesma exata sensação quando nos conhecemos: uma certeza inabalável de que tudo o que iria acontecer fora determinado havia muito por uma autoridade muito mais poderosa que eu, uma que não me devia nada, não fez nenhum acordo, mas me obrigou totalmente. Eu não poderia ter evitado, por mais que tentasse.

É a mesma coisa agora. A decisão já foi tomada.

Sean sorri para mim quando eu volto ao pub — um sorriso insípido de desenho animado, como se não tivesse me visto antes, como se não tivéssemos acabado de concordar que você está desaparecido, que há motivo para grande preocupação. Yvon está à mesa mais distante do bar, brincando com o celular. Conseguiu um jogo novo no qual está viciada. Está claro que na minha ausência ela e Sean não conversaram. Isso me dá raiva. Por que sou a única que tem de fazer tudo?

— Temos de ir — digo a Yvon.

Seu nome nem sempre foi Yvon. Nunca lhe disse isso. Há muita coisa que não lhe contei sobre ela. Parei de mencionar depois de ter me ocorrido que você poderia sentir inveja. Não sou casada, e, além de você, Yvon é a pessoa mais importante da minha vida. Sou mais próxima dela que de qualquer parente. Ela mora comigo desde seu divórcio, outra coisa que não lhe contei.

Ela é pequena e magrela — um metro e meio de altura, 48 quilos — e tem cabelos castanhos, lisos e compridos, que chegam à cintura. Normalmente os prende em um rabo de cavalo que enrola no braço quando está trabalhando ou jogando no computador. A intervalos de alguns meses, ela fuma sem parar cigarros mentolados Consulate por uma semana ou duas, mas depois para novamente. Eu nunca posso mencionar essas fugas da vida saudável quando elas terminam.

Ela foi batizada de Eleanor — Eleanor Rosamund Newman —, mas desde os doze anos decidiu que queria ser chamada de Yvon. Perguntou aos pais se poderia mudar de nome, e os idiotas concordaram. Ambos são acadêmicos de grego e latim em Oxford, rígidos quanto à educação, mas nada mais. Acreditam que é importante deixar que as crianças expressem suas personalidades, desde que isso não as impeça de tirar apenas "A" até o fim do ensino.

"São uma dupla de idiotas", Yvon costuma dizer. "Eu tinha doze anos! Achava que 'Too Shy', de Kajagoogoo era a melhor música já composta. Eu queria me casar com Limahl. Eles deviam ter me trancado em uma cristaleira até que eu superasse isso."

Quando Yvon se casou com Ben Cotchin, adotou seu sobrenome. Seus amigos e parentes, inclusive eu, ficaram confusos quando ela decidiu mantê-lo depois do divórcio. "Sempre que mudo meu nome, eu o torno um pouco pior", explicou. "Não vou correr esse risco novamente. Além disso, gosto de ter um prenome de merda escrito errado e o sobrenome de um alcoólatra mimado e preguiçoso. É um fantástico exercício de humildade. Sempre que pego um envelope endereçado a mim, ou preencho o registro eleitoral, me lembro de como sou idiota. Isso mantém o velho ego alerta."

— Estamos indo para casa? — ela pergunta agora.

— Não. À delegacia.

Eu quero muito contar a ela. Yvon é a pessoa com cujas opiniões eu testo as minhas. Com frequência não sei o que pensar de algo até ouvir o que ela pensa. Mas não posso arriscar isso desta vez. Não faz sentido. Sei todas as razões pelas quais é errado, ruim e maluco, e vou fazer isso de qualquer forma.

— À delegacia? — Yvon começa a protestar. — Mas...

— Eu sei, eu deveria dar uma chance a eles — corto amargamente. — Mas não é sobre isso. É algo diferente.

Eu me sinto chocada com minha própria coragem ultrajante, mas também mais calma agora que escolhi um rumo de ação. Ninguém pode me acusar de covarde se faço isso.

— Vamos conversar lá fora — Yvon diz. — Não gostei nada deste lugar. É perto demais do rio, a água é barulhenta demais. Mesmo do lado de dentro há uma atmosfera úmida, encharcada. Estou começando a me sentir como uma criatura de *O vento nos salgueiros*.

Ela se levanta, ajeita o xale roxo sobre os ombros.

— Eu não quero conversar. Só preciso de uma carona. Você não tem de entrar comigo, pode me deixar lá e ir para casa. Eu volto sozinha — digo, e começo a marchar na direção do estacionamento.

— Naomi, espere! — diz Yvon, correndo atrás de mim. — O que está acontecendo?

Afinal, não dizer nada não é tão difícil. Não é o primeiro segredo que escondo dela. Tive três anos para praticar.

Yvon agita as chaves do carro no ar, apoiada em seu Fiat Punto vermelho.

— Diga ou não levo você a lugar nenhum.

— Você não acredita em mim, acredita? Não acredita que Juliet fez alguma coisa a Robert. Você acha que ele me abandonou e não teve colhões de me dizer.

Há um guincho ecoado de pássaros acima de nossas cabeças. É como se tentassem entrar na conversa. Ergo os olhos para o céu cinzento, meio que esperando ver um comitê de gaivotas me encarando. Mas elas ignoram, cuidando de seus negócios como sempre.

Yvon grunhe.

— Posso encaminhar você para minhas quarenta e sete respostas anteriores à mesma pergunta? Não sei onde Robert está, ou por que não entrou em contato. Nem você. É muito, muito improvável que Juliet o tenha picado em pedacinhos e enterrado sob as tábuas do piso, certo?

— Ela sabia meu nome. Tinha descoberto o caso.

— Ainda é improvável.

Yvon desiste e destranca o carro. Fico desapontada. Ela poderia ter me persuadido a contar, se forçasse um pouco mais. As pessoas não são tão persistentes quanto eu.

— Naomi, estou preocupada com você.

— É com Robert que você deveria se preocupar. Aconteceu alguma coisa a ele. Está em apuros — digo, e penso por que sou a única pessoa para quem isso é evidente.

— Quando você comeu pela última vez? — Yvon pergunta assim que entramos no carro. — Quando teve uma última boa noite de sono?

Cada pergunta que ela faz me leva a pensar nisso em relação a você. Está com fome e cansado em algum lugar, gradualmente perdendo a esperança, imaginando por que não me esforço mais para encontrá-lo? Yvon acha que estou sendo melodramática, mas eu conheço você. Apenas algo que o paralisasse ou confinasse, ou tomasse sua memória, o impediria de entrar em contato comigo. Muitas tragédias são improváveis, mas ainda assim acontecem. A maioria das pessoas não cai de pontes ou morre em incêndios domésticos, mas algumas sim.

Quero dizer a Yvon que estatísticas são irrelevantes e inúteis, mas não posso desperdiçar as palavras. Preciso de toda a minha energia para me fortalecer para o passo seguinte. Além disso, é óbvio. Mesmo que as chances sejam de uma em um milhão, essa uma poderia ser você. Tem de ser alguém, não?

Yvon está do lado de Juliet; ela também acredita que estou melhor sem você. Acha que você é reprimido e sexista, e que o modo como fala é grandioso e pretensioso, que você diz muitas coisas que soam profundas e significativas, mas na verdade são sem sentido e pobres. Você apresenta clichês como se fossem verdades profundas recém-descobertas, ela diz. Uma vez me acusou de tentar moldar minha personalidade para ajustar ao que imagino que você quer, embora ela tenha voltado atrás na manhã seguinte. Eu podia dizer pela expressão no seu rosto que falara sério, mas achara ter ido longe demais.

Não fiquei ofendida. Encontrar você me mudou. Foi a melhor coisa disso. Saber que tinha um futuro com você me ajudou a enterrar tudo o que eu odiava do passado. Como gostaria de poder deixar enterrado.

Subimos a íngreme estrada arborizada, o som do rio morrendo atrás de nós. Ainda não há folhas nessas árvores, que lançam seus braços nus na direção do céu.

Yvon não pergunta novamente por que quero ir à delegacia. Tenta uma nova tática.

— Tem certeza de que não seria melhor levar você à casa de Robert? Se está tão certa de ter visto algo através da janela...

— Não.

O medo que sinto à menção disso é como uma mão se fechando sobre minha garganta.

— É um mistério que poderíamos solucionar facilmente — Yvon destaca. Entendo por que ela acha que é uma sugestão razoável. — Você só precisa ir e olhar novamente. Eu irei com você.

— Não.

A polícia irá, assim que tiver ouvido o que tenho a contar. Se houver algo a ser encontrado, eles encontrarão.

— O que você poderia ter visto, por Deus? Não pode ter sido Robert, algemado a um aquecedor e coberto de hematomas. Quero dizer, você se lembraria disso, não?

— Não brinque com isso.

— Do que se *lembra* de ver no quarto? Ainda não me contou.

Não contei porque não posso. Descrever sua sala à SD Zailer e ao ID Waterhouse já foi ruim; algum reflexo do meu cérebro continuava a saltar para trás, fugindo da imagem.

Yvon suspira quando não respondo. Liga o rádio do carro e aperta um botão depois do outro, sem encontrar algo que queira escutar. Por fim, escolhe a estação que está tocando uma das antigas músicas de Madonna e baixa o volume até ficar quase inaudível.

— Você achou que Sean e Tony eram os melhores amigos de Robert, não foi? Foi como ele falou deles. Ele a desorientou. Eles são apenas dois caras que trabalham atrás do balcão em seu pub local.

— Que foi como conheceram Robert. Obviamente ficaram amigos.

— Eles nem sequer sabem seu nome real. E como ele está no Star toda noite? Como está em *Spilling* toda noite? Achei que era motorista de caminhão.

— Ele já não vira a noite.

— Então o que faz? Para quem trabalha?

Ela está aumentando a velocidade, e ergo as mãos para deter o vento.

— Dê uma chance — digo. — Não há mistério nenhum nisso. Ele trabalha por conta própria, mas principalmente para supermercados: Asda, Sainsbury's, Tesco.

— Eu entendo o conceito de supermercado — murmura Yvon. — Não precisa relacionar todos eles.

— Ele parou de virar noite porque Juliet não gostava de ser deixada sozinha. Então, na maioria das noites carrega na periferia de Spilling, segue para Tilbury, onde carrega novamente. Ou algumas vezes carrega na periferia de Dartford...

— Ouça o que você está dizendo — fala Yvon, lançando um olhar perplexo na minha direção. — Você está falando como ele. 'Ele carrega na periferia de Dartford'! Você pelo menos entende o que isso significa?

Isso está ficando irritante. Eu digo secamente:

— Imagino que signifique que em Dartford ele coloca em seu caminhão algumas coisas que então leva de volta a Spilling.

Yvon balança a cabeça.

— Você não sacou. Sabia que não sacaria. É como se ele a tivesse tomado, e o que você recebeu em troca? Ele não lhe dá nada além de promessas vazias. Por que não pode sequer passar a noite com você? Por que Juliet não pode ser deixada sozinha?

Eu olho para a estrada à frente.

— Você não sabe, não é? Você alguma vez perguntou: "O que exatamente há de errado com sua esposa?"

— Se ele quiser me contar, é com ele. Não quero interrogá-lo. Ele se sentiria desleal discutindo os problemas dela comigo.

— Muito nobre da parte dele.

— Curioso, ele não se sente desleal comendo você — diz Yvon, e suspira. — Desculpe.

Ouço um traço estranho na voz dela: desprezo, talvez, ou uma gentileza cansada.

— Veja, você viu Juliet ontem. Ela parecia ser uma adulta autossuficiente e capaz. Não a coisa pobre e frágil que Robert descreveu...

— Ele não a descreveu. Nunca disse nada específico. Estou começando a sentir um pouco de raiva. Preciso de toda a minha energia para procurar você, permanecer positiva, me impedir de enlouquecer de preocupação e medo. É demais ter de defender você ao mesmo tempo. Também absurdo, quando o ataque vem de alguém que nunca o encontrou.

— Por que você não o pressiona? Se ele não pode deixar Juliet agora, quando será capaz? O que irá mudar entre agora e então?

Quero proteger você da ferroada da hostilidade de Yvon, então não digo nada. Você poderia ter mentido sobre por que não iria largar Juliet imediatamente; muitos homens teriam feito isso. Você poderia ter inventado uma história que me mantivesse a distância: uma mãe doente, uma doença. A verdade é mais difícil de aceitar, mas fico contente de você ter me contado. "Não tem nada a ver com Juliet", você disse. "Ela não vai mudar. Ela nunca irá mudar." Ouvi na sua voz o que soou como determinação, mas talvez uma espécie de furiosa resignação, raiva preenchendo a lacuna onde antes houvera esperança. Seus olhos se estreitaram enquanto você falava, como se em reação a uma pontada repentina. "Se eu a deixasse agora, seria o mesmo se a deixasse em um ano, ou cinco anos, do ponto de vista dela."

"Então por que não deixá-la agora?", perguntei. Yvon não foi a única a pensar nisso.

"Sou eu", você admitiu. "Isso não vai fazer sentido, mas... Eu pensei muito tempo em deixá-la. Planejei, ansiei por isso. Provavelmente pensei nisso demais, de certa forma. Isso se transformou nessa... Coisa lendária em minha cabeça. Estou paralisado. Isso se tornou grande demais para mim. Fiquei preocupado demais com os detalhes; como e quando fazer. Na minha cabeça, eu já estou no processo de abandoná-la. O *gran finale*; para o qual eu tenho trabalhado há tanto tempo." Você deu um sorriso triste. "O problema é que o processo ainda não se manifestou no mundo fora de minha cabeça."

Você levou muito tempo para dizer tudo isso, tomando o cuidado de escolher exatamente as palavras certas, aquelas que descreviam mais precisamente seus sentimentos. Notei que você não gosta de falar sobre si a não ser para dizer o quanto me ama, ou que só se sente realmente vivo quando está comigo. Você é o oposto de um homem autocentrado, descuidado. Yvon acha que estou obcecada por você, e está certa, mas ela nunca o viu em ação. Ninguém além de mim sabe como você me encara faminto, como se pudesse nunca me ver novamente. Ninguém nunca sentiu o modo como você me beija. Minha obsessão é eclipsada pela sua.

Como posso explicar tudo isso a Yvon? Eu mesma não a entendo completamente.

"E se largar Juliet sempre parecer grande demais?", perguntei a você. "E se você sempre se sentir paralisado?" Não sou uma completa idiota. Vi os mesmos filmes que Yvon sobre mulheres que desperdiçam a vida inteira esperando que seus amantes casados se divorciem e assumam o devido compromisso com elas. Embora nunca vá considerar você uma perda de tempo, não importa o que aconteça. Mesmo que você nunca deixe Juliet, mesmo se só o que eu puder ter de você forem três horas por semana, não ligo. "Eu sempre *irei* me sentir paralisado", você disse. Não era o que eu queria ouvir, e desviei o rosto para que você não visse minha decepção. "Sempre sentirei como sinto agora: pairando à beira, não estando pronto para me lançar sobre a beira. Mas farei isso. Eu me obrigarei a fazer. Um dia realmente quis me casar com Juliet. E casei com ela. Agora é com você que estou desesperado para me casar. Anseio por isso cada minuto de cada dia."

Quando repasso as coisas que você disse e ouço sua voz tão clara em minha mente, me sinto como um animal moribundo. Não pode estar acabado. Tenho de poder ver você de novo. Faltam dois dias para quinta-feira. Eu estarei no Traveltel às quatro horas. Como sempre.

Yvon me cutuca com o cotovelo.

— Talvez eu devesse manter minha grande boca fechada — ela diz. — O que sei de alguma coisa? Eu me casei com um alcoólatra preguiçoso porque me apaixonei pelo pavilhão em seu quintal e achei que seria ideal para meu negócio. Recebi o que mereci, não?

Yvon mente o tempo todo sobre sua história amorosa, fazendo com que pareça pior do que é. Ela se casou com Ben Cotchin porque o amava. Ainda ama, desconfio, a despeito da falta de objetivo dele e da bebida. Yvon e seu negócio, a Summerhouse Web Design, hoje habitam o porão adaptado de minha casa, e o pavilhão de Ben, a crer nos espiões de Yvon, é usado basicamente como um enorme armário de bebidas.

Estamos quase lá. Posso ver a delegacia, um borrão de tijolos vermelhos a distância, ficando mais perto. Há um grande nó em minha garganta. Não consigo engolir.

— Por que não damos um passeio de dois dias? — sugere Yvon. — Você precisa relaxar, se afastar um pouco de todo esse estresse. Poderíamos ir ao Silver Brae Chalets. Eu lhe mostrei o cartão deles? Tendo boas ligações, eu poderia conseguir um chalé por quase nada, você sabe como é. Depois de você ter feito o que quer que precise fazer na delegacia, nós poderíamos...

— Não — corto. Por que todo mundo fica falando sobre o maldito Silver Brae Chalets? A sargento detetive Zailer me perguntou sobre ele após eu estupidamente ter dado o cartão por engano. Perguntou se você e eu estivemos lá.

Não quero que me lembrem da única vez em que você ficou realmente com raiva de mim, não agora que está desaparecido. É engraçado, isso nunca me incomodou antes. Esqueci praticamente assim que aconteceu. Estou certa de que você também. Mas essa única lembrança ruim parece ter de repente adquirido significado, e minha mente desvia dela.

Não pode ter algo a ver com seu desaparecimento. Por que isso faria você decidir me abandonar agora, quatro meses após ter acontecido? E tudo tem ficado bem desde então. Melhor que bem: perfeito.

Yvon tinha uma pilha daqueles malditos cartões jogados no escritório, e peguei um. Achei que você precisava de uma folga, longe de Juliet e suas exigências de sanguessuga, então reservei um chalé para nós como surpresa. Nem por uma semana inteira, só por um fim de semana. Tive de negociar uma diária especial pelo telefone com uma mulher bastante desagradável que soava como se decididamente não quisesse que eu aumentasse seus lucros ficando em uma de suas cabanas.

Sei que como regra você não gosta de passar a noite fora, mas achei que se fosse apenas uma ficaria bem. Você me olhou como se o tivesse traído. Não falou por duas horas — nem uma palavra.

Mesmo depois disso, não quis ir para cama comigo. "Você não devia ter feito isso", continuou falando. "Nunca deveria ter feito isso." Você se fechou em si mesmo, erguendo os joelhos até o peito, não reagindo nem mesmo quando o sacudi pelos ombros, histérica de culpa e arrependimento. Foi a única vez em que você esteve perto de chorar. No que estava pensando? O que passava pela sua cabeça que você não podia ou não queria me contar?

Passei a semana inteira perturbada, achando que poderia estar tudo acabado entre nós e me amaldiçoando por minha presunção. Mas na quinta-feira seguinte, para meu espanto, você voltara a si. Não fez menção ao assunto. Quando tentei me desculpar, você deu de ombros e disse: "Você sabe que não posso partir. Realmente lamento, querida. Adoraria, mas não posso."

Não entendi por que você não dissera isso claramente.

Nunca contei a Yvon e não posso contar agora. Como esperar que entenda?

— Desculpe — digo. — Não queria ser grosseira com você.

— Você precisa se controlar — ela diz com dureza. — Eu honestamente acredito que Robert está muito bem, onde quer que seja. É você quem está desmoronando. E sim, sei que não estou em posição de dar lições. Sou a feliz proprietária do casamento mais curto da história e sou extremamente precoce no que diz respeito a foder com minha vida. Eu me divorciei quando a maioria dos meus amigos ainda estava entrando para a faculdade...

Eu sorrio do exagero. Yvon é obcecada pelo fato de ser divorciada aos 33 anos. Acha que é um estigma relacionado a ter um casamento fracassado pelas costas com tão pouca idade. Uma vez perguntei qual era a idade certa para se divorciar, e ela respondeu "46" sem hesitar um só momento.

— Naomi, você está escutando? Não estou falando desde que Robert sumiu. Se você quer saber, você estava desmoronando muito antes disso.

— O que quer dizer? — reajo, meus impulsos defensivos se armando de imediato. — Isso é besteira. Antes de quinta-feira eu estava bem. Estava feliz.

Yvon balança a cabeça.

— Você estava passando toda noite de quinta sozinha no Traveltel enquanto Robert ia para casa e sua esposa! Há algo de doentio nisso. Como ele pode deixar você fazer isso? E quando ele vai embora às sete em ponto, por que você simplesmente não vem para casa? Merda, estou fazendo um escândalo. Isso sim é diplomacia.

Ela entra à esquerda no estacionamento da delegacia. Nada de fugir, digo a mim mesma. Nada de mudar de ideia em cima da hora.

— Robert não sabe que eu sempre passo a noite lá — digo. Pode ser maluquice minha rotina de quinta à noite, mas você não está envolvido.

— Não sabe?

— Nunca contei. Ele ficaria aborrecido de pensar em mim ali sozinha. E quanto a por que faço isso... Vai soar maluquice, mas o Traveltel é *nosso* lugar. Mesmo que ele não possa ficar, eu quero. Eu me sinto mais perto dele ali do que em casa.

Yvon está anuindo.

— Sei que sim, mas... Deus, Naomi, você não vê que isso é parte do problema? — ela diz, e não sei do que está falando. Ela continua, a voz agitada. — Você se sente perto dele em um quarto vagabundo anônimo enquanto ele está em casa com os pés para cima, vendo TV com a esposa. As coisas que você não conta a ele, as coisas que ele não lhe conta, esse mundo estranho que vocês dois criaram e que só existe em um quarto, apenas por três horas cada semana. Você não consegue ver? Estamos andando de um lado para o outro entre filas de carros estacionados. Yvon estica o pescoço, procurando uma vaga.

Um dia eu posso lhe contar que fico sozinha no Traveltel toda quinta-feira. Só escondi isso de você por um leve constrangimento — e se você achar que é radical demais? Pode haver outras coisas que por acaso não lhe contei sobre mim, mas só há uma coisa que realmente quero esconder de você, de todos. E estou prestes a tornar isso impossível. Não posso acreditar que acabei nesta situação, que o que estou prestes a fazer se tornou necessário, inevitável.

Yvon xinga em voz baixa. O Punto para com um solavanco.

— Você vai ter de saltar aqui — ela diz. — Não tem vaga.

Eu concordo, abro a porta do carona. O vento forte em minha pele parece exposição completa. Isso não pode estar acontecendo. Após três anos de meticuloso segredo, estou prestes a derrubar a barreira que ergui entre mim e o mundo. Vou explodir minha própria proteção.

4

4/4/06

A caminho da porta da frente dos Haworth, Simon parou diante da janela que supôs ser aquela através da qual Naomi Jenkins olhava quando teve o ataque de pânico. As cortinas estavam fechadas, mas havia um pequeno espaço entre elas, pelo qual Simon podia ver a sala sobre a qual Naomi falara. Ele se deu conta de que ela fora impressionantemente precisa. Sofá e cadeira azul-marinho, cristaleira envidraçada, um perturbador número de casas decorativas de mau gosto, um retrato de um velho desgrenhado observando um garoto seminu tocando flauta — estava tudo ali, exatamente como descrevera. Simon não viu nada perturbador, nada que pudesse explicar a repentina reação radical de Naomi.

Ele contornou até a porta da frente, notando o jardim malcuidado, que era mais um depósito de lixo que qualquer outra coisa, e apertou a campainha, sem nada ouvir. As paredes eram grossas demais, ou a campainha estava quebrada? Apertou novamente, e mais uma só por garantia. Nada. Estava prestes a bater na porta quando uma voz de mulher gritou "Estou indo", em um tom que dizia que não tivera tempo.

Se Charlie estivesse ali, teria erguido distintivo e identidade, pronta para saudar quem abrisse a porta. Simon a teria acompanhado e feito o mesmo, do contrário chamaria atenção de um modo que não gostava. Sozinho, só mostrava a identidade às pessoas se pedissem para ver. Ele se sentia desconfortável, quase cômico, de sacar tudo de uma vez, enfiando na cara das pessoas assim que o viam. Ele se sentia como se encenando.

A mulher de pé diante dele com uma expressão ansiosa no rosto era jovem e atraente, com cabelos louros até os ombros, olhos castanhos e algumas sardas leves no nariz e nas bochechas. As sobrancelhas eram dois finos arcos perfeitos; evidentemente passara muito tempo fazendo nelas algo que devia ter doído. Para Simon pareciam feias e antinaturais. Lembrou que Naomi Jenkins mencionara um terno. Naquele dia Juliet Haworth vestia jeans pretos e um pulôver fino preto de gola em V. Cheirava a um perfume cítrico penetrante.

— Olá? — disse abruptamente, transformando em uma pergunta. — Sra. Juliet Haworth?

Ela anuiu.

— Robert Haworth está, seu marido? Queria dar uma palavrinha com ele.

— E você é...

Simon odiava se apresentar, odiava o som de sua voz dizendo o próprio nome. Era um bloqueio que tinha desde a escola, um que estava determinado que ninguém soubesse.

— Inspetor detetive Simon...

Juliet o interrompeu com uma gargalhada alta.

— Robert está fora. Você é policial? Um detetive? Inferno!

— Sabe onde ele está?

— Em Kent, na casa de amigos — disse, balançando a cabeça. — Naomi registrou o desaparecimento dele, não foi? Por isso você está aqui.

— Há quanto tempo o sr. Haworth está em Kent?

— Alguns dias. Veja, aquela vadia da Naomi está pedindo para ser internada. Ela é uma maldita...

— Quando ele estará de volta? — Simon interrompeu.

— Na próxima segunda-feira. Quer que o leve à delegacia? Prove que ainda está vivo, que não o espanquei até a morte em uma explosão de ciúmes?

A boca de Juliet Haworth se retorceu. Ela estava admitindo ciúmes, especulou Simon, ou debochando da ideia?

— Sim, seria útil se ele pudesse aparecer e me procurar quando voltar. Onde em Kent ele está?

— Sissinghurst. Quer o endereço?

— Isso seria útil, sim.

Juliet pareceu irritada com a resposta.

— Dunnisher Road, 22 — disse secamente. Simon anotou.

— Você sabe que aquela mulher é maluca? Se encontrou com ela, deve saber. Robert está tentando esfriar as coisas há meses, mas ela não entende a dica. Na verdade, é bom você aparecer assim. Deveria ter sido eu a envolver a polícia, não ela. Há algo que possa fazer para impedi-la de vir aqui o tempo todo? Posso conseguir um mandado?

— Quantas vezes ela esteve aqui sem ser convidada?

— Esteve aqui ontem — disse Juliet, como se fosse uma resposta à pergunta de Simon. — Olhei pela janela do meu quarto e a vi no jardim, tentando fugir antes que eu descesse.

— Então ela só esteve aqui uma vez. Nenhum tribunal dará um mandado.

— Estou pensando no futuro — disse Juliet, parecendo tentar adotar um tom conspiratório. Apertou um dos olhos ao falar, um gesto que ficava a meio caminho de um piscar. — Ela vai voltar. Se Robert não der espaço a ela, o que não fará, não irá demorar para que Naomi Jenkins esteja morando em uma barraca em meu jardim — falou, rindo como se fosse uma perspectiva divertida, e não preocupante.

Em nenhum momento ela recuara de volta para a casa. Ficou bem no umbral. Atrás dela, no saguão, Simon podia ver um carpete canelado marrom-claro, um telefone vermelho em uma mesa de madeira, sapatos, tênis e botas espalhados. Havia um espelho, o vidro sujo no meio com algum tipo de gordura, apoiado contra a parede, que estava marcada e arranhada. À direita do espelho, um calendário fino e comprido pendurado de uma tachinha. Havia um retrato do castelo de Silsford no alto e uma linha para cada dia do mês, mas nada escrito. Nem Robert nem Juliet haviam registrado nenhum compromisso.

— O caminhão do sr. Haworth está estacionado lá fora — disse Simon.

— Eu sei — disse Juliet, sem fazer qualquer tentativa de disfarçar sua impaciência. — Disse que Robert estava em Kent. Não disse que o caminhão dele estava.

— Ele tem outro carro?

— Sim. Um Volvo V40. Que, vou lhe dizer logo, para poupar trabalho desnecessário de detetive, também está estacionado lá fora. Robert foi para Sissinghurst de trem. Dirigir é o trabalho dele. Quando não está trabalhando, tenta evitar isso.

— Tem o número de telefone de onde ele está?

— Não — respondeu, a expressão fechada. — Ele está com o celular.

Aquilo soou mal para Simon.

— Achei que tinha dito que ele estava na casa de amigos. Não tem o telefone deles?

— São amigos de Robert, não meus — retrucou Juliet, o lábio franzido sugerindo que não queria saber deles, mesmo que o marido tivesse oferecido.

— Qual foi a última vez em que falou com Robert? — Simon perguntou. Sua tendência a contrariar fora despertada. Como Juliet Haworth estava impaciente para que fosse embora, ele se sentia inclinado a se demorar.

— Não quero ser grosseira, mas por que isso seria da sua conta? Noite passada, certo? Ele telefonou na noite passada.

— Naomi Jenkins disse que ele não está atendendo ao celular.

Juliet pareceu achar a notícia revigorante. Seus traços ficaram animados, e ela sorriu.

— Ela deve estar cuspindo fogo. O confiável Robert não retornando ligações; o que virá a seguir!

Simon odiava a forma como o ciúme transformava as pessoas em selvagens. Ele mesmo fora esse tipo de selvagem, mais de uma vez; a humanidade desaparecia, sendo substituída por animalidade. Surgiu em sua mente uma imagem de Juliet como predadora, lambendo os lábios enquanto sua presa sangrava até a morte diante dela. Mas talvez isso fosse injusto, já que Naomi Jenkins admitira que queria que Haworth largasse Juliet e se casasse com ela.

Naomi escrevera o número do celular de Robert Haworth no dia anterior. Simon iria deixar uma mensagem mais tarde, pedindo que Haworth ligasse de volta. Ele se asseguraria de injetar em seu tom alguma leveza de homem do mundo. Vou fingir ser Colin Sellers, pensou.

— Faça-me um favor, sim? — falou Juliet. — Diga a Naomi que Robert levou o celular e que está funcionando bem. Quero que saiba que recebeu todas as mensagens dela e as está ignorando.

Puxou a porta da frente mais para perto dela, restringindo a visão de Simon do interior da casa. Tudo o que ele podia ver então era a pequena mesa de telefone semicircular logo atrás dela.

Ele lhe deu seu cartão.

— Quando seu marido voltar, diga que me procure imediatamente.

— Já disse que o farei. Agora posso ir? Ou melhor, pode, por favor, ir? Simon podia imaginá-la explodindo em lágrimas assim que fechasse a porta. Seus modos, concluiu, eram duros demais, levemente artificiais. Uma encenação. Ficou pensando se Robert Haworth teria ido para Kent de modo a tomar sua decisão final: Juliet ou Naomi. Caso positivo, não seria surpresa que sua esposa estivesse tensa.

Simon imaginou Juliet se sentando rigidamente em casa, tentando aplicar lógica ao problema de por que Haworth a abandonara. Amor e luxúria não tinham respeito pela lógica, esse era o problema. Mas por que era Naomi Jenkins aquela de quem Simon de repente sentia pena? Por que não da esposa traída?

— Naomi achou que eu não sabia sobre ela — disse Juliet com um sorriso superior. — Vagabunda idiota. Claro que sabia. Achei uma fotografia dela no telefone de Robert. Não só dela. Uma fotografia dos dois juntos, com os braços ao redor um do outro, em um posto de gasolina. Muito romântico. Não estava procurando, achei por acaso. Robert tinha deixado o telefone no chão. Eu estava colocando a decoração de Natal e pisei nele sem querer. Lá estava eu, apertando botões aleatoriamente, em pânico, com medo de ter quebrado, e de repente olhava para a foto. Isso sim é um choque — murmurou, mais para ela do que para Simon. Seus olhos começaram a parecer vidrados. — E agora tenho a polícia na minha porta. Se você quer saber, Naomi Jenkins quer levar um tiro.

Simon se afastou dela. Ficou pensando em como Robert Haworth conseguira manter seus encontros semanais com Naomi se Juliet sabia do caso desde antes do Natal. Caso tivesse descoberto apenas na semana anterior, isso explicaria a partida apressada de Haworth para ficar com amigos em Kent.

Havia uma pergunta se formando no fundo da mente de Simon, mas, antes que tivesse oportunidade de dar forma a ela, Juliet Haworth disse:

— Já aturei isso demais — falou, e fechou a porta na cara dele.

Ela não era a única. Simon ergueu a mão para tocar a campainha de novo, mas mudou de ideia. Fazer mais perguntas àquela altura seria impertinente. Retornou ao carro com grande alívio, ligou o motor e a Rádio 4, e já se esquecera do sórdido pequeno triângulo amoroso de Robert Haworth quando chegou ao final da rua.

Charlie entrou marchando no bar do Hotel Playa Verde e colocou a bolsa em um tamborete ao lado da bolsa da irmã. Pelo menos Olivia seguira suas instruções e esperara, em vez de correr para o aeroporto e comprar uma passagem de primeira classe para Nova York, como ameaçara fazer. Deus, ela parecia deslocada naquele vestido preto de alcinhas. O que Liv esperara? Aquele fora um negócio de quatrocentas libras em cima da hora.

— Não há nada — disse Charlie. Tirou os óculos e limpou a chuva deles com a barra da camisa.

— Como não há nada? Deve haver um milhão de hotéis na Espanha. Não posso acreditar que todos não sejam melhores que este, cada um deles — reagiu Olivia, examinando sua taça de vinho para se assegurar de que estava limpa antes de tomar um gole.

Nem ela nem Charlie falavam mais baixo que de hábito; nem se importavam se o barman ouvisse. Era um idoso de Swansea, com duas grandes borboletas azul-marinho tatuadas nos antebraços. Charlie o ouvira contar a um freguês mais cedo que se mudara para lá após trabalhar vinte anos como instrutor de direção. "Não sinto falta da Grã-Bretanha. Está uma merda", dissera. Sua única concessão ao novo país de moradia era dizer a todos que se aproximavam do bar que uma jarra de sangria custava metade do preço e que continuaria assim até o final da semana.

Charlie e Olivia eram seus únicos fregueses naquela noite, além de um casal com excesso de peso e pele laranja com um enxame de malas ao redor. Estavam curvados sobre seis amendoins em um prato de prata, eventualmente mexendo neles com seus dedos grossos, como se esperando virar um e encontrar algo marcante embaixo. "You Wear It Well", de Rod Stewart, tocava bem baixo ao fundo, mas você teria de se esforçar para ouvir com nitidez.

Todas as quatro paredes do Bar Arena eram cobertas com papel de parede xadrez verde, vermelho e marinho. O teto era texturizado e manchado de nicotina. Ainda assim, era o único lugar a ir se você fosse azarado o bastante de estar no Hotel Playa Verde, já que pelo menos servia álcool. Não havia frigobar no quarto minúsculo que Charlie e Olivia dividiam. Isso foi um choque para Olivia, que abriu cada gaveta da cômoda e se curvou para olhar dentro, insistindo: "Tem de estar em algum lugar."

Uma cortina de rede que fedia a cigarro velho e gordura pendia da janela estreita do quarto. Não devia ser lavada havia anos. A cama que Olivia escolheu por ser mais perto do banheiro da suíte era tão perto que na verdade bloqueava a passagem. Se Charlie precisasse ir ao banheiro à noite, teria de passar por sobre o pé da cama da irmã. Ela fizera o esforço naquela tarde e encontrara pasta de dentes seca grudada em um dos dois copos de plástico na pia, e cabelos encharcados de um estranho entupindo o ralo do box. Até aquele momento, o alarme de incêndio disparara duas vezes sem motivo identificável. A cada vez se passara mais de meia hora antes que alguém tomasse a iniciativa de desligar.

— Você procurou na internet? — perguntou Olivia.

— Onde você acha que eu estive nas duas últimas horas? Charlie respirou fundo e pediu brandy e gengibre seco, mais uma vez recusando a oferta do barman de sangria pela metade do preço, pondo no rosto um sorriso falso quando ele mencionou que teria até o final da semana para se valer daquele preço especial único. Ela acendeu um cigarro, pensando que fumar não poderia ser ruim para sua saúde em situações como aquela, mesmo que fosse o resto do tempo. O fim da semana parecia muito, muito distante. Portanto, muito tempo para se matar se as coisas não melhorassem. Talvez devesse cometer um atentado suicida naquele hotel de merda.

— Acredite em mim, não havia nada que você tivesse aprovado — disse a Olivia.

— Então *havia* lugares disponíveis?

— Alguns. Mas ou não tinham piscina, ou não eram na praia, não tinham ar-condicionado ou apenas um bufê à noite...

Olivia estava balançando a cabeça.

— Dificilmente iremos precisar de ar-condicionado ou piscina do jeito que está. Está frio e chovendo. Eu lhe disse que era cedo demais para Espanha.

Uma bola quente apertada começou a se expandir no peito de Charlie.

— Você também disse que não queria um voo longo.

Olivia sugerira ir em junho, para evitar o que ela chamava de "ansiedade de clima quente". Charlie achara uma boa ideia; a última coisa que ela queria era ter de ver a irmã saltar da cama toda manhã às seis, correr para a janela e uivar: "Ainda não vejo o sol!", mas o inspetor Proust cortara os planos. Gente demais estaria fora em junho, dissera. Para começar, havia a lua de mel de Gibbs. E antes disso, Sellers havia marcado férias ilícitas com a namorada, Suki. A história oficial era que partiria com os detetives em uma viagem de consolidação de equipe. Enquanto isso, a esposa Stacey ficaria em Spilling, com boa chance de encontrar Charlie, Simon, Gibbs, Proust — as pessoas que Sellers dissera que estariam balançando em cordas e se arrastando pela lama nas profundezas do interior. Charlie ficava impressionada por a vida dupla de Sellers ter durado tanto assim, considerando como suas mentiras eram tão mal concebidas.

— Então você não se incomoda com algum lugar sem piscina e ar-condicionado? — perguntou Charlie, desconfiando do que parecia ser uma solução fácil. Tinha de haver uma pegadinha.

— Eu me incomodo de não estar ensolarado e me incomodo de estar mais frio que em Londres — respondeu Olivia, sentada empertigada no tamborete do bar, pernas cruzadas. Parecia elegante e desapontada, como uma solteirona desprezada de um daqueles longos e tediosos filmes que Charlie odiava, cheios de chapéus e reputações manchadas. — Mas não há nada que possa fazer quanto a isso, e certamente não vou ficar sentada junto a uma piscina externa na maldita chuva.

Os olhos dela brilharam de repente.

— Havia algum com uma bela piscina interna? E um spa? Um spa seria ótimo! Gostaria de um daqueles tratamentos com flutuação a seco.

O coração de Charlie afundou. Por que tudo não poderia ter sido perfeito, só daquela vez? Era pedir demais? Não havia pessoa mais divertida que Olivia, se as condições fossem apropriadas.

— Não procurei — ela disse. — Mas acho improvável, a não ser que você queira gastar uma pequena fortuna.

— Não ligo para dinheiro — Olivia disse rapidamente.

Charlie sentia como se houvesse uma mola retesada dentro dela, que tinha de continuar empurrando para baixo, ou saltaria e destruiria tudo.

— Bem, infelizmente eu tenho de ligar para dinheiro. Então, a não ser que você queira que procure dois hotéis diferentes...

Olivia estava em situação pior que Charlie. Era jornalista *freelance* e tinha uma hipoteca colossal em um apartamento em Muswell Hill, Londres. Sete anos antes recebera o diagnóstico de câncer de ovário. A operação para remover ovários e útero fora imediata e salvara sua vida. Desde então torrava dinheiro como a filha mimada de aristocratas. Dirigia um BMW Z5 e pegava táxis de um lado a outro de Londres regularmente. Pegar o metrô era uma das muitas coisas que ela alegava ter abandonado para sempre, juntamente com compromissos, passar roupa e embrulhar presentes. Algumas vezes, quando não conseguia dormir, Charlie se preocupava com a situação financeira da irmã. Certamente envolvia muitas dívidas — uma ideia que Charlie odiava.

— Se não podemos fazer a coisa do hotel direito, preferiria fazer algo totalmente diferente — disse Olivia, após ruminar um pouco.

— Diferente? — reagiu Charlie, surpresa. Olivia vetara, muito claramente, qualquer forma de cuidar de si mesmas alegando que era esforço demais, mesmo após Charlie ter dito que faria as compras e cozinharia o que fosse necessário. No que dizia respeito a Charlie, fazer torradas de manhã e salada no almoço não era trabalho duro. Olivia deveria tentar fazer o trabalho de Charlie um dia ou dois.

— Sim. Acampar ou algo assim.

— *Acampar?* Vindo da mulher que não queria ir a Glastonbury porque o papel higiênico não é dobrado em ponta por uma camareira?

— Veja, não é minha opção preferida. Um belo hotel na Espanha em junho, no calor, era o que eu queria. Se não posso ter isso, prefiro não ter um triste simulacro do meu ideal. Pelo menos espera-se que acampar seja uma merda. Você vai lá esperando dormir na lama, sob um pano e comer pacotes de comida desidratada.

— Tenho certeza de que você dissolveria como a Bruxa Má do Oeste do *Mágico de Oz*, se um dia tentasse acampar.

— Então que tal mamãe e papai? Não ficamos juntas lá há séculos. Mamãe nos esperaria com tudo. E estão sempre me perguntando quando irei aparecer, com apenas um indício de deserdação nas vozes.

Charlie fez uma careta. Os pais dela e de Olivia haviam se recolhido a Fenwick, uma pequena aldeia no litoral de Northumberland, e desenvolvido uma obsessão por golfe que entrava em contradição com a imagem de relaxamento do jogo. Eles se comportavam como se o golfe fosse um emprego de tempo integral, do qual poderiam ser demitidos se não fossem suficientemente diligentes. Olivia estivera no clube com eles uma vez e depois contara a Charlie que mamãe e papai estavam tão relaxados quanto mulas de drogas diante de funcionários da alfândega do aeroporto.

Charlie achava que não tinha disposição para lidar com os três membros de sua família ao mesmo tempo. Não conseguia relacionar o conceito de pais com o conceito de férias. Ainda assim, havia séculos desde que viajara para o norte pela última vez. Talvez Olivia estivesse certa.

O barman aumentou o volume da música. Ainda era Rod Stewart, mas uma música diferente: "The First Cut Is the Deepest".

— Eu adoro essa — ele disse, piscando para Charlie. — Tenho uma camiseta de "Rod is God". Normalmente uso essa, mas não hoje — disse, olhando para o peito, aparentemente confuso.

A combinação de Rod Stewart e o papel de parede xadrez deu a Charlie uma ideia.

— Sei aonde poderíamos ir. O que acha de ir para a Escócia?

— Eu iria para qualquer lugar que tivesse belas férias a oferecer. Mas por que Escócia?

— Estaríamos perto de mamãe e papai para ir à casa deles para um almoço ou dois, mas não teríamos de ficar com eles. Poderíamos engolir nossos assados e fugir...

— Para onde? — perguntou Olivia.

— Alguém no trabalho me deu o cartão de um lugar de chalés de férias...

— Ai, meu Deus do céu...

— Não, escute. Pareceu bom.

— Teremos de cozinhar — Olivia disse, fazendo expressão de náusea.

— O cartão diz que há refeições caseiras, caso queira.

— Três vezes por dia? Café da manhã, almoço e jantar?

Como era possível precisar de uma bebida forte mesmo tendo uma nas mãos, mesmo virando-a garganta abaixo em grandes goles? Charlie acendeu outro cigarro.

— Por que você não liga e pergunta? Honestamente, Liv, pareceu realmente bom. Todas as camas são super king-size, esse tipo de coisa. Chalés de luxo, dizia o cartão.

Olivia riu.

— Você é o sonho de um homem de marketing. Tudo chama a si mesmo de "luxo" hoje em dia. Todo cama e café cheio de pulgas, todo...

— Estou bastante certa de que também tem spa — cortou Charlie.

— Isso significa um barracão decadente com uma poça fria. Duvido que ofereçam tratamentos de flutuação a seco.

— Quer flutuar a seco? Por que não subimos e eu a jogo da nossa varanda?

Não dizem que as melhores piadas têm um substrato de seriedade?

— Você não pode me culpar por ser um pouco cautelosa — disse Olivia, olhando Charlie de cima a baixo como se a visse pela primeira vez. — Por que deveria confiar em você, que é completamente louca? — disse, baixando a voz para um sussurro feroz. — Você inventou um namorado!

Charlie desviou os olhos, soprou um anel de fumaça no ar. Por que ela sentia a compulsão de contar à irmã tudo o que fazia, mesmo sabendo perfeitamente que seria criticada?

— Você deu um nome a ele? — perguntou Olivia.

— Não quero falar sobre isso. Graham.

— *Graham?* Jesus!

— Eu comi uma tigela de Golden Grahams no café naquela manhã. Estava cansada demais para ter imaginação.

— Se eu adotasse a mesma estratégia, usaria dinamarquês de maçã e canela. Simon acreditou em você?

— Não sei. Acho que sim. Não pareceu muito interessado de modo algum.

— Graham tem sobrenome? Leite semidesnatado, talvez?

Charlie balançou a cabeça, sorrindo desanimada. A capacidade de rir de si mesma deveria ser uma virtude. Era uma que Olivia esperava que Charlie praticasse com frequência.

— Corte pela raiz assim que voltar — aconselhou Olivia. — Diga a Simon que acabou com Graham.

Charlie ficou pensando se Simon teria dito algo a Sellers e Gibbs. Ou, não queira Deus, ao inspetor Proust. Todos na sala de detetives a consideravam área de desastre romântico. Todos sabiam o que ela sentia por Simon, e que ele a rejeitara. Sabiam que tinha dormido com mais gente nos três anos anteriores do que a maioria deles a vida toda.

Charlie já estava presa à mentira, ao novo status e à dignidade que lhe dava. Queria que Simon pensasse que tinha um namorado de verdade. Não apenas outra de suas ficadas desesperançadas de uma noite — uma relação que pudesse durar. Como uma adulta.

Ela não contara a Olivia sobre Alice Fancourt e Simon. Era muito deprimente. Por que Simon de repente começara a pensar em Alice, após quase dois anos sem contato? O que de bom poderia surgir ao vê-la novamente naquele momento? Charlie supusera que ele esquecera Alice, ou estava no processo de esquecer. Não era como se algo tivesse acontecido entre eles um dia.

Ele dissera a Charlie solenemente que planejava ligar para Alice, como se esperando que protestasse. Ele sabia que se importaria. Quando lançara seu inexistente Graham na conversa alguns dias depois, ficara evidente que Simon não se importava.

Olivia continuava repetindo, como se Charlie corresse o risco de esquecer: "Simon não liga se você tem namorado ou não. Não sei por que você achou que poderia deixá-lo com ciúmes. Se a quisesse, teria tido há muito."

Seria possível Simon descobrir que ela inventara Graham? Charlie achava que não suportaria isso.

— Quer que ligue para o Silver Brae Chalets ou não? — perguntou, cansada.

— Não pode ser pior que este buraco. Oh, sim, menina, por que não? — disse, fingindo um sotaque escocês.

5

Terça-feira, 4 de abril

— Eu quero denunciar um estupro — digo ao inspetor detetive Waterhouse.

Ele franze o cenho, olhando para a folha de papel em sua mão como se ela pudesse lhe dizer o que perguntar a seguir.

— Quem foi estuprado?
— Eu fui.
— Quando?
— Há três anos — digo. Os olhos dele arregalam. Claramente esperava uma resposta diferente. — Em 13 de março de 2003.

Espero não ter de dizer a data novamente. O ID Waterhouse fica junto à porta como se protegendo-a, não se move para sentar.

A sala de entrevistas na qual estamos não é muito maior que o banheiro da minha casa. As paredes azul-claras estão cobertas de cartazes sobre uso de solvente, violência doméstica, fraudes em benefícios governamentais e pirataria de vídeo. Não posso acreditar que alguém realmente se preocupe com pessoas fazendo cópias ilegais de filmes e as vendendo, mas suponho que a polícia tenha de lidar com todos os crimes, se preocupando com eles ou não. Todos os cartazes têm o logotipo da polícia no canto inferior direito, o que me leva a pensar se há um departamento de design em algum lugar desse prédio, alguém cujo trabalho é decidir que cor de fundo deve ter um cartaz sobre fraude contra o Seguro Social.

O projeto é a minha parte preferida do que faço. Meu coração sempre murcha quando um cliente tem uma ideia específica demais do que quer. Prefiro aqueles que ficam contentes em deixar por minha conta. Adoro escolher o dito em latim, decidir que tipo de pedra usar, de que cor pintar, quais adereços. Nos relógios de sol, os adereços são qualquer coisa não diretamente relacionada à informação da hora, qualquer toque decorativo.

Eu mal lhe contei algo sobre meu trabalho, não é? Você nunca menciona o seu, e não quero dar a impressão de que acho o meu mais importante. Uma vez cometi o erro de lhe perguntar por que escolhera se tornar motorista de caminhão. "Você quer dizer que eu deveria estar fazendo algo melhor", você retrucou imediatamente. Não consegui descobrir se estava ofendido ou se projetava sobre mim seus próprios sentimentos sobre seu trabalho.

"Não quis dizer nada disso", falei. Realmente não. Assim que pensei nisso, vi todas as vantagens de fazer o que você faz. Trabalhar por conta própria, para começar. Poder ouvir CDs ou rádio o dia todo. Comecei a pensar que talvez nossos trabalhos não fossem tão diferentes. Suponho que deva haver algum esnobismo entranhado em mim que me fez supor que todos os caminhoneiros são idiotas e grossos, homens com barriga de cerveja e cabelo escovinha que se tornam violentos com a perspectiva de alta de preços de combustíveis.

"Gosto de estar por conta própria e gosto de dirigir." Você deu de ombros; para você, a resposta era simples e óbvia. E acrescentou: "Não sou uma besta." Como se eu um dia tivesse achado que era. Você é a pessoa mais inteligente que já conheci. Não estou falando sobre formação. Não sei se tem secundário ou superior; suspeito que não tenha. E você não se exibe nas conversas como algumas pessoas inteligentes fazem — exatamente o contrário. Tenho de arrancar opiniões de você. Você oferece seus pontos de vista e preferências pedindo desculpas, como se relutasse em ter algum tipo de impacto. A única coisa que o torna expansivo é em relação ao quanto me ama. "Sou meu próprio chefe", disse. "Só eu e o caminhão. Melhor do que ser um comuna." Em todo o tempo em que nos conhecemos, essa foi a única referência sua a política. Eu quis perguntar o que queria dizer, mas não fiz isso porque nosso tempo estava acabando; eram quase sete horas.

— Por que pediu para falar comigo ou a sargento Zailer? — perguntou o ID Waterhouse. — Imaginei que queria falar sobre Robert Haworth.

— E quero. Robert foi a pessoa que me estuprou.

A mentira desliza de minha língua. Não estou mais nervosa. Meu lado ousado assumiu. Tenho um forte e louco sentimento que me diz que posso escrever as regras a partir de agora. Quem irá me impedir? Quem tem imaginação suficiente para compreender do que minha imaginação é capaz?

Eu sou a pessoa que faz as coisas que ninguém mais faria.

Um pensamento horrível me ocorre.

— É tarde demais? — pergunto.

— O que quer dizer?

— Ainda posso denunciar um estupro embora tenha acontecido há tanto tempo?

— Robert Haworth a estuprou? — pergunta Waterhouse, não tentando esconder sua descrença.

— Isso mesmo.

— O homem que ama e que a ama. O homem com quem você se encontra toda semana no Rawndesley East Services Traveltel.

— Eu menti ontem. Lamento.

— Tudo o que você disse foi uma mentira? Você e o sr. Haworth não mantêm um relacionamento?

Por ler sites sobre estupro, sei que algumas mulheres permanecem romântica ou sexualmente envolvidas com seus estupradores depois, mas nunca poderia fingir ser o tipo de idiota com a cabeça fodida que faria isso. Isto significa que só há uma coisa que posso dizer.

— Tudo o que lhes disse ontem foi uma mentira, sim.

Waterhouse não acredita em mim. Provavelmente acha que estou controlada demais. Odeio o modo como todos esperam que você seja emotiva em público.

— Por que contar tal mentira? — diz ele, do modo como diria a um suspeito.

— Inicialmente não estava certa de que queria denunciar o estupro — digo, continuando a usar a palavra que evitei por três anos. Fica mais fácil a cada repetição. — Eu queria assustá-lo. Robert Haworth. Achei que uma visita da polícia, com a menção de meu nome, o deixaria aterrorizado.

Waterhouse me encara em silêncio. Está esperando que eu desmorone.

— Então, por que a mudança de planos? — pergunta finalmente.

— Eu me dei conta de que todas as minhas outras ideias eram idiotas. Fazer a lei com as próprias mãos...

— Treze de março de 2003 foi há muito tempo. Por que esperar até ontem?

— Três anos não são nada. Pergunte a qualquer uma que tenha sido estuprada. Fiquei muito tempo em choque. Não estava em condições de tomar decisões.

Respondo a cada pergunta rapidamente, como um robô, e aceito meus próprios parabéns por ter o bom senso de não me obrigar a passar por esse sofrimento três anos antes.

Relutando, Waterhouse puxa uma cadeira de sob a mesa e senta-se à minha frente.

— Você foi mais convincente ontem do que está sendo agora. O sr. Haworth lhe deu um fora, é isso. É sua forma de puni-lo?

— Não. Eu...

— Tem consciência de que acusar falsamente alguém de estupro é um crime grave? — ele me interrompe, mantendo os olhos na folha de papel. Está coberta de coisas escritas, a menor caligrafia que já vi. Não consigo ler nada.

Estou prestes a responder, mas me detenho. Por que deveria deixá-lo me fazer uma pergunta após a outra? Ele entrou no ritmo, como alguém jogando uma bola de tênis contra uma parede. Mereço mais respeito e sensibilidade. Só estou mentindo sobre um detalhe. Se retirar você de minha história de estupro e colocar um homem cujo nome não sei, um homem cujo rosto ainda vejo claramente em pesadelos de sacudir o corpo e suar, seria cem por cento verdade. O que significa que mereço um tratamento melhor que este.

— Sim, tenho consciência. E você deveria ter consciência de que vou dar queixa se não parar de me olhar e falar comigo como se eu fosse merda em seu sapato. Estou fazendo o melhor possível para ser correta. Eu me desculpei por mentir ontem e expliquei por que o fiz. Estou aqui para denunciar um crime *mais* sério do que falsamente acusar alguém de estupro, já que todos sabemos que há uma hierarquia, e acho que você deveria começar a se concentrar nisso em vez de em qualquer que seja o preconceito que tem contra mim.

Ele ergue os olhos. Não sei dizer se está com raiva, assustado ou chocado.

— Por que não tornamos a vida melhor para nós dois? — proponho. — Posso provar que estou dizendo a verdade. Há uma organização chamada Speak Out and Survive, que tem um

site na internet: speakoutandsurvive, uma só palavra, ponto org ponto uk. Na página Histórias de sobreviventes há uma carta que escrevi, datada de 18 de maio de 2003. As histórias são numeradas. A minha é número setenta e dois. Assinei apenas com minhas iniciais: NJ.
Waterhouse está anotando isso. Quando termina, diz:
— Espere aqui.
E sai da sala, deixando a porta bater. Estou sozinha na pequena gaiola azul.
No silêncio, minha cabeça se enche com suas palavras. O ID Waterhouse não é nada para mim. É um estranho. Lembro-me do que você disse sobre estranhos, no dia em que nos conhecemos, após ter ficado do meu lado em uma discussão entre mim e um homem chamado Bruce Doherty — outro estranho, um idiota. Disse: "Você não o conhece, e ele não a conhece. Portanto, não pode feri-la. São as pessoas mais próximas de nós que podem nos ferir mais." Você parecia perturbado, como se tentando tirar algo da cabeça, algo que não era bem-vindo. Eu não o conhecia bem o bastante então para perguntar se havia sido muito ferido, e por quem. "Acredite em mim", você disse. "As pessoas que você ama estão à distância de ferir, bem perto. Os estranhos, não."

Pensando em minha própria experiência, retruquei com veemência: "Está me dizendo que um estranho não pode me ferir?"

"Se a dor não é pessoal, não é tão ruim. Não é sobre você, a outra pessoa, ou a relação entre os dois. É mais como um desastre natural, um terremoto ou uma inundação. Se estivesse me afogando em uma inundação, eu chamaria de azar, mas não seria uma traição. Acaso e circunstância não têm livre-arbítrio. Não podem trair você."

Agora, pela primeira vez, entendo o que você quis dizer. O ID Waterhouse está se comportando desse modo porque tem de, porque é seu trabalho duvidar de tudo o que lhe digo. Não é sobre mim. Ele absolutamente não me conhece.

Fico pensando no que você diria sobre estranhos que são gentis, que sorriem para mim na rua e dizem "Desculpe, querida", quando esbarram em mim por acidente. Para qualquer um que experimentou brutalidade deliberada, a menor gentileza se torna para sempre um choque depois. Sou pateticamente grata até pelas menores gentilezas sem sentido que não custam nada às pessoas; subservientemente grata por alguém achar que mereço um sorriso ou um "desculpe". Acho que é o choque do contraste; fico impressionada que generosidade extemporânea e mal extemporâneo possam existir no mesmo mundo e mal ter consciência um do outro.

Se a polícia encontrar você seguro e bem, lhe dirá do que é acusado, todos os detalhes sórdidos. Irá acreditar em mim se disser que inventei tudo? Entenderá que só sujei seu nome por desespero, por estar tão preocupada com você?

Fico pensando, não pela primeira vez, se deveria mudar todos os detalhes do ataque, para que a história que contar ao ID Waterhouse, caso me permita, seja completamente diferente do que realmente aconteceu. Decido que não posso. Só posso ter confiança com um leito de fatos para me apoiar. Não dormi direito por dias. Todas as minhas articulações doem e meu cérebro parece ter sido moído. Não tenho energia para inventar estupros que nunca aconteceram.

E nenhuma história inventada poderia ser pior do que a minha real. Se pelo menos conseguir persuadir o ID Waterhouse de que estou dizendo a verdade, procurar você pulará para o alto de sua lista de deveres.

Após uns dez minutos a porta se abre. Ele retorna à sala, trazendo várias folhas de papel. Olhando desconfiado para mim, pergunta:

— Gostaria de uma xícara de chá?

Sou encorajada por isso, mas finjo estar irritada.

— Entendo. Então, agora que provei, me oferecem refrescos. Há uma escala? Chá para estupro, água com gás para agressão sexual, água da torneira para assalto?

A expressão dele endurece.

— Li o que você escreveu. O que diz ter escrito.

— Não acredita em mim? — pergunto. Ele é mais teimoso do que pensei. Eu me preparo para a batalha. Gosto de uma boa briga, especialmente quando sei que posso vencer. — Como saberia que estava lá se não tivesse escrito? Acha que mulheres que não foram estupradas navegam por sites de estupro por diversão, e que quando encontram uma história que por acaso tem suas iniciais no pé...

— "Meu agressor foi alguém que nunca vi antes e nunca vi depois" — diz Waterhouse, lendo em voz alta de uma das páginas em sua mão. Ele imprimiu minha carta. Eu travo, desconfortável com a ideia de que está na sala conosco. Falo rapidamente, antes que possa ler mais de minhas próprias palavras.

— Eu não sabia quem era na época, descobri depois. Eu o vi novamente. Como lhe disse, deparei com ele no Rawndesley East Services na quinta-feira, 24 de março do ano passado.

Waterhouse está balançando a cabeça, folheando seus papéis.

— Você não disse isso — ele me contradiz secamente. — Disse que conheceu o sr. Haworth nessa data, mas não onde o encontrou.

— Bem, foi onde o encontrei. No posto de gasolina. Mas essa não foi a primeira vez. A primeira vez foi quando ele me estuprou.

— Rawndesley East Services. No Traveltel?

Imagino o cérebro de Waterhouse como um computador. Tudo o que lhe digo é uma nova informação a inserir.

—Não. Na lanchonete. O que eu disse sobre o Traveltel foi mentira. Sei que há um Traveltel no Rawndesley East Services, e queria manter minha mentira o mais perto da verdade possível.

— E quanto ao quarto onze? O mesmo quarto todas as vezes?

— pergunta. Ele diz isso mais baixo e mais cuidadosamente que qualquer outra coisa que falou. É um mau sinal. Ele me observa atentamente.

— Inventei isso. Nunca estive dentro do Traveltel ou de qualquer de seus quartos.

Assim que ouvir minha história, não terá duvida de que digo a verdade; não irá se preocupar em conversar com os funcionários do Traveltel. E ele sabe que isso poderia ser facilmente verificado. Então por que, pensará, eu contaria uma mentira tão arriscada?

— Então você encontrou o sr. Haworth, seu estuprador, pela segunda vez em 24 de março do ano passado na lanchonete do Rawndesley East Services.

— Sim. Eu o vi. Ele não me viu.

— Como descobriu seu nome e onde morava?

— Eu o segui até sua van. Tinha seu nome e telefone nela. Peguei o endereço no catálogo telefônico.

Ele pode me perguntar qualquer coisa. Terei uma resposta pronta — uma boa resposta plausível — em segundos. Sempre que atrai minha atenção para um detalhe que espera irá me desmascarar, encontro um modo de encaixá-lo em minha história. Tudo pode ser ajeitado. Só preciso fazer isso metodicamente: esse deve ser o caso e esse também deve ser o caso. Qual história tornará isso possível?

— Não compreendo — diz Waterhouse. — Você sabe o nome dele, sabe onde mora. Disse que estava pensando em cuidar disso pessoalmente. Por que não fez?

— Porque se acabasse com um histórico criminal, isso seria outra vitória para ele, não é? Eu lhe disse, queria que a polícia aparecesse na casa e o deixasse morrendo de medo. Não queria ter de... Estar cara a cara com ele.

— Então você inventou toda uma história sobre um caso, quarto onze toda noite de quinta, sua amiga telefonando e falando com a esposa do sr. Haworth?

— Sim.

Ele consulta as anotações.

— Você tem uma amiga e inquilina chamada Yvon?

Eu hesito.

— Sim. Yvon Cotchin.

— Então nem tudo que você disse ontem foi mentira. Então há pelo menos uma mentira que você contou hoje. E quanto ao ataque de pânico, ir à casa dele? Encontrar a sra. Haworth?

— Tudo isso foi verdade — digo. — Fui lá. Foi o que me fez pensar que não daria conta eu mesma. Então procurei vocês.

Waterhouse diz:

— Ontem você deu a mim e à sargento Zailer uma fotografia sua com o sr. Haworth. Como explica isso?

Tento não revelar surpresa e irritação em meu rosto. Deveria ter pensado nisso, e não pensei. Esqueci completamente a foto. Digo calmamente.

— Era falsa.

— Mesmo? Como exatamente fez isso?

— Não fiz. Tirei uma fotografia de Robert Haworth, uma fotografia minha, e uma amiga fez o resto.

— Onde conseguiu a do sr. Haworth?

Eu suspiro, como se fosse óbvio.

— Eu mesma tirei, no estacionamento do posto. Em 24 de março do ano passado.

— Acho que não — diz Waterhouse. — Ele não a viu, de pé bem na sua frente? E como você estava com uma câmera?

— Eu não estava em pé na frente dele. Tirei a fotografia a distância com minha câmera digital. Minha amiga ampliou em um computador e fechou em cabeça e ombros, para fazer parecer um close.

— Que amiga? Novamente a srta. Cotchin?

— Não. Não vou lhe dar o nome dela. Lamento. E, respondendo à sua outra pergunta, sempre levo uma câmera quando estou indo ver um possível cliente, como naquele dia. Tiro fotografias dos jardins, ou das paredes, onde quer que eles desejem o relógio de sol. Ajuda no trabalho se tiver uma imagem do local à qual recorrer.

Waterhouse parece desconfortável. Vejo um toque de dúvida em seus olhos.

— Se a história que está me contando agora é verdade, então o modo como sua cabeça funciona é muito estranho. Caso não seja, posso provar que está mentindo.

— Talvez você devesse me deixar contar o que vim aqui contar. Assim que tiver ouvido o que me aconteceu, verá como isso pode bagunçar a cabeça de qualquer um. E se ainda não acreditar em mim depois que lhe contar pelo que passei, garanto que nunca mais lhe direi outra palavra, se acha que mentiria sobre algo assim! Sei que não é mais fácil conquistar afeto ficando furiosa em vez de chorosa, mas estou muito acostumada à raiva. Sou boa nisso.

Waterhouse diz:

— Assim que tomar seu depoimento, isso se torna oficial. Você entende?

Um pequeno espasmo de pânico sacode meu coração. Como irei começar? *Era uma vez...* Mas não estou confessando ou revelando. Estou mentindo descaradamente — é a forma de encarar isso. A verdade só estará ali para servir à mentira, significando que não tenho de sentir.

— Entendo — digo. — Vamos tornar isso oficial.

6

4/4/06

DECLARAÇÃO DE NAOMI JENKINS, de Argyll Square, 14, Rawndesley. Ocupação: trabalha por conta própria, construtora *freelancer* de relógios de sol. Idade: 35 anos.

Esta declaração é verdadeira de acordo com meu conhecimento e crença, e a presto sabendo que, se usada como prova, estarei sujeita a processo caso tenha intencionalmente afirmado algo que sei ser falso ou não acredite ser verdade.

Assinatura: *Naomi Jenkins* Data: *4 de abril de 2006*

Na manhã da segunda-feira, 30 de março de 2003, eu saí de minha casa às 9h40 e fui pegar algumas pedras da floresta de Hopton de que precisava para meu trabalho com um pedreiro local, James Flowton, da Crossfield Farm House, Hamblesford. O sr. Flowton disse que a pedra ainda não chegara da pedreira, então saí imediatamente e subi a trilha até a rua principal, Thornton Road, onde havia estacionado o carro.

    Um homem que nunca tinha visto antes estava de pé ao lado do meu carro. Era alto, com cabelos castanho-escuros curtos. Vestia uma jaqueta de veludo cotelê marrom-claro com o que parecia forro de pele de ovelha, jeans pretos e botas Timberland. Quando me aproximei, ele chamou "Naomi!", e acenou. A outra mão estava no bolso. Embora não o reconhecesse, imaginei que ele me conhecia e esperava por mim. (Agora sei que o homem é Robert Haworth, de Chapel Lane, 3, Spilling, mas não sabia disso à época.)

Fui diretamente até lá. Ele agarrou meu braço e tirou uma faca do bolso da jaqueta. Gritei. A faca tinha um cabo duro preto de uns sete centímetros, a lâmina tinha uns doze centímetros de comprimento. Ele me puxou para si, de modo que ficamos de pé com os peitos colados, e apertou a ponta da faca em meu estômago. Durante todo esse tempo continuou sorrindo para mim. Disse em voz baixa para parar de gritar. Falou: "Cale a boca ou arranco suas tripas. Arranco seu coração. Você sabe que falo sério." Parei de gritar. O sr. Haworth disse: "Faça exatamente o que eu disser e não acabará com uma faca dentro de você, certo?" Eu anuí. Ele pareceu com raiva por eu não responder. Repetiu: "Certo?"

Dessa vez respondi, dizendo: "Certo."

Ele recolocou a faca no bolso, passou o braço pelo meu e me disse para andar até seu carro, estacionado a uns duzentos metros mais à frente da Thornton Road, na direção de Spilling, em frente a uma loja chamada Snowy Joe's, que vende equipamento esportivo. O carro era preto. Acho que era um Hatch. Estava assustada demais para notar marca, modelo ou placa.

Ele destrancou o carro enquanto andávamos, usando um chaveiro tirado do mesmo bolso que a faca. Quando chegamos ao carro, abriu a porta de trás e me mandou entrar. Sentei no banco de trás. Ele bateu a porta, foi para o outro lado do carro e sentou ao meu lado. Pegou minha bolsa e, depois de retirar o celular, jogou-a pela janela do carro. Jogou o celular no banco do carona. Havia uma prateleira no carro, por toda a largura sobre o alto dos bancos de trás. Ele esticou a mão atrás de mim e tirou algo da prateleira. Era uma máscara de olhos feita de um tecido azul acolchoado, com um elástico preto. Colocou em mim, cobrindo os olhos, e me disse que, se tirasse, usaria a faca em mim. Falou: "Se não quiser sangrar lentamente até a morte, fará o que digo."

Ouvi a porta do carro bater. Pelo que ouvi depois, soube que sentara no banco do motorista. Ele disse: "Estou ajustando o espelho retrovisor para ver você o tempo todo. Não tente nada." O carro começou a se mover. Não sei quanto tempo ficamos no carro. Pareceram horas, mas estava tão assustada que não consegui avaliar isso direito. Estimo que dirigimos pelo menos duas horas, possivelmente muito mais. Inicialmente tentei convencer o sr. Haworth a me soltar. Ofereci dinheiro em troca de me soltar. Perguntei como sabia meu nome e o que pretendia fazer comigo. Ele riu de mim sempre que fiz uma pergunta e não respondeu. Finalmente pareceu ficar irritado, e me mandou calar. Fiquei quieta depois disso, pois ele novamente me ameaçou com a faca. Disse que havia trancado todas as portas do carro, e se tentasse escapar iria me arrepender. Falou: "Você só tem de fazer o que mando e não irá se machucar."

Durante toda a viagem a Radio 5 Live estava tocando. Não notei quais eram os programas, apenas a estação. Depois de um tempo, durante o qual não houve diálogo entre nós, o sr. Haworth começou a me contar coisas sobre mim. Sabia o endereço de minha casa e que eu era fabricante de relógios de sol. Fez perguntas sobre relógios de sol e insistiu em que respondesse. Disse que se desse uma resposta errada, ele iria parar e pegar a faca. Ficou claro pelas perguntas que ele tinha um conhecimento razoável sobre relógios de sol. Mencionou relógios skaphe e sabia o que era um analema. São dois termos técnicos que aqueles não familiarizados com relógios de sol poderiam não saber. Sabia que eu nascera em Folkestone, estudara tipografia na Universidade de Reading e começara meu negócio de relógios de sol usando uma quantia substancial que ganhara vendendo uma fonte tipográfica que criara em meu último ano na universidade para a Adobe, a empresa de programas de processamento de texto. Perguntou: "Como é ser uma mulher de negócios bem-sucedida?" O tom das perguntas era de deboche. Tive a impressão de que queria me provocar com o quanto sabia sobre mim. Perguntei como tinha toda aquela informação. Nesse momento parou o carro, e senti algo pontudo em meu nariz. Imaginei que fosse a faca. O sr. Haworth me lembrou de que não podia fazer perguntas, e me obrigou a pedir desculpas. Depois voltou a dirigir.

Algum tempo depois o carro parou. O sr. Haworth abriu minha porta e me puxou para fora. Passou o braço pelo meu novamente e me mandou andar devagar. Ele me conduziu na direção que queria que seguisse. Finalmente pude dizer, pelo som no chão sob meus pés, que estávamos entrando em um prédio. Fui conduzida para cima de alguns degraus. O sr. Haworth me agarrou e tirou meu casaco. Mandou que tirasse os sapatos, o que fiz. Fazia muito frio dentro daquele prédio onde estávamos, mais frio que do lado de fora. Ele me virou e mandou que sentasse. Sentei. Mandou que deitasse. Achei que provavelmente estava em uma cama. Amarrou cordas em tornozelos e pulsos e esticou meu corpo na forma de um X enquanto amarrava meus membros a algo. Depois tirou do meu rosto a máscara de olhos.

Vi que estava em um pequeno teatro. Amarrada a uma cama no palco. A cama era de uma madeira escura — talvez mogno — e tinha uma bolota de carvalho se projetando de cada um dos quatro cantos da estrutura. O colchão no qual estava deitada tinha uma espécie de cobertura plástica. Notei que havia degraus descendo de um lado do palco, e imaginei que fossem os degraus que acabara de subir. As cortinas estavam abertas à minha frente, então podia ver o resto do teatro. Em vez de fileiras de poltronas para a plateia, havia uma grande mesa de jantar comprida feita do que parecia ser a mesma madeira escura da cama, e muitas cadeiras de madeira escura com assentos almofadados brancos. Cada lugar à mesa estava arrumado com vários garfos e facas.

O sr. Haworth disse: "Quer um aquecimento antes do espetáculo?" Ele colocou a mão no meu seio e apertou. Implorei que me deixasse partir. Ele riu e sacou a faca do bolso. Começou, muito lentamente, a cortar minhas roupas. Entrei em pânico e novamente implorei que me deixasse partir. Ele me ignorou e continuou a cortar. Não estava certa de quanto tempo levou para cortar minhas roupas, mas havia uma pequena janela que podia ver de onde estava, e notei que escurecia do lado de fora. Estimo que levou pelo menos uma hora.

Assim que estava totalmente nua, ele me deixou sozinha alguns minutos. Acho que saiu do teatro. Pedi ajuda o mais alto que consegui. Estava gelada, e meus dentes batiam.

Após alguns minutos o sr. Haworth voltou. "Ficará feliz de saber que liguei a calefação. A plateia logo estará aqui. Não podemos deixá-los com as bolas congelando, podemos?" Vi que segurava meu celular. Perguntou se era do tipo que tirava fotografias. Estava com medo demais para mentir, então disse que era. Perguntou o que deveria fazer se quisesse tirar uma foto. Expliquei. Ele tirou uma fotografia minha deitada na cama e me mostrou. "Uma lembrança", disse. "Seu primeiro papel principal." Perguntou como mandar a foto para outro celular. Ensinei. Falou que estava mandando a foto para o seu próprio celular. Ameaçou mandar para todos os números gravados no meu telefone caso não obedecesse às suas ordens ou se um dia fosse à polícia. Então se sentou na beirada da cama um tempo e começou a tocar minhas partes íntimas, rindo de mim quando chorei e me encolhi.

Não sei quanto tempo se passou, mas um pouco depois houve uma batida na porta e o sr. Haworth me deixou só novamente, descendo os degraus, passando por trás de mim e saindo de vista. Ouvi o som de passos de muita gente. O teatro tinha piso de madeira, então o barulho era alto. Ouvi o sr. Haworth cumprimentando o que pareciam ser muitos outros homens, mas não foram ditos nomes. Depois vi vários homens, todos vestindo o traje conhecido como "smoking", se aproximando da mesa e sentando. Havia pelo menos dez homens presentes, excluindo o sr. Haworth. A maioria deles era caucasiana, mas pelo menos dois eram negros. O sr. Haworth lhes serviu vinho e deu as boas-vindas. Eles trocaram algumas impressões sobre o clima e as condições das estradas.

Gritei e implorei aos homens que me ajudassem, mas todos riram de mim. Olharam meu corpo e fizeram observações obscenas. Um deles perguntou ao sr. Haworth. "Quando poderemos olhar mais de perto?" E ele respondeu: "Tudo a seu tempo." Depois desapareceu em um quarto nos fundos do teatro, no lado oposto da sala para o palco. Saiu dois minutos depois com uma bandeja e colocou um pratinho diante de cada homem à mesa. Cada prato tinha salmão defumado, uma fatia de limão e uma bolinha de algo branco com pintas verdes.

Enquanto os homens começavam a comer e beber, o sr. Haworth voltou ao palco. Começou a me estuprar, primeiro oralmente, depois na vagina. Enquanto isso acontecia, os homens gritavam, riam, aplaudiam e faziam comentários obscenos. Depois que terminou de me estuprar, o sr. Haworth começou a recolher os pratos, levando de volta para o quartinho atrás de onde os homens estavam sentados. Deixou a porta desse quarto aberta, e notei uma série de sons típicos de uma cozinha, barulhos que associei a cozinha e lavagem de louça. Eu me dei conta de que havia pessoas na cozinha.

O sr. Haworth voltou ao palco e me desamarrou. Mandou que descesse os degraus e me lembrou que se desobedecesse de alguma forma, iria me "estripar". Fiz o que mandou. Ele me levou à mesa, onde havia uma cadeira ainda desocupada. Ele me empurrou para ela e começou a me amarrar de novo. Puxou meus braços para trás do encosto da cadeira e amarrou os pulsos juntos. Depois abriu minhas pernas ao máximo e mandou que juntasse os tornozelos sob a cadeira. Então amarrou os tornozelos. Os outros homens continuaram a gritar e aplaudir.

Depois o sr. Haworth serviu mais três pratos aos homens, um dos quais uma carne com vegetais, um tiramisu e então queijos. Nenhum dos outros homens além do sr. Haworth me tocou, mas, enquanto comiam, debochavam de mim e provocavam. De tempos em tempos, um deles fazia uma pergunta. Perguntaram, por exemplo, qual minha fantasia sexual preferida e minha posição sexual predileta. O sr. Haworth me obrigou a responder. "E é melhor que seja bom", falou. Disse o tipo de coisa que achei que queriam ouvir.

Depois que os homens terminaram o último prato, o sr. Haworth retirou tudo da mesa. Levou da cozinha uma garrafa de porto e copos, depois uma caixa de charutos, cinzeiros e fósforos. Então me desamarrou e mandou que deitasse de barriga na mesa. Fiz isso. Alguns dos homens acenderam charutos. O sr. Haworth subiu em cima de mim e me estuprou analmente. Quando terminou, perguntou: "Alguém quer experimentar?" Um dos homens respondeu: "Estamos todos bêbados, camarada."

Alguns dos homens, incluindo o sr. Haworth, tentaram então encorajar um homem chamado Paul a me estuprar. Disseram coisas como "E quanto a você, Paul?". E "Vamos lá, Paul, você tem de comer essa". Isso me fez pensar que todos os homens se conheciam bem, formavam um grupo coeso de amigos, e que talvez Paul fosse o líder, ou conhecido como uma pessoa de destaque no grupo. Não consegui ver qual dos homens era Paul, mas o ouvi dizer: "Não, observar é suficiente para mim." O sr. Haworth me mandou levantar. Passou meu casaco e sapatos e mandou que os colocasse. Assim que estava vestida, colocou a máscara sobre meus olhos novamente e me faz sair com ele, deixando os homens na sala. Ele me empurrou para dentro do carro e bateu a porta. O sr. Haworth não falou comigo nessa segunda viagem de carro. Acho que devo ter desmaiado ou apagado por boa parte da viagem, pois perdi toda a noção de tempo. Algum tempo depois, quando ainda estava totalmente escuro, o carro parou e eu fui puxada para fora. Caí no chão. O sr. Haworth não me devolveu o celular. Ouvi o carro sair e imaginei que tinha partido. Após alguns segundos reuni a coragem de tirar a máscara e vi que estava perto do meu próprio carro, na Thornton Road, Hamblesford. As chaves estavam no bolso do casaco, então entrei no carro e fui para casa.

 Não contei a ninguém o que me aconteceu e não denunciei o sequestro e a agressão à polícia. Mais tarde encontrei o sr. Haworth novamente por acaso, em 24 de março de 2005, em Rawndesley East Services e consegui identificá-lo seguindo-o até seu caminhão estacionado, que tinha o nome pintado.

Depoimento tomado por: ID Simon Waterhouse, SD Culver Valley
Delegacia: Spilling
Momento e local do depoimento: 16h10, 4/4/06, Spilling

7

5/4/06

— Tira? — reagiu o homem que mostrava o chalé a Charlie e Olivia, erguendo as mãos, alarmado. — Não teria lhes dito que havia vagas se soubesse que eram dos rapazes de azul. Na verdade, meninas de azul — disse, piscando, e se virou para Olivia. — Você também é tira?

Ele tinha o tipo de sotaque refinado que Charlie imaginava como sendo de "internato particular".

— Não. Por que todo mundo que nos vê juntas sempre diz isso? — retruca Olivia, perguntando a Charlie. — Ninguém pergunta se você é jornalista. Não faz sentido. Deveria estar no sangue essa ideia de aplicar a lei?

Qualquer um que conhecesse Olivia saberia como era absurda a ideia de ela perseguindo um adolescente infrator pela rua ou derrubando a porta de uma casa de venda de crack.

— Seu irmão tem um negócio de chalés de férias? — perguntou, inocente.

O homem não se ofendeu, graças a Deus. Ele riu.

— Isso pode parecer surpreendente, mas sim, meu irmão e eu estivemos no negócio por vários anos. Então você é jornalista? Como qualonomedela? Katie Adie!

Charlie não teria suportado o homem enxerido se fosse menos bonito ou se ela estivesse menos empolgada com o chalé. Via que Olivia também havia adorado. Havia uma banheira grande o bastante para duas pessoas, apoiada em quatro pés de ouro no centro de um grande banheiro com piso de ardósia negra. Uma cesta de palha ao lado da pia transbordava de produtos Molton Brown e o grande chuveiro largo, chato e brilhante no box de vidro no canto parecia capaz de liberar um temporal satisfatório.

As duas camas do chalé eram mais largas que camas de solteiro comuns. A estrutura era de cerejeira em forma de esqui, com cabeceiras e pés curvos. Seu anfitrião amistoso, embora intrometido — o sr. Angilley, imaginou Charlie, aquele com o nome no cartão —, lhes dera um cardápio de travesseiros ao chegar. "Penugem de pato", dissera Olivia sem hesitar um minuto. Charlie pensara: Não me importaria de dividir meus travesseiros com você, sr. Angilley, mas guardou o pensamento para si mesma. Ele tinha o tipo de boa aparência que era incomum, quase implausível — como se tivesse sido projetado por um grande artista ou algo assim. Quase perfeito demais.

Um enorme televisor de tela plana estava pendurado na parede na área de estar e, embora não houvesse frigobar, havia algo chamado "despensa" junto à entrada da cozinha, abarrotada de todo tipo imaginável de bebida e lanches. "Apenas nos diga o que consumiram ao final da semana; confiamos em vocês!", Angilley dissera, piscando para Charlie. Ela normalmente não gostava de piscadelas, mas talvez não fosse sensato ser tão rígida em relação às coisas... A cozinha era pequena, o que Charlie sabia agradara à irmã. Olivia se opunha às grandes e sociáveis cozinhas com ilha central e mesa que a maioria das mulheres adorava. Achava que cozinhar era perda de tempo e que ninguém que não fizesse isso profissionalmente, simplesmente não deveria fazer.

— Nada como Kate Adie — ela disse a Angilley. — Sou jornalista de artes.

— Muito sensato — ele disse. — Muito melhor ficar presa na Tate Modern que no centro de Bagdá.

— A discutir — murmurou Olivia.

Charlie estudou os grandes olhos castanhos de Angilley, que tinham rugas de riso ao redor. Quantos anos teria? Quarenta e poucos, supôs. Seus cabelos escorridos divididos ao meio lhe davam uma agradável aparência descuidada. Charlie gostou do paletó de tweed cinza-esverdeado que ele usava, e seu cachecol. Ele tinha estilo, de uma forma interiorana. E não usava aliança.

Muito mais atraente que Simon maldito Waterhouse.

— Qual o seu nome? — perguntou Charlie, decidindo fazer um pouco de contraintromissão.

— Ah, desculpe. Sou Graham Angilley, o dono.

— Graham? — ela repetiu, olhando para Olivia e sorrindo. A irmã olhou com raiva. — Que coincidência.

Charlie entrou automaticamente em modo flerte. Inclinou a cabeça para o lado e lançou um olhar malicioso para Angilley.

— Meu namorado inventado se chamava Graham.

Ele pareceu desproporcionalmente satisfeito. Pontos rosados surgiram em suas bochechas.

— Inventado? Por que você iria querer inventar um namorado? Eu imaginaria que você teria muitos deles reais — disse, depois mordendo os lábios e franzindo o cenho. — Não quis dizer *muitos*, quis dizer... Bem, você deve ter muitos admiradores.

Charlie riu do embaraço dele.

— É uma longa história — disse.

— Desculpe. Normalmente sou muito mais suave e legal que isso.

Ele colocou as mãos nos bolsos e sorriu envergonhado. Também sabe flertar, pensou Charlie; ela normalmente não gostava da abordagem tímida e infeliz.

Olivia falou em voz alta:

— Há bons restaurantes por perto?

— Bem... Edimburgo é perto, se não se incomodar com uma viagem de mais ou menos uma hora, e há um restaurante excelente bem aqui. Steph cozinha para qualquer hóspede que queira refeições caseiras de primeira. Todos os ingredientes são orgânicos.

— Quem é Steph? — perguntou Charlie o mais descontraidamente possível. Sentia-se injustificavelmente irritada.

— Steph? — repetiu Graham olhando para ela, deixando que soubesse que compreendera as implicações da pergunta. — É toda a minha equipe concentrada em uma pessoa: cozinheira, faxineira, secretária, recepcionista, você escolhe. Minha braçal. Embora não devesse falar mal dos trabalhadores braçais — falou e riu. — Não, sendo justo, Steph é bastante atraente se você gosta de garotas camponesas. E estaria perdido sem ela, é um amor. Querem que traga cardápios mais tarde? — perguntou, olhando para Charlie.

— Isso seria ótimo — respondeu, se sentindo levemente tonta.

— E não se esqueçam de dar uma olhada no spa, que fica no velho prédio do celeiro. Acabamos de instalar um tepidário. É o lugar perfeito para relaxar e se mimar.

Assim que ele partiu, Olivia disse:

— Isso *é* um bom sinal. Sempre prefiro um tepidário a uma sauna.

Charlie ficou chocada, mas decidiu não perguntar. Ficou pensando se a irmã algum dia havia trabalhado um dia inteiro.

— Mas não estou certa se quero arriscar a comida de Steph. Precisamos conseguir, assim que possível, o número de um táxi local, de modo que se estivermos passando fome e a comida daqui for medonha, possamos chegar a Edimburgo antes de nossas costelas começarem a se projetar.

Charlie balançou a cabeça, simulando desespero. Seriam necessários meses, possivelmente anos de privação antes que as costelas de Olivia se projetassem.

— Imagino que irá querer o mezanino? — disse, levando sua mala para a outra cama.

— Decididamente. Do contrário me sentirei como se dormindo na sala. Você estará dormindo na sala.

— Ali termina a sala e começa o meu quarto — retrucou Charlie, apontando.

— Só queria saber o que há de errado com paredes. O que há de errado com portas? Odeio todo esse absurdo de planta aberta. E se você roncar e me mantiver acordada?

Charlie começou a desfazer as malas, desejando ter ido às compras e levado roupas novas e sensuais. Olhou pela janela aberta, para o grupo íngreme de árvores altas do outro lado do córrego que passava ao lado do chalé. Não havia ruído naquele lugar, se não incluísse a voz alta de Olivia: sem ronco de trânsito, nada do zumbido genérico do mundo cuidando da vida. O ocasional canto de um pássaro era a única coisa que rompia o silêncio. E Charlie adorava aquele ar fresco e seco. Graças a Deus que a Espanha fora um desastre. As pessoas sempre diziam que as coisas acabam dando certo, mas Charlie sempre achara isso absurdo, um insulto direto a qualquer um que um dia tivesse passado por algo trágico ou horrível.

— Char? Vamos ter férias legais, não vamos? — perguntou Olivia, soando atipicamente ansiosa. Estava deitada na cama. Charlie olhou para cima, viu os pés descalços da irmã por entre a balaustrada de madeira. Desfazer as malas era outra coisa que

Olivia descartava como sendo esforço demais. Usava sua grande mala como uma pequena cômoda.

— Claro — respondeu Charlie, adivinhando o que viria a seguir.

— Promete que não vai deixar seu alter ego Tiranossauro Sex assumir e estragar tudo? Eu realmente estava sonhando com esta semana. Não quero que seja arruinada por causa de um homem.

Tiranossauro Sex. Charlie tentou expulsar as palavras, mas elas já haviam se cravado em seu cérebro. Era como Olivia a via, um enorme monstro feio, um predador sexual descontrolado? Ela sentiu como se uma série de portas batessem dentro dela, em uma tentativa fútil de proteger seu ego contra danos que já haviam sido feitos.

— Qual homem? — perguntou com voz escandida. — Angilley ou Simon?

Olivia suspirou.

— O fato de você precisar fazer essa pergunta ilustra bem a seriedade do problema — disse.

— Em outras palavras, uma bagunça — disse o inspetor Giles Proust. — Diria que é uma avaliação justa da situação, Waterhouse? Eu chamaria de uma bagunça. Do que você chamaria?

Simon estava dentro do cubículo transparente de Proust. O lugar onde não estar, a não ser que gostasse de se sentir como se todos os seus colegas estivessem vendo você ser feito em pequenos pedaços pelo inspetor pequeno e careca: um filme mudo, mas brutal, visto de uma distância segura, através do vidro. Simon estava sentado em uma cadeira verde sem braços com estofamento saindo, enquanto o inspetor andava ao redor, eventualmente derramando chá da caneca de "Maior avô do mundo" que levava nas mãos. Simon se encolhia de vez em quando para não ser escaldado. Pensou que se aquilo fosse um filme, a qualquer momento Proust sacaria uma navalha e começaria a cortar. Mas a navalha não era a arma predileta de Proust; ele ficava contente em fazer isso com sua língua causticante e sua visão distorcida do mundo e de seu lugar nele.

Simon dera o passo tolo de entrar no covil do inspetor sem ser convocado. Por escolha, na medida que alguém na sala de detetives procurava o Homem de Neve por escolha. O apelido era uma referência à capacidade de Proust de transmitir qualquer que fosse sua disposição emocional — principalmente as ruins — a salas cheias de espectadores inocentes. Se ele passava de relaxado a tenso, de sociável a ranzinza, toda a sala dos detetives parava de respirar. Palavras se tornavam pedras em todas as bocas, e ações passavam a ser refletidas e artificiais. Simon não sabia como Proust conseguia prejudicar o clima geral tão plenamente. Seria a pele dele porosa? Teria poderes psíquicos especiais?

Simplesmente fale com ele como se fosse um sujeito normal.

Simon tinha muito que precisava dizer, e sabia que não fazia sentido embromar.

— Certamente é uma situação difícil e preocupante, senhor.

Ele ficaria contente de concordar em usar "bagunça" como definição, não fosse pela clara implicação de que era de algum modo responsável. De algum modo? Ele se censurou por ser ingênuo. Proust o considerava *totalmente* responsável. O que não conseguia descobrir era por quê.

— Você deveria ter procurado a polícia de Kent imediatamente, assim que a sra. Haworth lhe deu um endereço. Deveria ter passado os detalhes para eles por fax e cobrado uma hora depois. A polícia de Kent teria adorado isso. Simon pareceria insano caso os perseguisse após apenas uma hora.

— Isso seria injustificado, senhor. Eu então não sabia o que sei agora. Naomi Jenkins não acusara Haworth de estupro àquela altura.

— Você saberia muito mais *agora* se tivesse procurado a polícia de Kent *então*.

— O senhor teria feito isso, senhor? Em minha posição? — perguntou, sabendo que um desafio direto era arriscado. Dane-se. — A sra. Haworth me disse que iria garantir que o sr. Haworth entrasse em contato assim que voltasse. Disse que estava tentando encerrar sua relação com Naomi Jenkins, mas que Jenkins não aceitava. Deixei uma mensagem no celular dele, e estava esperando que ligasse de volta. Pareceu objetivo.

— Objetivo — repetiu Proust em silêncio. Quase melancólico. — É como você descreveria isto?

— Não *agora*, não. Não é mais objetivo...

— De fato.

— Senhor, segui o procedimento correto. Decidi deixar isso de lado por ora e retomar no começo da semana caso não tivesse notícias.

— E quais fatores contribuíram para essa decisão? — perguntou Proust lançando um sorriso falso assustador na direção de Simon.

— Fiz uma avaliação de risco padrão. Haworth é adulto, não há indicações de que seja instável ou suicida...

O Homem de Neve lançou uma pequena onda de chá ao dar uma volta, os pés mais rápidos que os de Fred Astaire. Simon desejou que Charlie não estivesse de férias. Por alguma razão, a vida sempre era ruim quando ela não estava por perto.

— Robert Haworth tem uma esposa e uma amante — disse Proust. — Mais precisamente, tem uma esposa que descobriu sobre sua amante, e uma amante que não permite que ele termine. Você não é casado, Waterhouse, então talvez não saiba disso, mas viver com uma mulher que alega ter um razoável carinho por você e com quem você não erra de forma apreciável é bastante difícil. Acredite em mim, um homem que tem 32 anos de trabalho duro no campo matrimonial. Ter duas com as quais lidar, uma em cada ouvido, ambas choramingando sobre como se sentem *traídas*... Bem, eu teria ido para muito além de Kent se fosse ele.

Trabalho duro no campo matrimonial? Esse era um clássico. Simon teria de se lembrar, repassar a Charlie. Era apenas graças aos esforços generosos de Lizzie Proust que o Homem de Neve conseguia parecer um ser humano saudável e capaz, mesmo que apenas por uma parcela do tempo. Se aquela conversa tivesse acontecido dois anos antes, ou mesmo um ano, Simon estaria se sentindo acalorado e impaciente naquele estágio, trincando os dentes e avançando mentalmente até o dia em que iria quebrar o nariz de Proust com sua testa. Naquele dia se sentia cansado pelo esforço de permanecer em modo adulto enquanto conversava com um homem que era efetivamente uma criança. Ah, muito bom, Waterhouse, muito *psicológico*, Proust teria dito.

Simon ficou pensando se seria razoável começar a se ver como uma pessoa que costumava ter um temperamento violento. Ou seria cedo demais para isso?

— O que o senhor teria feito? Está dizendo que, com base no que sabíamos ontem de manhã, teria procurado a polícia de Kent?

Proust nunca lhe dava a satisfação de uma resposta.

— Avaliação de risco — disse com desprezo, embora fosse a pessoa que dera a Simon as orientações ACPO 2005 sobre procedimentos para pessoas desaparecidas e o instruíra a decorar cada palavra. — Haworth corre risco, certo, e eu não deveria precisar lhe dizer por quê. Corre risco porque está envolvido, de alguma forma que ainda precisa ser determinada, com essa Naomi Jenkins. Avaliação de risco! Ela aparece um dia e diz que ele está desaparecido, alegando ter sido seu amante por um ano e se sentir perdida sem ele, e no dia seguinte volta dizendo para esquecer tudo aquilo, era uma grande mentira, e acusando Haworth de sequestro e estupro há três anos? — diz balançando a cabeça. — Isto será uma investigação de assassinato até o final da semana, você verá.

— Não estou certo, senhor. Acho prematuro supor isso.

— Eu não precisaria supor nada se você tivesse controlado a situação de uma forma profissional!

— Nós fizemos...

— Essa mulher está nos manipulando. Ela aparece quando quer, diz o que resolve dizer, e tudo o que você consegue fazer é anuir e anotar cada nova mentira em todos os seus detalhes; um registro de pessoa desaparecida num minuto, uma denúncia de estupro no seguinte. Ela está encenando uma pantomima, e escalou você como as pernas de trás do burro!

— A sargento Zailer e eu...

— O que, em nome de todas as coisas brilhantes e belas, você estava pensando ao tomar um depoimento de estupro dela? Ela claramente é uma delirante selvagem, e ainda assim você resolve fazer a vontade dela!

Simon pensou no relato de Naomi Jenkins sobre seu estupro, o que ela dissera que os homens haviam feito. Era a pior coisa que já tinha ouvido. Pensou em dizer a Proust como realmente, honestamente, se sentira quando ela contara. Nenhuma chance. A proximidade física com o Homem de Neve afastava qualquer ideia que pudesse ter tolamente acalentado sobre a possibilidade de se dar comunicação genuína; só era preciso dar uma olhada no homem.

— Se ela está mentindo sobre o estupro, como explicar a carta assinada N.J. que enviou ao site em maio de 2003?

— É uma fantasia que tem há anos; desde o nascimento, pelo que sei ou me importo — disse Proust, impaciente. — Então conheceu Haworth e a detalhou um pouco, o acrescentou à sua história absurda. Não é possível confiar em nada que diz.

— Concordo que o comportamento dela é suspeito. Sua instabilidade evidentemente é causa de grande preocupação com a segurança de Haworth — disse Simon. Não vamos discordar, poderia ter acrescentado. Sem sentido. — Motivo pelo qual, logo após tomar seu depoimento, *procurei* a polícia de Kent. E eles acabaram de ligar de volta.

Em outras palavras, seu merda míope, tenho alguns fatos nos quais você poderia se interessar caso estivesse disposto a parar de jogar a culpa em mim por dois segundos. Simon teve uma sensação de suas palavras retornando a ele, não tendo conseguido penetrar, permear a rígida barreira invisível que cercava Proust o tempo todo.

Ele persistiu.

— O endereço que Juliet Haworth me deu existe, mas ninguém lá sabe nada sobre Robert Haworth.

— Ela também é instável — disse o Homem de Neve secamente, como se suspeitasse que as duas mulheres na vida de Robert Haworth estavam deliberadamente conspirando para criar problemas para ele, Giles Proust. — Bem? Você retornou à casa e a vasculhou? Vasculhou a casa de Naomi Jenkins? Se tivesse lido a nova coisa de pessoas desaparecidas que lhe dei...

— Eu li — cortou Simon.

As orientações ACPO 2005 para cuidar de pessoas desaparecidas não eram exatamente novas. Proust era avesso a mudanças. Durante semanas após os relógios avançarem ou recuarem, ele fazia uma distinção entre "tempo antigo" e "novo tempo".

— ... saberia que na Seção 17, parte c; ou seria d? Você pode entrar em qualquer lugar caso tenha motivo para crer que alguém corre risco...

— Sei de tudo isso, senhor. Apenas queria conferir com o senhor, já que a sargento Zailer está fora.

— Bem, o que achou que eu diria? Um homem está desaparecido. Sua pulada de cerca é uma lunática conspiradora, e a esposa, longe de estar preocupada com seu paradeiro, está ativamente tentando tirar você da pista. O que acha que eu diria? Levante os pés e esqueça tudo?

— Claro que não, senhor.

Eu queria consultá-lo, seu cretino desgraçado. Será que Proust achava que Simon gostava de suas pequenas discussões? Não era tão ruim quando Charlie estava por perto: ela funcionava como um amortecedor, protegendo sua equipe das agressões do inspetor o máximo que podia. E também, cada vez mais nos meses anteriores, tomava decisões que por direito deveriam ser tomadas por Proust, para minimizar o estresse dele e lhe permitir ter o tipo de dias curtos e fáceis de que gostava.

— Claro que não, senhor — imitou Proust. Ele suspirou e conteve um bocejo, sinal de que perdera pressão. — Faça as coisas óbvias, Waterhouse. Vasculhe a casa de Jenkins e a de Haworth. Faça a verificação habitual de cartões de crédito e telefones. Fale com todos que Haworth conhece: amigos, contatos profissionais. Você *sabe* o que fazer.

— Sim, senhor.

— Ah, e embora eu esteja destacando o absolutamente elementar: traga o computador de Naomi Jenkins. Acho que seremos capazes de dizer se a carta que ela alega ter enviado ao site de estupro teve origem em sua máquina, não é?

— Sim, senhor — disse Simon, pensando que alguém será, não você. Proust era um especialista em tudo que não exigia especialização, esse era seu problema. — Se for a mesma máquina. Ela pode ter comprado uma nova desde então.

— Também coloque Sellers e Gibbs nisso. A partir de hoje é nossa maior prioridade.

Você os coloca nisso, Simon quase cometeu o erro de dizer. Estaria Proust se preparando para a aposentadoria, transferindo suas responsabilidades para qualquer um que as queira?

— Pressione Jenkins novamente. E vá ao Traveltel...

— Acabei de falar ao telefone com a recepcionista.

Simon ficou contente de poder decapitar pelo menos uma das instruções desnecessárias de Proust. Dar conselhos redundantes era um dos passatempos preferidos do Homem de Neve, embora ele preferisse, por pouco, dar alertas totalmente desnecessários. Estava sempre dizendo a Charlie, Simon e ao resto da equipe para não bater com os carros, deixar as portas da frente destrancadas ou cair da encosta das montanhas quando andando.

— Um homem e uma mulher correspondendo às descrições de Haworth e Jenkins têm passado toda noite de quinta-feira no Traveltel, quarto onze, por aproximadamente um ano. Exatamente como Jenkins tinha dito na segunda-feira. Estou esperando a recepcionista do Traveltel ligar de volta e confirmar que são eles. Mandei uma foto por mensageiro para seu...

— Claro que são eles! — exclamou Proust, batendo a caneca na mesa.

— Senhor, estaria dizendo que eu não deveria ter me preocupado em conferir?

Tal falha básica — em um universo paralelo no qual Simon ainda tivesse feito muitas coisas erradas, mas coisas diferentes —

sem dúvida ainda teria resultado em uma descompostura muito semelhante à que ele estava levando naquele momento.
O inspetor parecia completamente farto. Também soou assim quando falou.
— Apenas vá em frente com isso, Waterhouse, certo? Mais alguma coisa ou você me daria alguns minutos de calma durante os quais juntar os fragmentos de meu dia estilhaçado?
— A recepcionista disse que o casal, Haworth e Jenkins, supondo que sejam eles, parecia muito ardente.
Proust lançou as mãos para o alto.
— Então é um mistério resolvido. Isso explica por que iam juntos a um motel de beira de estrada toda semana. Sexo, Waterhouse. O que você acha: ambos sentiam uma atração por pratos de oito libras e noventa e nove?
Simon ignorou o sarcasmo. A relação entre Robert Haworth e Naomi Jenkins era crucial, estava no centro de toda aquela coisa, e a recepcionista do Traveltel, pelo que Simon sabia, era uma testemunha independente objetiva. Disse com firmeza:
— Ela me contou que sempre estavam abraçados. Olhavam muito um nos olhos do outro, esse tipo de coisa.
— Na recepção?
— Aparentemente.
Proust bufou alto.
— E a mulher sempre passava a noite, saindo na manhã seguinte. Enquanto o homem saía por volta de sete horas da mesma noite.
— Sempre?
— Foi o que ela disse.
— Então que tipo de relação absurda pode ser essa? — perguntou Proust, olhando para sua caneca vazia, como se esperando descobrir que havia se enchido sozinha.

— Possivelmente uma abusiva — sugeriu Simon. — Senhor, estava pensando em Síndrome de Estocolmo. O senhor sabe, quando mulheres se apaixonam por homens que as agridem...

— Não perca meu tempo, Waterhouse. Vá lá e faça seu maldito trabalho.

Simon se levantou, virou para sair.

— Ah, Waterhouse?

— Senhor?

— Você poderia me comprar um livro sobre relógios de sol enquanto estiver fora. Sempre os achei fascinantes. Sabia que o relógio de sol marca o tempo com mais precisão que o relógio, que a Hora de Greenwich? Li isso em algum lugar. Se você quer medir a posição exata da Terra em relação ao Sol, a hora solar, então o relógio de sol é o nome — disse Proust, e sorriu, assustando Simon: felicidade parecia algo errado no rosto do inspetor.

— Os relógios nos fazem crer que todos os dias têm a mesma duração, exatamente vinte e quatro horas. Isso não é verdade, Waterhouse. Não é verdade. Alguns são um pouquinho mais curtos, e alguns um pouquinho mais longos. Sabia disso?

Simon sabia, e muito bem. Os mais longos eram aqueles que era obrigado a passar na companhia do detetive inspetor Giles Proust.

8

Quarta-feira, 5 de abril

Ouço minha porta dos fundos bater. Esse som é seguido do som de passos. Estão vindo da casa na direção do galpão, onde trabalho. Quando converso com clientes, chamo de meu ateliê. Mas na verdade é um galpão de tamanho médio com uma mesa, um banco de madeira e todas as minhas ferramentas. Quando comecei o negócio, mandei colocar duas janelas. Não conseguiria trabalhar em um lugar sem janelas, nem um só dia. Preciso ser capaz de ver. Há passos demais para ser Yvon sozinha. Sem me virar para ver, sei que é a polícia. Eu sorrio. Uma visita domiciliar. Finalmente estou sendo levada a sério. Provavelmente também há policiais indo para a sua casa, caso já não estejam lá. Saber que logo terei notícias suas torna a passagem do tempo suportável. Não irá demorar. Tento me concentrar apenas em receber a notícia, não em qual será ela.

Após dias de um pânico cego e agitado, sinto como se tivesse subido a uma pequena projeção. É um alívio conseguir descansar nela por um tempo, sabendo que, enquanto estou passiva, outros estão ativos.

Continuo a aplicar folha de ouro com meu pincel de pelo de texugo. O dito no relógio em que estou trabalhando no momento é "Antes hoje do que nunca". É um presente atrasado de bodas de prata de um marido esquecido para a esposa; ele me disse esperar que o gesto seja grandioso o bastante para tirá-lo da lista negra dela. Queria uma escultura vertical para um lugar específico em seu jardim dos fundos. Estou fazendo um pilar de pedra de Hornton com o relógio em sua superfície superior lisa. Ouço a porta se abrir atrás de mim, sinto o vento em minhas costas, através do pulôver.

— Naomi, há dois detetives aqui para vê-la.

Há ansiedade na voz de Yvon, assim como uma ânsia de parecer natural e relaxada.

Eu me viro. Um homem corpulento de terno cinza sorri para mim. É um sorriso dúbio, como se esperasse não exibi-lo por muito tempo. Tem barriga gorda, cabelos cor de palha espetados no alto com gel e pele irritada de barbear. Seu colega, baixo, escuro e magro, com olhos pequenos e testa baixa, se coloca entre o homem gordo e Yvon e começa a espiar minha oficina sem ser convidado. Pega minha serra de fita, examina e baixa novamente, depois faz o mesmo com a minha serra de arco.

— Tire suas mãos das minhas coisas — digo. — Quem são vocês? Onde está o ID Waterhouse?

— Sou o ID Sellers — diz o gordo, erguendo um cartão em uma carteira plástica. — Este é o ID Gibbs.

Não me dou o trabalho de verificar a identificação. São obviamente policiais. Têm uma qualidade em comum com Waterhouse e a sargento Zailer, que é difícil de definir. Modos inflexíveis, talvez. Comportando-se como se houvesse gráficos e tabelas na cabeça. Um fino verniz de polidez disfarçando desprezo automático. Confiam um no outro, mas em ninguém mais.

— Precisamos fazer uma busca em sua casa — diz o ID Sellers. — E no jardim e quaisquer construções externas. O que inclui este galpão. Causaremos o mínimo de perturbação possível.

Eu sorrio. Então acabou a conversa e começa a ação. Bom.

— Vocês não precisam de um mandado de busca? — pergunto, embora não tenha intenção de mandá-los embora.

— Se acreditamos que uma pessoa desaparecida corre riscos, temos o direito de vasculhar instalações — diz o ID secamente.
— Estão procurando por Robert Haworth? Ele não está aqui, mas procurem à vontade.
Fico pensando se eles o estão vendo como criminoso ou como vítima. Talvez ambos. Disse ao ID Waterhouse que pensava em fazer justiça com as próprias mãos.
— Talvez precisemos levar algumas coisas conosco — diz Sellers, sorrindo novamente ao ver que não pretendo brigar. — Seu computador. Há quanto tempo o tem?
— Não muito — respondo. — Um ano, mais ou menos.
— Espere um minuto — diz Yvon. — Eu também moro aqui, e trabalho aqui. Se vocês vão fazer uma busca na casa, podem deixar meu escritório exatamente como encontraram?
— Qual é o seu trabalho? — pergunta Sellers.
— Sou *website designer*.
— Também precisaremos levar seu computador. Há quanto tempo o tem?
— Há quanto tempo mora aqui? — pergunta Gibbs antes que Yvon tenha a chance de responder à última pergunta.
— Dezoito meses — ela diz, trêmula. — Veja, temo que não possam levar meu computador.
— Temo que possamos — diz Gibbs, sorrindo pela primeira vez, um sorriso apertado e malicioso.
Ele caminha até o peitoril da janela, pega um relógio de sol de bolso de latão e puxa a corda. É uma coisinha resistente, e posso ver que isso o desaponta. Ele esperava conseguir quebrá-lo. Sellers pigarreia, e fico pensando se é uma repreenda.
— Como irei trabalhar? — pergunta Yvon. — Quando o terei de volta?

— Nós o devolveremos o mais rápido possível — diz Sellers. — Lamento o inconveniente. É apenas rotina, temos de fazer isso.

Ela parece levemente tranquilizada.

— Certo, então.

Ele se vira para mim.

— Vamos começar pela casa.

— Onde está o ID Waterhouse? — pergunto novamente.

A resposta me ocorre enquanto falo. — Está na casa de Robert, não é? Você está em algum lugar lá, em Chapel Lane 3. Sei que está. Penso no ataque de pânico que tive do lado de fora da janela, desmaiando na grama. Cada folha era uma lâmina fria em minha pele, se congelando em minha carne. Minha respiração se torna irregular, e me obrigo a expulsar a lembrança antes que me esmague.

— Robert? — diz Sellers, parecendo confuso. — Você acusou esse homem de sequestrá-la e estuprá-la. Como o chama pelo primeiro nome?

O rosto de Yvon ficou pálido. Evito seu olhar. A não ser que Sellers e Gibbs sejam completamente incompetentes, encontrarão vários livros sobre estupro e suas consequências na última gaveta na minha mesa de cabeceira, bem como um alarme de estupro e um aerossol. Consegui os acessórios para sustentar minha história, toda a parafernália da vítima, escondida sob uma fronha dobrada.

— A mulher pode chamar seu estuprador do que quiser — digo, com raiva.

O ID Gibbs sai enquanto ainda estou falando, deixando a porta bater atrás dele. Sellers recebe minha resposta com uma leve alteração de sua expressão. Depois também se vira para sair.

Eu o vejo enquanto se junta ao colega mais maldoso no caminho. Os dois partem na direção da casa.

Yvon não os acompanha, embora eu dê as costas a ela e pegue o pincel. Minhas costas estão rígidas de tensão, duras e lisas, para repelir o que sei que está prestes a dizer.

— Lamento pelo seu computador — murmuro. — Estou certa de que não ficarão muito tempo com ele.

— Robert a sequestrou e estuprou? — pergunta, com voz sufocada.

— Claro que não. Feche a porta.

Ela permanece imóvel, balançando a cabeça.

Finalmente me levanto e fecho.

— Eu contei uma mentira, grande, para fazer a polícia pensar que Robert é perigoso e precisa ser encontrado com urgência.

Yvon me encara, chocada.

— Que escolha tinha? — pergunto. — A polícia não estava fazendo droga nenhuma. Quero saber o que aconteceu com Robert. Sei que algo aconteceu. Precisava de um modo de fazer com que procurassem por ele.

— Por isso você queria que a levasse à delegacia ontem — diz, a voz embotada, sem brilho. — Qual foi a história? O que exatamente disse a eles?

— Não vou falar sobre isso, certo?

— Por que não?

— Porque... Acabei de dizer, foi uma mentira, uma besteira. Por que está me olhando assim?

— Você disse à polícia que Robert, o homem que segundo você é sua alma gêmea, o homem com quem quer casar e passar o resto da vida, você disse à polícia que ele a sequestrou e estuprou?

Ela está tentando me chocar com o fato simples do que fiz. Não vai funcionar. Superei meu choque há algum tempo. Agora minha mentira, o passo extremo que dei, simplesmente faz parte de minha vida como tudo mais: meu amor por você, meu sofrimento real nas mãos de um homem cujo nome não sei, este relógio de sol de pedra na minha frente com um sol sorridente pintado no centro.

— Eu lhe disse por quê — insisto. — A polícia não se preocupou em encontrar Robert quando era apenas meu namorado casado desaparecido. Eu queria colocar um foguete nos traseiros deles, e funcionou — digo, e aponto na direção da casa. — Estão aqui, procurando.

— Devem achar que você é louca. Provavelmente imaginam que o esfaqueou ou algo assim.

— Não ligo para o que pensam desde que procurem por ele com toda a dedicação possível.

— Eles sabem que está mentindo — diz Yvon, parecendo chorosa. Sua voz está tomada pelo pânico. — Se ainda não sabem, logo descobrirão.

No fundo ela ainda é uma menina obediente de internato. É convencional no sentido que quase todos são. Eu me dei conta de que mais pessoas concordariam com ela sobre isso do que comigo, o que é um pensamento estranho.

Não digo nada. A polícia não pode provar que não fui sequestrada e estuprada, por mais que tentem, e não podem provar que não foi você que o fez até encontrá-lo.

Será que eu deveria contar a Yvon a verdade sobre o que me aconteceu? Ontem provei a mim mesma que podia fazer isso, contar a história. Não foi tão ruim quanto passei três anos imaginando que seria. De volta para casa da delegacia eu me sentia como se tivesse arrancado de volta um pouco de dignidade dos homens que a roubaram de mim. Não tinha mais medo de falar. Ninguém nunca entenderá isso — nem mesmo você, Robert —, mas me ajuda pensar que finalmente contei a história como o fiz: como parte de uma estratégia deliberada de manipular a polícia. Não em boa-fé, não como uma boa menina humilhada. Talvez tenha sido até facilitado pelo fato de o investigador detetive Waterhouse ter me tratado como se fosse uma criminosa. Tecnicamente, provavelmente sou uma, agora que dei a declaração falsa. Já não sou presa do homem que me atacou. Sou igual a ele; ambos violamos a lei.

— Você não pode amar Robert — diz Yvon em uma voz engasgada. — Se você o ama, como pode contar uma mentira tão medonha sobre ele? Ele irá odiá-la.

— Vou retirar a acusação assim que o encontrarem. Posso ter problemas por mentir para a polícia, mas não ligo para isso. Nada de ruim pode acontecer a Robert se eu admitir que estava mentindo.

— Tem certeza? A polícia não pode fazer algo assim independentemente do que você diz? Eles ainda terão um registro de qualquer que seja a história que você contou a eles ontem, não? Podem usar isso!

— Yvon, não há como isso acontecer — eu digo, com paciência, embora meu cérebro esteja começando a fraquejar nas bordas. — É bastante duro conseguir uma condenação em um caso de estupro na melhor das situações, mesmo quando a vítima é uma testemunha confiável. Não há como os tiras continuarem com isso assim que Robert for encontrado e eu tiver mudado minha história pela segunda vez. Serei expulsa do tribunal às gargalhadas.

— Você não sabe disso! O que você sabe sobre como polícia e judiciário funcionam? Nada!

— Veja, dei uma data a eles, certo? — eu começo e paro, incapaz de dizer 13 de março de 2003 em voz alta. — Como Robert não me sequestrou nessa data, conseguirá provar que não fez isso. Ele terá trabalhado; ele trabalha todo o dia. Terá um álibi, alguém que o viu carregando ou recebeu uma entrega dele, alguém que o viu em um posto de gasolina ou estacionamento de caminhões. Ou terá estado com Juliet — disse, tendo pensado nisso em minha cabeça dezenas de vezes. — Não há risco para Robert.

— Dane-se Robert! — diz Yvon, sua ansiedade se transformando em raiva. — Quer saber? Acho que ele está absolutamente bem. Homens como ele sempre estão!

— O que você quer dizer com isso?

— Você pode ir para a prisão, Naomi. Não é perjúrio o que fez?

— Provavelmente.

— Provavelmente? É só o que pode dizer? O que há de errado com você? Enlouqueceu? Isso é tão maluco, isso é... — diz, caindo em lágrimas.

— Há coisas piores que passar um tempo na prisão — digo a ela calmamente. — Dificilmente irão me trancar pelo resto da vida, irão? E poderei dizer, sinceramente, que menti por desespero. Nunca me meti em problemas de nenhum tipo antes. Fui um modelo de cidadã...

— Você sequer consegue ver o que há de errado com você, não é? Eu penso nisso.

— Em um nível sim. Em outro, não — respondo com honestidade. — E o nível no qual está certo é o mais importante.

Reviro minha cabeça em busca de coisas que pudesse dizer que ajudassem. Como uma pessoa como eu atinge uma pessoa como Yvon? A tolerância dela desaparece ao primeiro indício de problemas, e sua mente trava. Como um país que introduziu rígidas medidas de segurança depois de um ataque inesperado.

— Veja, será que por errado você não quer dizer apenas atípica? — sugiro.

— De que porra você está falando?

— Bem... A maioria das pessoas não faria o que estou fazendo. Sei disso. A maioria das pessoas esperaria pacientemente, deixaria nas mãos das autoridades competentes e esperaria o melhor. A maioria das pessoas não inflamaria a situação alegando que seu amante desaparecido era um criminoso perigoso na esperança de que a polícia o procurasse com mais eficiência.

— Isso mesmo! A maioria das pessoas não faria! — ela diz, sua preocupação comigo se tornando raiva total. — De fato, ninguém faria, exceto você!

— Essa é a sua objeção, não é? Por que noventa e nove em cem mulheres não fariam isso, tem de ser errado, segundo você!

— Você não consegue perceber como é distorcido? É o contrário! Como é errado, noventa e nove em cem mulheres não fariam isso!

— Não! Algumas vezes você tem de ser corajosa e fazer algo que não se encaixa no padrão geral apenas para sacudir um pouco as coisas, para fazer acontecer. Se todos pensassem como você, as mulheres ainda não poderiam votar!

Nós nos encaramos, sem fôlego.

— Eu vou contar a eles — diz Yvon, recuando um passo, como se prestes a correr para a casa. — Vou dizer à polícia o que acabou de me contar.

Eu dou de ombros.

— Eu direi que você mente.

A expressão dela desmorona. Ela muda a ameaça.

— Se você não contar a eles, eu contarei. Falo sério, Naomi. Que porra há de errado com você? Você se transformou em uma espécie de aberração doentia!

Na última vez em que ouvi insultos verbais diretos como esses, eu estava amarrada por cordas — primeiro a uma cama, depois a uma cadeira — e não pude fazer nada. Não há como aturar isso agora de minha dita melhor amiga.

— Fiz o melhor para lhe explicar — digo friamente. — Se ainda não entende, dane-se. E se disser à polícia o que acabei de lhe contar, pode começar a procurar um lugar para morar. Na verdade, você pode ir imediatamente. Eu cruzei outra linha. Pareço estar fazendo isso o tempo todo atualmente. Gostaria de poder apagar minhas palavras duras, engoli-las de volta, para a não existência, mas não posso. Tenho de manter essa expressão desafiadora e dura em meu rosto. Não posso ser vista como sendo fraca.

Yvon se vira para partir.

— Que Deus a ajude — ela diz, trêmula.

Quero gritar para ela que só uma pessoa profundamente convencional escolheria essa como sua última frase antes de partir.

9

5/4/06

Juliet Haworth vestia um roupão naquele dia, um roupão de cetim lilás. Havia marcas de travesseiro em um dos lados do seu rosto quando abriu a porta. Eram três e meia da tarde. Não parecia doente, nem se desculpou por sua aparência ou pareceu embaraçada por ser flagrada em roupas de dormir no meio do dia, como Simon teria ficado.

— Sra. Haworth? ID Waterhouse novamente — ele disse.

Ela sorriu em meio a um bocejo.

— Você não se cansa de mim, não é mesmo? — reagiu. No dia anterior ela estivera seca e ríspida. Naquele momento parecia achar Simon divertido.

— Aquele endereço que me deu em Kent; você mentiu. Seu marido não está lá.

— Meu marido está no segundo andar — disse, inclinando a cabeça para frente e oscilando levemente, uma das mãos na maçaneta redonda de latão. Olhou Simon provocantemente através da franja. Estaria tentando insinuar que ela e Robert Haworth estavam fazendo sexo e Simon os interrompera?

— Se for verdade, gostaria de ter uma palavrinha com ele. Assim que explicar por que mentiu para mim sobre Kent.

O sorriso de Juliet se ampliou. Estaria ela determinada a provar a Simon que nada que dissesse a preocuparia? Ficou pensando por que o humor dela melhorara desde o dia anterior. Porque Robert estava de volta?

Ela se virou e gritou:

— Robert! Componha-se. Há um policial aqui que quer ver você.

— Seu marido nunca esteve na Dunnisher Road 22, em Sissinghurst. Eles não o conhecem naquele endereço.

— Eu cresci naquela casa. Foi onde passei a infância — disse Juliet, parecendo satisfeita consigo mesma.

— Por que mentiu? — Simon perguntou novamente.

— Se eu disser, você não acreditará.

— Tente e veremos.

Juliet anuiu.

— Foi uma ânsia repentina de mentir. Nenhuma razão; apenas senti vontade. Está vendo, disse que não acreditaria em mim, e não acredita. Mas é a verdade — falou, enquanto soltava a faixa ao redor da cintura, apertava o roupão ao redor do corpo e dava o nó novamente. — Quando o vi achei que provavelmente mentiria novamente hoje. Não precisava lhe dizer que Robert está lá em cima. Mas mudei de ideia. Por que não?

— Tem consciência de que obstruir a polícia é crime?

Juliet deu um risinho.

— Certamente. Não seria engraçado do contrário, seria?

Simon se sentiu desajeitado e desconfortável. Algo naquela mulher interferia com sua capacidade de pensar claramente. Ela o fazia sentir como se soubesse muito mais que ele sobre seus próprios pensamentos e ações. Esperava que passasse por ela e subisse em busca do marido ou a desafiasse mais sobre suas mentiras descaradas? Naomi Jenkins também admitira calmamente mentir quando Simon falara com ela no dia anterior. Robert Haworth sentia atração por mulheres desonestas?

Simon não acreditava que Haworth estivesse no andar de cima. Não respondera à ordem da mulher de se compor. Juliet ainda mentia. Simon relutava em entrar na casa e permitir que ela fechasse a porta às suas costas. Algo lhe dizia que poderia não sair incólume. Não achava que Juliet o atacaria fisicamente, mas ainda assim tinha dificuldade de se forçar a entrar na casa como sabia que tinha de fazer. Como ela sem dúvida queria que fizesse, qualquer que fosse a razão. No dia anterior ela estivera igualmente determinada a mantê-lo do lado de fora.

Simon desejava que Charlie estivesse com ele. Ver através de outras mulheres era a especialidade dela. Também teria dado muito para poder conversar com ela, sobre como a outra mudara sua história. Mas Charlie estava de férias. E puta com ele, por mais cuidadosamente que tentasse esconder isso. Simon lembrou disso de repente com uma espécie de irritação perplexa. Tudo o que dissera fora que ele poderia entrar em contato com Alice Fancourt, só para saber como estava. Certamente Charlie não se incomodaria depois de todo aquele tempo. De qualquer forma, não tinha direito de se incomodar. Ela não era sua namorada, nunca fora. O mesmo valia para Alice, Simon se deu conta com uma vaga pontada de arrependimento.

— Você pode achar isso engraçado agora, mas não achará quando chegarmos à carceragem e eu lhe mostrar sua cela — disse a Juliet Haworth.

— Quer saber? Poderia achar. Acho que realmente poderia — disse, apoiada no umbral.

Simon colocou a mão no ombro dela e a empurrou para o lado. Ela não resistiu. Começou a subir as escadas. O carpete sob seus pés estava salpicado com pontinhos brancos e manchas que Simon não conseguiu identificar. Ele se curvou para tocar uma; a textura era de giz.

— Removedor de manchas — Juliet disse. — Nunca me preocupo em aspirar depois que secou. Ainda assim, pó branco é melhor que uma mancha, não?

Simon não pediu que ela desenvolvesse. Continuou a subir as escadas, querendo se livrar dela. A meio caminho, tomou consciência de um cheiro desagradável. Ao chegar ao patamar de cima, era um fedor. Conhecido: o refogado denso de sangue, excremento e vômito. Simon sentiu um frio na boca do estômago. Os pelos dos braços se arrepiaram. Havia uma porta fechada diante dele, e duas outras portas, entreabertas, mais à frente em um corredor estreito.

— Encontrou Robert? — Juliet perguntou em uma voz cantada.

Simon estremeceu. Imaginou as palavras dela como tentáculos, se enrolando nele, puxando-o para o estranho mundo depravado que habitava. Fechou os olhos por um segundo. Depois tentou a porta fechada. Estava destrancada e abriu facilmente. O cheiro medonho atingiu Simon no rosto, e ele lutou muito para não ficar nauseado. Viu uma confusão de cores e horror, pele cinza, traços distorcidos de dor. Proust previra isso. *Isto será uma investigação de assassinato até o final da semana, você verá.*

O homem era indubitavelmente Robert Haworth. Estava nu, deitado de costas em um dos lados de uma cama de casal. O sangue do ferimento na cabeça encharcara a roupa de cama sob ele e secara. Um dos braços tocava o chão. Junto à mão Simon viu os óculos; uma das lentes sumira, a outra quebrara.

Simon percebeu um grande peso de porta de pedra, mais ou menos do tamanho de uma bola de rúgbi, em um dos cantos do quarto. A borda de cima estava escura e viscosa de sangue e cabelos emaranhados; antes que pudesse evitar, Simon pensou na boneca dura e sem rosto de uma criança má e estremeceu. Colocou as pontas dos dedos no pulso de Haworth porque era o que se fazia, não porque ele tivesse alguma esperança. Inicialmente achou ter imaginado, aquela pequena batida insistente. Tinha de. A pele cinza, o sangue e a sujeira ressecada ao redor do corpo de Haworth apresentavam uma imagem clara da morte. Mais alguns segundos convenceram Simon de que não imaginara nada. Havia pulso. Robert Haworth ainda estava vivo.

— Então nos dê um beijinho, sargento — disse Graham, beijando o pescoço de Charlie. Estavam na cama dela no chalé, seminus, o edredom puxado sobre suas cabeças. — Seus subordinados a chamam de sargento? Ou senhora? É o que eles dizem em *Prime Suspect*.

— Shh! — Charlie fez para ele. — E se Olivia acordar? Não podemos ir para sua casa?

Ela não transava no mesmo quarto que a irmã desde que as duas tinham quinze e treze anos, respectivamente. Olhando para trás, como eram bizarras aquelas festas adolescentes: dezenas de casais espalhados pela sala mal-iluminada de alguém, se sarrando e enfiando as mãos dentro das roupas um do outro enquanto Ultravox ou Curiosity Killed the Cat tocavam ao fundo.

— Minha casa? Nenhuma chance — disse Graham, respirando no ouvido de Charlie. — Você não colocará os pés lá até a próxima vez que Steph der uma boa limpeza de primavera no lugar. Ficaria chocada com meu desmazelo.

— Steph limpa sua casa além dos chalés?

— É. Ela é meu próprio sistema pessoal de eliminação de resíduos. É minha bandeja de saída, em casa e no trabalho. Seja como for, esqueça da braçal. É no seu abraço que estou interessado...

Charlie pensou que era estranho sentir e ouvir Graham, porém mal ser capaz de vê-lo. O chalé estava tomado por uma profunda escuridão negra, lembrando a ela que realmente estava no interior. Mesmo em Spilling, uma cidade rural, o céu noturno tinha uma cor escura de cogumelo, nunca era negro puro. Dissera isso a Graham enquanto cambaleavam meio embriagados do prédio do velho celeiro onde ficavam as instalações do spa e um pequeno bar confortável. "Temos noites de verdade aqui", ele dissera com orgulho. "Nenhuma poluição luminosa." Charlie achara uma forma interessante de definir. Nunca pensara na luz como um poluente antes, mas entendia o que Graham queria dizer.

Sentia o peito nu dele sobre sua pele, os pelos grossos. Não estava certa se gostava de peitos peludos, mas podia suportar. Tudo mais nele era atraente. Se fossem um casal, as pessoas poderiam dizer que Graham era de uma classe superior. Ordenou a si mesma começar a pensar nele como uma pessoa inteira, não uma composição de certas partes do corpo: seu namorado imaginário ganhando vida. Mas tinha pernas compridas e musculosas e um belo traseiro; Charlie não podia deixar de notar isso. Colin Sellers certa vez a acusara de pensar como um homem no que dizia respeito a sexo. Isso certamente era uma coisa boa. Por que não poderia ser descomplicado? Fazia mais sentido ter uma relação puramente física com alguém que se parecesse com Graham do que chorar toda noite no travesseiro por causa de uma não relação com alguém como Simon Waterhouse, que colocava vinho tinto na geladeira e não conseguia manter um corte de cabelo decente.

Graham estava puxando gentilmente o corpete de Charlie, murmurando:

— Nenhuma ideia de como tirar isto...

Ela deu um risinho, consciente de que ele tirara mais roupas que ela, que estava postergando. Charlie via que Graham não tinha dúvidas sobre aquilo em que estavam embarcando.

O que era legal. Ele lembrava, mais em atitude que em aparência, Folly, o labrador preto de seus pais, que saltava sobre Charlie e a lambia entusiasticamente sempre que podia. Decidiu guardar a comparação para si mesma. Graham parecia bastante calejado, mas não, nunca se sabia.
Ela o ajudou a tirar a lingerie.
— Não acho que você tenha plena consciência de como realmente é sensual, madame — sussurrou Graham, correndo os dedos levemente sobre seu corpo. — Ou é chefia?
— Sem comentários.
— O batom vermelho e os jeans...
— Jeans velhos e comuns.
— Exatamente.
Charlie tentou beijá-lo, mas ele se afastou, dizendo:
— Você é muito mais sensual do que Helen Mirren...
— Alguma razão específica para me comparar com ela?
— ... E aquele passarinho louro enrugado de *The Bill* e aquela de *Silent Witness*.
— E Trevor Eve de *Waking the Dead*? — Charlie sugeriu.
— Não, ele é mais sensual que você — disse Graham com certeza. Charlie riu e ele colocou a mão sobre sua boca. — Cuidado para não acordar irmãzona.
— Na verdade irmãzinha.
— Então por que você a deixa dar as ordens?
O celular de Charlie começou a tocar. Ela escolhera os acordes iniciais de "The Real Slim Shady", de Eminem, como toque de chamada. Um erro. Quanto mais demorasse a ser atendido, mais alto ficava.
— Merda! — sibilou, tateando na escuridão, tirando objetos aleatoriamente da bolsa. Colocou a mão no telefone no instante em que parou de tocar.

A luz tomou o quarto. Charlie piscou, se virou para Graham. Imaginara que ele tivesse ligado uma luminária para ajudá-la a achar o telefone, mas ainda estava deitado, quase totalmente coberto pelo edredom. Ele gemeu, puxando-o sobre a cabeça. Ótimo, Charlie pensou. Exatamente quando preciso que um herói me resgate. Preparando-se, ela se virou e olhou para cima.

Olivia puxara a cortina de lado e olhava para baixo, apertando os olhos, através da balaustrada de madeira do mezanino. Vestia seu pijama floral Bonsoir e parecia tensa e alerta, de modo algum como se tivesse acabado de despertar.

— Sim, eu ouvi tudo — disse. — Não que vocês dois se importem.

— Por que não falou nada? — perguntou Charlie, vestindo, primeiro, as calcinhas e depois a camisa. Não de novo, pensou, enquanto a lembrança dolorosa dela e Simon na festa de quarenta anos de Sellers tomava sua cabeça. Ficara furiosa por fazer isto parecer com aquilo, embora Olivia não soubesse nada sobre o incidente na festa. A única coisa significativa que nunca lhe contara. — Por que estava fingindo dormir?

— Por que você não conferiu se eu estava dormindo ou não antes de fazer sexo no meu quarto?

— Não é seu quarto! Seu quarto é aí em cima. Este é o meu quarto.

Charlie sentiu a raiva crescer e explodir dentro dela como um espetáculo de fogos, bloqueando todo o resto. Por um momento esqueceu que Graham estava ali, até sua cabeça emergir da roupa de cama.

— Parece que me demorei demais sem ser bem-vindo. Deixarei as damas em paz.

— Você não vai a lugar algum — disse Charlie em voz baixa.

— Você fica — disse Olivia, que estava de pé, jogando roupas na mala. — É com você que ela quer estar, não comigo. Vou embora. Uma noite dessa merda é o bastante para mim. O cacete que vou passar uma semana inteira segurando vela, ouvindo vocês dois trepando até desmaiar toda noite.

Colocou um casaco bege comprido sobre o pijama, parecendo estar a caminho de uma festa à fantasia.

— É quase meia-noite — Graham disse. — Para onde vai?

— Vou pegar um táxi para Edimburgo. Não me importa o quanto custe. Tenho um telefone. Pedi à bartender enquanto vocês babavam um para o outro a noite toda, me ignorando. Estava planejando minha fuga.

— Isso é minha culpa — disse Graham. — Sou um incorrigível desencaminhador de pessoas...

— Deixe que vá, se quiser — disse Charlie.

— Ninguém vai me *deixar* e ninguém vai me impedir — disse Olivia, cansada. — Estou indo, apenas isso.

— Espere um segundo — disse Graham, esticando a mão na direção do jeans e sacando um celular no bolso de trás. Charlie e Olivia o viram teclar botões. — Steph, uma das damas do número três precisa de condução até Edimburgo. Ela estará na recepção em um segundo, certo?

O rosto dele ficou soturno enquanto ouvia a resposta.

— Bem, vista-se. Temos um problema aqui.

Charlie vira Steph brevemente mais cedo naquela noite. A braçal. Graham a chamara assim diretamente, e piscara. Ela tentara responder com um sorriso. Charlie o reconheceu como um sorriso com uma história complicada. Graham e Steph tinham dormido juntos, imaginou.

Ficara surpresa com a aparência de Steph. Naquela manhã Graham a descrevera como camponesa. Charlie imaginara alguém com pele calejada pelo sol, panturrilhas e tornozelos grossos. Na verdade, Steph era magra e branca, com cabelos castanhos em camadas com luzes douradas, laranja e vermelhas. "Acha que trabalha disfarçada para as tintas Dulux?", Olivia sussurrara.

Charlie não estava certa de que queria Steph levando sua irmã embora.

— Liv, não saia correndo na noite. É tarde. Por que não conversamos sobre isto amanhã?

— Porque você está ocupada demais, confraternizando com qualquer coisa que tenha um pênis, para conversar comigo, é por isso.

Olivia desceu a escada pisando duro com suas sandálias de salto alto Manolo Blahnik, levando a mala.

— Olivia, a última coisa que eu queria era arruinar suas férias — disse Graham.

Ela o ignorou, olhando para Charlie.

— Por quanto tempo você vai continuar a fazer isso? Trepar com qualquer coisa que se move só para provar algo ao maldito Simon Waterhouse?

Charlie sentiu o calor da vergonha se espalhando pelo rosto e descendo a garganta.

— Você tem um problema, Char. É hora de lidar com ele. Por que você não... Para de tentar preencher o vazio errado e procura um analista ou algo assim?

Assim que Olivia bateu a porta, Charlie caiu em lágrimas, cobrindo o rosto com as mãos. Graham colocou os braços ao redor dela.

— Só estou chorando assim de raiva — disse a ele.

— Não fique com raiva. Pobre e velha Fat Girl Slim. Não deve ser muito divertido para ela nos escutar transando, não é?

— Não chame minha irmã assim!

— Como é? Embora ela tenha acabado de chamá-la de galinha e a mim de, vamos ver como foi exatamente; ah sim, "qualquer coisa que tenha um pênis?" — ele reagiu, arriscando um pequeno sorriso.

Charlie não conseguiu evitar rir, embora ainda estivesse chorando.

— Por que você tem de dar um apelido a todo mundo? Eu sou madame, Steph é braçal, agora Olivia é Fat Girl Slim...

— Desculpe. Sério. Só estava tentando reduzir a tensão — disse, acariciando as costas de Charlie. — Veja, você vai dar um jeito nisso. Amanhã Steph nos dirá para qual hotel ela foi. Eu lhe darei uma carona até Edimburgo, e vocês poderão dar beijinhos e fazer as pazes. Certo?

— Certo — disse Charlie, que tirara cigarro e isqueiro da bolsa. — Se você me disser que este chalé é para não fumantes, eu esmago sua cabeça.

— Eu não ousaria. Madame. Chefia.

— Aquelas coisas que Liv disse sobre mim...

— Ela só estava atacando por se sentir excluída. Eu já esqueci.

— Obrigada — disse Charlie, apertando a mão de Graham. Graças a Deus: um cavalheiro. Ainda assim, dormir com ele naquela noite não era mais uma possibilidade, não com as palavras zumbindo em sua cabeça. *Parar de tentar encher o vazio errado. Piranha.*

— Charlie, pare de se preocupar — disse Graham. — Você e Fat Girl Slim são sólidas, dá para ver. Têm uma relação melhor que a maioria dos irmãos.

— Você está de sacanagem?

— Não. Falando sério. Vocês gritam uma com a outra. É um bom sinal. Não falei direito com meu irmão durante anos.

— Você disse que estava no negócio com ele.

Graham de repente pareceu infeliz.

— Estamos. A despeito de tudo, estamos, mas ele fez de tudo para arruinar o negócio, esse é o problema. Eu sou o sensato, o cauteloso...

— Acho difícil acreditar nisso — Charlie provocou.

— Verdade. Não corro riscos idiotas que não podemos bancar, porque quero que isto funcione. Então eu levanto e ele derruba, ou tenta.

— Como ainda podem trabalhar juntos se não se falam? — Charlie perguntou.

Graham tentou sorrir, mas a testa não perdeu as rugas de preocupação.

— É absurdo demais. Você riria se eu contasse.

— Vá em frente.

— Nós interagimos por intermédio da braçal — Graham contou, balançando a cabeça, depois se inclinou e tentou puxar Charlie de volta para a cama. — De qualquer modo, não vamos mais falar sobre problemas de família. Temos o lugar só para nós. Vamos trepar até desmaiar, como sua boa irmãzinha sugeriu, depois estaremos contritos quando formos vê-la amanhã.

— Graham... — disse Charlie, se afastando do beijo dele. — Acho que estes chalés são absolutamente perfeitos. O jantar hoje foi inacreditável e o spa é tão bom quanto o de qualquer hotel. Acho que os negócios ficarão bem. Nem mesmo seu irmão incompetente poderia fazer com que um lugar assim não desse lucro.

— É mesmo, sargento? Ei, tive uma ótima ideia. Já que gostou tanto do jantar, vou ligar para a braçal e encomendar café da manhã na cama — disse, esticando a mão para o telefone.

— Não! — Charlie gritou, agarrando o braço dele. — Ela está com Olivia!

— Ah, é. Merda. Acho que não pareceremos muito contritos se já estamos pensando no chouriço com batatas de amanhã. Nham.

— Alguém me ligou — Charlie lembrou de repente. Com todo o drama, ela havia se esquecido de que o telefone tocara e começara a briga com Olivia. E se aquilo não tivesse acontecido? Olivia teria ficado deitada acordada, furiosa e ressentida, escutando Charlie e Graham fazendo sexo?

— Isso pode esperar, não pode? — perguntou Graham.

— Vou só ver quem foi.

— Você não tem outras irmãs gordas e assustadas, tem, chefia?

— Não a chame assim!

Charlie apertou o botão de chamadas não atendidas e viu o número de Simon. Merda. Ele nunca ligaria nas férias se não fosse algo sério. Simon era mais atento em respeitar a privacidade do que qualquer pessoa normal poderia querer ou precisar.

— Tenho de dar um telefonema rápido. Lamento, é trabalho. Vou sair — disse, colocando o casaco e enfiando os pés nos tênis, esmagando a parte de trás com os calcanhares. — Você espera aqui.

— Acho que sim, já que não estou vestido. E se apresse, ou poderei estar dormindo quando voltar. Como um marido cansado que trabalha muito em um filme na TV quando a esposa passa tempo demais se embelezando no banheiro. Você poderá se curvar sobre mim e sorrir afetuosamente.

— Do que está falando, seu maluco?

— Está vendo, já está sorrindo afetuosamente.

Charlie balançou a cabeça, confusa, e levou cigarros, isqueiro e telefone para fora. Ela gostara de Graham. Realmente gostara. Era engraçado. Talvez Olivia também pudesse ter gostado, se

Charlie tivesse lidado com as coisas de modo mais inteligente. Que noite desastrosa. E Simon ligara e ela perdera a ligação. Charlie se sentia mais culpada por isso do que por Olivia. Acendeu um Marlboro Light, deu um grande trago. Do outro lado do campo ficava a cabana que abrigava o escritório de Graham. A luz ainda estava acesa, mas o carro enlameado que estivera do lado de fora mais cedo sumira. O pequeno quadrado amarelo-dourado da janela, a tela azul-clara do celular de Charlie e a pequena faixa laranja vibrante na ponta de seu cigarro eram as únicas luzes que ela podia ver. Aquele lugar parecia mais estrangeiro que a Espanha.

Olhou para o número do celular de Simon na tela e apertou o botão de chamar, ensaiando o que diria assim que atendesse. "Achei que tivesse deixado claro que não queria ser interrompida nas férias." Mas não diria isso com dureza demais.

10

Quinta-feira, 6 de abril

São duas da manhã. Estou no andar de baixo, enrolada em uma bola apertada no sofá em frente à televisão, pesada e desorientada de cansaço, mas com medo de ir para a cama. Sei que não vou dormir. Pego o controle remoto e aperto o botão de mudo. Poderia desligar a TV, mas sou supersticiosa. As imagens tremeluzentes na tela são um elo com algo. São tudo o que me impede de escorregar da beirada do mundo.

Todas as minhas covardias saem à noite, todas as fraquezas e os sentimentos de desamparo que passo todo dia, o dia inteiro sufocando.

A janela de minha sala é um grande quadrado negro, com dois globos de luz dourada refletidos nela e, sob esses discos amarelos, um equivalente desbotado de mim. Pareço uma mulher totalmente sozinha. Quando era pequena costumava acreditar que se você deixasse a escuridão entrar em um aposento bem-iluminado ele ficaria escuro, assim como fica claro de manhã quando você deixa a luz entrar. Meu pai me explicou por que era diferente, mas não me convenci. Normalmente fecho as janelas assim que o céu começa a mudar de azul para cinza.

Hoje não há motivo; a escuridão já está dentro da casa. Está na ausência de Yvon e na bagunça que a polícia deixou, embora esteja certa de que eles acham ter arrumado tudo, assim como Yvon acredita que arrumou se colocar envelopes rasgados, sacos de chá apertados e migalhas de sanduíches na tampa da lata de lixo da cozinha.

Ela deixou a maioria das suas coisas, algo que estou me obrigando a ver como um bom sinal. Passei a noite toda querendo ligar para ela, mas não fiz nada. Esconder o que me aconteceu três anos atrás foi fácil. Entrar em uma delegacia de polícia e acusar um homem inocente de estupro foi fácil. Então por que é tão difícil telefonar para minha melhor amiga e me desculpar? Yvon pensará que não ligo; nunca lhe ocorrerá que possa estar assustada. Das duas, eu sou a assustadora. Ela me provoca com isso. É verdade, posso ser intimidadora quando quero. Um olhar penetrante meu é suficiente para fazer Yvon limpar todas as migalhas do balcão da cozinha ou tampar a manteigueira após ter usado. Gosto das coisas arrumadas. Não consigo pensar direito quando não estão. As ferramentas nunca são deixadas largadas em minha oficina durante a noite; sempre as coloco no lugar certo na prateleira; meus macetes de gravação junto à minha pedra de amolar de diamante, que mora ao lado dos meus cinzéis.

Você entenderia. No Traveltel você organiza suas roupas cuidadosamente no encosto do sofá antes de ir para a cama. Nunca vi uma meia sua no chão. Quando disse isso a Yvon ela torceu o nariz e disse que você parecia esquisito. Falei que não era nada disso, que ela imaginava equivocadamente se pensava assim. Você é sereno e também rápido. Deve ter praticado, pois sempre faz parecer como se simplesmente tivesse jogado suas roupas exatamente em paralelo à borda do sofá.

Lembra que uma vez eu lhe disse que se Yvon desaparecesse a polícia seria capaz de listar tudo que ela havia comido pouco antes sem muita dificuldade? Pensar nisso agora que você está desaparecido me dá arrepios. Mas é verdade. Flocos rosados secos grudados no fundo de uma frigideira apontariam claramente para salmão no jantar da noite anterior. Uma frigideira de gordura coagulada com pedaços pretos queimados seria prova de que comera salsichas no almoço.

Você me disse que eu deveria insistir em que ela limpasse tudo depois de comer. Quando o faço, ela me acusa de tirania. "Você está se tornando um monstro", diz, relutantemente retirando da geladeira uma caixa de leite vazia havia três semanas.

Estou tão acostumada a isso agora, minha postura de ninguém vai se safar de nada, que acho que não poderia voltar a antes. Eu me tornei — no início deliberadamente, embora logo tenha deixado de parecer um esforço — uma pessoa que cria caso com qualquer coisinha. "Relaxe", Yvon vive me dizendo. Mas para mim relaxar significa marchar obedientemente, sob ameaça de faca, para o carro de um estranho.

Se não tivesse me tornado um monstro você poderia nunca ter me notado naquele dia no posto de gasolina. Não sei quanto da briga você viu ou ouviu. Nem nunca consegui arrancar de você certas informações fundamentais, como se também estava comendo na lanchonete naquele dia. Talvez estivesse na loja, do outro lado da calçada coberta, e só apareceu ao me ouvir gritando. Eu gostaria de saber, porque adoro a história de como nos conhecemos, e quero que fique completa.

Estava indo ver um possível cliente, uma senhora idosa que queria que alguém restaurasse o relógio de sol em forma de cubo do seu jardim, que dissera ser do século dezoito e estar em más condições. Eu alegara que fazia principalmente encomendas originais e muito pouco trabalho de restauração, mas ela soara tão desalentada que concordei em dar uma olhada no relógio. Eu me dei conta de que estava com fome assim que saí, então parei no Rawndesley East Services.

Nenhuma pessoa sã espera comida decente em um posto de gasolina, e estava preparada para meu frango com batatas fritas e ervilhas estar morno, engordurado e sem gosto. Não sou como você; não me incomodo com comida medíocre às vezes. Pode ser reconfortante comer comida vagabunda. Mas naquela ocasião, o que me foi entregue em uma bandeja era ofensivo. Você viu? Estava suficientemente perto naquele momento para ver direito? O frango estava cinzento e fedia a latas de lixo que nunca foram lavadas. O cheiro me deu ânsia de vômito. Disse ao homem que me servia que a carne estava vencida. Ele olhou para o teto, como se eu estivesse sendo difícil e disse que eu nem sequer provara. Se o gosto fosse ruim, poderia devolver e ele me daria uma nova refeição, disse, mas não iria pegar de volta quando eu não tinha sequer experimentado. Pedi para falar com o gerente e ele me disse, irritado, que estava no comando, a chefia ainda não chegara.

"Quando ela estará aqui?", perguntei, esperando que fosse o tipo de homem que odiasse ter uma mulher como chefe.

"É ele", respondeu. "Não em mais duas horas."

"Tudo bem. Vou esperar. E quando seu gerente chegar, recomendarei que o demita."

"Fique à vontade", disse o homem, dando de ombros. O nome dele era Bruce Doherty. Estava usando crachá.

"Você só precisa dar uma olhada no frango para ver que está ruim! Está podre! Prove, se não acredita em mim."

"Não, obrigado", disse, com uma careta.

Considerei aquilo um reconhecimento de que a carne estava fora do prazo de validade, e que ele sabia disso; estava se vangloriando, me mostrando que não ligava.

"Vou fazer com que você seja demitido, seu punheteiro!", berrei na cara dele. "E então você será o quê, hein? Neurocirurgião? Cientista espacial? Ou talvez algo que corresponda mais aos seus talentos: limpar bosta de vasos ou vender o traseiro para homens de negócios em visita nos fundos da Rawndesley Station!"

Ele me ignorou. Havia pessoas em fila atrás de mim, e ele se virou para a primeira delas, dizendo:

"Desculpe por isso. O que deseja?"

"Veja, estou muito ocupada", disse a ele. "Só o que quero é um prato de comida que não seja venenoso."

Uma mulher de meia-idade vestida sem elegância que esperava para ser servida tocou meu braço.

"Há crianças aqui", disse, apontando para uma mesa do outro lado do salão.

Arranquei a mão dela de mim.

"Isso mesmo", falei. "Crianças que, se dependesse de você, dele e de todos os outros aqui, receberiam frango podre e morreriam de E. coli!"

Depois disso todos me ignoraram. Telefonei para a mulher com quem iria me encontrar por causa do relógio em cubo e disse que havia sido retida. Depois me sentei à mesa mais perto do balcão, com a bandeja de comida fedorenta na minha frente, esperando a chegada do chefe. A raiva fervia dentro de mim, mas fiz um senhor trabalho em parecer calma. Não posso controlar tudo, mas posso garantir que nenhum estranho seja capaz de adivinhar como estou me sentindo simplesmente olhando para mim.

Eu olhava nos olhos de Bruce Doherty de tempos em tempos. Não demorou para que ele começasse a parecer desconfortável. Desistir era uma possibilidade que não passava pela minha cabeça. Aquela era uma pequena justiça que eu estava determinada a conseguir. Iria vandalizar o lugar, pensei. Percorrer o salão jogando no chão as bandejas de comida das pessoas. Pegaria meu prato de gororoba quente venenosa e jogaria no rosto do gerente.

Após ter esperado quase uma hora e meia, vi você vindo na minha direção. Minha raiva engrossara e crescera dentro de mim, de modo que bloqueara todo outro pensamento e sentimento. Por isso de início não notei como você parecia estranho ao se aproximar. Vestia sua camisa cinza sem colarinho e jeans, sorria para mim, equilibrando uma bandeja de madeira em uma das mãos, como um garçom. Vi seu sorriso primeiro. Estava faminta, tonta, sustentada apenas por minhas fantasias de vingança. Minhas entranhas pareciam frias e vazias, e havia um gosto metálico pungente em minha boca.

Você andou em uma linha reta perfeita na minha direção, com o braço livre atrás das costas. Só o notei devidamente quando estava de pé ao lado da minha mesa. Tive consciência de que a bandeja em sua mão não era do mesmo tipo daquelas em toda a lanchonete — deixadas nas mesas e em uma pilha alta diante do balcão onde Doherty ainda servia sua gororoba letal. Sua bandeja era de madeira de verdade, não de plástico simulando madeira.

Nela havia uma faca e um garfo envoltos em um guardanapo de tecido branco, um copo vazio e uma garrafa de vinho branco. Pinot Grigio: o seu preferido. Isso, como a coincidência de nosso encontro no posto de gasolina, lançou as sementes de uma tradição. Nunca dividimos uma garrafa de vinho que não fosse Pinot Grigio; nos encontramos no Traveltel — embora você diga que não é suficientemente romântico, embora pudéssemos encontrar algum lugar muito mais simpático pelo mesmo preço — porque o Rawndesley East Services foi onde nos encontramos pela primeira vez. Você tem a mentalidade de um colecionador ansioso, no afã de preservar tudo, não perder nada que tivemos. Seu amor à tradição e ao ritual é uma das coisas que me atraíram em você: o modo como toma qualquer coisa prazerosa ou boa que acontece por acaso e a transforma em um hábito.

Tentei dizer isso à polícia — que um homem que insiste em beber o mesmo vinho no mesmo quarto no mesmo dia de toda semana não iria de repente romper sua adorada rotina desaparecendo sem avisar —, mas só o que eles conseguiram fazer foi me olhar com indiferença pétrea. Você pegou a bandeja que Doherty me dera e a colocou na mesa vizinha. Depois pousou sua bandeja na minha frente. Ao lado do guardanapo e dos talheres havia um prato de porcelana com uma tampa de prata em forma de cúpula. Você a removeu sem dizer nada, sorrindo orgulhoso. Eu estava impressionada, confusa. Como lhe disse depois, achei que você fosse o chefe de Doherty; de alguma forma soubera o que havia acontecido, talvez por outro funcionário, e estava ali para compensar.

Mas você não estava usando o uniforme vermelho e azul nem tinha crachá. E aquela não era uma compensação qualquer. Era *magret de canard aux poires*. Você me disse o nome na segunda vez que nos encontramos. Para mim pareciam fatias macias de peito de pato — marrons nas laterais e rosadas no meio — dispostas em um círculo elegante em torno de uma pera inteira descascada e cozida. Cheirava como se vindo do céu. Estava tão faminta que quase caí em lágrimas.

"Você deveria tomar vinho tinto com pato", você me disse objetivamente. Foram as primeiras palavras que o ouvi dizer. "Mas achei que o branco seria melhor, já que estamos no meio do dia."

"Quem é você?", perguntei, preparada para sentir raiva, esperando que não precisasse, pois estava desesperada para comer a comida que você levara. Doherty observava, tão perplexo quanto eu.

"Robert Haworth. Ouvi você gritando com aquele cretino", disse, apontando com a cabeça para o balcão de pratos quentes.

"Ele obviamente nunca lhe dará um almoço que seja comestível, então achei que eu poderia fazer isso."

"Eu conheço você?", perguntei, ainda confusa.

"Conhece agora", respondeu. "Eu não poderia deixá-la passar fome, poderia?"

"De onde veio essa refeição?", perguntei. Tinha de haver algum truque, pensei. "Você mesmo preparou?"

Eu estava pensando em que tipo de homem ouve uma estranha brigando por causa de uma refeição estragada em um posto de gasolina e corre para casa para preparar algo melhor.

"Não eu. Vem do Bay Tree."

É o bistrô mais caro de Spilling. Meus pais me levaram lá uma vez e nossa refeição, incluindo vinho, custou quase quatrocentas libras.

"Então...", estimulei, olhando para você e esperando, deixando claro que queria mais explicações.

Você deu de ombros.

"Vi que estava com problemas e quis ajudar. Liguei para o Bay Tree, expliquei a situação. Fiz um pedido. Então fui lá em meu caminhão e peguei. Sou caminhoneiro."

Achei que você queria algo de mim. Não sabia o que, mas estava alerta. Não estava preparada para dar uma garfada, embora meu estômago doesse e minha boca salivasse, até descobrir quais eram seus planos.

Doherty apareceu ao nosso lado. Havia uma grande mancha de gordura em sua camisa, mais ou menos na forma de Portugal.

"Temo que vocês não possam..."

"Deixe a dama comer seu almoço em paz", você disse a ele.

"Vocês não podem trazer comida..."

"Vocês não podem vender comida imprópria para consumo", você o corrigiu. Seu tom era baixo e educado, mas não me enganei, nem Bruce Doherty. Ambos sabíamos que você iria fazer algo. Atônita, eu o vi pegar o prato de frango, batatas e ervilhas. Puxou a gola da camisa de Doherty e virou a comida no espaço entre uniforme e peito. Ele fez um barulho de desgosto, a meio caminho entre um gemido e um resmungo, olhando para baixo. Depois caminhou de modo irregular para fora da lanchonete, ervilhas caindo de suas roupas. Algumas rolaram pelo chão atrás dele, outras ele esmagou com as solas dos sapatos pretos. Nunca esquecerei daquela visão enquanto viver.

"Desculpe. Veja, só queria ajudar", você disse assim que ele saiu. Tive a impressão de que perdera alguma confiança. Falou de uma forma mais irregular e pareceu se curvar um pouco. Parecia constrangido, como se tivesse decidido que me levar um prato elegante de pato do restaurante chique mais próximo era uma coisa tola a fazer. "Pessoas demais ficam olhando e não fazem nada para ajudar pessoas com problemas", disse.

Aquelas palavras mudaram tudo.

"Eu sei", disse com vigor, pensando nos homens de smoking que haviam aplaudido meu estuprador dois anos antes. "Sou grata por sua ajuda. E isto", falei apontando para o prato, "parece fantástico."

Você sorriu tranquilizado.

"Então aproveite. Espero que goste."

Você se virou para partir, e fiquei novamente surpresa. Imaginara que no mínimo ficaria e conversaria comigo enquanto comia. Mas você disse que era motorista de caminhão. Tinha de fazer uma entrega urgente, tinha prazo. Não podia perder o dia inteiro em um posto de gasolina comigo. Já tinha feito demais por mim.

Soube naquele instante que não poderia deixar você partir. Aquele era o momento de virada na minha vida. Iria fazer dele a virada. Em vez de desperdiçar toda a minha energia reagindo às muitas coisas ruins que tinham me acontecido, ia correr atrás de uma coisa boa.

Você desapareceu pelas portas duplas de vidro da frente do posto de gasolina e logo não era mais visto. Aquilo me assustou e fez agir. Abandonei a comida e corri para fora o mais rápido possível. Você estava no estacionamento, prestes a subir em seu caminhão.

"Espere!", gritei, sem ligar para o quão indigna parecia, correndo loucamente na sua direção.

"Problemas?", você perguntou, parecendo preocupado.

Eu estava sem fôlego.

"Você não tem de... Levar a bandeja e o prato de volta ao Bay Tree depois?", perguntei. Patético, sei, mas na hora pareceu um pretexto razoável.

Você sorriu.

"Não tinha pensado nisso. Provavelmente tenho, sim."

"Bem... Então por que não volta para dentro?", sugeri, deliberadamente flertando.

"Acho que poderia", disse, franzindo o cenho. "Mas... Na verdade talvez devesse seguir meu caminho."

Eu não ia deixar você ir embora. Algo impressionante havia acontecido, do nada, e estava determinada a não deixar isso escapar.

"Você teria feito o que fez, levar comida e vinho, para qualquer um?"

"Quer dizer qualquer um que tivesse acabado de receber um prato de frango podre?"

Eu ri.

"Sim."

"Provavelmente não", você admitiu, desviando os olhos como um escolar tímido.

Foi o momento mais feliz da minha vida. Foi quando soube que era especial para você. Você fez algo que ninguém mais teria feito por mim, e isso me libertou. Isso me fez sentir que podia ser tão louca quanto você, que podia fazer qualquer coisa. Não havia limites nem regras. Vi sua aliança e ignorei totalmente. Você era casado. E daí? Azar, sra. Robert Haworth, pensei, pois vou tomar seu marido. Fui totalmente impiedosa. Durante dois anos eu não pensara em me envolver com um homem. A ideia de sexo me enojava. Não mais. Queria tirar minhas roupas ali mesmo no estacionamento e ordenar que fizesse amor comigo. Isso tinha de acontecer; eu precisava ter você. Encontrar você me permitiu descartar toda a minha história em um instante. Você não sabia nada sobre mim, exceto que era uma mulher atraente com péssimo temperamento. Aquele *magret de canard aux poires* poderia muito bem ter sido um sapatinho de cristal de um príncipe. Tudo era diferente, tudo salvo e redimido. Minha vida mudara de um pesadelo para um conto de fadas no espaço de minutos.

Uma hora depois estávamos nos registrando no quarto onze do Traveltel pela primeira vez.

A campainha toca. Corro para o saguão, pensando que é Yvon. Não é. É o ID Sellers, que estivera ali pela manhã.

— Suas cortinas estavam abertas — diz. — Vi que ainda estava acordada.

— Por acaso estava passando pela minha casa às duas da manhã?

Ele me encara como se fosse uma pergunta idiota.

— Não exatamente.

Espero que continue. Estou com tanto medo de que você tenha me abandonado por escolha quanto de que algo terrível tenha lhe acontecido.

— Você está bem? — Sellers pergunta.

— Não.

— Posso entrar um minuto?

— Posso impedir? — Ele me segue pela sala e se instala na beirada do sofá, sua grande barriga apoiada nas coxas. Fico junto à janela.

— Espera que lhe ofereça uma bebida? Ovomaltine? Não consigo parar de atuar. É uma compulsão. Redijo falas em minha cabeça e as digo com uma voz seca.

— Na segunda-feira você disse ao ID Waterhouse e à SD Zailer que se fossem à casa de Robert Haworth encontrariam algo.

— O que vocês encontraram? — pergunto, surtando. — Encontraram Robert? Ele está bem?

— Na terça-feira você disse ao ID Waterhouse que Robert Haworth a estuprou. E agora se preocupa com o bem-estar dele?

— Ele está bem? Diga, seu desgraçado! — cobro, começando a soluçar, exausta demais para conseguir impedir.

— O que acha que encontraríamos na casa do sr. Haworth? E como poderia estar tão certa?

— Eu lhes disse! Disse a Waterhouse e Zailer: vi algo na sala de Robert, através da janela. Isso me causou um ataque de pânico. Achei que ia morrer.

— O que viu?

— Não *sei*! — digo. Ainda há um enorme buraco negro no meio da minha lembrança daquela tarde medonha. Mas estou certa de que vi algo. Mais certa disso que de qualquer outra coisa. Espero até me acalmar o bastante para falar. — Você deve conhecer essa sensação. Quando vê um ator na televisão e sabe que seu nome está enterrado em algum ponto do seu cérebro, mas sua memória não consegue resgatar.

Estou tão cansada que mal consigo focalizar. O ID Sellers é um borrão.

— Onde estava na noite da última quarta-feira e na última quinta? — pergunta. — Consegue lembrar de cada minuto do seu tempo?

— Não sei por que precisaria fazer isso. Robert está bem? Diga! Sempre vale lutar, não importa qual possa ser o custo pessoal. Essa não é mais uma posição popular. O mundo se torna mais letargicamente insensível a cada dia, e a condenação generalizada de toda e qualquer guerra, mesmo guerras de libertação, é o sintoma evidente. Ainda assim é no que acredito, apaixonadamente.

— Como pode me tratar assim? — pergunto, gritando com Sellers. — Sou uma vítima, não uma criminosa. Achei que a polícia tinha se refinado. Achei que vocês deveriam tratar as vítimas com mais sensibilidade atualmente!

— Do que você é vítima? De estupro? Ou do desaparecimento de seu amante?

— Eu é que deveria estar lhe perguntando: do que sou suspeita?

— Você mentiu para nós, como admitiu. Não pode esperar que confiemos em você.

— Robert está vivo? Apenas me diga isso.

Há três anos jurei que nunca mais iria suplicar. E agora me escute.

— Robert Haworth nunca a estuprou, não é mesmo, srta. Jenkins? Sua declaração foi mentirosa.

O rosto elástico de Sellers é manchado e rosado; me dá vontade de vomitar.

— Foi verdade — insisto. Com minhas defesas baixas e minhas reservas de energia mais que esgotadas, apelo ao que é mais fácil: esconder.

Foi a primeira coisa em que pensei depois do estupro, a única coisa que importava assim que fiquei certa de que o ataque, em todas as suas fases, havia terminado e eu sobrevivera: como esconder do mundo o que havia sido feito a mim. Sabia que iria lidar com um trauma particular melhor do que poderia lidar com a vergonha de as pessoas saberem. Ninguém nunca sentiu pena de mim. Sou a mais bem-sucedida de todos os meus amigos, todos os meus contemporâneos. Tenho uma carreira que adoro. Vendi uma fonte tipográfica para a Adobe quando ainda estava na universidade e usei o dinheiro para criar um negócio lucrativo. Para o mundo, eu devo parecer ter tudo: trabalho criativo recompensador, segurança financeira, muitos amigos, uma grande família, uma casa bonita que é toda minha. Até o ataque eu não carecia de namorados, e embora não fosse fria ou coisa assim, a maioria deles parecia me amar mais do que eu os amava. Todo mundo que conheço me inveja. Eles me dizem o tempo todo como tenho sorte, como sou uma das poucas abençoadas.

Tudo isso teria mudado caso descobrissem o que me acontecera. Teria me tornado a Pobre Naomi. Teria ficado para sempre presa — na cabeça de todos que conhecia, todos que importavam para mim — no estado em que estava quando o homem me jogou no acostamento da Thornton Road após ter terminado comigo: nua exceto pelo casaco e sapatos, lágrimas e muco sobre o rosto, o sêmen de um estranho escorrendo do meu corpo.

De jeito nenhum eu deixaria isso acontecer. Tirei a máscara de olhos, confirmei que não havia ninguém por perto. A estrada estava vazia. Disse a mim mesma que tinha sorte por ninguém ter me visto. Caminhei rapidamente para meu carro e dirigi para casa. Enquanto dirigia assumi o controle da situação em minha cabeça. Comecei a fazer um discurso para mim mesma, pensando que era importante impor alguma ordem o mais rápido possível. Disse a mim mesma que não importava como me sentia — pensaria nisso depois. Por ora, simplesmente não me permitiria sentir nada. Tentei me fazer pensar em mim mesma como soldado ou assassina. Tudo o que importava era agir como se estivesse bem, fazer tudo que faria normalmente, para que ninguém suspeitasse de nada. Eu me transformei em um robô brilhante, externamente idêntica ao meu antigo eu.

Fiz isso de forma brilhante. Outra conquista, algo que a maioria das pessoas nunca teria conseguido. Ninguém imaginou, nem mesmo Yvon. A única parte com que não consegui lidar foram os namorados. Disse a todos que queria me concentrar em minha carreira por um tempo, sem distrações, até conhecer alguém especial. Até conhecer você.

— Vista-se — diz o ID Sellers.

Meu coração dá um pulo no peito.

— Vai me levar para ver Robert?

— Vou levá-la para a unidade de custódia da delegacia policial de Silsford. Pode ir voluntariamente, ou posso prendê-la. Depende de você — disse. Vendo minha expressão chocada, ele acrescenta: — Alguém tentou assassinar o sr. Haworth.

— Tentou? Quer dizer que fracassou.

Meus olhos travam nos dele, exigindo uma resposta. Depois do que parece uma eternidade, ele cede e anui.

O triunfo corre por meu corpo. É por causa de minha mentira que sua casa foi revistada, por eu tê-lo acusado de um crime terrível que você não cometeu. Fico pensando em o que Yvon dirá quando contar a ela que salvei sua vida.

11

6/4/06

Charlie se sentou diante do computador de Graham, um belo laptop Toshiba, e digitou as palavras "Speak Out and Survive" na caixa de busca do Google que estava na tela. O primeiro resultado era o que ela queria — uma organização que oferecia apoio prático e emocional a mulheres estupradas. Assim que o site carregou, Charlie clicou em "Histórias de sobreviventes". Eram numeradas. Clicou na de número setenta e dois.

Simon descrevera a carta de Naomi Jenkins como sendo ácida. Acreditava que Jenkins a escrevera, mas queria saber o que Charlie achava. Ele está sentindo minha falta, pensou. Uma mistura de orgulho e felicidade cresceu dentro dela. Importava se ele planejava se encontrar com Alice Fancourt? Fora para Charlie que telefonara no meio da noite quando ficou preocupado com algo importante.

Ela anuiu enquanto lia a carta que "N.J." enviara ao site; soava como Naomi, pelo pouco que Charlie conhecia da mulher. Alguém que fazia objeções a ser chamada de "srta." ou "sra." podia muito bem se opor a ser classificada de "sobrevivente" de um estupro. Charlie pensou que ela de fato tinha razão naquilo, mas ficou menos impressionada com o desprezo de Naomi pelas outras vítimas — ou sobreviventes — de estupro e o modo como se expressavam. Charlie só lera depoimentos oficiais de estupro, que são sempre escritos muito objetivamente; precisam ser. Nada a ver com as letras de um disco ruim de heavy-metal, que era a acusação que Naomi fazia em sua carta às histórias das sobreviventes no site da Speak Out and Survive. Ainda assim, talvez tivesse razão. Um depoimento em primeira pessoa sobre um estupro que se pretendesse terapêutico seria muito diferente de um depoimento à polícia; a ênfase provavelmente seria tanto em sentimentos quanto em fatos, em partilhar a dor com outras que haviam passado por algo semelhante.

Charlie massageou a testa que latejava. Os efeitos positivos das quatro garrafas de vinho que tomara com Graham e Olivia na noite anterior estavam começando a passar, e uma ressaca se alojara entre suas sobrancelhas, na frente da cabeça, baixo. Tecnicamente era um novo dia — manhã de quinta-feira —, mas parecia o fim esgarçado de uma longa, fina e lavada quarta-feira. Charlie estava infeliz consigo mesma. Fora ela quem insistira que precisavam de mais vinho. Flertara abertamente com Graham, o convidara de volta ao chalé, efetivamente expulsando a irmã. Muito bem, Charlie. Forçara a noite incansavelmente, estalando um chicote atrás, em sua determinação de ter o melhor possível. Sou a mais infeliz das vacas infelizes, pensou.

Graham fora um doce. Compreendendo que aquilo era urgente, parara de fazer piadas, se vestira rapidamente e destrancara a sede, para que Charlie pudesse usar seu computador. Seu escritório era uma cabana pequena e gelada, com espaço apenas para as duas grandes escrivaninhas que a enchiam. Atrás de cada uma havia uma cadeira. Em uma extremidade da sala havia um alvo de dardos, na outra um grande refrigerador de água. Charlie mencionara a dor de cabeça, e Graham saíra para achar analgésicos. "Se Steph voltar e encontrá-la aqui, irá encrencar. Apenas ignore. Ou a ameace se queixar comigo."

"Por que ela iria ligar?", Charlie perguntara. "Você é o patrão, não?"

Graham parecera constrangido. "Sim, mas... A situação entre mim e Steph é complicada." Charlie sabia tudo sobre situações complicadas, após anos trabalhando com Simon. Nunca misturar negócios e sexo. Seria o que Graham e Steph haviam feito? Teria dado terrivelmente errado? Pelo menos Charlie e Simon ainda tinham uma relação de trabalho sólida. Pensou novamente no que ele dissera ao telefone. Naomi Jenkins se provara certa. Algo ruim acontecera com Robert Haworth. Muito ruim; provavelmente fatal. Como Naomi sabia? Era intuição de amante, pensou Charlie, ou o conhecimento seguro de um possível assassino? Caso fosse o segundo, era difícil imaginar qual teria sido o papel de Juliet Haworth. Afinal, ela vivera na mesma casa que o inconsciente e encharcado de sangue Haworth por quase uma semana.

Segundo Simon, Haworth estivera no Star Inn, em Spilling, na noite de quarta-feira, como de hábito. Não compareceu ao encontro com Naomi no Traveltel na quinta, então provavelmente foi atacado ou na quarta-feira após voltar para casa do pub, em algum momento durante a noite, ou na manhã de quinta, antes do momento em que teria saído de casa para começar o dia de trabalho.

Simon fora para o Culver Valley General Hospital quando Charlie telefonara de volta. Haworth estava vivo, mas inconsciente, na terapia intensiva. Mais um dia sem socorro e teria morrido, sem dúvida. O médico-chefe ficara surpreso de ter durado tanto tempo, considerando a gravidade do trauma na cabeça. Uma série de golpes fortes, explicara Simon, resultando em hemorragia subdural aguda, uma hemorragia subaracnoidea, e contusões cerebrais. Haworth fora operado imediatamente, tivera as hemorragias drenadas para reduzir a pressão no cérebro, mas os médicos não estavam otimistas. Nem Simon. "Não acho

que estaremos cuidando de tentativa de homicídio por muito tempo", dissera.
"Algum sinal do que causou os ferimentos na cabeça?", Charlie perguntara.
"Sim, uma grande pedra ensanguentada. Estava bem ali no chão junto à cama, nenhuma tentativa de esconder. Coberta de cabelos e sangue. Juliet Haworth dissera que ela e o marido a usavam como peso de porta." Ele parara de repente. "Ela me dá arrepios. Contou que Haworth pegara a pedra no rio Culver certo dia quando estavam caminhando. Assim que encontrei Haworth ela apareceu, tagarela. Quase como se estivesse aliviada, embora realmente não parecesse se preocupar com nada. Disse que os donos anteriores da casa haviam trocado todas as portas por portas corta-fogo, que não ficavam abertas..."
"Daí a necessidade de um peso de porta."
"É, há uma em cada casa, todas pedras grandes como aquela que afundou a cabeça de Haworth, mas todas de rios diferentes. Aparentemente Haworth era entusiasmado com a ideia. Ela contou essas historinhas, todas essas informações irrelevantes; até relacionou os malditos rios! Mas quando perguntei se atacara o marido, apenas sorriu para mim. Não disse uma palavra."
"Sorriu?"
"Ela está recusando advogado. Parece não ligar para o que podemos fazer. Dá uma bela impressão de estar determinada a desfrutar do que quer que façamos."
"Você acha que ela tentou matar Haworth?"
"Estou certo que sim. Ou estaria, não fosse por Naomi Jenkins, que também mentiu. Também a trouxemos..."
"A perícia terminou com a casa? Houve contaminação cruzada?"
"Não, Jenkins está na unidade de custódia de Silsford."

"Bem pensado."

"Ela também não quer advogado. Acha que as duas poderiam estar juntas nisso?"

Charlie achava que não, e dissera a Simon por que não: soava muito a fantasia feminista ao estilo Thelma e Louise. Na verdade, as duas mulheres que amavam um homem infiel normalmente culpavam e odiavam uma a outra, enquanto o de vida dupla saía incólume, com as duas ainda o querendo.

Tendo lido a história de sobrevivente de Naomi Jenkins, Charlie ficou curiosa sobre as outras. Enquanto esperava que Graham voltasse com os analgésicos, pensou que poderia dar uma olhada em algumas. Clicou nos números setenta e três, setenta e quatro e setenta e cinco nessa ordem, e passou os olhos. Eram todas descrições de estupros incestuosos. O número setenta e seis era um estupro mais estranho, mas tão lascivamente escrito que Charlie teve certeza de que um pervertido do sexo masculino o enviara. Ficou pensando se Naomi Jenkins poderia ser uma pervertida. Isso explicaria por que mentira sobre Haworth tê-la estuprado; Charlie estava certa de que mentira. Mas a carta de Naomi ao site não continha detalhes horrendos. Poderia muito bem ter incluído alguns; não havia carência deles em seu depoimento, pelo que Simon dissera, então se ela fantasiava, por que não escrever a fantasia completa para incluir no site? Charlie desejou estar na delegacia de Silsford, poder fazer todas essas perguntas a Naomi Jenkins e observar seu rosto enquanto respondia.

A porta se abriu e Steph entrou. Vestia um traje diferente daquele com o qual Charlie a vira pela última vez, mas também envolvia calça, desta vez preta, que terminava logo abaixo dos ossos projetados da bacia.

Como ela conseguia impedir que deslizasse perna abaixo? Era um mistério. O jeans que vestia na manhã do dia anterior era igual. Você praticamente podia ver os pelos púbicos, pensou Charlie. Depois emendou o pensamento: uma mulher como Steph não teria nenhum ou, se tivesse, seriam raspados em forma de coração ou algo vulgar assim.

De perto, os cabelos com luzes multicoloridas de Steph pareciam ridículos — como se vários pássaros, cada um com um problema estomacal diferente, tivessem esvaziado as entranhas ao mesmo tempo em sua cabeça. Os cabelos se projetavam em estranhos tufos duros e irregulares, lanças cobertas de gel, um estilo que era demais para uma situação comum. O tipo de coisa que você só esperava realmente ver em um desfile de moda. E então seria muito mais bem-feito.

Uma base grossa cobria o que Charlie suspeitava ser uma pele ruim. Os lábios de Steph, como os cabelos, eram pintados em várias cores diferentes: rosa brilhante no meio, com uma borda vermelha fina dentro de uma linha preta ainda mais fina. Enquanto entrava na sede, fazia um barulho de tilintar, e Charlie notou as pulseiras de ouro nos braços.

— Esse computador é nosso — Steph disse, imediatamente irada. — Você não pode usar.

— Graham disse que podia.

Steph fez bico. Charlie viu os lábios brilhantes se movendo para cima e para dentro.

— Onde ele está?

— Foi procurar analgésicos para mim. Estou com dor de cabeça. Veja, surgiu uma emergência de trabalho, e Graham disse que não havia problema em eu...

— Bem, há. Hóspedes não podem usá-lo.

— Para onde levou minha irmã? — Charlie perguntou. — Para um hotel?

— Ela me disse para não contar — disse Steph, limpando os dentes com uma unha comprida que parecia ter um pequeno diamante no centro. — Graham já comeu você ou não? Vocês estavam muito envolvidos mais cedo no bar.

Charlie estava chocada demais para responder.

— Ele não a deixaria entrar aqui a não ser que tivesse comido ou planejasse isso. Só avisando: se comeu, ou se for comer, ele me contará tudo sobre isso. Tudo. Sempre conta. Você não é a primeira hóspede que ele come, de modo algum. Foram muitas. Ele faz comentários sobre os barulhos que fazem na cama. São realmente engraçados! — diz Steph com um risinho debochado, escondendo a boca com a mão.

Se Graham não tivesse reaparecido naquele momento, Charlie teria cruzado a sala e a socado na cara.

— O que está havendo? — perguntou a Charlie. Tinha uma caixa de Nurofen na mão. — O que ela lhe disse?

— Só disse que não podia usar o computador — Steph respondeu antes que Charlie pudesse.

— Sim, ela pode. Desapareça e durma um pouco — disse Graham amigavelmente. — Você tem um dia cheio dando duro amanhã. Começando com café na cama para mim e a sargento aqui. Inglês completo. Cama dela. É onde iremos estar. Certo, sargento?

Charlie olhou para o computador, submissa.

Steph passou por Graham.

— Estou indo — disse.

Enquanto ela seguia para a porta, ele começou a cantar em voz alta:

— "White lines, going through my mind..."

Ele claramente queria que Steph ouvisse. Charlie reconheceu a música como uma que estivera nas paradas nos anos 1980. Achava que era de Grandmaster Flash.

A porta da sede bateu.

— Desculpe — Graham disse, parecendo envergonhado. — Você não acreditaria em como ela me irrita.

— Ah, eu acredito — disse Charlie, ainda chocada com o que Steph dissera.

— Ela não sabe que é um clichê? O estereótipo da serviçal do mal, como a sra. Danvers em *Rebecca*. Você viu?

— Li.

— Ah, muito elegante, chefia! — disse Graham, beijando os cabelos de Charlie.

— Steph cheira?

— Não. Por quê, ela parece?

— Você estava cantando "White Lines" para ela, uma música sobre uso de drogas.

Graham riu.

— Piada particular — disse. — Não se preocupe, ainda vamos conseguir nosso café, você verá. Ela é uma velha vira-latas obediente.

— Graham...

— Agora, um copo de água para você tomar seus comprimidos — disse, se virando para o refrigerador. — Nada de copos. Grande. Vou ter de buscar no depósito. Só um segundinho. Se braçal voltar, você sabe o que cantar.

Ele piscou e depois sumiu, deixando a porta escancarada.

Charlie suspirou. Agora não havia nenhuma chance de ela dormir com Graham e se arriscar a ele partilhar os detalhes com sua equipe. Voltou ao site da Speak Out and Survive. Decidiu que iria ler a carta de Naomi Jenkins mais uma vez e depois voltaria ao chalé e desmaiaria na cama. Sozinha.

Bocejando alto, levou a mão ao mouse. A mão escorregou, e em vez de clicar na história de sobrevivente setenta e dois, clicou equivocadamente na número trinta e um.

— Maldição — murmurou.

Tentou voltar à tela anterior, mas o computador de Graham havia congelado. Apertou control, alt, del, mas nada aconteceu. Hora de desistir, pensou, cansada. Graham podia consertar o computador quando voltasse; iria deixar como estava — paralisado.

Estava prestes a levantar quando notou algo. Uma palavra na tela à sua frente: "teatro". Levou algum tempo para chegar ao seu cérebro confuso. Quando chegou, ela se empertigou com um pulo, respirando fundo. Piscou algumas vezes para ter certeza de que não alucinava. Não, realmente estava ali, na história de sobrevivente número trinta e um. Um pequeno teatro. Um palco. E algumas linhas mais abaixo, a palavra "mesa". Saltou da tela, as linhas pretas vibrando diante dos olhos de Charlie. Uma plateia jantando. Estavam todos ali, todos os detalhes do depoimento de estupro de Naomi Jenkins que Simon mencionara ao telefone. Charlie olhou a data — 3 de julho de 2001. No pé dizia: "Nome e e-mail protegidos."

Ela ligou para o celular de Simon e deu sinal de ocupado. Telefonou para a sala de detetives. Por favor, por favor, que haja alguém lá.

Após catorze toques — ela os contou —, Gibbs atendeu. Charlie não se preocupou com gentilezas, já que parecia um estranho para eles naqueles dias.

— Entre em contato com a National Crime Faculty em Bramshill — disse. — Transmita por fax o depoimento de estupro de Naomi Jenkins e descubra se eles têm algo parecido em algum lugar do RU.

Gibbs grunhiu.

— Por quê? — perguntou, truculento, como se pensando melhor.

— Porque Naomi Jenkins foi estuprada, e não foi a única. É uma série — disse Charlie, pronunciando as palavras que todo detetive temia. — Diga a Simon e Proust que estou voltando.

Parte II

Speak Out and Survive
História de sobrevivente nº 31 (postada em 3 de julho de 2001)

É muito difícil me obrigar a escrever sobre o que me aconteceu. Apenas ler as páginas de histórias deste site brilhante e ver como outras mulheres estão dispostas a ser corajosas me fez querer tentar o mesmo. Eu fui estuprada há três semanas, e o monstro que fez isso me disse que se um dia contasse a alguém ou procurasse a polícia, ele iria me encontrar novamente e me matar. Acreditei nele na época e ainda acredito. Sei que muitos homens que estupram são desajustados ou têm problemas mentais, mas este homem parecia confiante, não era um dos perdedores do mundo. Não teria nenhuma dificuldade em achar uma namorada. Ele não precisava fazer o que me fez; ele *queria* fazer.

Estava no centro de Bristol quando ele me abordou. Acabara de sair de uma reunião, e tinha outra naquela noite, então decidi procurar algo para comer. Não sou de Bristol, então não conheço muito bem seus restaurantes. Encontrei um café de cuja aparência gostei, o One Stop Thali Shop. Estava de pé do lado de fora, olhando pela vitrine, prestes a entrar, quando o homem me abordou.

Chamou meu nome enquanto chegava, e achei que devia conhecê-lo. Parou ao meu lado, e só então vi a faca. Fiquei petrificada. Ele me fez andar até seu carro com a faca apontada, me dizendo que ia cortar minhas tripas se gritasse ou alertasse alguém. Assim que estava no carro, ele colocou uma máscara sobre meus olhos para que não pudesse ver.

Não serei capaz de escrever sobre tudo o que aconteceu — é doloroso demais, e ainda muito recente. Ele me levou a algum lugar — não sei onde —, e só tirou a máscara quando estávamos do lado de dentro. Era um pequeno teatro com um palco. Ele me disse: "Quer um aquecimento antes do espetáculo?" Mas não disse o que seria o espetáculo.

Eu sabia que logo iria descobrir e descobri. Chegou uma plateia, todos juntos em um grupo. Quatro homens e três mulheres. As mulheres estarem lá foi uma das piores coisas daquilo. Como mulheres podem gostar de ver aquelas coisas sendo feitas a outra mulher? Se essa é a ideia delas de uma noite divertida, sinto mais pena delas que de mim mesma.

Todos os sete eram de meia-idade, beirando a velhice. Dois dos homens tinham barbas e bigodes. Odeio homens com pelos faciais. Um deles tinha uma verdadeira barba densa de "Papai Noel", mas castanha, e a outra era uma daquelas barbas idiotas que parecem uma sobrancelha circular depilada ao redor da boca.

As cadeiras não ficavam em filas como em teatros normais. Eles se sentaram ao redor de uma mesa, e enquanto eu era atacada no palco, eles jantavam. Antes de começar comigo, o homem serviu as entradas a eles: pequenos pratos de presunto de Parma com rúcula e parmesão. Sei disso porque ele lhes disse o que era.

Isso é muito difícil. Em certo momento achei que meu sofrimento tivesse terminado, pois fui tirada do palco, e achei que o homem acabara comigo. Ele prometera que se cooperasse, não me mataria, e eu cooperara. Embora ele fosse um monstro, acreditei no que disse. Não queria me matar. Só queria que eu o ajudasse a apresentar seu "espetáculo".

Mas não havia acabado. Não consigo escrever sobre o que aconteceu depois, mas foi pior do que havia acontecido no palco. Quando o estuprador finalmente terminou, tentou convencer o homem com a barba densa — que foi chamado de Des — a também me estuprar. Des subiu em cima de mim, mas graças a Deus não conseguiu uma ereção. Depois que conseguiram toda a diversão comigo, a máscara foi recolocada sobre meus olhos e fui levada de volta a Bristol e jogada na calçada diante do One Stop Thali Shop. As chaves do meu carro e minha bolsa foram jogadas na calçada ao meu lado. Não havia ninguém por perto. Achei meu carro e, embora não estivesse em condições, dirigi para casa. Quando cheguei a manhã ia pela metade. Meus vizinhos estavam no jardim e me viram ir do meu carro à porta da frente. Naquela tarde, um deles, a mulher, tocou minha campainha e perguntou se podia fazer alguma coisa. Perguntou se eu havia ido à polícia. Disse a ela para cuidar da própria vida e bati a porta na sua cara. Sabia que seria morta se dissesse algo. A criatura que me atacara sabia meu nome e endereço, e muitas outras coisas sobre mim.

Quase não saí de casa desde então. Não consigo encarar meus vizinhos — estou vendendo a casa. Passo o tempo todo tendo elaboradas fantasias de vingança, o que é patético, pois é o que sempre serão — fantasias. Mesmo se reunisse a coragem de ir à polícia, provavelmente já seria tarde. Já fiz tudo errado — tomei um banho assim que cheguei em casa.

Eu estaria melhor se ele não soubesse meu nome. Do modo como é, sinto como se tivesse me escolhido, e não sei por quê. Foi algo que fiz? Sei que o ataque não foi culpa minha, não me culpo, mas gostaria de saber o que há em mim que fez com que ele me escolhesse. Agora me sinto muito sozinha, muito afastada do resto do mundo. Só queria voltar de algum modo.

Obrigada por ter tempo para ler isto.

Nome e endereço omitidos.

SEIAS (Sobreviventes de Estupro, Incesto e Agressão Sexual)
MINHA HISTÓRIA
História nº 12 (postada em 16 de fevereiro de 2001)

Não consigo acreditar que há tantas de nós, eu fui estuprada ano passado no restaurante indiano onde trabalho, esta é a primeira vez que conto a alguém, eu fiquei até tarde naquela noite porque os dois homens não tinham terminado curry e cervejas, eu disse ao patrão que fechava, o que foi o maior erro da minha vida. Os dois estavam bêbados, porcos bêbados, não queriam pagar a conta, um me jogou na mesa e disse meus amigos é só o aquecimento e sou a atração principal. Ele me chamou de estrela do show, queria ir por último. Eles se revezaram, o primeiro não conseguiu ficar duro, o que disse que era atração principal disse use então uma garrafa de cerveja, o outro homem fez, depois o que se chamou de atração principal me virou de barriga para baixo e se meteu em mim assim, doeu demais, o que não conseguiu ficar duro tinha uma câmera e tirou fotos do que o outro fez, me obrigaram a dizer meu nome e onde eu morava e onde minha família morava. Disseram que mandariam as fotos para minha família se eu procurasse a polícia, eu ainda não procurei a polícia mas um dia vou porque não posso viver com isso se os porcos não pagarem pelo que fizeram, e eu não vou deixar eles acabar com o resto da minha vida, eu quero dizer a todo mundo que passou pelo que eu passei para continuar lutando.

Tanya, Cardiff
Endereço de e-mail omitido.

12

6/4/06

Simon não gostava do modo como Juliet Haworth olhava para ele. Como se esperando que ele fizesse algo, e quanto mais não fazia, mais divertido ela achava aquilo. Colin Sellers fazia as perguntas, mas ela não estava interessada nele. Dirigia todas as suas respostas e comentários — que eram muitos — a Simon. Ele não conseguia descobrir por quê. Seria porque era quem conhecera primeiro?

— É incomum uma pessoa em sua situação não querer a presença de um advogado — Sellers disse em tom de conversa.

— Esta entrevista vai ser idêntica à última? — Juliet perguntou. — Que tédio.

Ela estava fazendo algo com os cabelos enquanto falava, mãos atrás da cabeça.

— Você se entediou do seu marido? Por isso o acertou repetidamente com uma pedra?

— Robert não fala o suficiente para entediar ninguém. Ele é quieto, mas não de um modo chato. Ele é muito profundo. Sei que soa meloso.

O tom de Juliet era falastrão e conspiratório. Soava como integrante de uma confraria cumprimentando outra pessoa do mesmo grupo. Simon pensou naqueles programas de "100 Maiores" do Channel 4, nos quais as celebridades estavam sempre cheias de elogios amigáveis uns para os outros.

— O comportamento de Robert pode ser previsível, mas seus pensamentos não são. Tenho certeza de que Naomi já lhes disse isso. Estou certa de que ela está sendo muito mais útil do que eu poderia ser. Vejam — disse Juliet, se virando para mostrar a eles que seu cabelo estava em uma trança apertada meio que feita atrás da cabeça. — Uma trança perfeita, e fiz isso sem espelhos nem nada. Impressionante, não?

— Seu marido já foi violento com você?

Ela franziu o cenho para Sellers, como se irritada com sua intromissão.

— Vocês me conseguem um prendedor de cabelos? — perguntou, apontando para a parte de trás do pescoço. — Do contrário irá se soltar novamente.

— Ele costumava ser violento?

Juliet riu.

— Eu pareço uma vítima para você? Há um minuto você me colocou afundando a cabeça de Robert com uma pedra. Decida-se.

— Seu marido era física ou psicologicamente agressivo para com você, Juliet?

— Quer saber? Acho que seu trabalho ficaria mais excitante se eu não lhe contasse nada — disse, apontando com a cabeça para a pasta na mão de Simon. — Tem uma folha de papel sobrando? — perguntou com voz mais suave.

Estava fazendo todo o possível para deixar claro sua preferência. Se queria que Simon desempenhasse um papel de mais destaque, ele estava determinado a fazer o mínimo possível. Juliet parecia se lixar para o que lhe acontecesse; a única vantagem que ele tinha no momento era ela parecer querer algo dele.

Sellers tirou um envelope rasgado do bolso e o passou por sobre a mesa para Juliet, rolando uma caneta depois.

Ela se inclinou para frente, passou alguns segundos escrevendo, depois empurrou o envelope para Simon com um sorriso. Ele não fez nada. Sellers o pegou e olhou rapidamente antes de segurá-lo atrás para que Simon pegasse. Maldição. Agora não tinha escolha. O sorriso de Juliet aumentou. Simon não gostava do modo como tentava se comunicar com ele privadamente de um jeito que usava e excluía Sellers. Pensou em sair da sala, deixando-a a cargo de Sellers. Como reagiria a isso?

Ela havia escrito quatro linhas no envelope, um poema ou parte de um:

> A incerteza humana é tudo
> Que torna a razão humana forte.
> Nunca sabemos até cair
> Que toda palavra que dizemos é errada.

— O que é isto? — perguntou Simon, aborrecido por não saber. Ela não poderia ter inventado, não tão rápido.

— Meu pensamento do dia.

— Fale sobre sua relação sexual com seu marido — disse Sellers.

— Acho que não — disse com um risinho. — Fale sobre a sua com sua esposa. Sei que usa uma aliança. Os homens não costumavam fazer isso, não é? — disse a Simon. — Às vezes é difícil lembrar que as coisas já foram diferentes de como são agora, não acha? O passado desaparece, e é como se o atual estado de coisas sempre tivesse existido. Você tem de fazer um esforço real para se lembrar de como as coisas costumavam ser.

— Você descreveria sua relação sexual como normal? — insistiu Sellers. — Ainda dormem juntos?

— No momento Robert está dormindo no hospital. Pode nunca acordar, segundo o ID Waterhouse.

O tom dela insinuava que Simon poderia ter mentido sobre isso simplesmente por maldade.

— Antes de ele ser ferido, diria que você e seu marido tinham uma relação sexual normal? — perguntou Sellers, soando muito mais paciente do que Simon se sentia.

— Não diria nada sobre esse tema, acho — Juliet respondeu.

— Caso você tivesse um advogado aqui, ou se deixasse que trouxéssemos um, ele ou ela a aconselharia a, não querendo responder a uma pergunta, dizer "sem comentários".

— Se eu quisesse dizer "sem comentários", teria dito. Meu comentário é que preferiria não responder à pergunta. Como Bartleby.

— Quem?

— É um personagem ficcional — murmurou Simon. — Bartleby, o escrivão. O que quer fosse perguntado a ele, dizia: "Preferiria não."

— Exceto que ele não estava sendo entrevistado pela polícia — disse Juliet. — Estava apenas trabalhando em um escritório. Ou melhor, não trabalhando. Um pouco como eu. Suponho que saibam que não tenho emprego nem carreira. Nem filho. Apenas Robert. E agora, talvez, nem mesmo ele — disse, projetando o lábio inferior, parodiando uma expressão triste.

— Seu marido já a estuprou?

Juliet pareceu surpresa, talvez até um pouco com raiva. Depois riu.

— Como?

— Você ouviu a pergunta.

— Vocês nunca ouviram falar da navalha de Ockham? A explicação mais simples e tudo mais? Vocês deviam se ouvir. Robert já me estuprou? Foi alguma vez violento? Ele me agrediu psicologicamente? O pobre homem está deitado no hospital com um ferimento mortal e vocês... — disse, se interrompendo de repente.

— O quê? — perguntou Sellers.

Os olhos penetrantes e inteligentes de Juliet haviam perdido a força. Parecia distraída enquanto dizia:

— Até bem recentemente era legal um homem estuprar a esposa. Imagine isso agora, mal parece possível. Lembro de quando era criança, caminhando pela cidade com minha mãe e meu pai, e vimos um cartaz que dizia: "Estupro no casamento — faça disso um crime." Eu tive de perguntar aos meus pais o que significava — disse, falando automaticamente, e não sobre o que estava em sua cabeça.

— Juliet, se você não tentou matar Robert, por que não nos diz quem fez isso? — perguntou Sellers.

A expressão dela clareou instantaneamente. Seu foco retornou, mas Simon sentiu uma mudança de humor. A despreocupação sumira.

— Naomi lhes disse que Robert a estuprou?

Simon abriu a boca para responder, mas não foi rápido o bastante.

Juliet arregalou os olhos.

— Ela disse, não foi? Ela é inacreditável!

— Quer dizer que está mentindo? — perguntou Sellers.

— Sim. Ela está mentindo — disse Juliet, soando totalmente séria pela primeira vez desde o começo da entrevista. — O que exatamente disse que ele fez?

— Responderei às suas perguntas quando você responder às minhas — disse Sellers. — É justo.

— Não há nenhuma justiça envolvida — descartou Juliet.

— Deixe-me adivinhar. Ela disse que havia homens assistindo, jantando. Disse que Robert a estuprou em um palco? Estava amarrada a uma cama? As colunas da cama com bolotas no alto, por acaso?

Algo na cabeça de Simon se partiu. Ele estava de pé.

— Como você sabe de tudo isso, cacete?

— Quero conversar com Naomi — Juliet disse. Seu sorriso retornara.

— Você mentiu para nós sobre o paradeiro de seu marido. Passou seis dias na casa com ele no andar de cima, agredido quase até a morte, inconsciente, deitado em sua própria sujeira, e não chamou uma ambulância. Suas digitais ensanguentadas estão naquele peso de porta, impressas com o sangue de Robert. Temos o suficiente para condená-la várias vezes. Não importa o que nos diga ou não diga.

O rosto de Juliet estava impassível. Simon poderia muito bem ter acabado de ler sua lista de compras em função do efeito produzido.

— Quero conversar com Naomi — ela repetiu. — Particularmente. Só nós duas, bom e confortável.

— Grande.

— Você deve saber que não há nenhuma chance, então por que ter o trabalho de pedir? — reagiu Sellers.

— Querem saber o que aconteceu com Robert?

— Sei que você tentou matá-lo, que é tudo o que preciso saber — Simon respondeu. — Vamos acusá-la de tentativa de homicídio, Juliet. Tem certeza de que não quer aquele advogado?

— Por que eu tentaria matar meu próprio marido?

— Mesmo sem um motivo, conseguiremos uma condenação, que é tudo o que me interessa.

— Isso pode ser verdade para o seu amigo — disse Juliet apontando com a cabeça para Sellers —, mas não acho que seja verdade para você. Você quer saber. Assim como sua chefe. Qual o nome dela? SD Zailer. Ela é mulher, entende, e mulheres gostam de ter a história inteira. Bem, eu sou a única pessoa que a conhece — falou, o orgulho em sua voz inconfundível. — Dê meu recado à sua chefe: se ela não me deixar falar com aquela piranha Naomi Jenkins, serei a única pessoa a saber da verdade. É com vocês.

— Não podemos — Simon disse a Sellers enquanto voltavam à sala de detetives. — Charlie dirá que é fora de questão, e é. Jenkins e Juliet Haworth sozinhas em uma sala de entrevistas? Teremos outra tentativa de assassinato nas mãos. No mínimo Haworth irá provocar Jenkins com os detalhes de seu estupro. Imagine as manchetes: "Polícia permite que assassina atormente vítima de estupro".

Sellers não estava prestando atenção.

— Por que Juliet Haworth acha que não ligo para a verdade? Piranha arrogante. Por que você se importaria mais que eu?

— Eu não me preocuparia com isso.

— Ela acha que sou idiota ou coisa assim? Sem imaginação. É irônico pra cacete. Ela deveria ouvir a história que contei a Stace para disfarçar minha semana fora com Suki. Sabe, eu até mesmo digitei um programa de atividades para nosso retiro de fortalecimento de equipe em papel timbrado da polícia.

— Não quero saber — retrucou Simon. — Não vou mentir para Stacey se encontrá-la enquanto estiver fora e ela me perguntar por que não estou com você em... Onde quer que devêssemos estar.

Sellers dá um risinho.

— Você diz isso agora, camarada, mas sei que mentiria por mim se fosse necessário. Chega de falsa modéstia.

Simon queria mudar de assunto. Eles já tinham discutido isso antes, com demasiada frequência. Sellers era sempre bem-humorado diante de críticas, o que irritava Simon quase tanto quanto ter seus escrúpulos tratados como se fossem algum tipo de simpática afetação. Sellers não tinha imaginação, pelo menos nisso: não conseguia conceber alguém genuinamente, sinceramente desaprovando sua contínua infidelidade. Por que alguém iria querer estragar sua diversão quando havia tudo a ganhar e nada a perder, ninguém estava sendo ferido? Ele era otimista demais, Simon achava. Era a diversão no momento, e Sellers não conseguia notar que tinha o potencial para se transformar em outra coisa. Como perder esposa e filhos se Stacey Sellers um dia descobrisse. Até você ter sofrido não consegue imaginar qual pode ser esse nível de dor, pensou Simon.

— Tive uma ideia de presente de casamento para Gibbs — disse Sellers. — Sei que ainda falta tempo, mas prefiro resolver isso mais cedo que mais tarde. Tenho coisas mais importantes em que pensar — disse, fazendo um gesto obsceno. — Preparativos de férias... Lubrificantes... Ejaculações...

— Separações maritais — murmurou Simon, pensando no poema que Juliet Haworth escrevera no envelope. Não era a típica esposa de caminhoneiro, não mais que Naomi Jenkins era a típica amante de caminhoneiro. Tinham mais em comum uma com a outra do que com ele, Simon pensou. Difícil saber se estava certo com Haworth dizendo ainda menos do que as duas mulheres. — Qual a ideia? — perguntou a Sellers.

— Um relógio de sol.

Simon caiu na gargalhada.

— Para Gibbs? Ele não iria preferir uma lata de Special Brew? Ou um vídeo pornô?

— Sabe que o Homem de Neve arrumou um livro sobre relógios de sol?

— É. Sabe quem comprou o livro para ele e não foi reembolsado?

— Eu dei uma olhada. Você pode colocar uma coisa chamada nodo.

— Quer dizer um gnômon?
— Não. Todos os relógios de sol têm isso. Um nodo normalmente é uma bola redonda, embora não precise ser. Fica no gnômon, de modo que há como uma bolha se projetando no limite da sombra. Seja como for, você pode colocar uma linha horizontal no mostrador se tiver uma data especial ou algo assim — a data do casamento de Gibbs e Debbie, por exemplo. A linha de data horizontal cruza as linhas de tempo para baixo, aquelas que marcam horas e meias horas. E todo ano naquela data a sombra do nodo segue a linha o tempo todo. Entende o que quero dizer?

— As especificidades são irrelevantes — disse Simon. — No geral é uma ideia ruim. Gibbs não iria querer um relógio de sol. Ficaria animado quando ouvisse as palavras "linha de data", mas no final ficaria desapontado.

— Debbie poderia querer — disse Sellers, soando magoado.

— São legais os relógios de sol. Eu iria querer um. Proust disse que também.

— Debbie quer se casar com Gibbs. Podemos supor que o gosto dela seja tão ruim quanto o dele.

— Certo, seu maldito estraga-prazeres! Só queria deixar resolvido, só isso. Quando voltar da minha semana com Suki, só faltarão alguns dias para o casamento. Vocês terão de decidir enquanto eu estiver fora, se deixarem para a última hora. Deus, você sabe desanimar. Sei que Gibbs não é exatamente...

— Exatamente.

— Mas sabe, só pensei que a gente talvez pudesse pensar grande para variar.

— "Olhar nos olhos do sol e dar o que o coração exultante diz ser bom; que algum novo dia gere o melhor, pois você deu não o que eles dariam, mas os ramos certos para o ninho de uma águia." — disse Simon, sorrindo. Ficou pensando se Juliet Haworth teria reconhecido a citação. Sellers não. — W.B. Yeats. Mas ele não conheceu Chris Gibbs, e caso tivesse conhecido, mudaria de ideia.

— Esqueça — disse Sellers, cansado.

— O que você acha que foi? — perguntou Simon. — Robert Haworth estuprou Naomi Jenkins e contou à esposa. Ou Jenkins foi estuprada por mais alguém, confidenciou ao amante, e ele então violou sua confiança contando à esposa?

— Quem sabe, cacete — reagiu Sellers. — Nos dois casos, você supõe que Haworth tenha contado a Juliet sobre o estupro. Talvez Naomi Jenkins tenha contado a ela. Não consigo tirar da cabeça que as duas podem estar trabalhando juntas para nos desorientar. Ambas são vacas metidas, e sabemos que ambas mentiram. E se não forem as inimigas e rivais que parecem ser?

— E se qualquer coisa — disse Simon, desanimado. — Com Haworth ainda inconsciente e as duas mulheres brincando conosco, não estamos chegando à porra de lugar nenhum, não é?

— Eu não diria isso — falou Charlie, subindo o corredor atrás deles. Simon e Sellers se viraram. O rosto dela era soturno. Não parecia satisfeita, como normalmente era quando faziam progressos. — Simon, preciso de uma amostra de DNA de Haworth o mais rápido possível. E não uma que os peritos tiraram da casa, antes que você me diga que já tem. Quero uma do próprio homem. Não vou correr nenhum risco.

Charlie marchava enquanto falava; Simon ouviu Sellers ofegando atrás enquanto lutavam para acompanhá-la.

— Sellers, quero o histórico de Haworth, Juliet Haworth e Naomi Jenkins. Onde está Gibbs?

— Não tenho certeza — respondeu Sellers.

— Não é o bastante. Quero que Yvon Cotchin seja trazida

para interrogatório, a inquilina de Jenkins. E faça uma perícia no caminhão de Robert Haworth.

— O que foi tudo aquilo? — perguntou Sellers, o rosto vermelho, assim que morreu o som dos saltos altos de Charlie estalando no corredor.

Simon não queria chutar, não queria especular sobre o que poderia constituir tanto progresso quanto más notícias.

— Você não pode continuar protegendo Gibbs — disse, mudando de assunto. — E afinal, o que há de errado com ele? É o casamento?

— Ele ficará bem — disse Sellers com determinação.

Simon pensou no relógio de sol no cartão de visitas de Naomi Jenkins, o lema. Não conseguia lembrar do latim, mas a tradução era "Eu só conto as horas ensolaradas". Isso era Sellers na íntegra.

13

Quinta-feira, 6 de abril

A sargento Zailer destranca a porta da minha cela. Tento me levantar, e só me dou conta de como estou esgotada quando meus joelhos fraquejam e surge em minha cabeça um som metálico. Antes que consiga converter meus pensamentos emaranhados em uma pergunta coerente, a sargento Zailer diz:

— Robert está passando bem. A hemorragia parou e o inchaço está diminuindo.

A notícia é tudo de que preciso como uma dose de energia.

— Quer dizer que ele vai ficar bem? Vai acordar?

— Não sei. O médico com quem acabei de falar disse que em ferimentos na cabeça nada é previsível. Lamento.

Eu deveria saber: o sofrimento nunca cessa. É como uma corrida interminável — a linha branca na reta de chegada se dissolve em pó e é espalhada quando me aproximo, e enquanto desaparece eu vislumbro uma nova linha a distância. E então corro na direção dessa, ofegando para salvar a vida, e a mesma coisa acontece. Uma espera chega ao fim, e outra começa. É isso que está me desgastando mais que a falta de sono. Sinto como se houvesse um animal preso dentro de mim, lutando para escapar, sacudindo para frente e para trás. Se pelo menos conseguisse descobrir um modo de ficar imóvel dentro da minha cabeça, não me importaria de passar a noite toda deitada acordada.

— Leve-me ao hospital para ver Robert — digo enquanto a sargento Zailer me conduz pelo corredor.

— Vou levá-la a uma sala de entrevistas — ela diz com firmeza. — Temos de conversar, Naomi, muita explicação e esclarecimento.

Meu corpo murcha. Não tenho energia para muito de nada.

— Não se preocupe — diz a sargento Zailer. — Não tem nada a temer se disser a verdade.

Eu nunca temeria a polícia. Ela segue regras que compreendo e, com poucas exceções, concordo.

— Sei que você não iria ferir, nem feriu Robert.

O alívio me inunda, penetrando em meus ossos cansados. Graças a Deus. Quero perguntar se foi Juliet quem o feriu, mas houve um corte de energia na parte do cérebro que controla minha fala, e minha boca não se abre.

A sala de entrevistas tem paredes coral claro e cheira fortemente a anis.

— Gostaria de beber algo antes de começarmos? — pergunta a sargento Zailer.

— Qualquer coisa alcoólica.

— Chá, café ou água — ela diz em tom mais frio.

— Então apenas água.

Eu não estava sendo debochada. Sei que a polícia deixa que as pessoas fumem. Vi isso na televisão, e há um cinzeiro na mesa à minha frente. Se tabaco e nicotina são permitidos, por que não álcool? Há muita incoerência sem sentido no mundo, a maior parte fruto de estupidez.

Assim que fico só minha mente se esvazia. Deveria estar antecipando, me preparando, mas só o que faço é me sentar totalmente imóvel no tecido fino que minha consciência estende para cobrir a distância entre este momento e o seguinte.

Você está vivo.

A sargento Zailer volta com minha água. Mexe na máquina na mesa, que parece mais sofisticada que qualquer coisa que eu chamaria de gravador, embora essa claramente seja sua função. Assim que começa a gravar, ela diz o nome dela e o meu, data e hora. Pede que eu diga que não quero a presença de um advogado. Assim que faço isso ela se inclina para trás na cadeira e diz:

— Vou poupar muito de nosso tempo deixando de lado o ritual de pergunta e resposta. Vou lhe descrever a situação como a entendo. Você pode me dizer se estou certa. Combinado?

Eu anuo.

— Robert Haworth não a estuprou. Você mentiu sobre isso, mas pelo melhor motivo possível. Você ama Robert e acreditava que algo havia acontecido para impedi-lo de encontrá-la no Traveltel quinta-feira passada, algo sério. Você transmitiu sua preocupação ao ID Waterhouse e a mim, mas viu que não estávamos tão certos quanto você de que Robert tinha problemas. Não achou que encontrá-lo fosse prioridade para nós, então tentou uma tática diferente; tentou nos fazer acreditar que Robert era violento e perigoso e precisava ser encontrado rapidamente antes que ferisse mais alguém. Desde o começo você planejava nos contar a verdade assim que o encontrássemos. Seria apenas uma mentira temporária; sabia que no final iria redimi-la com a verdade — diz a sargento Zailer, depois fazendo uma pausa para respirar. — Como estou indo até agora?

— É tudo verdade, tudo o que disse — conto, levemente chocada por ela ter conseguido descobrir. Será que teria falado com Yvon?

— Naomi, sua mentira salvou a vida de Robert. Mais um dia e ele certamente teria morrido. A compressão no cérebro pela hemorragia o teria matado.

— Eu sabia que era a coisa certa a fazer.

— Naomi? É melhor ter certeza de nunca mais mentir para mim. Só porque você estava certa sobre Robert não significa que você possa estabelecer um novo conjunto de regras sempre que é adequado a você. Estamos entendidas?

— Não tenho razão para mentir agora que vocês encontraram Robert e ele está seguro. Foi... Foi Juliet quem tentou matá-lo?

O que ela fez?

— Chegaremos a isso no momento certo — diz a sargento Zailer. Ela tira um maço de Marlboro Lights da bolsa e acende um. As unhas são compridas, pintadas de borgonha, a pele mastigada e em carne viva nas beiradas. — Se Robert Haworth não a estuprou, quem fez isso?

As palavras dela me atingem como balas.

— Eu... Ninguém me estuprou. Inventei a história toda.

— Uma história muito elaborada. O teatro, a mesa...

— A coisa toda foi mentira.

— Mesmo? — reage a sargento Zailer, equilibrando o cigarro na beirada do cinzeiro e cruzando os braços, me olhando através das colunas de fumaça que sobem. — Bem, foi uma porra de mentira bem criativa. Por que adicionar tantos elementos bizarros? O jantar, as colunas da cama de bolota, a máscara de olhos estofada? Por que não dizer simplesmente que Haworth a estuprou certa noite no Traveltel? Vocês tiveram uma briga, ele ficou com raiva... *et cetera*. Teria sido muito mais simples.

— Quanto mais detalhes concretos houver em uma mentira, mais fácil é que as pessoas acreditem nela — digo. — Uma ficção precisa conter tantas especificidades quanto uma verdade conteria caso queira se disfarçar de verdade — digo, e respiro fundo. — Uma briga no Traveltel não seria suficientemente bom, é pessoal demais para mim e Robert. Eu precisava que você acreditasse que Robert era uma ameaça às mulheres em geral, que ele era alguma espécie de... Monstro ritualista pervertido. Então inventei a pior história de estupro em que consegui pensar.

A sargento Zailer anui lentamente. Depois fala.

— Acho que você usou essa história em particular por ser verdade.

Não digo nada.

Ela tira alguns papéis da bolsa, os desdobra e estica à minha frente. Uma olhada rápida me diz exatamente o que são. Seu significado me sufoca, embora evite olhar para as palavras. Minha garganta trava.

— Muito esperto — digo.

— Você acha que esses não são reais? Robert não a estuprou, Naomi, mas você e eu sabemos que alguém fez isso. E quem quer que seja, fez isso a outras mulheres. Estas mulheres. Por que achou que tinha sido a única?

Eu me preparo e olho para as folhas de papel diante de mim. Poderiam ser reais. Uma delas é semialfabetizada. E os detalhes são ligeiramente diferentes em cada uma. Não acho que a sargento Zailer tivesse feito aquilo. Por que faria? É como o que ela dissera sobre minha história: elaborada demais.

— Algumas mulheres procuraram a polícia após terem sido estupradas — ela diz em tom de conversa. — Amostras foram recolhidas. Agora que temos o sr. Haworth, podemos pegar uma amostra de seu DNA. Se ele é o responsável por estes estupros podemos provar — diz, me olhando com cuidado.

— Robert? — reajo, a mudança brusca me confundindo. — Ele nunca poderia ferir ninguém. Pegue uma amostra do DNA dele caso precise. Não corresponderá a nenhuma... Amostra.

A sargento Zailer sorri para mim, simpática. Dessa vez estou determinada a não cair nessa.

— Acho que você poderia ser uma testemunha brilhante, caso quisesse, Naomi. Se começar a me contar a verdade toda, nos ajudará a pegar esse merda malvado que estuprou você e essas outras mulheres. Não quer isso?

— Nunca fui estuprada. Minha declaração foi mentira. Ela acha que estou dizendo isso para prejudicar sua busca da justiça, vaca idiota? É por minha causa que não posso admitir. Sou eu quem terei de viver o resto da minha vida, e a única forma de conseguir fazer isso é como uma pessoa a quem isso não aconteceu.

Vi inúmeros filmes nos quais as pessoas contam a verdade que estão desesperadas para esconder após um estímulo de leve a moderado por parte de um detetive, analista ou advogado. Sempre achei que esses indivíduos deviam ser muito cretinos, ou ter muito menos disposição que tenho. Mas talvez não seja disposição; talvez seja o autoconhecimento que me permite resistir aos apelos da sargento Zailer. Sei como minha cabeça funciona, então sei como protegê-la.

Ademais não sou a única mentirosa na sala.

— Essas são histórias de sites de estupro que você imprimiu — digo. — Você não tem amostras. Não pode ter.

A sargento Zailer sorri. Tira mais papéis da bolsa.

— Dê uma olhada nestes — diz.

Sinto um aperto no peito. Começo a suar. Não quero pegar os papéis da mão dela, mas ela os estende. Estão embaixo do meu queixo. Tenho de pegá-los.

Fico tonta enquanto olho as impressões. São declarações à polícia, como aquela que assinei para o ID Waterhouse na terça-feira. Depoimentos sobre estupros, similares ao meu em forma e conteúdo. Em quase todos os feios detalhes. Há dois deles. Ambos foram tomados por um sargento detetive, Sam Kombothekra, da delegacia de West Yorkshire. Um é datado de 2003, um de 2004. Se não tivesse sido tão covarde, se tivesse denunciado o que me acontecera, poderia ter impedido os ataques a Prudence Kelvey e Sandra Freeguard. Não consigo deixar de olhar os nomes, tornando aquilo pessoal.

Duas mulheres identificadas, uma que escolheu permanecer anônima, uma garçonete de Cardiff que deu apenas o prenome — quatro outras vítimas. Pelo menos.

Não sou a única.

Para a sargento Zailer, é apenas trabalho.

— Como Juliet Haworth sabe o que aconteceu com você? Ela sabe tudo; todas as coisas que você alega ter inventado. Robert contou a ela? Você contou a ele?

Não consigo responder. Choro descontrolada, como um patético bebê. O piso despenca e flutuo no escuro.

— Nada me aconteceu — consigo dizer. — Nada.

— Juliet quer conversar com você. Não vai nos dizer se atacou Robert, ou se queria matá-lo. Não vai nos dizer nada. Você é a única pessoa com quem irá falar. O que acha?

As palavras são identificáveis como objetos, mas não fazem sentido para mim.

— Fará isso? Pode lhe perguntar como sabe que você foi estuprada.

— Você está mentindo! Se ela sabe é porque você contou — reajo. Minhas coxas estão molhadas de suor. Eu me sinto tonta, como se fosse vomitar. — Quero ver Robert. Preciso ir ao hospital.

A sargento Zailer coloca uma foto sua na mesa diante de mim. Meu coração dá um salto tão violento que imagino uma chicotada. Quero tocar a foto. Sua pele está cinzenta. Não consigo ver seu rosto, pois está virado para longe da câmera. A maior parte da foto é sangue, vermelho nas beiradas, negro e coagulado no meio.

Fico contente por ter me mostrado. O que quer que lhe aconteça, não quero me afastar. Quero estar o mais próximo possível.

— Robert — sussurro. Lágrimas rolam por minhas faces. Tenho de ir ao hospital. — Juliet fez isso?

— Você me diz.

Eu encaro a sargento Zailer, pensando se estamos tendo duas conversas diferentes, duas realidades diferentes. Não sei quem fez isso. Não tenho ideia. Se soubesse, o mataria. Não posso pensar em ninguém que pudesse ter lhe atacado além de sua esposa.

— Talvez tenha sido você quem feriu Robert. Ele lhe disse que estava terminado? Ousou deixar de amá-lo?

Essa sugestão absurda me enfurece.

— Todos os detetives aqui são tão obtusos quanto você? — pergunto, surtando. — Não há alguma espécie de programa de incorporação de universitários? Tenho certeza de que li sobre um. Alguma chance de falar com um policial formado?

— Você está falando com uma doutora.

— Em quê? Imbecilidade?

— Precisaremos de uma amostra de DNA sua para comparar com as descobertas pela perícia no local onde o sr. Haworth foi atacado. Se você fez isso, provaremos.

— Bom. Nesse caso logo saberá que não fiz. Fico contente por termos mais em que confiar além de sua intuição, porque ela parece ser tão acurada quanto um...

— Relógio de sol no escuro? — sugere a sargento Zailer. Está debochando de mim. — Você conversará com Juliet Haworth? Estarei presente o tempo todo. Não haverá riscos à segurança.

— Se me levar para ver Robert, falarei com Juliet. Caso contrário, esqueça.

Tomo um gole de meu copo d'água.

— Vocês são impressionantes — diz em voz baixa. Mas não diz não.

14

6/4/06

— Prue Kelvey e Sandy Freeguard — disse o sargento detetive Sam Kombothekra, da delegacia de West Yorkshire, que levara consigo fotografias das duas mulheres, que foram pregadas no quadro de Charlie, junto com retratos de Robert Haworth, Juliet Haworth e Naomi Jenkins. Charlie pedira a Kombothekra para contar ao resto da equipe o que já lhe contara pelo telefone. — Prue Kelvey foi estuprada em 16 de novembro de 2003. Sandy Freeguard foi estuprada nove meses depois, em 20 de agosto de 2004. Tiramos amostras completas de Kelvey, mas nada de Freeguard, então, nada de DNA. Ela esperou uma semana antes de fazer a denúncia, mas o ataque foi igual ao de Kelvey, de modo que estávamos bastante certos de lidar com o mesmo homem.

Kombothekra fez uma pausa para pigarrear. Era alto e magro, com cabelos negros brilhantes, pele olivácea e um pomo de adão proeminente do qual Charlie não conseguia desviar os olhos. Subia e descia enquanto ele falava.

— As duas mulheres foram colocadas à força em um carro com uma faca apontada por um homem que sabia seus nomes e se comportava como se as conhecesse até chegar perto o bastante para sacar a arma. Prue Kelvey disse apenas que era um carro preto, mas Sandy Freeguard foi mais específica: um Hatch, placa começando com "Y". Freeguard descreve um casaco de veludo cotelê que parece com aquele que Naomi Jenkins descreveu. Em todos os três casos o homem era alto, caucasiano, cabelos castanho-escuros curtos. Kelvey e Freeguard foram colocadas no banco da frente, não no traseiro, então essa é a primeira diferença entre nossos dois casos e o depoimento de Naomi Jenkins.

— A primeira de muitas — interrompeu Charlie.

— Isso mesmo — disse Kombothekra. — Uma vez no carro, as duas mulheres tiveram máscaras colocadas sobre os olhos, outra semelhança, mas, diferentemente de Naomi Jenkins, nesse momento ouviram a ordem de retirar as roupas da cintura para baixo. Ambas fizeram o ordenado, temendo por suas vidas.

Proust balançava a cabeça.

— Então temos três casos, três de que temos conhecimento, de mulheres sendo conduzidas à luz do dia por, pelo que sabemos, longas distâncias, com máscaras sobre os olhos. Ninguém viu o carro e achou isso suspeito? Seria de pensar que alguém na rua teria visto um passageiro usando máscara nos olhos.

— Se eu visse isso imaginaria que estavam tentando cochilar — disse Simon. Sellers anuiu, concordando.

— Ninguém se apresentou imediatamente — disse Kombothekra. — Depois de nossos apelos pela televisão, três testemunhas entraram em contato, mas nenhuma conseguiu nos dizer mais do que já sabíamos: um Hatchback preto, um passageiro com algo sobre os olhos, absolutamente nada sobre o motorista.

— Então banco do carona em vez de banco de trás, roupas retiradas no caminho em vez de no destino — resumiu Proust.

— Kelvey e Freeguard foram sexualmente agredidas continuamente durante a viagem. Ambas disseram que o estuprador dirigiu com uma das mãos e usou a outra para tocar suas partes pudendas. Ambas disseram que não foi grosseiro ou violento. Sandy Freeguard contou que achou que ele fazia isso para provar que podia, mais que qualquer outra coisa. Era mais sobre exercer poder do que sobre infligir dor. Fez com que sentassem com as pernas bem abertas. Nos dois casos disse algo muito parecido com o que Naomi Jenkins alega ter sido dito pelo seu agressor. "Não quer um aquecimento antes do espetáculo?" — falou Kombothekra, consultando suas anotações. — A versão de Kelvey foi "Eu sempre gosto de esquentar antes de um espetáculo, você não?". No momento, ela não sabia de que espetáculo estava falando, claro. Freeguard ouviu: "Pense nisto como um pequeno aquecimento antes do grande espetáculo."

— Então é o mesmo homem, sem dúvida — disse Proust.

— Parece muito provável — reforçou Charlie. — Embora em cada caso estejamos bastante certos de que foi uma plateia diferente, não é?

Kombothekra anuiu.

— Estamos. E uma plateia diferente também daquela da história de sobrevivente número trinta e um no site Speak Out and Survive. A autora desse descreveu quatro homens, dois com barbas, e três mulheres. E disse que eram de meia-idade. Kelvey e Freeguard disseram que suas plateias tinham homens jovens.

E quanto à história de sobrevivente do outro site, Tanya de Cardiff? — perguntou Simon. — Se esse for o nome verdadeiro. Não houve plateia naquele estupro, houve? Aquele parece o mais diferente dos outros. As únicas ligações são a referência à estrela do espetáculo e aquecimento, e podem ser uma coincidência, dois agressores totalmente diferentes.

Charlie balançava a cabeça.

— Havia uma plateia de um. Enquanto cada um dos dois homens estuprava Tanya, o outro olhava. As palavras "espetáculo" e "aquecimento" foram usadas; essa é uma ligação suficiente por ora, até provarmos que não estão relacionados. E foram tiradas fotos. Sam?

— Sandy Freeguard disse que foi fotografada nua e esticada no colchão. A palavra "lembrança" foi mencionada, como foi para Naomi Jenkins. Prue Kelvey diz achar ter sido fotografada. Ouviu cliques que imaginou ser de uma câmera, mas a diferença crucial em seu caso foi a máscara nunca ter sido retirada dos olhos, em nenhum momento durante a agressão. O estuprador inseriu isso em sua cena. Disse que ele parecia com raiva dela e ficava dizendo que era tão feia que tinha de manter-lhe o rosto coberto ou não seria capaz de ter um bom desempenho sexual.

— Ela é normal — disse Gibbs. A primeira vez que falava desde o começo da reunião. — Nada de especial, mas não um monstro.

Todos menos Charlie se viraram para as fotos no quadro. Ela não precisava: já as tinha estudado minuciosamente e ficado intrigada com a falta de semelhanças físicas entre as vítimas. Normalmente em qualquer série de crimes de natureza sexual, o escroto tinha um tipo preferido.

Prue Kelvin tinha um rosto fino e bonito com testa pequena e cabelos escuros até os ombros. Naomi Jenkins tinha um corte similar, embora seus cabelos fossem mais ondulados e quase avermelhados. Seu rosto era mais cheio, e ela era mais alta. Kombothekra dissera que Prue Kelvey tinha apenas um metro e cinquenta e cinco, enquanto Naomi Jenkins tinha um e setenta e dois. Sandy Freeguard era um tipo físico totalmente diferente: loura de rosto quadrado, e quase treze quilos acima do peso, enquanto Kelvey era magrela e Jenkins, esbelta.

— Todos os outros se importam com o que aconteceu a essas mulheres, mesmo que você não — disse Charlie a Gibbs, sentindo vergonha dele. Sam Kombothekra franziu o cenho ao comentário sobre "monstro". Charlie não o culpava.

— Eu disse isso? — desafiou Gibbs. — Só estou dizendo que Kelvey não é especialmente feia. Então deve haver outra razão para deixar a máscara o tempo todo.

— Apenas pense antes de falar — cortou Charlie. — Há formas melhores e piores de colocar as coisas.

— Ah, eu estou pensando, pode acreditar — disse Gibbs, sinistro. — Tenho pensado muito. Mais que vocês.

Charlie não tinha ideia de o que ele queria dizer.

— Temos de escutar você e Gibbs batendo boca, sargento? — perguntou Proust, impaciente. — Continue, sargento Kombothekra. Peço desculpas por meus detetives. Eles normalmente não brigam como crianças.

Charlie fez uma anotação mental de lembrar ao Homem de Neve que o aniversário da esposa estava chegando. Sam Kombothekra sorriu para ela em um pedido de desculpas, por Proust, suspeitou. Ele subiu instantaneamente em sua estima. Ao chegar o descartara como sendo o que, aos quinze anos, ela e as amigas teriam chamado de quadrado. Consertou sua avaliação apressada; Sam Kombothekra era simplesmente educado e comportado. Depois, se tivessem um momento a sós, se desculparia pela rudeza de Proust, bem como pela observação grosseira de Gibbs.

— Prue Kelvey avaliou ter passado cerca de uma hora no carro, mais ou menos — prosseguiu Kombothekra.

— Onde ela mora? — Simon perguntou.

— Otley.

Proust pareceu irritado.

— Isso é um lugar? — perguntou. Um pouco superior, pensou Charlie, vindo de um homem que morava onde ele morava. O que pensava que Silsford era, Manhattan?

— Esse é um lugar — disse Kombothekra.

Outro dos hábitos dele que incomodaram Charlie quando se conheceram: responder a perguntas com "Esse é" e "Eu sou" em vez de um simples "Sim".

— Fica perto de Leeds e Bradford, senhor — disse Sellers, que viera de Doncaster, ou "Donnie", como chamava.

O leve anuir de Proust indicava que a resposta era aceitável, mas por pouco.

— Sandy Freeguard disse que poderia ter passado uma hora ou até duas horas dentro do carro — disse Kombothekra. — Ela mora em Huddersfield.

— Que é perto de Wakefield — acrescentou Charlie, não conseguindo resistir. Manteve a expressão impassível; Proust nunca conseguiria provar que ela não estava sendo genuinamente prestativa.

— Então soa como se esse teatro onde as mulheres foram atacadas fosse mais perto de onde Kelvey e Freeguard moram que de Rawndesley, onde Naomi Jenkins mora — disse Proust.

— Não achamos que Kelvin e Freeguard tenham sido atacadas no mesmo lugar que Jenkins e a sobrevivente número trinta e um. Não há palco ou teatro mencionados nas declarações de Kelvey e Freeguard — disse Simon. Kombothekra anuiu.

— Ambas descreveram uma sala comprida e estreita com um colchão em uma extremidade e a plateia de pé na outra. Nada de cadeiras, nada de mesa de jantar. Os espectadores dos estupros de Kelvey e Freeguard bebiam álcool, mas não comiam. Freeguard disse champanhe, não?

— Então é mais uma diferença significativa — disse Proust.

— Há mais semelhanças que diferenças — Charlie disse. — A frase sobre um aquecimento antes do espetáculo é coerente em todos os três casos. Kelvey disse que a sala em que estava era gelada, e na declaração de Naomi Jenkins ela diz que o estuprador se preocupou em deixar o aquecimento desligado até a plateia chegar. Ele a provocou com isso. Freeguard foi atacada em agosto, então não é surpresa não ter mencionado frio.

— Sandy Freeguard e Prue Kelvey disseram que a sala onde estavam tinha uma acústica estranha — Kombothekra falou, voltando a consultar suas anotações. — Kelvey disse achar que poderia ser uma garagem. Freeguard também contou que a sala não parecia residencial. Achou que poderia ser alguma espécie de instalação industrial. Disse que as paredes não pareciam reais. Aquela que podia ver do colchão não era sólida; disse estar coberta com algum tipo de material, um material grosso. Ah, e não havia janelas na sala que Freeguard descreveu.

— Jenkins mencionou uma janela em seu depoimento — disse Charlie.

— Achou seguro imaginar que Kelvey e Freeguard foram atacadas no mesmo lugar? — perguntou Proust a Kombothekra.

— Eu achei. Toda a equipe achou.

— Jenkins foi atacada de modo um pouco diferente — disse Simon com certeza.

— Se foi atacada — disse Proust. — Ainda tenho dúvidas. Ela é uma mentirosa contumaz. Pode ter lido aquelas duas outras histórias de sobreviventes nos sites de estupro, ambos postados antes do dela, e decidido adotar uma experiência similar como fantasia. Depois conheceu Haworth e o incluiu na fantasia, primeiramente como salvador e depois, quando ele compreensivelmente se fartou dela e a largou, como estuprador.

— Muito psicológico, senhor — disse Charlie, sem conseguir resistir.

Simon sorriu, e isso a fez querer chorar. Algumas vezes os dois partilhavam uma piada que ninguém mais entendia, e a sensação de tragédia por não estarem juntos e provavelmente nunca ficarem esmagava Charlie. Pensou em Graham Angilley, que ela deixara insatisfeito e confuso na Escócia, prometendo ligar para ele. Ainda não tinha feito isso. Graham era bobo demais para fazê-la chorar. Mas talvez isso fosse bom, talvez uma relação menos intensa fosse do que precisava.

Kombothekra balançava a cabeça.

— Há detalhes no depoimento de Jenkins que correspondem a detalhes nos de Kelvey e Freeguard, coisas que não poderia ter sabido lendo as histórias na internet. Por exemplo: Jenkins disse que foi obrigada a descrever detalhadamente suas fantasias sexuais e relacionar suas posições sexuais preferidas. Tanto Kelvey quanto Freeguard foram obrigadas a fazer o mesmo. E forçadas a dizer obscenidades, falar sobre o quanto estavam gostando do sexo que era imposto a elas enquanto acontecia.

Colin Sellers grunhiu de desgosto.

— Sei que nenhum dos estupradores que encontramos é encantador ou algo assim, mas esse cara é o pior que já vi — falou, e todos anuíram. — Ele não está fazendo isso por desespero, está, por ser um cretino lamentável e fodido? Está planejando de uma posição de superioridade, como se fosse seu passatempo preferido ou algo assim.

— Ele está. Embora uma posição de força imaginada — disse Sam Kombothekra. Simon concordou.

— Ele não tem ideia de quão doentio é. Aposto que preferiria ser classificado de mau a doente.

— Para ele isso não é sobre sexo — disse Charlie. — É sobre humilhar as mulheres o máximo possível.

— É sobre sexo — contestou Gibbs. — Humilhá-las é o que o excita. Do contrário, por que fazer?

— Pelo espetáculo — disse Simon. — Ele quer prolongar isso, não? Primeiro Ato, Segundo Ato, Terceiro Ato... Fazer as mulheres falar sobre sexo nos intervalos dos estupros, um espetáculo verbal, bem como visual. Mais coisas para rechear a apresentação. São plateias pagantes ou amigos convidados?

— Não sabemos — disse Kombothekra. — Há muito que não sabemos. É um de nossos maiores e mais desmoralizantes fracassos não pegar esse cara. Podem imaginar como Prue Kelvey e Sandy Freeguard se sentem? Se conseguirmos apanhá-lo agora...

— Tenho uma teoria — disse Sellers, de repente parecendo brilhar. — E se Robert Haworth estuprou Prue Kelvey e Sandy Freeguard, depois contou a Juliet e Naomi ter feito isso? Isso explicaria como ambas conheciam o *modus operandi*.

— Então por que Jenkins mentiria dizendo que ele a estuprou?

— Pela razão que admitiu — sugeriu Charlie. — Achava que não iríamos procurá-lo com disposição suficiente. Assim que o encontrássemos planejava retirar a acusação, e achou que a coisa toda seria esquecida. Não achou que descobriríamos sobre Kelvey e Freeguard.

Simon balançou a cabeça vigorosamente.

— De jeito nenhum. Naomi Jenkins está apaixonada por Haworth, não tenho nenhuma dúvida disso. Juliet Haworth pode ser capaz de ficar com um homem que estupra outras mulheres, por diversão ou lucro, mas Naomi Jenkins não ficaria.

Proust suspirou.

— Você não sabe nada sobre a mulher, Waterhouse. Não seja absurdo. Ela mentiu desde o começo. Então? Não foi?

— Sim, senhor. Mas acho que é fundamentalmente uma pessoa decente, mentindo por desespero... Enquanto Juliet Haworth...

— Você está contestando por contestar, Waterhouse! Você não sabe nada sobre nenhuma delas.

— Veremos o que acontece com a amostra de DNA de Robert Haworth, se combina — interferiu diplomaticamente Charlie. — O laboratório está fazendo isso agora, então devemos ter um resultado em algum momento amanhã. E Sam tem uma cópia da foto de Haworth para mostrar às duas mulheres de West Yorkshire.

— Outra semelhança entre o relato de Jenkins de seu estupro e os relatos de Kelvey e Freeguard é o convite para que um espectador participasse — disse Kombothekra. — Um homem chamado Paul no caso de Jenkins. Kelvey disse que seu estuprador estendeu o convite a participar a todos os homens presentes, mas estava interessado especialmente em que um homem chamado Alan se envolvesse. Aparentemente ficava dizendo: "Vamos lá, Alan, você certamente quer experimentar." E os outros homens encorajaram isso, também estimulando esse tal Alan. O mesmo com Sandy Freeguard, exceto que o homem se chamava Jimmy.

— E? Alan ou Jimmy participaram? — Proust perguntou.

— Eles não participaram, nenhum deles — respondeu Kombothekra. — Freeguard nos contou que Jimmy falou: "Acho que prefiro a segurança."

— Quando você ouve falar de homens assim começa a lamentar a ausência da pena de morte — murmurou Proust.

Charlie fez uma careta às costas dele. A última coisa de que precisavam era uma diatribe do Homem de Neve sobre os velhos dias de enforcamento. Ele aproveitava qualquer desculpa para lamentar a abolição da pena capital: o roubo de CDs da loja HMV na cidade, colagem de cartazes à noite. A presteza do inspetor de desejar a morte de qualquer civil deprimia Charlie, embora ela por acaso concordasse com ele sobre o homem que estuprou Naomi Jenkins, Kelvey e Freeguard, quem quer que fosse.

— Então por que as diferenças? — ela pensou em voz alta.
— Tem de ser o mesmo homem...
— Seu método evolui a cada estupro? — sugeriu Sellers. — Ele gosta de sua rotina básica, mas talvez alguma variação nisso torne mais excitante para ele.
— Então fez Kelvey e Freeguard se despir no carro — disse Gibbs. — Para tornar a viagem mais divertida.
— Por que a mudança de local para Freeguard e Kelvey, e por que tirar da equação o jantar elaborado? — rosnou o Homem de Neve, impaciente.

Charlie estava esperando que o humor dele piorasse. Quando havia incertezas demais, normalmente ficava irritável. Notou que Sam Kombothekra ficou imóvel de repente. Ele ainda não conhecia Proust, nunca experimentara seu aparato de gelo invisível, e sem dúvida pensava por que se sentia incapaz de se mover ou falar.

— Talvez o teatro tenha ficado indisponível — sugeriu Charlie. — Talvez a temporada de pantomima tivesse começado e o palco fosse necessário para João e o pé de feijão.

Falou relaxadamente, tentando desanuviar o clima; sabia por longa experiência que era a única da equipe a conseguir. Simon, Sellers e Gibbs pareciam aceitar como sendo inevitável que ficariam congelados no desdém do Homem de Neve por horas, algumas vezes, dias.

— Na sua declaração, Jenkins diz que seu agressor também servia a comida entre as agressões sexuais. A sobrevivente número trinta e um se refere à mesma coisa.

— Então está dizendo que ele decidiu agilizar sua operação? — perguntou Simon.

— Talvez — respondeu Charlie. — Pense no que Naomi Jenkins descreveu. Isso deveria ser duro para ele, não acha? Um sequestro seguido por uma longa viagem, vários estupros, servir um jantar refinado para mais de dez convidados, então uma longa viagem de volta.

— É possível que nosso homem tenha se mudado para West Yorkshire entre o estupro de Jenkins e o de Kelvey. Isso explicaria a mudança de local — disse Kombothekra.

— Ou talvez sempre tenha vivido em West Yorkshire, já que Jenkins disse que sua viagem foi muito mais longa — arriscou Sellers.

— Mas talvez isso tenha sido um despiste, e outra parte do que tornava a "encenação" do escroto cansativa demais para sustentar a longo prazo — disse Charlie. — Ele talvez vivesse em Spilling, e foi como conheceu Jenkins, ou soube dela, e deu voltas em círculos com ela para fazê-la pensar que o local do ataque era em outra extremidade do país.

— Isso não passa de especulação sem sentido — murmurou Proust, desgostoso.

— Ele tem um trabalho? — perguntou Gibbs. — Tira folga para sequestrar suas vítimas?

— Há uma coisa sobre o que ainda não conversamos — disse Charlie.

— Isso parece improvável — grunhiu Proust.

Ela o ignorou.

— Todas as mulheres disseram que seu sequestrador sabia seus nomes e numerosos detalhes sobre elas. Como? Precisamos descobrir se essas mulheres têm algo em comum além do óbvio: são todas profissionais liberais de classe média com sucesso. Naomi Jenkins faz relógios de sol. Sandy Freeguard é escritora de livros infantis. Prue Kelvey é advogada de asilo e imigração.

— Era — Kombothekra corrigiu. — Não trabalha desde o ataque.

— Não podemos ter certeza no caso da sobrevivente número trinta e um, mas ela escreve como uma pessoa educada — continuou Charlie.

— Jenkins, Kelvey e Freeguard disseram todas que seus estupradores perguntaram como era ser profissionais de sucesso, então temos de supor que há ligação motivadora — disse Kombothekra.

— Mas há a história de sobrevivente do site da SEIAS, Tanya de Cardiff. — Sellers lembrou. — É garçonete, e sua redação é ruim. Não estou convencido de que seja parte da série.

— Cronologicamente ela foi a primeira — interveio Sellers.

— Acha que ela foi o teste, e então o estuprador pensou: Isso foi ótimo, mas preferiria com uma coisinha elegante e uma plateia?

— Possivelmente. Talvez — disse Charlie, a seguir se calando, pensativa.

Proust suspirou pesado.

— Estamos prestes a começar a fantasiar?

— Os dois homens que Tanya descreveu estavam no restaurante onde ela trabalhava, comendo curry. Ela era a única funcionária, os homens estavam bêbados, era tarde. Talvez esse tenha sido o primeiro ataque, espontâneo, determinado pelo momento. Um dos homens esqueceu disso, ou considerou algo único, mas o outro descobriu ter tido despertado o gosto...

— Chega, sargento. Você não está, como dizem, se candidatando a Steven Spielberg. Agora, se não há mais nada — ele disse, esfregando as mãos.

— Tanya de Cardiff é aberrante, por alguma razão — disse Charlie. —Vamos nos concentrar no ângulo das profissionais liberais. Gibbs, examine associações de mulheres de negócios, coisas assim.

— Houve algo na Rádio Four ontem — disse Simon. — Uma organização que aproximava pessoas que trabalham por conta própria. Jenkins e Freeguard trabalham assim. Talvez o estuprador também.

— Kelvey não. Não era — disse Gibbs.

— Algum progresso com Yvon Cotchin? — Charlie perguntou a ele.

— Vou continuar nisso — respondeu, parecendo entediado. Mas não vamos conseguir nada com ela. Ela irá nos contar exatamente o que Jenkins lhe disse para nos contar.

Charlie olhou duramente para ele.

— Você ainda não falou com ela. Eu lhe disse para fazer isso, e estou dizendo novamente. Sellers, procure algo que possa ser alguém tentando vender ingressos para estupros ao vivo na internet, espetáculos sexuais ao vivo, esse tipo de coisa. E procure SEIAS e Speak Out and Survive, descubra se eles têm o contato de Tanya de Cardiff e da sobrevivente trinta e um. Nome e endereço preservados é diferente de nome e endereço não fornecidos.

Sellers se levantou, já a caminho.

— Simon, você investiga o ângulo do teatro. Esqueci alguma coisa?

— Esqueceu, acho — disse Sam Kombothekra, parecendo constrangido. — As máscaras de olhos. Cada uma das três mulheres foi levada de volta, depois do estupro, ao ponto onde o agressor as abordou. Cada uma ainda usava a máscara nos olhos quando ele partiu. Poderia trabalhar para uma companhia aérea? Um piloto ou comissário de bordo teria fácil acesso a quantas máscaras precisasse, presumivelmente.

— Bem pensado — disse Charlie diplomaticamente. — Embora... Bem, é bastante fácil comprar máscaras para os olhos em qualquer filial da Boots.

— Ah — disse Kombothekra, corando. — Eu nunca entrei na Boots — murmurou, e Charlie desejou ter ficado de boca calada. Viu com o canto do olho Proust indo para seu escritório.

— Senhor, preciso de uma palavrinha. — O inspetor odiava quando uma coisa se seguia imediatamente a outra sem um devido intervalo.

— Uma palavra? Quem me dera fosse apenas uma. Vou preparar uma xícara de chá verde, se me for permitido — rosnou o Homem de Neve. Ele pouco antes abandonara os laticínios, sem dar qualquer explicação aos colegas. — Tudo bem, sargento, tudo bem. Estarei em meu escritório. Ataque-me sem atraso ou hesitação.

— Caramba! Ele é sempre assim? — perguntou Sam Kombothekra após Proust ter batido a porta de sua máquina do tempo de vidro. A sala tremeu.

— Ele é — disse Charlie, sorrindo. Kombothekra nunca saberia que ela estava debochando.

— Absolutamente não. Se fosse sua própria péssima ideia eu poderia tentar fazer com que você se sentisse melhor quanto a ela, embora ouse dizer que não o faria, mas essa é a péssima ideia de *outra* pessoa. Você normalmente é boa em destruir essas.

Proust parou para tomar sua bebida. Sempre fizera muito barulho, mesmo quando sua bebida preferida era chá PG Tips com muito leite e três pedras de açúcar. Charlie achava que ele era o menos espiritualmente iluminado dos bebedores de chá verde.

— Concordo com o senhor — disse. — Só queria conferir se não estava sendo rígida demais. Juliet Haworth me disse claramente que se fosse autorizada a conversar sozinha com Naomi Jenkins, poderia revelar a verdade. Não quis descartar essa via e essa chance sem consultá-lo.

Proust fez um gesto de desprezo com a mão.

— Ela não nos diria nada, mesmo se atendermos ao pedido. Só quer torturar Jenkins. Uma delas acabaria morta, ou no hospital, juntamente com Robert Haworth. A bagunça já está grande demais.

— Bastante justo — disse Charlie. — E que tal uma entrevista entre Juliet Haworth e Jenkins com minha presença? Eu poderia interromper caso as coisas ficassem feias. Se Juliet Haworth concordar com isso...

— Por que concordaria? Ela já especificou: sozinha com Jenkins. E por que Jenkins concordaria?

— Ela já concordou. Com uma condição.

Proust se levantou, sacudindo a cabeça, agitado.

— Todo mundo tem uma condição! Juliet Haworth tem uma, Naomi Jenkins tem uma. Se Robert Haworth sobreviver, sem dúvida também terá uma. O que você está fazendo errado, sargento, que os leva a pensar que podem fazer todos esses pedidos especiais?

Charlie queria gritar: *Por que eu sempre tenho de estar errada?* Aos olhos de Proust, aos de Olivia... Não estar de bem com a irmã fazia Charlie se sentir insubstancial. Teria de resolver isso, logo. Por que tinha sido tão idiota? Ouvira o nome Graham e pronto: a coincidência a fizera perder qualquer noção de proporção. Seu namorado ficcional tornado real. Ela se permitira ser apanhada. Iria explicar isso a Olivia. Telefonaria para ela naquela noite — chega de postergar.

Tiranossauro Sex. Charlie expulsou o insulto de Olivia da cabeça e, cansada, começou a se defender para Proust.

— Senhor, abordei esta questão exatamente da mesma forma que...

— Sabe o que Amanda me disse outro dia?

Charlie suspirou. Amanda era a filha do Homem de Neve. Cursava sociologia na Universidade de Essex. Seu aniversário também não estava longe; Charlie fez uma anotação mental de depois marcar no calendário de mesa de Proust.

— Doze estudantes do ano dela, fazendo a mesma matéria. *Doze!* Todos com circunstâncias especiais sendo levadas em conta na hora da prova. Todos alegam ser disléxicos ou... Como é aquela outra coisa?

— Naomi Jenkins conversará com Juliet Haworth se, em troca, a levarmos ao hospital para ver Robert Haworth — disse Charlie, acrescentando, ao ver a expressão furiosa do inspetor: — E ela não pediu para vê-lo sozinha. Eu estarei lá o tempo todo, supervisionando.

— Não seja idiota, sargento! — berrou Proust. — Ela é suspeita de tentar assassiná-lo. Como iria parecer se a imprensa soubesse disso? Estaremos arrumando prateleiras do supermercado Waitrose no final da semana!

— Eu concordaria caso Haworth estivesse consciente, senhor, mas como não está, como não sabemos sequer se viverá...

— Não, sargento! Não!

— Senhor, precisa ser mais flexível!

As sobrancelhas de Proust se aproximaram deslizando. Houve um longo silêncio.

— Preciso? — perguntou finalmente.

— Acho que precisa, sim. Há algo realmente perturbador acontecendo aqui, e a coisa crucial, o segredo de tudo, está nas relações. Entre Haworth e Jenkins, Haworth e a esposa, Juliet e Jenkins. Se eles querem ver um ao outro, em qualquer arranjo, deveríamos aproveitar a oportunidade. Desde que estejamos com eles o tempo todo, os prós superam os contras, senhor. Poderíamos reunir informações cruciais vendo como Jenkins se comporta junto ao leito de Haworth...

— Quer dizer, se você a vir tirar uma pedra grande de dentro do bolso do cardigã?

— ... E como Juliet Haworth e Jenkins se relacionam.

— Você tem minha resposta, sargento.

— Caso faça alguma diferença, Simon concorda comigo. Ele acha que devemos dizer sim a ambas, com o devido grau de supervisão.

— Faz diferença — disse Proust. — Reforça minha oposição a tudo que você propõe. Waterhouse!

Não aquele desgraçado inútil, o tom implicava. Simon resolvera mais casos que qualquer dos outros detetives sob a supervisão de Proust, incluindo Charlie.

— Uma outra questão...

— Senhor?

— O que há de errado com Gibbs?

— Não sei.

Nem ligo.

— Bem, descubra, e o que estiver errado, conserte. Estou farto de vê-lo espreitando meu escritório como um espectro. Sellers lhe contou a ideia dele?

— De Gibbs?

— Obviamente não. A ideia de Sellers de comprar para Gibbs um relógio de sol como presente de casamento.

Charlie não conseguiu evitar sorrir.

— Não, ninguém mencionou isso.

— Sellers pensou em um relógio com uma linha de data, a data do matrimônio de Gibbs, mas não estou certo. É confuso demais. Você não pode ter uma linha de data representando apenas um dia do ano, sargento. Estive lendo sobre isso. Uma linha dessas teria de representar dois dias, pois cada data tem um gêmeo, sabe? Há outro dia, em algum momento do ano, quando a declinação do sol é a mesma que na data do casamento de Gibbs. Então a coisinha, o nodo, como é chamado, também projeta sua sombra na linha de data nesse outro dia — explicou Proust, balançando a cabeça. — Não gosto disso. É confuso demais, aleatório demais.

Charlie não estava certa sobre o que ele falava.

— Mas a ideia de Sellers despertou uma em mim. E quanto a um relógio de sol para nossa humilde delegacia, na parede dos fundos lá fora, onde ficava o velho relógio? Ninguém substituiu o relógio; há apenas um grande espaço vazio. Quanto acha que custaria um relógio de sol?

— Não sei, senhor — respondeu Charlie, imaginando Proust fazendo essa proposta ao superintendente Barrow e quase rindo alto. — Posso perguntar a Naomi Jenkins, caso queira.

O inspetor fez que não.

— Obviamente não podemos encomendar um a ela. E eu precisaria da aprovação dos superiores. Mas não deve ser caro demais, deve? O que acha, talvez umas quinhentas pratas para um belo grandão?

— Realmente não tenho ideia, senhor.

Proust pegou um grande livro preto na escrivaninha e começou a folhear.

— Waterhouse muito gentilmente me comprou isto. Há aqui uma seção sobre relógios de sol de parede... Onde está? Também há relógios que podem ser colocados diretamente em uma parede, sem sequer uma base, sabe?

— Senhor, quer que dê uma olhada? Preços, prazo de entrega, tudo isso? O senhor é muito ocupado.

Ela sabia que era o que ele esperava que dissesse.

— Excelente, sargento. Muita consideração sua. Proust brilhava, e Charlie descobriu, constrangida, que ficara comovida com o elogio inesperado. Seria da natureza humana sempre ansiar pela aprovação da pessoa mais desaprovadora que se conhece? Ela se virou para sair.

— Sargento?

— Ahn?

— Você entende o que quero dizer, não é? Não podemos deixar Juliet Haworth e Naomi Jenkins terem uma conversa particular sem a presença da polícia. E igualmente não podemos deixar Jenkins e Haworth à vontade em seu quarto no hospital. Os riscos são grandes demais.

— Se é o que diz, senhor — disse Charlie, cautelosa.

— Diga a Naomi Jenkins e Juliet Haworth que somos nós que estabelecemos condições aqui. Nós estamos no comando, não elas! Se esses dois... Encontros irão acontecer, então deverá haver detetives presentes o tempo todo. Não apenas detetives; eu quero você lá, sargento. Não me interessa sua carga de trabalho ou seu *estresse* — disse, tendo um esgar com as palavras. — Não é algo que possa ser delegado.

Charlie fingiu uma expressão soturna, mas por dentro comemorava.

— Se insiste, senhor — disse.

15

Sexta-feira, 7 de abril

— O que você sabe sobre meu marido? — Juliet me pergunta.
— Que ele me ama — respondo.
Ela ri.
— Isso é sobre você, não sobre ele. O que sabe sobre Robert? Seu histórico familiar, por exemplo.
O ID Waterhouse pega sua caneta. Ele e a sargento Zailer trocam um olhar que não consigo interpretar.
— Ele não vê ninguém da família.
— Verdade.
Juliet faz uma marca no ar com o indicador. Com a outra mão ela repetidamente esfrega a sobrancelha, como se tentasse alisar o fino arco de pelos. Uma máquina grava nossa conversa. Ao mesmo tempo minha memória registra todos os maneirismos e expressões de Juliet. Essa é sua esposa, a mulher que com frequência, imagino, conversou com você sobre coisas cotidianas — abastecer o carro, degelar a geladeira — enquanto escovava os dentes, a boca cheia de dentifrício. Quão próxima ela esteve.

Quanto mais cuidadosamente eu a observo, quanto mais tempo passo sentada aqui nesta pequena sala cinza com ela, mais comum ela parecerá. É como quando você não consegue olhar para um retrato de uma deformidade horrenda por ser sensível demais. Quando finalmente se força a encarar e familiarizar com todos os detalhes, aquilo logo se torna algo banal, nada a temer.

Isso ajuda a lembrar que Juliet já não partilha com você algo que eu não. As pessoas dizem que o casamento não é mais que um pedaço de papel, e normalmente isso não é verdade, mas não neste caso. Você e Juliet estão agora tão separados quanto podem estar um homem e sua esposa, separados não apenas pela geografia, por seus respectivos cárceres, mas também pelo fato de que ela fez tudo para matá-lo. Se você despertar — não, quando você despertar —, não haverá como perdoá-la.

— Sei que Robert tem três irmãs, que uma delas se chama Lottie. Lottie Nichols.

Tive de arrancar essa informação de você, e me senti tão culpada depois que não pedi mais nomes.

Outro riso agudo de Juliet, para que Waterhouse e Zailer comentem mais tarde. Mas eles não irão lembrar dos olhos frios e vazios dela do modo como eu irei.

— Por que Robert nunca fala com essas irmãs? — ela me pergunta.

Lembro-me de suas palavras exatas, só tenho de parafrasear ligeiramente.

— Elas acham que ele não é suficientemente bom para elas, e ao pensar assim apenas provaram que não eram suficientemente boas para ele.

— Eu fui a causa dessa briga familiar — Juliet diz com orgulho. — Aposto que Robert não lhe contou isso. Suas mais queridas e próximas ficaram horrorizadas quando souberam que ele se juntara a mim. O que surgiu do nada, já que nunca fiz nenhum mal a elas. As palavras "roto" e "esfarrapado" me vêm à mente.

Não tenho ideia de o que ela quer dizer.

— Meu marido alguma vez lhe disse algo sobre alguma ou todas as suas três irmãs estarem, ahn, como dizer, mortas?

pergunta, se inclinando para frente, os olhos azul-claros brilhando.

— O que quer dizer?

Zailer e Waterhouse parecem tão surpresos e enojados quanto eu, mas não dizem nada. Suas irmãs, mortas? *Alguma ou todas elas*. Isso não é possível. Juliet podia facilmente estar mentindo. Devia estar. A não ser que tivesse havido algum tipo de tragédia...

Eu antes havia pensado que a tragédia parecia ser seu elemento. Você é apaixonado e triste, como um homem condenado, destinado a enfrentar o patíbulo qualquer dia, tendo um raro e precioso momento com a mulher que ama. Quando nos conhecemos, assim que definimos que o sentimento era recíproco, que nenhum de nós era mais ou menos ardente que o outro, eu soltei, como uma idiota: "Isto é impressionante. Não posso acreditar que não haja uma pegadinha."

Você me olhou como se eu fosse louca. "Ah, há uma pegadinha, certamente", você disse.

— Então, fico pensando quem afinal esmagou os miolos de Robert — diz Juliet amigavelmente, como se debatendo a última trama de uma novela. — *Você* não fez isso, não é? Você aaaama Robert. Nunca iria feri-lo.

— Isso mesmo — respondo. Ela não pode debochar de mim com algo de que me orgulho. — Você fez isso. Todos sabem que fez. Robert sabe. Quando ele acordar contará à polícia que foi você. Você pretendia matá-lo? Ou foi apenas uma briga que saiu do controle?

Juliet sorri para a sargento Zailer.

— Vocês a treinaram? Ela soa como um de vocês — diz, e se vira para mim. — Talvez você seja. Não sei o que faz para ganhar a vida. É policial?

— Não.

— Bom. Há um limite para a ironia que posso suportar — Juliet diz, se inclinando para frente. — Por que ama meu marido?
— O que quer dizer?
— É uma pergunta simples. Suponho que Robert seja razoavelmente atraente, embora esteja um pouquinho gordo. Era mais magro quando o conheci. Mas a atração física é suficiente? Você agora já deve ter notado que ele é um cretino infeliz e um enrustido.
— Eu dei uma queixa de estupro na terça-feira — digo a ela, tentando não olhar para a sargento Zailer ou Waterhouse. — Fingi que Robert havia me estuprado para fazer a polícia procurar por ele.
— Você é realmente bizarra, não? — diz Juliet.
— Como você sabe dos detalhes do que disse em meu depoimento?
Ela sorri.
— Por que fingir que ele a estuprou? Em vez de, digamos, a espancou ou roubou sua bolsa?
— Estupro é o crime mais fácil de simular — finalmente respondo. Com frequência me enfureceu a ideia de que poderia haver tantas mulheres fingindo ter sido estupradas quanto as que fingiam não ter sido. — Eu não tinha hematomas, então ele não poderia ter me espancado.
— Você não fingiu nada — diz Juliet. — Você foi estuprada. Apenas não por Robert. Sei exatamente o que aconteceu com você. Cena a cena, quadro a quadro — diz Juliet, fazendo barulhos altos de estalos e imitando apertar o botão de uma câmera.
— Isso é impossível — digo assim que consigo falar. — A não ser que a polícia tenha lhe mostrado meu depoimento.
Ela de repente parece impaciente.
— Ninguém me mostrou nenhum depoimento. Veja, eu posso não responder a todas as suas perguntas, mas não vou mentir para você. Se eu lhe der uma resposta, será honesta.

— Você quer parar, Naomi? — pergunta a sargento Zailer. — Pode parar quando quiser.

— Estou bem.

Aquela mulher gelada, lembro a mim mesma, é a mesma Juliet tímida demais para atender ao telefone, medrosa demais para aprender a usar um computador, frágil demais para trabalhar, que o obrigou a trabalhar à noite porque não suportava ficar sozinha em casa.

Lembrar de todas as coisas que você disse sobre ela favorece minha fala seguinte.

— Você mudou. Costumava ser tímida e neurótica, ter medo de sua sombra, ser dependente de Robert para tudo.

— Verdade — diz, sorrindo. Para ela é um jogo, e está gostando.

— Agora não parece mais ser assim — digo.

— Eu fui, qual é a palavra? Fortalecida — diz e dá um risinho, olhando para a sargento Zailer, como se esperando tê-la impressionado.

— Pelo quê? Esmagar a cabeça de Robert com um tijolo?

— Foi uma pedra que servia de peso de porta que causou os ferimentos de Robert. Esses gentis policiais não lhe contaram os fatos básicos? Minhas digitais ensanguentadas estão nela toda. Mas eu poderia tê-la pegado depois do ataque, não é? A esposa perturbada ao descobrir o marido morrendo.

— Alguém que foi uma pessoa tímida e frágil a vida toda não se transforma de repente na mentirosa fria, calculista e confiante que é agora — eu digo. — Mesmo surtando e atacando o marido por ter um caso.

Juliet parece entediada e desapontada.

— Eu sabia do caso de Robert com você desde antes do Natal — ela conta. — Como você diz, eu dependia inteiramente dele. Então fiquei de boca calada e suportei. Patético, não?

— Então por que atacou Robert semana passada? Ele lhe contou que a estava trocando por mim? Foi isso que a fez querer matá-lo? Ela examina as unhas em silêncio. Depois fala:
— Você está certa. Alguém que era uma pessoa tímida e frágil dificilmente mudaria toda a sua personalidade, mesmo após um acontecimento significativo.
— Então o que está dizendo? Que *nem* sempre foi tímida?
— Ah — diz Juliet, fechando os olhos. — Eu não diria que você está exatamente ficando quente, mas saiu da região ártica.
— Você simulou sua fraqueza — conjecturo em voz alta. — Você é uma dessas mulheres que eu odeio, totalmente capazes de cuidar de si mesmas, mas se tornam desamparadas no instante em que aparece um homem. Você fez Robert acreditar que era carente e desamparada porque sabia que do contrário a deixaria!
— Ah, querida. Temo que tenha voltado para a neve com Ernest Shackleton e Robert Falcon Scott. Pode passar algum tempo desaparecida — diz Juliet, olhando para o ID Waterhouse. — Eu citei corretamente?
— Por isso você não queria trabalhar? — insisto, me aferrando a minhas armas, achando que finalmente poderia estar chegando a algum lugar. — Era mais fácil ficar em casa e explorar Robert?
— Eu costumava adorar trabalhar, antes de parar — diz Juliet. Seu rosto se contorce levemente.
— O que você fazia?
— Era ceramista. Fazia cabanas de cerâmica.
Zailer e Waterhouse anotam isso.
— Eu as vi — digo. — Estão por toda a sua sala. São hediondas pra cacete.
Há um rugido alto em meus ouvidos enquanto me esforço para não ver a sala de estar de Juliet. Sua sala de estar.

— Você não acharia isso se eu fizesse uma de sua casa — diz Juliet. — É o que as pessoas queriam: me contratavam para fazer modelos de suas casas. Eu costumava adorar; acertar todos os detalhes. Posso lhe fazer uma, caso queira. Tenho certeza de que me deixarão trabalhar na prisão. Você deixará, não é, sargento Zailer? Na verdade penso em recomeçar. Vou lhes dizer: se os três me trouxerem fotografias de suas casas, de todos os ângulos, frente, fundos e lateral, eu faço tudo.

— Por que desistiu do trabalho se gostava tanto dele? — pergunto.

— Seja bem-vindo ao lar, sr. Shackleton — ela diz, sorrindo. "Perdeu alguns dedos dos pés por queimadura de gelo, mas pelo menos não está morto. Coloque uma cadeira junto ao fogo, que tal?"

— De que porra você está falando?

Ela dá uma gargalhada para minha raiva.

— Isto é muito engraçado. É como ser invisível. Você pode causar tumulto e não há nada que ninguém possa fazer.

— Exceto deixá-la apodrecer na cadeia — destaco.

— Eu ficarei bem na cadeia, muito obrigada — diz se virando do para a sargento Zailer. — Eu posso trabalhar na biblioteca da prisão? Posso ser a pessoa que empurra o carrinho de livros pelos corredores de celas? Nos filmes, essa posição sempre tem algum prestígio relacionado.

— Por que está fazendo isto? — pergunto a ela. — Se realmente não se importa de ser trancada pelo resto da vida, por que não dizer à polícia o que ela quer saber: se tentou matar Robert e por quê?

Juliet ergue suas sobrancelhas exageradamente depiladas.

— Bem, essa é uma que eu posso responder facilmente: por sua causa. Por isso não estou revelando tudo como um amorzinho. Você não tem ideia de o quanto a sua existência, sua posição na vida de Robert mudam tudo.

16

7/4/06

— Eu me sinto péssima — disse Yvon Cotchin. — Se soubesse que Naomi estava na prisão, teria ido lá imediatamente. Por que ela não me telefonou?

Estava sentada com os joelhos erguidos até o queixo em um sofá azul desbotado no meio da sala de estar bagunçada do ex-marido em Great Shelford, Cambridge. Canecas pela metade, meias enroladas, controles remotos, jornais velhos e folhetos de mala direta cobriam o piso.

A casa fedia a maconha; o peitoril da janela estava coberto de pedaços de papel-alumínio queimado e garrafas plásticas vazias com buracos nas laterais. Cotchin, que cheirava a xampu e perfume doce forte, parecia deslocada em seu pulôver vermelho apertado e calças pretas elegantes, agarrando um maço fechado de cigarros Consulate com uma das mãos e um isqueiro plástico amarelo com a outra. Mais que deslocada: ilhada.

— Naomi não estava na prisão — disse Chris Gibbs. — Ela foi responder a algumas perguntas.

— E agora foi solta sob fiança, está em casa — disse Charlie, que acompanhara Gibbs de modo a garantir que ele fizesse um trabalho direito ouvindo a ex-inquilina de Naomi Jenkins. Ele deixara claro que não achava que conseguiriam nada útil com Yvon Cotchin, e Charlie não queria que essa fosse uma profecia autorrealizável.

— Fiança? Isso parece medonho. Naomi não fez nada tão ruim, fez?

— Ela fez alguma coisa?

Cotchin desviou os olhos. Brincou com o celofane do maço de cigarros.

— Yvon? — estimulou Charlie. *Abra o maço e acenda um cigarro, cacete.* Ela odiava pessoas que embromavam interminavelmente.

— Eu disse a Naomi que ia lhes contar. Não é como se tivesse dito que aceitaria, então não a estou traindo contando a vocês.

— Aceitaria o quê? — perguntou Gibbs.

— É melhor que vocês saibam da verdade antes de Robert... Ele vai ficar bem, não vai? Quero dizer, se ele sobreviveu até agora...

— Você nos disse que nunca conheceu Robert Haworth — Charlie lembrou a ela.

— É verdade.

— O que você disse a Naomi Jenkins que não aceitaria? — insistiu Gibbs.

— Ela mentiu. Fingiu que Robert a estuprou. Não consegui acreditar que ela faria algo assim, mas... Ela avaliou que era a única forma de fazer vocês se preocuparem em encontrá-lo.

— Tem certeza de que ele não a estuprou? — perguntou Charlie.

— Muita certeza. Naomi idolatra o chão que aquele homem pisa.

— Sabe-se de mulheres se apaixonando pelo seu estuprador.

— Não Naomi.

— Como pode estar tão certa?

Cotchin pensou na pergunta.

— O modo como Naomi vê o mundo. É preto e branco, tudo tem a ver com justiça. Você teria de conhecê-la para entender. Ela começa a falar em vingança se alguém toma a vaga de estacionamento dela — diz, e suspira. — Vejam, nunca fui uma grande fã de Robert Haworth. Não o conheci, a não ser pelo que Naomi me contou... Mas *sei* que ele não a estuprou. Ela não admitiu a mentira agora que Robert foi encontrado? Ela disse que faria isso.

— É um pouco mais complicado que isso — disse Charlie, abrindo a pasta que segurava. Ela colocou no sofá ao lado de Yvon Cotchin cópias das três histórias de sobreviventes: a do site da SEIAS, de Tanya, a garçonete de Cardiff, e as de números trinta e um e setenta e dois do site Speak Out and Survive. Apontou para a setenta e dois, de "N.J.". — Como pode ver, tem as iniciais de Naomi no pé, e é datada de 18 de maio de 2003. Quando Naomi apareceu para contar sua mentira sobre Robert Haworth, encaminhou um dos meus detetives ao site da Speak Out and Survive e disse a ele como encontrar sua contribuição.

— Mas... Não entendo — disse Cotchin, o rosto perdendo toda cor. — Naomi não tinha sequer conhecido Robert em 2003.

— Leia as outras duas — disse Gibbs.

Ela não tinha confiança, ou motivo suficiente, para se recusar. Passando um dos braços ao redor dos joelhos, começou a ler, apertando os olhos como se para bloquear algumas das palavras ou diminuir seu impacto.

— O que é isto? O que tem a ver com Naomi?

— O depoimento que Naomi Jenkins assinou na terça-feira, o fictício ataque de Robert Haworth a ela, partilha muitos detalhes com estes dois relatos — disse Gibbs.

— Como isso é possível? — reagiu Cotchin, soando em pânico. — Eu sou idiota demais para entender isso sozinha. Vocês vão ter de me dizer o que está acontecendo.

— Também há dois casos em West Yorkshire que se encaixam no mesmo padrão — Charlie disse a ela. — Você não é a única que quer saber o que está acontecendo, Yvon. Precisamos descobrir se Robert Haworth estuprou Naomi Jenkins e essas outras mulheres, ou se outra pessoa o fez. Esperávamos que você pudesse nos ajudar.

Cotchin estava apertando o maço de cigarros no meio com força, esmagando o conteúdo.

— Naomi não pode ter sido estuprada. Ela teria me contado. Sou a melhor amiga dela.

— Você morava com ela na época? Primavera de 2003?

— Não, mas ainda assim saberia. Naomi e eu somos melhores amigas desde a escola. Contamos tudo uma à outra. E... Ela parecia bem na primavera de 2003, totalmente normal. Seu eu forte habitual.

— Você consegue se lembrar de tanto tempo? — perguntou Charlie. — Não consigo lembrar qual o humor dos meus amigos há três anos.

Cotchin pareceu desconfiada.

— Ben e eu estávamos em uma fase ruim — disse finalmente. — A primeira de muitas. Foi muito séria. Eu passava a noite na casa de Naomi duas vezes por semana, quando não mais. Ela foi fantástica. Cozinhou para mim, mandou e-mails para meus clientes e ajeitou as coisas; eu estava aborrecida demais para trabalhar. Ela me fez tomar banho e escovar os dentes quando eu só queria esquecer de minha existência. Algum de vocês já passou por um fim de casamento?

Charlie não conseguiu interpretar o ruído que Gibbs fez.

— Não — disse.

— Então não podem imaginar como é doloroso e destrutivo.

— Acho um pouco incomum você ter vindo para cá depois de brigar com Naomi — Charlie disse.

— A maioria das mulheres não corre para os ex-maridos em momentos de dificuldades.

Cotchin pareceu constrangida.

— Meus pais estão preocupados demais com o trabalho deles. Não gostam de gente por perto. E meus irmãos e todos os amigos exceto Naomi têm parceiros e filhos. Eu estava chateada, tá?

— Há hotéis, pousadas. Está em jogo uma reconciliação com Ben? — provocou Charlie. — Por isso está aqui?

— Isso não é da sua conta. Não estamos juntos de novo, se é o que quer dizer. Estou dormindo no quarto de hóspedes.

— Por que vocês dois se separaram? — Charlie resolveu perguntar, embora provavelmente fosse irrelevante. A não ser... Uma hipótese começou a ganhar forma no fundo de sua cabeça. Improvável, mas valia tentar.

— Eu não tenho de lhes dizer isso! — protestou Cotchin. — Por que querem saber?

— Responda à pergunta — disse Gibbs, a voz cheia de consequências indesejáveis.

— Ben bebia demais, tá? E se recusava a arrumar um trabalho.

— Este lugar é grande — disse Charlie, olhando ao redor.

— E há uma televisão e um DVD player caros. Como Ben pode ter isto se não trabalha?

— É tudo herdado — disse Cotchin, soando amarga. — Ben nunca deu duro um só dia na vida, e nunca precisou dar.

— Você mencionou a primeira fase ruim...

— Em janeiro de 2003 ele dormiu com outra pessoa enquanto eu estava fora visitando meu irmão e a família. Quando voltei, a mulher tinha ido embora, mas encontrei Ben dormindo pesado, ou mais provavelmente inconsciente, na cama com a camisinha usada e um dos brincos dela. Ficara tão bêbado que desmaiara e não acordara a tempo para apagar a trilha antes que eu chegasse em casa.

Ela não o perdoara, Charlie pensou. Caso positivo, teria dito: "Ele foi infiel comigo, mas apenas uma vez. Não significou nada."

Gibbs olhou suas anotações.

— Então você e Naomi Jenkins estavam juntas na casa dela na noite de quarta-feira, 20 de março, e o dia todo na quinta, 30 de março, até ela sair para se encontrar com Haworth no Traveltel?

— Isso mesmo — disse Yvon Cotchin, parecendo aliviada. Preferia falar sobre a tentativa de assassinato de Robert Haworth a ter de falar sobre sua vida amorosa.

— Naomi poderia ter saído de casa na noite de quarta-feira ou quinta sem você perceber?

— Suponho que poderia, no meio da noite enquanto eu estava dormindo. Mas não saiu. Também estava dormindo. Na quinta-feira, não. Meu escritório e quarto ficam no porão reformado da casa de Naomi. Ficavam — se corrigiu, e depois disse a Gibbs: — Você mesmo viu. Minha escrivaninha é voltada para a janela, com uma vista clara da calçada. Se Naomi tivesse saído de casa em algum momento na quinta-feira, eu a teria visto.

— Não saiu de sua escrivaninha em nenhum momento? Para pegar um sanduíche ou ir ao banheiro?

— Bem... Sim, claro, mas...

— Você consegue ver a calçada da janela do porão? — Charlie perguntou.

— Sim — Cotchin respondeu, com um toque de impaciência na voz. Depois apontou com a cabeça para Gibbs. — Pergunte a ele, que esteve na casa. Se olhar para cima poderá ver a calçada e a rua. Eu teria notado caso Naomi saísse. E ela não saiu.

— Mas ela não pode garantir o mesmo em relação a você, pode? — perguntou Gibbs. — Se ela estivesse naquele barracão no qual trabalha, que fica do outro lado da casa. Ela não teria visto se você saísse, teria?

Cotchin se virou para Charlie, um pedido nos olhos.

— Por que eu iria querer atacar Robert? Não o conheço.

— Você o desaprova — respondeu Charlie. — Seu casamento foi destruído, mesmo que apenas temporariamente, por infidelidade.

Cotchin corou com o comentário ferino.

— Robert Haworth estava enganando a esposa com sua melhor amiga havia um ano. Você deve ter desaprovado.

— Naomi me deu um lar quando Ben e eu finalmente nos separamos — disse Cotchin com raiva. — Não poderia abandoná-la porque estava fazendo algo de que discordava — disse, a seguir, suspirando antes de continuar. — De qualquer forma, com o passar do tempo minha desaprovação ficou cada vez mais fraca.

— Por que isso?

— Naomi adorava Robert. Estava muito feliz. Não sei como descrever. Era como se ela se iluminasse por dentro. E dizia que ele sentia o mesmo. Eu pensei, talvez isso seja real, eles estejam destinados a ficar juntos. Acredito nisso, sabe — falou, defensivamente. — Vi que não era de modo algum como minha situação com Ben. A traição de Ben não era por não me amar, ou amar outra pessoa mais. Eu sou a pessoa com quem ele sempre quis estar, apenas foi idiota e presunçoso demais para me tratar do jeito certo. Mas ele mudou. Parou quase totalmente com o álcool.

E passou para as drogas, pensou Charlie, olhando para a parafernália no peitoril.

— Se Robert amava Naomi, por que não largou a esposa para ficar com ela?

— Boa pergunta. Acho que estava enrolando Naomi, embora ela alegasse que não. Inventou que não podia deixar Juliet, como se fosse algum tipo de inferior carente, mas sempre achei que provavelmente era besteira. Se era tão infeliz com ela como dizia a Naomi, a teria deixado. Os homens não ficam por obrigação, não quando têm lugar melhor para ir. Só as mulheres são idiotas o bastante para fazer isso. E quando Naomi foi à casa de Robert na segunda-feira procurar por ele, encontrou Juliet e disse a si mesma que ela não era nada como Robert tinha apresentado.

A porta da sala se abriu, e um homem que Charlie imaginou ser Ben Cotchin entrou vestindo apenas cuecas compridas xadrez vermelho e azul-marinho. Era alto, magro e com barba por fazer, cabelos escuros compridos presos em um rabo de cavalo. Exatamente como os cabelos de Yvon, pensou Charlie, mesma cor, mesmo estilo.

— Alguém quer um copo? — perguntou.

— Não, obrigada — disse Charlie, respondendo por ela, Gibbs e Yvon. Se fossem preparadas bebidas, Ben teria de voltar e entregar. Tempo seria perdido. Como estava, Charlie acordara naquela manhã já se sentindo esmagada pela ideia de tudo o que teria de fazer antes de conseguir voltar para a casa à noite.

— Robert e Naomi só tinham um assunto — disse Yvon assim que o ex-marido saiu da sala. — O quanto amavam um ao outro e como era injusto e triste não poderem ficar juntos. Eles criaram juntos uma realidade alternativa que só existia três horas por semana, em um quarto. Por que ele nunca a levou para pas-

sar um fim de semana fora? Disse que não poderia deixar Juliet por tanto tempo...
— Qual você acha que era a razão? — Charlie perguntou.
— Robert é obcecado por controle. Ele queria Juliet e Naomi, e queria manter Naomi dentro de uma caixa bem definida: de quatro às sete em uma quinta-feira. Ela não consegue ver isso. É muito frustrante. É como se soubesse coisas sobre ele sem saber que sabe, se é que isso faz algum sentido. Quero dizer, só sei que ele é obcecado por controle em função do que ela me contou. Mas consigo ver as coisas como elas são, e ela não consegue.
— Que tipo de coisas?
O modo como Yvon olhou para o teto sugeria que tinha tantas possibilidades que era difícil escolher.
— Ele sempre leva uma garrafa de vinho quando se encontram. Uma vez derrubou a garrafa quando ia para a cama. Estava quase cheia, e a maior parte do vinho caiu no carpete. Naomi disse que sairia e conseguiria outra garrafa, mas ele não deixou. Ficou realmente aborrecido quando sugeriu isso.
— Se eles só tinham três horas juntos... — começou Charlie, mas Yvon balançou a cabeça.
— Não, não foi isso. Ele explicou a Naomi. Ficou ofendido por ela considerar que se você derruba vinho pode simplesmente comprar mais para substituir. No que lhe dizia respeito, fora seu descuido que fizera o vinho ser derramado, então achou que deveria ficar sem vinho como uma espécie de penitência. Ele não chamou de penitência, mas era o que queria dizer. Naomi disse que ele se sentiu mal por derrubar a garrafa e não queria se safar. "Vandalismo relaxado", foi como chamou. Ele se sai com esse tipo de besteira o tempo todo, não consegue lidar com as coisas quando algo inesperado acontece. Na verdade, acho que é um pouco maluco. Perturbado.

Ela se virou para Gibbs.

— Quando vou ter meu computador de volta?

— Está de volta — respondeu. — Na casa de Naomi Jenkins.

— Mas... Eu agora estou aqui. Preciso dele para trabalhar.

— Não sou o homem da mudança. Você mesma terá de ir pegar.

Charlie decidiu que era hora de apresentar sua teoria.

— Yvon, há alguma chance de ter sido você a estuprada há três anos? Por isso estava em mau estado e seu casamento começou a desmoronar? Naomi escreveu para o site da Speak Out and Survive por você e assinou com as iniciais dela para preservar seu anonimato?

Demorou um tempo para que a ideia fosse absorvida. Yvon parecia estar tentando montar algo na cabeça, uma máquina com muitas partes complicadas. Assim que conseguiu fazer isso, pareceu horrorizada.

— Não. Claro que não. Que coisa terrível de dizer! Como pode me desejar isso?

Charlie tinha pouca paciência para chantagem emocional.

— Tudo bem — disse, se levantando. — Está bem por ora, mas provavelmente iremos querer conversar com você de novo. Não está planejando ir a algum lugar, está?

— Eu poderia estar, sim — disse Yvon, como uma criança flagrada.

— Aonde?

— Um lugar na Escócia. Ben disse que eu precisava de um descanso, e está certo.

— Ele também vai?

— Sim. Como amigo. Não sei por que está tão interessada em mim e Ben.

— Eu sou versátil — retrucou Charlie.
— Não temos nada com isso.
— Vamos precisar de um endereço.

Yvon pegou a pequena bolsa, que estava ao lado do sofá, entre as canecas e os jornais. Alguns momentos depois deu a Charlie um cartão que ela reconheceu.

— Silver Brae Chalets? — Charlie perguntou, mantendo a voz firme. — Está indo para lá? Por que lá?

— Tenho um grande desconto, se quer saber. Desenhei o site deles.

— Como conseguiu isso?

Yvon pareceu perplexa com o interesse de Charlie.

— Graham, o dono, é amigo do meu pai. Papai foi o tutor dele na universidade.

— Qual universidade?

— Oxford. Graham foi o primeiro da classe em clássicos no seu ano. Meu pai ficou desapontado por não ter se tornado catedrático. Por que quer saber tudo isso?

Essa era uma pergunta a evitar. Graham, um catedrático em clássicos. Ele provocara Charlie por mencionar um livro que tinha lido: *Rebecca*, de Daphne Du Maurier. Muito chique, chefia. Ele provavelmente ficara constrangido com sua inteligência. Modesto. Pare, Charlie disse a si mesma. Você não tem afeto por ele. Apenas se encantou de uma forma passageira e temporária. Apenas isso.

— Naomi alguma vez foi ao Silver Brae Chalets? — perguntou. — Ela guardava um cartão deles.

Yvon balançou a cabeça.

— Eu tentei convencê-la, mas... Depois que conheceu Robert nunca mais quis viajar. Acho que pensou que se não podia ir com ele era melhor não se interessar.

Charlie estava pensando rápido. Então por isso Naomi tinha o cartão. Graham conhecia Yvon Cotchin; agora Charlie não tinha escolha a não ser ligar para ele. Naomi e Robert poderiam ter ido ao Silver Brae Chalets, independentemente do que Yvon dissera.

— Por que você se importa com a srta. Cigarro Mentolado e seu marido hippie? — rosnou Gibbs assim que estavam de volta ao carro. — Cretino arrogante! Lá estávamos, olhando para a coleção de narguilés e ele se lixando!

— Eu me interesso pelas relações das outras pessoas — Charlie disse.

— Afora a minha. O velho e tedioso Chris Gibbs e sua namorada tediosa.

Charlie massageou as têmporas com a base das mãos.

— Gibbs, se não quer se casar, não case, por Deus. Diga a Debbie que mudou de ideia.

Gibbs estudou a estrada à frente.

— Aposto que todos gostariam disso, não é?

— Não sei — disse Prue Kelvey. Estava sentada sobre as mãos, olhando para uma fotografia ampliada de Robert Haworth. Sam Kombothekra achava que fazia um ótimo trabalho de esconder sua decepção. — Quando você me mostrou, eu fiquei surpresa; não é o rosto que tenho visto em minha cabeça desde... Desde que aconteceu. Mas a memória e... Os sentimentos distorcem as coisas, não? E este homem é similar àquele em minha cabeça. Poderia ser ele. Eu apenas não... Não posso dizer que o reconheço.

Ela fez uma longa pausa. Depois perguntou:
— Quem é ele?
— Não posso lhe dizer isso. Lamento.

Kelvey aceitou isso sem discutir. Sam decidiu não lhe contar que o perfil do DNA tirado da amostra do estupro estava sendo comparado com o de um homem de Culver Valley que fora acusado de um crime muito similar. Ele sentia que Prue Kelvey não queria realmente que ele lhe contasse algo; ainda estava se recuperando do choque de encontrar Sam à porta. Ele previa que levaria alguns dias até que entrasse em contato para pedir mais informações.

Ela sempre fora insegura consigo mesma, incerta sobre tudo que dizia a não ser o absolutamente inequívoco. Sam esperava ter mais sorte com Sandy Freeguard. Quando se levantou para partir, Prue Kelvey relaxou de alívio e Sam se sentiu péssimo quando lhe ocorreu que, afora o rosto de seu estuprador, o dele devia ser o que ela mais associava ao seu horrendo sofrimento.

Era mais ou menos uma hora de carro da casa de Kelvey até a de Freeguard. Não era a primeira vez que Sam dirigia da casa de uma mulher para a da outra. Ele não se incomodava com a M62, a não ser que estivesse engarrafada. A parte que odiava era o trecho entre Shipley e Bradford, passando por sujos e decadentes apartamentos estatais e a grande área reluzente, mas igualmente deprimente, do shopping de varejo e do novo cinema com o edifício-garagem e restaurantes de rede. Grandes blocos cinzentos gananciosos. Poderia a arquitetura se tornar menos criativa?

Misericordiosamente as estradas estavam vazias, e Sam estacionou na frente da casa de Sandy Freeguard quarenta e cinco minutos após deixar Otley. Freeguard era, em muitos sentidos, o exato oposto de Prue Kelvey. Deixara Sam à vontade desde o começo, e ele logo deixou de se preocupar com o que lhe dizia. Sempre sorria quando aparecia sem se anunciar, sempre sustentava um fluxo constante de conversa reconfortante, quase não o deixando dizer uma palavra nas pausas. Se ele perdia a concentração mesmo que por um instante, não havia esperança de recuperar. Sandy abordava dezenas de assuntos por minuto. Sam gostava dela, e suspeitava que seu falatório fosse uma estratégia intencional para reduzir a pressão dele. Será que imaginava como era difícil para ele lidar com mulheres assim, que tinham passado por um inferno nas mãos de homens? Isso fazia com que se sentisse culpado e apreensivo. Nenhum dos homens que conhecia era assim; a ideia de conhecer alguém que fizesse o que havia sido feito a Prue Kelvey e Sandy Freeguard provocava em Sam ânsia de vômito.

— ... mas, claro, poderiam ter sido Peter e Sue aqueles do lado errado, e por isso Kavitha achou que eu ligaria.

Sam não tinha ideia do que ela estava falando. Peter, Sue e Kavitha eram colegas dele. Sandy Freeguard tratava a equipe toda pelo primeiro nome. Dera a todos esperança, mesmo quando começara a parecer que poderiam não apanhar o homem que a atacara. Ela se recusou a desanimar. Em vez disso, criou um grupo local de apoio a vítimas, se formou como consultora, fez trabalho voluntário para Rape Crisis e Samaritans. Na última vez em que Sam a vira, falara em escrever um livro. "Eu poderia", dissera, sorrindo triste. "Afinal, sou escritora, e esse é um tema que não irá me deixar só. Inicialmente achei que poderia ser uma exploração escrever sobre minha experiência, mas... maldição, a única pessoa que estaria explorando seria eu, e se não ligo, por que alguém mais deveria ligar?"

Sam interrompeu o falatório dela.

— Tenho uma fotografia para mostrar, Sandy. Achamos que poderia ser ele.

Ela parou, boquiaberta.

— Bom — disse. — Quer dizer que podem tê-lo encontrado?

Sam anuiu.

— Então vamos lá, mostre — disse. Os olhos já estavam vasculhando suas roupas, olhando suas mãos para ver se levava algo. Se não desse a foto rapidamente, ela poderia revistá-lo. Tirou a foto do bolso da calça e repasssou. Ela deu uma olhada rápida, depois olhou Sam com curiosidade.

— Isto é algum tipo de brincadeira? — perguntou.
— Claro que não. Não é ele?
— Não. Decididamente não.
— Desculpe... — ele disse, a culpa se instalando, travando a cabeça de Sam. Deveria ter dito para não ter muita esperança. Não deveria ter apresentado a foto tão rápido, por mais que Sandy pensasse querer isso. Talvez não fosse tão dura quanto parecia, talvez aquilo...

— Sam, eu conheço este homem.
— O quê? — reagiu, erguendo os olhos, chocado. — Mas você disse...

— Eu disse que não era o homem que me estuprou — disse Sandy Freeguard, rindo de sua expressão atônita. — Este é Robert Haworth. O que, afinal, o levou a pensar que fosse ele?

17

Sexta-feira, 7 de abril

Estou segurando sua mão. É difícil transmitir a força dessa sensação a alguém que não a experimentou. Meu corpo reluz e estala enquanto você queima a escuridão dentro de mim com um calor furioso. Algo em mim foi ligado por seu toque, e me sinto como me senti naquele primeiro dia no posto de gasolina: iluminada, segura. Subi mais uma vez à laje. Eu estava me apagando, e agora, bem a tempo, fui conectada novamente à minha fonte de vida. Você também sente isso? Não me darei o trabalho de perguntar às enfermeiras. Elas falariam sobre probabilidades e estatísticas. Diriam: "Estudos mostraram..."

Sei que você sabe que estou aqui. Não precisa se mover ou dizer algo; posso sentir a energia do reconhecimento fluindo de sua mão para a minha.

A sargento Zailer está de pé no canto de seu quarto, nos observando. A caminho daqui ela me alertou que eu poderia achar perturbadora a sua imagem, mas ela viu quão errada estava quando chegamos e corri para sua cama, tão ansiosa para tocá-lo quanto sempre estive. Eu vejo você, Robert, não as bandagens, não os tubos. Apenas você, e a tela que mostra que seu coração está bombeando, vivo. Não preciso que médicos me falem sobre seu coração firme e constante.

Sua cama foi ajustada de modo que a parte de cima está em ângulo, para sustentar suas costas. Você parece confortável, como se adormecido ao sol em uma espreguiçadeira, com um livro no colo. Em paz.

— Esta é a primeira vez — eu digo à sargento Zailer. — A primeira e única vez em que ele conseguiu escapar em toda a vida. Por isso ele ainda não está pronto para despertar.

Ela parece cética.

— Lembre-se, não temos o dia todo — diz.

Eu aperto sua mão.

— Robert? — começo, insegura. — Tudo vai ficar bem. Eu te amo. Estou determinada a falar com você exatamente do modo como faria se estivéssemos sós; não quero que você perceba uma diferença em meus modos e se sinta desorientado e assustado. Ainda sou eu, e você ainda é você; a situação estranha em que estamos não nos mudou em nada, mudou, Robert? Precisamos pensar na sargento Zailer como parte da mobília, em nada diferente do pequeno televisor preto na prateleira alta em frente à sua cama, da cadeira verde com braços de madeira na qual estou sentada ou da pequena mesa plástica de beiradas arredondadas com o copo e a jarra de água em cima.

Eles gostam de beiradas arredondadas neste hospital. Não há ângulos retos entre o piso e as paredes. Em vez disso são unidos por um lacre curvo de borracha cinza que contorna todo o quarto. Ver isso me faz pensar em todas as coisas perigosas que precisam ser mantidas do lado de fora, longe de você.

Atrás de sua cama, na parede, há um grande botão vermelho de emergência. Ter de partir logo transforma isto em uma emergência.

— Isso é um tanto idiota — digo, acariciando seu braço. — Colocaram água e um copo na mesa, mas como você deveria beber? Alguém neste hospital tem um estranho senso de humor.

Meu tom é leve, frívolo. Sempre fui aquela que nos diverte. Não vou me sentar ao seu lado, retorcer as mãos e chorar. Você já passou por coisa demais, e não quero tornar isso pior.

— Na verdade, talvez seja uma espécie de suborno — digo. — Assim como a televisão na parede. Os médicos entram aqui e lhe dizem que se acordar logo poderá ver *Cash in the Attic* e tomar um gole de água da bica? Não são ótimos incentivos? Em vez disso poderiam encher aquele jarro de champanhe.

Se você conseguisse sorrir, sorriria. Uma vez me disse que adora champanhe, mas só bebe em restaurantes. Eu me senti ferida e pensei que foi falta de tato de sua parte mencionar isso, já que nunca fomos juntos a um restaurante, e na época temi que nunca fôssemos. Imaginei você e Juliet no Bay Tree — onde você foi pegar meu *magret de canard aux poires* — feliz de conversar sem parar com o chef quando saiu da cozinha, pois sabia que teriam muito tempo para conversar um com o outro depois — o resto de suas vidas. Ainda posso ver essa cena em minha mente, e isso fere meu coração.

— Não achei que você teria um quarto particular — digo. — É agradável. Tudo é muito limpo. Uma faxineira vem todos os dias?

Faço uma pausa antes de falar de novo. Quero que você saiba o quanto espero que me responda.

— Você também tem uma vista ótima. Um pequeno pátio quadrado, coberto com pedras irregulares. Com bancos em três lados e um jardim de nós no centro — digo e olho para a sargento Zailer. — O nome não é jardim de nós?

Ela dá de ombros.

— Eu sou a pessoa errada a consultar sobre jardins. Odeio essas coisas. Não tenho um e não quero ter.

— O nome *é* jardim de nós. E em um dos lados do pátio há uma fileira de arbustos redondos. Se você virar a cabeça para a direita e abrir os olhos, conseguirá ver.

O celular da sargento Zailer começa a tocar. O barulho me assusta, e solto sua mão. Espero que se desculpe e desligue o telefone, mas ela atende. Diz "Sim" várias vezes, e depois "Mesmo?". Fico pensando se o telefonema tem algo a ver com você ou Juliet.

— Você sabe o que lhe aconteceu? — sussurro, me inclinando mais perto. — Eu não, não exatamente, mas a polícia acha que Juliet o atacou. Acho que foi o que aconteceu. Você quase morreu, mas não. Graças a mim, foi encontrado a tempo. Foi operado...

Há uma batida na porta. Eu me viro e vejo a enfermeira que nos trouxe, uma jovem roliça com cabelos louros presos atrás em um rabo de cavalo curto e alto. Tenho medo de que ela diga que tenho de ir, mas é para a sargento Zailer que está olhando feio.

— Eu disse antes, nada de celulares nesta ala. Interfere com nossas máquinas. Desligue.

— Desculpe — diz a sargento Zailer, colocando o telefone de volta na bolsa. Assim que a enfermeira sai, ela me diz: — É babaquice essa coisa sobre as máquinas. Os médicos usam seus celulares aqui o tempo todo. Mulher idiota.

— Ela só está fazendo o trabalho dela — eu digo. — Com a maioria das pessoas isso envolve a aplicação aleatória de regras sem sentido. Você deveria entender, considerando o que faz para ganhar a vida.

— Mais dois minutos e vamos embora — ela avisa. — Tenho trabalho a fazer.

Dou as costas a ela, de volta a você.

— Acho que você não se importa de estar aqui, se importa? Muitas pessoas detestam hospitais, mas acho que você não.

Nunca conversamos sobre isso, mas aposto que, se tivéssemos, você diria que gosta deles, pela mesma razão pela qual gosta de postos de gasolina.

— Ele gosta de postos de gasolina? — surge a voz da sargento Zailer. — Desculpe, mas... Nunca ouvi isso antes. Todos odeiam postos de gasolina.

Eu nunca os odiei, e desde que você e eu nos conhecemos, eu os amo. Não apenas Rawndesley East — todos os postos de estrada. Você está certo: eles são completamente autocontidos, lugares que poderiam estar em lugar nenhum ou qualquer um, livres do que uma vez chamou de tirania geográfica. "Cada um é como um mundo que existe fora do espaço e tempo reais", disse. "Gosto deles porque eu tenho uma imaginação exagerada."

"Todos os caminhoneiros se sentem assim em relação a eles?", perguntei, provocando. "É uma espécie de coisa vocacional?"

Você respondeu como se minha pergunta fosse absolutamente séria. "Não sei. Pode ser."

Agora, sempre que passo por um sinal que anuncia os postos "Moto" ou "Welcome Break" e vejo um desenhinho de uma cama, linhas brancas sobre um fundo azul, penso em nós e no quarto onze.

— Eu fui lá noite passada — lhe digo. — Ao nosso quarto. Achei... Que não suportaria perder uma semana.

— Você esteve no Traveltel noite passada? — interrompe novamente a sargento Zailer.

Eu anuo.

— Mas eu a peguei em casa esta manhã.

— Saí do Traveltel às cinco e meia e estava em casa às seis — conto. — Não estou dormindo muito no momento. Posso fazer isso, não?

— Se realmente quiser.

O telefone dela toca novamente. Dessa vez não solto sua mão.
— Sim — ela diz. — O quê?
Ela olha estranho para mim.
— Tá. Ligo para você.
— O quê? — pergunto, não me importando se estou passando do limite.
— Espere aqui — ela me diz — Voltarei em segundos.
Assim que ela parte vou até a mesa e me sirvo um copo d'água.
— Ela não pode nos deixar sozinhos — conto. — Disse isso a caminho daqui. Mas deixou. O que é bom. Significa que ela confia em mim mais do que de início. Talvez nos ver juntos tenha feito que percebesse...
Eu respiro fundo.
— Juliet tentou matar você, Robert. Você pode se divorciar dela. E então poderemos nos casar. Ainda iremos ao Traveltel toda quinta-feira depois que nos casarmos? Não ficaria surpresa se você...
Eu paro. Meu coração dá um pulo para a garganta. Eu pisco, para confirmar que não estou alucinando.
Seus lábios e pálpebras se movem. Seus olhos estão abertos. Eu derrubo a água, corro até você, agarro sua mão.
— Robert?
— Naomi.
É mais uma expiração que uma palavra dita em voz alta.
— Ah, Deus. Robert. Eu...
Tenho medo de falar.
Sua boca está se movendo, como se tentasse dizer algo mais. Seu rosto se contorce.
— Está sentindo dor? — pergunto. — Devo chamar uma enfermeira?

— Vá embora, me deixe sozinho — você sussurra.
Fito as beiradas brancas secas da pele em seus lábios. Balanço a cabeça. É impossível. Não há como. Você não sabe o que está dizendo.

— Sou eu, Robert. Não Juliet.

— Sei quem você é. Me deixe sozinho.

Algo dentro de mim está caindo, caindo. Isso não pode estar acontecendo. Você me ama. Sei que sim.

— Você me ama — digo em voz alta. — E eu o amo.

Senti isso uma vez antes, essa experiência lacerante, a sensação de que tudo de bom no mundo está sendo arrancado de mim. Sei por experiência própria que é apenas uma questão de segundos antes que tudo seja arrancado e eu fique à deriva: cada última ligação com segurança e felicidade foi destruída e não há nada a que me aferrar.

— Saia — você diz.

— Por quê?

Ainda estou chocada e gelada demais por dentro para chorar. Se você estivesse em seu juízo normal não teria dito o que disse, mas ainda assim tenho de pedir uma explicação; o que mais posso fazer? Quero socar seu peito com meus punhos e fazer com que seja seu verdadeiro eu normalmente. Este é meu pior pesadelo. Antes da polícia encontrá-lo, quando a minha imaginação estava cheia de horrendos finais trágicos, nem uma única vez pensei nisto.

— Você sabe por quê — diz, olhando diretamente para mim.

Mas eu não sei. Estou prestes a dizer isso, a começar a implorar a você, quando de repente suas costas arqueiam e você geme. Seus olhos reviram e você começa a tremer, como se houvesse um terremoto dentro do corpo. Espuma branca escorre pela boca. Alguns segundos se passam antes que lembre do botão de emergência e o aperte. Ouço um leve bipe repetitivo vindo do corredor.

— Naomi?

A voz da sargento Zailer está atrás de mim. Ela olha meu dedo no botão, o copo e a água derramada no chão.

— Jesus Cristo! — ela diz, me arrastando pelo braço para o corredor. — O que aconteceu, cacete? — ela berra. Meu corpo está flácido e gelado, como uma esponja deixada na água fria. Minha cabeça procura freneticamente uma saída de emergência, um modo de desfazer os últimos minutos da minha vida.

Não ligo para o que você disse. Eu morreria feliz se isso significasse que você iria viver.

A última coisa que vejo antes de ser empurrada para fora da unidade de terapia intensiva são três enfermeiras entrando correndo em seu quarto.

— Eu não lhe contei a verdade — confesso à sargento Zailer. — Menti. Lamento.

Esta manhã estava me lixando para o que ela pensa. Ela não tem ideia do quanto preciso dela agora. Como o equilíbrio de poder mudou. Enquanto eu tinha certeza de que você me amava, era todo-poderosa.

Estamos quase em Rawndesley. Não quero ser deixada em minha casa, sozinha. Não posso permitir que a sargento Zailer me deixe lá. Tenho de mantê-la falando. Enquanto ela dirige, eu luto contra lembranças vivas — como *stills* de um filme — do que me aconteceu antes, quando fui sequestrada: a cama com postes de bolota, a mesa de madeira. O homem. Seu amor por mim era uma camada acolchoada que mantinha tudo isso a distância, e agora isso foi retirado. Minha alma está desfigurada e exposta.

— Mentiu? — pergunta a sargento Zailer. Sinto como se fosse sufocar em sua indiferença.

— Minha história de estupro foi verdade, toda ela. Só que não foi Robert. Não sei quem era ele. Desculpe por mentir. Yvon estava certa. Tudo é culpa minha, tudo de ruim que aconteceu. Contei uma mentira que fundiu a melhor coisa de minha vida com a pior coisa. Sacrilégio. Vandalismo descontraído, como você chamaria. E agora estou sendo punida.

— Eu poderia e deveria indiciar você por obstrução — diz a sargento Zailer. — E quanto ao ataque de pânico junto à janela de Robert segunda-feira passada, a coisa terrível que você alegou ter visto mas de que não conseguia se lembrar? Também foi mentira?

Outro clarão brilhante, como uma cortina sendo puxada para trás, e posso ver novamente sua sala de estar. Estou lá, olhando através do vidro. Engasgo, agarrando o assento, o painel.

— Pare — consigo dizer. — Por favor!

Eu me atrapalho com a trava que abrirá a porta, como se minha vida dependesse disso, como uma pessoa cujo carro está submerso na água. Posso ver aquela sala, a cristaleira. Estou dando um zoom na cabeça, acelerando na direção dela. Tenho de sair.

A sargento Zailer para junto ao meio-fio. Abro a porta do carro e tiro o cinto de segurança.

— Coloque a cabeça entre as pernas — diz. Eu me sinto melhor sem o cinto. A sensação de pressão em meu peito passa gradualmente e sugo o máximo de ar que consigo. Suor pinga de minha testa para as mãos.

— Onde vocês o encontraram? — pergunto, arfando. — Robert. Ele estava na sala? Diga!

— Estava no quarto, deitado na cama — respondeu a sargento Zailer. — Não encontramos nada na sala.

O que eu vi — a coisa insuportável — estava na cristaleira. Agora sei disso, mas tenho medo de contar à sargento Zailer. Um detalhe específico como esse poderia fazer com que ela sugerisse que fôssemos lá, e não posso. Preferiria engolir veneno a olhar novamente por aquela janela.

— Qual o seu prenome? — pergunto assim que recupero o fôlego.

Ela franze o cenho. Como se incomodada com a pergunta.

— Charlote. Por quê?

— Posso chamá-la de Charlote?

— Não. Eu odeio o nome, faz com que eu pareça uma tia vitoriana. Sou Charlie, e não, você também não pode me chamar assim.

— Telefone novamente para o hospital. Por favor.

— Robert ainda está vivo. Se não estivesse eu teria recebido uma ligação.

Estou fraca demais para argumentar.

— O que quer que eu tenha dito e feito de errado, você tem de entender... Estou lutando pela minha vida — digo a ela. — A sensação é essa.

— Naomi, lembra que saí do quarto de Robert para dar um telefonema? — pergunta a sargento Zailer com gentileza.

Eu anuo.

— O ID Kombothekra, da delegacia de West Yorkshire, mostrou uma foto de Robert a Prue Kelvey e Sandy Freeguard hoje mais cedo. O telefonema era sobre isso.

Inicialmente não identifico os nomes. Depois me lembro. Fecho os olhos, aliviada. Não me dera conta sequer de que estava esperando por essa notícia.

— Bom — digo. — Então você agora não suspeita mais que Robert é um estuprador em série.

A estúpida coisa medonha que fiz foi desfeita, e podemos esquecer que aconteceu.

— Prue Kelvey disse não ter certeza...

— O quê? O que quer dizer?

— Ela não fez uma identificação positiva, mas disse que era o tipo certo, poderia ter sido ele.

— Isso é ridículo. Ela não consegue lembrar. Provavelmente acharia que tinha de ser Robert se um policial mostrava a foto a ela, e não queria estragar as coisas dizendo que não era ele!

— Estou certa de que é verdade — diz a sargento Zailer. — Não é na resposta dela que estou interessada. Temos um perfil de DNA para comparar com o de Robert no caso dela, então se ele não o fez, logo provaremos...

— O que quer dizer com "se ele não o fez"? Você sabe que inventei essa história. Não sabe? A parte sobre Robert.

Ela anui.

— Acho que sim. Mas quando uma pessoa mente com tanta facilidade quanto você, é difícil saber em que acreditar. Você acha que reconheceria o rosto de seu agressor depois de tanto tempo?

— Sim.

— Você é mais confiante que Prue Kelvey. A reação dela à fotografia não foi muito útil. É na reação de Sandy Freeguard que estou mais interessada. Ela disse que Robert certamente não foi o homem que a estuprou...

— Graças a Deus que uma delas tem memória!

— ... mas também disse que o conhecia. "Este é Robert Haworth", ela disse.

Minha cabeça gira. Novamente, tudo o que é familiar começa a rodopiar, se rearrumar em um novo padrão aleatório. Nada está onde acho que está, ou é o que penso ser.

— Conte — peço.
— Três meses após ser estuprada ela conheceu Robert. Começaram a sair juntos.
— Quando se conheceram? Isso é besteira. Nenhuma mulher que passou por algo como o que passei arrumaria um namorado tão rapidamente.
— Sandy Freeguard arrumou. Eles se conheceram no centro de Huddersfield. O carro dela bateu no dele.
— Quer dizer o caminhão dele?
Estou determinada a desviar cada novo fato quando se aproxima. Deve haver algum engano. Não conheço esse ID Kombothekra, então por que deveria confiar no que ele diz?
— Não, Robert estava em seu carro, um Volvo. O acidente foi culpa de Freeguard, diz ela, que ficou aborrecida. Aparentemente Robert foi muito compreensivo, e acabaram tomando um café. Foi como o relacionamento começou.
— Mas... Não! É coincidência demais!
— É você quem diz — fala a sargento Zailer com sarcasmo. — Também não entendo. Você e Sandy Freeguard foram atacadas da mesma forma, provavelmente pelo mesmo homem, e ambas depois tiveram uma relação com Robert Haworth. Como pode ser?
A confusão dela me assusta mais que a minha própria.
— Quando? — pergunto. — Quando essa Sandy saiu com Robert?
— Novembro de 2004. Foi estuprada em agosto do mesmo ano.
Eu ouvi a palavra "estupro" muitas vezes na semana anterior. Já não temo mais ouvir. Perdeu seu poder.
— Conheci Robert em março de 2005. Quando eles se separaram? — pergunto, com uma terrível premonição de o

que a sargento Zailer irá dizer a seguir. — Ai, Deus. Eles se separaram, não?
— Sim, separaram. Pouco antes do Natal de 2004. Achou que Robert a estaria enganando com ela?
— Não. Só porque...
— Você se importaria? Ele a estava enganando com a esposa, não? Não era como se achasse que ele era fiel a você.
— É totalmente diferente. Eu sabia sobre Juliet. Claro que me importaria se descobrisse que Robert estava mentindo para mim o tempo todo que passamos juntos, escondendo uma namorada secreta — digo, e respiro fundo. — Por que eles se separaram, Robert e essa Sandy Freeguard? Ela contou?
— O ID Kombothekra perguntou detalhadamente sobre a relação, incluindo a separação. Aparentemente Robert era o namorado perfeito, muito atento e carinhoso, até que um dia disse a ela que estava tudo acabado, do nada. Ela contou que ele simplesmente desligou. Chegou todo devotado e marital, disse que não achava estar sendo justo com a esposa, e foi isso. Então... — encerrou, dando de ombros.
— Então o quê? — reajo com raiva. — Então você está tentando me mostrar que ele não é confiável, é o tipo de pessoa que é calorosa em um momento e fria no outro? De jeito algum. Ele me amou por um ano. Não há como ele se voltar contra mim.
— Sandy Freeguard também não entendeu — diz a sargento Zailer com paciência. — Naomi, muitos homens, especialmente os casados, declaram amor imorredouro até o momento em que não querem mais nada com você.
— Robert não é como os outros homens, e seus motivos não são como os deles. Você não entenderia a não ser que o conhecesse.
A sargento Zailer liga o motor.

— Feche a porta. Temos de voltar. Não vou resolver isso simplesmente sentada aqui.

Ela acende um cigarro enquanto dirige. Eu gostaria de ser fumante.

— Sandy Freeguard e Robert nunca fizeram sexo. Imagino que isso não seja verdade para você e Robert.

— Não. Fazíamos sexo toda quinta-feira, por três horas. Mas não estou surpresa por ela não querer, se foi apenas três meses depois.

— Ela queria. Robert foi quem insistiu em esperar, disse que poderia não estar pronta. Ela contou o que havia lhe acontecido.

Umidade nubla meus olhos.

— Isso é a cara dele — digo. — Ele é realmente preocupado.

— Sandy Freeguard achou irritante. Queria ser tratada normalmente, e ele continuava a dizer para ir devagar, não fazer muito em pouco tempo. Disse que a desencorajou a criar um grupo de apoio, ter formação como conselheira e todas as coisas positivas que queria fazer. Disse que não estava realmente pronta e não conseguiria suportar se fizesse demais.

— Ele provavelmente estava certo.

Eu o defendo mesmo você tendo acabado de partir meu coração. Um dia iremos revolver o mal-entendido e você retirará o que disse hoje. Por que você estava em Huddersfield, de carro em vez de caminhão? Por que não estava trabalhando naquele dia?

A sargento Zailer balança a cabeça.

— Pelo que Sam Kombothekra diz, Freeguard é um dínamo. Lida com isso expondo a si mesma e suas experiências e as transformando em algo positivo, para ela e para os outros. Diz que é inspiradora.

— Bem, que maravilha para ela — digo mesquinhamente. Não consigo evitar. Como ela espera que eu reaja a ouvir que fui derrotada no Concurso de Melhor Vítima de Estupro?

— Não quis dizer isso — ela retruca, suspirando. — Sandy Freeguard disse a Kombothekra que não acreditou na justificativa de Robert para encerrar a relação. Vamos encarar, se ele se preocupasse tanto em salvar o casamento não teria iniciado um caso com você poucos meses depois, teria? Estou inclinada a concordar com Freeguard: ele não conseguiu lidar com o conhecimento do estupro, então no final a largou. Isso também explicaria por que não queria sexo.

— Isso é uma coisa terrível de dizer! Robert nunca seria assim.

— Tem certeza? Talvez você temesse que sim, por isso não contou o que lhe aconteceu.

— Não contei a ninguém.

— E ainda assim Juliet Haworth sabe o que lhe aconteceu. Quem contou a ela, se não Robert?

— Você está distorcendo tudo para se encaixar em...

— Estou tentando — ela concorda. — Mas não importa o quanto tente, não estou conseguindo resolver isto. Você diz que Robert não a estuprou, e por ora acredito em você. Mas não acredito em coincidências.

— Nem eu — digo em voz baixa.

Ela faz uma careta.

— Então, goste você ou não, goste eu ou não, temos de encarar os fatos. Robert Haworth está de algum modo relacionado a esses estupros.

18

7/4/06

— Ele está novamente inconsciente? De modo nada razoável, Sellers se sentia tratado com deselegância, como se Robert Haworth tivesse feito isso para irritá-los.

— Um ataque epilético, uma nova hemorragia, amígdala cerebelosa inchada. E ele está tendo ataques epiléticos pequenos, mas regulares, desde então. Não parece bom.

Gibbs tirou o paletó dos ombros e tomou um gole de cerveja. Ele e Sellers estavam no Brown Cow, não o pub mais perto do trabalho, mas o único em Spilling a servir seis diferentes tipos de cerveja Timothy Taylor. As paredes e o teto eram revestidos de madeira escura, e havia um salão para não fumantes à esquerda da porta da frente, com um retrato emoldurado da vaca marrom epônima na parede. Nenhum policial ou detetive se arriscaria a sentar lá, nem mesmo os que não fumavam, para não ser visto. A sargento, que fumava, não achava justo que os não fumantes tivessem em seu salão o retrato da vaca, a única pintura do pub. "Tudo o que temos são os quadros vagabundos com o cardápio", costumava reclamar. Um cartaz à direita do bar alertava aos clientes que a partir de segunda-feira, 17 de abril, o pub inteiro seria uma zona livre de fumo.

— *Status epilepticus* — disse Gibbs em uma voz dura e amarga. — Nossa maldita sorte. O que você pediu para mim? — perguntou, dando outro grande gole de cerveja e arrotando.

— Torta de carne e batatas fritas. Não pedi para Waterhouse.

— Ele vai tomar uma cerveja, nada de comida. Tem algum maldito problema ridículo com comer na frente de outras pessoas. Não me diga que nunca notou.

Quando tudo estava bem, Sellers e Gibbs algumas vezes debatiam as peculiaridades de Waterhouse, mas Sellers relutava em fazer isso com Gibbs naquele humor.

— Aposto que você vai comer frango com alguma coisa chique enfiada no rabo, frutas ou alguma merda assim.

— Onde está a sargento? — perguntou Sellers, ignorando o tom de desprezo. Na verdade, ele pedira um muito respeitável haddock com batatas.

— No hospital, relembrando jargão científico.

Tudo o que Gibbs dizia soava como um modo perfeito de encerrar uma conversa.

Sellers tentou novamente.

— Vi que temos pessoal extra convocado para ajudar com o trabalho braçal. Como Proust arrancou isso?

— Perda de tempo. Metade deles está nos teatros, metade vasculhando sites pornô de estupro na internet, mas nada até agora. Aquela piranha da Juliet Haworth continua sem falar, e não podemos fazer porra nenhuma em relação a isso, podemos?

— Significando?

— Significando que ela esmagou a cabeça do marido com uma pedra. Deixou bastante claro que nossas palavras não irão feri-la, a piranha metida. Hora de engrossar.

— Agora quer começar a espancar mulheres? Sem dúvida vai ficar bem no seu CV.

— Se isso impedir que mulheres inocentes sejam sequestradas na rua e estupradas...

— Como isso pode ter a ver com Juliet Haworth?

Gibbs deu de ombros.

— Ela sabe alguma coisa. Sabia o que tinha acontecido a Naomi Jenkins, não é? Quer saber o que acho? Haworth é nosso estuprador, independentemente do que Jenkins esteja dizendo agora. E a piranha da esposa o ajudou.

Então por que você está me olhando como se fosse minha culpa? Sellers ficou pensando se estaria se tornando paranoico na velhice.

— Falei com o pessoal da SEIAS sobre Tanya de Cardiff — contou Gibbs. — Eles tinham os detalhes dela.

— E?

— Ela se matou. Overdose.

— Merda. Quando?

— Ano passado. Quer boas notícias? Speak Out and Survive foi um fracasso total. Não tinham nada. Computadores novos, muito pouca papelada. Coloquei alguém nisso, mas duvido que encontraremos a sobrevivente trinta e um tão cedo.

— Merda.

— É. É, mesmo. Ainda assim, não deixe que isso o desanime — disse Gibbs, fingindo um sorriso doentio. — Você logo vai sair com a Suki, não é? Sol, diversão e sexo. Não vai querer voltar.

— Você é quem diz — murmurou Sellers, ignorando o comentário malicioso. Já estava se preocupando com o que faria ao final das férias, quando não tivesse mais isso pelo que ansiar. Ele defendia a posição de que era a ansiedade pelo sexo, mais que o próprio sexo, que fazia adultério e infidelidade valerem o risco.

— Se Stacey descobrir onde você está, não terá a opção de voltar, mesmo que queira. Talvez eu devesse convidar Suki para meu casamento. Seria uma bela surpresa para Stacey, não seria?

Era preciso muito para fazer Sellers perder a paciência, mas Gibbs estava forçando a barra nos últimos tempos.

— Qual é o seu problema, cacete? Está com inveja, é isso? Sua lua de mel está chegando. Onde vai ser? Seychelles?

— Tunísia. Minha lua de mel. Claro; uma antiga tradição. Se você se casa tem uma lua de mel.

— O quê? — reagiu Sellers, não conseguindo entender a insinuação, se havia uma.

— As tradições são importantes, não? Você não iria querer perder — disse Gibbs. As duas últimas palavras soaram escandidas, exageradas. Espuma de cerveja cobria seu lábio superior.

Ouvindo a canção que começou a sair alta da *jukebox*, Sellers se deu conta de que a cada dia gostava menos de Chris Gibbs.

— Está mudando de ideia? — perguntou.

— Mudando de ideia sobre o quê? — perguntou uma voz atrás deles.

— Waterhouse! O que está... Ah, já tem um — disse Sellers, contente de vê-lo. Qualquer coisa para evitar uma conversa sobre sentimentos com Gibbs. Seria Gibbs capaz de tal feito?

— Desculpem o atraso — disse Simon. — Houve algumas novidades. Acabei de falar pelo telefone com os peritos.

— E?

— O removedor de manchas no carpete da escada dos Haworth. Há sangue sob ele, de Robert Haworth — contou. Sellers abriu a boca, mas Simon respondeu antes que tivesse a chance de perguntar. — As escadas são visíveis da porta da frente. O quarto do casal não. Além disso, havia sangue demais no quarto. Não faria sentido sequer tentar.

— Que outras novidades? — perguntou Sellers.

— O caminhão de Robert Haworth. Traços de sêmen por todo o piso. Não dele.

— Aposto que muitos caminhoneiros tocam umazinha na caçamba da van quando param nos postos — brincou Gibbs.

— *Não* é dele? — repetiu Sellers. — Com certeza?

Simon anuiu.

— Tem mais. As chaves do caminhão estavam na casa e têm as digitais de Juliet Haworth além das do marido. Isso em si pode não ser significativo. Todas as chaves na casa dos Haworth ficam em uma tigela de cerâmica na mesa da cozinha, então Juliet poderia ter tocado nas do caminhão ao colocar as chaves da casa, mas...

— A sala comprida e estreita que Kelvey e Freeguard mencionaram... — pensou Sellers em voz alta. — O caminhão de Haworth.

— Também foi minha primeira ideia — disse Simon. — Mas onde está o colchão? Não estava no caminhão, e a perícia não conseguiu nada naquele em que Robert Haworth foi encontrado no quarto, apenas DNA de Haworth e Juliet.

— Em seu depoimento, Naomi Jenkins mencionou uma cobertura plástica no colchão — Sellers lembrou a ele.

— Kelvey e Freeguard não — retrucou Simon. — Telefonei para Sam Kombothekra e pedi que verificasse. Não havia capa plástica em nenhum dos casos. Apenas um colchão nu. Que, vamos encarar, provavelmente foi levado a algum vazadouro e jogado — disse, expirando lentamente antes de prosseguir. — Mas você está certo. Kelvey e Freeguard foram estupradas no caminhão de Haworth. Uma das laterais compridas não é metálica, é feita de uma espécie de lona grossa. É basicamente apenas uma enorme aba com laçadas na base para ser presa na lateral do piso. Freeguard disse algo sobre uma parede de tecido. Tem de ser o caminhão.

— Vejo Juliet Haworth como a força motriz por trás dos estupros — disse Gibbs, tentando sua teoria com Simon. — Ela tem um cúmplice do sexo masculino, o que vem derramando sua porra na traseira do caminhão de Haworth, mas é o cérebro por trás de tudo. Está usando o caminhão do marido como espaço, vendendo ingressos para estupros ao vivo. Bela remuneração. Bastante para não trabalhar.

— Naomi Jenkins a despreza por ser uma mulher sustentada — disse Simon, pensativo. — Está sempre fazendo comentários sobre isso.

— Sustentada o cacete — bufou Gibbs. — Provavelmente ganha mais dinheiro com seu pequeno negócio que Haworth dirigindo.

— Não estou certo — disse Sellers. — Só temos quatro casos definidos: Jenkins, Kelvey, Freeguard e a sobrevivente trinta e um. E apenas duas delas estiveram na sala comprida e estreita. As outras estiveram nesse teatro, onde quer que seja.

— Por que a mudança de teatro para van? — perguntou Simon.

— Pode haver muito mais que não denunciaram — disse Gibbs. — Jenkins, Kelvey e Freeguard disseram que o estuprador as ameaçou de morte. E se isso não fosse incentivo suficiente para mantê-las caladas, vamos encarar que muitas mulheres não iriam querer dar um passo à frente e ser vistas como produtos danificados, e muitos homens as veriam assim. Seja lá o que for que digam.

— Certo — disse Sellers, cansado. — Mas supondo que você esteja certo sobre Juliet e seu cúmplice, Robert Haworth sabia? Estava metido nisso?

— Meu instinto diz que não. Talvez tenha descoberto, e por isso Juliet o atacou com o peso de porta — disse Simon. — Mas tem uma coisa: quando Charlie conversou com Yvon Cotchin, ela contou que Naomi Jenkins dissera que Robert já não trabalhava à noite. Aparentemente Juliet não o queria longe de casa; pelo menos foi o motivo que ele deu a Jenkins...

— Mas você está achando que talvez ela não quisesse o caminhão longe de casa porque precisava dele para seu próprio trabalho — disse Sellers, completando a hipótese de Simon. — Se estiver certo, isso explicaria algumas coisas. Robert Haworth começou a sair com Sandy Freeguard e Naomi Jenkins após terem sido estupradas; três meses depois, no caso de Freeguard, e dois anos depois no de Jenkins. Talvez Juliet os tenha aproximado de algum modo.

— É, certo — debochou Gibbs. — Como exatamente poderia ter feito isso?

— Como, e por quê? — perguntou Simon, mordendo o lado de dentro do lábio, pensando. — E mesmo que tenha tentado, Haworth realmente faria isso? Pensei nisso e concluí que era impossível. Pelo menos improvável.

— Posso responder o porquê — disse Gibbs. — Ela é uma pervertida. Fica sexualmente excitada sabendo que o marido está comendo essas mulheres que já foram comidas pelo estuprador. Quem quer que seja ele.

— Mas então Haworth teria de planejar conhecê-las e ter uma relação com elas; é esforço demais. O que ele ganha com isso? Também é um pervertido. E como dizer que as mulheres iriam querer se envolver com ele?

— Esse é o barato, para os dois — insistiu Gibbs. — Ela conseguindo os estupros, e depois ele fodendo as vítimas. Apimenta a vida sexual deles. Por isso Robert Haworth não está ele mesmo cometendo os estupros. As mulheres não ficariam com ele se o reconhecessem como o homem que as estuprou, não é?

Sellers não conseguia aceitar isso.

— Kombothekra disse que Sandy Freeguard nunca teve sexo com Haworth. Ela queria, ele não. E ele sai com Naomi Jenkins há um ano. Por que tanto tempo se é só para ele e a mulher transarem?

— Será possível um casal sofrer junto de síndrome de Munchausen por transferência? — pensou Simon em voz alta. Ele não tinha esperanças, mas era uma teoria. Às vezes as ruins levam às boas.

— Caso positivo, talvez a ideia de que Juliet prepara o sofrimento, então Robert aparece depois e cuida das mulheres, ajuda em sua recuperação, reconstrói sua confiança. Kombothekra disse que Sandy Freeguard reclamou de Haworth tentar paparicá-la. Não queria que fizesse demais tão cedo. Não fazia sexo por essa razão. Ele franziu o cenho, vendo uma falha no que sugeria.

— Mas Naomi Jenkins nem lhe disse ter sido estuprada, e, pelo que nos contou, ele parece tê-la tratado de modo totalmente diferente, de modo algum como vítima. Os dois foram para cama duas horas após terem se conhecido.

— Babaquice — disse Gibbs, bocejando. — Nunca ouvi falar em casais terem Munchausen por transferência. Isso é uma coisa individual. Você não fala sobre isso, certo? Como descobririam que ambos tinham?

— Você provavelmente está certo — disse Simon. — Mas eu poderia consultar um especialista.

— Especialista! — debochou Gibbs.

— É a coisa mais bizarra que já encontrei — disse Sellers, a testa enrugada de concentração. — Robert Haworth tem de ser o elo; Juliet conhecia o *modus operandi* dos estupros, e duas das vítimas se tornaram namoradas de Haworth... Mas é isso, não é? Elas se *tornaram* suas namoradas. Faz sentido dizer que ele é o elo quando só conheceu Freeguard e Jenkins *após* terem sido sequestradas e estupradas?

Simon correu o dedo pela circunferência do copo de cerveja.

— "A incerteza humana é tudo que torna a razão humana forte. Nunca sabemos até cair que toda palavra que dizemos é errada."

— Que porra é essa? — cortou Gibbs.

— Juliet Haworth escreveu isso para nós — Sellers disse.

— É de C.H. Sisson — Simon contou. — Morreu recentemente. O poema se chama "Incerteza".

— Grande. Vamos criar a porra de um grupo de leitura — resmungou Gibbs.

— Acha que significa alguma coisa? — perguntou Sellers.

— Juliet Haworth estava tentando nos transmitir alguma mensagem?

— Alto e claro — disso Gibbs, parecendo desgostoso. — Ela está debochando. Dez minutos sozinho com ela...

— Ela está insinuando que estamos errados sobre tudo — disse Simon, tentando não soar tão deprimido quanto se sentia.

— Que só nos daremos conta de como estamos errados quando for tarde demais.

Ou talvez ela mesma só tenha se dado conta tarde demais de que estava errada sobre Robert, e por isso tentara matá-lo? Não, isso seria exagerar demais, certamente.

Simon mudou de assunto.

— Como vocês se saíram com os históricos? Há algo no de Juliet Haworth que pareça poder nos levar ao seu cúmplice, supondo que tenha um?

— Tenho uma lista de velhos amigos, um ou dois contatos profissionais — disse Sellers. — Os pais foram prestativos.

E perturbados de saber que a única filha havia sido acusada de tentativa de homicídio. Contar a eles não fora uma tarefa agradável.

— Profissional no sentido de fazer e vender cabanas de cerâmica?

— É. Ela se saiu bastante bem com isso. A Remmicks teve coisas dela em estoque por algum tempo.

— Então ela tem jeito para negócios — disse Gibbs, parecendo satisfeito consigo mesmo. — Conte a ele a parte interessante.

— Já ia fazer isso — disse Sellers, se virando novamente para Simon. — Ela não os vê há anos, os nomes na lista. Basicamente parece não ter visto ninguém além do marido desde que teve um colapso nervoso em 2001 por excesso de trabalho.

— Ela não parece ser o tipo nervoso — disse Simon, se lembrando dos modos confiantes de Juliet Haworth, quase régios.

— Bem o oposto. Tem certeza?

Sellers o olhou secamente.

— Conversei com a médica que cuidou dela na época. Juliet Haworth não saiu da cama por seis meses. Aparentemente tinha trabalhado feito louca durante anos, sem folga, sem férias. Simplesmente... Entrou em curto.

— Ela já era casada com Robert?

— Não. Morava sozinha antes do colapso, depois voltou para a casa dos pais. Casou com Robert em 2002. Conversei com os pais dela esta manhã, longamente. Norman e Joan Heslehurst. Ambos dizem que não há como Juliet ter causado mal a Robert. Mas também insistem em que queria falar com eles e que a visitassem, e sabemos que ela não fez isso.

— Eles não estariam mentindo — disse Gibbs. — Querem se sentir necessários. São pais, não?

— Juliet e Robert se conheceram em uma locadora de vídeos — continuou Sellers, atualizando Simon. — Em Sissinghurst, Kent. Blockbuster, na Stammers Road, perto de onde os Heslehurst moram. Foi uma das primeiras saídas de Juliet depois do colapso. Ela se esquecera de levar a bolsa e ficou aborrecida ao chegar ao balcão e perceber isso. Robert Haworth estava na loja, atrás dela na fila. Pagou pelo vídeo e se assegurou de que chegasse em casa em segurança. Os pais parecem vê-lo como uma espécie de santo. Joan Heslehurst ficou tão chateada por Robert quanto por Juliet. Diz que agradecem a ele por ajudar a colocar Juliet de pé novamente. Aparentemente foi brilhante com ela.

Simon não gostou de como aquilo soava, embora não estivesse certo de por quê. Soava um pouco certo demais. Teria de pensar a respeito.

— O que Haworth estava fazendo em uma locadora em Kent? Onde ele morava na época?

— Comprou a casa de Spilling pouco antes do casamento com Juliet — contou Gibbs. — Antes disso, quem sabe. Uma porra de um buraco negro em todo o histórico que temos até agora.

— Houve algo específico no trabalho de Juliet Haworth que tenha causado o colapso? — perguntou Simon. — Alguma mudança na situação dela ou nas circunstâncias?

Gibbs se inclinou para rosnar com uma garçonete de passagem sobre a comida e a demora exagerada.

— Ela fazia cada vez mais sucesso — contou Sellers. — A mãe conta que ela estava bem no começo, enquanto o negócio ainda passava por dificuldades. Foi quando começou a crescer que desmoronou.

— Não faz sentido — disse Gibbs.

— Sim, faz — disse Simon. — Quando as coisas começam a dar certo é que a pressão realmente aumenta. Você tem de dar conta, não é?

— A mãe de Juliet disse que ela mergulhou no trabalho, dia e noite, parou de sair. Estava totalmente concentrada. Sempre tinha sido.

— O que quer dizer? — perguntou Simon.

— Ela foi de primeira linha a vida toda, antes do colapso. Monitora no primário e no secundário. Também atleta; competiu em nível municipal, ganhou baldes de prêmios. Era do coro, conseguiu uma bolsa de música para o King's College, Cambridge, que recusou, em vez disso indo para a faculdade de artes.

— Ainda é de primeira linha — disse Gibbs, o rosto se iluminando à visão de sua torta de carne saindo da cozinha do pub.

— Só que agora no negócio de sequestro e agressão sexual.

— Que impressão você teve da personalidade dela? — perguntou Simon. O cheiro do peixe com batatas de Sellers lhe dava água na boca. Teria de comprar um sanduíche no caminho de volta. — Manipuladora? Enganosa? Desafiadora?

— Na verdade, não. Extrovertida, animada, sociável. Mas um pouco maníaca, disse o pai, e, quando estressada com o trabalho, podia ficar irritável, irracional. Disse que ela já explodia antes do colapso. A mãe ficou arrasada, como pode imaginar. Embora ele tivesse ajudado. Não destaquei como ela estava mergulhada naquilo antes de ele abrir a boca. A coisa mais estranha foi que os pais e todos com quem conversei falam como se houvesse duas Juliet, quase como duas pessoas distintas.

— Pré e pós-colapso? — perguntou Simon. — Imagino que isso possa acontecer.

— A mãe descreveu o colapso, o que aconteceu, sabe? — disse Sellers esfregando o olho e contendo um bocejo. — Assim que ela começou, eu não consegui fazê-la parar.

— O que exatamente ela disse? — perguntou Simon, ignorando o grunhido de desprezo produzido por Gibbs.

— Certo dia Juliet deveria ir jantar na casa dos pais, e não apareceu. Telefonaram repetidamente, e nada. Então foram até lá. Juliet não abriu a porta, mas sabiam que estava lá; o carro estava ali, e havia música alta. No final, o pai quebrou uma janela. Eles a encontraram no ateliê, parecendo não ter comido, dormido ou se lavado em dias. Também não falou; simplesmente olhou através deles, como se não estivessem lá, e continuou trabalhando. Tudo o que disse foi: "Tenho de terminar isto." Ficou repetindo sem parar.

— Terminar o quê? — Simon perguntou.

— Algo em que estava trabalhando. A mãe disse que ela costumava receber muitas encomendas, e com frequência os clientes queriam entrega rápida; presentes, aniversários. Quando estava terminado, nas primeiras horas da manhã, depois que a mãe e o pai se sentaram e a observaram por metade da noite, disseram: "Você irá para casa conosco", e ela não resistiu nem nada. Era como se não ligasse para o que fazia, contou a mãe.

Gibbs deu uma cotovelada em Sellers.

— Waterhouse está começando a sentir pena dela. Não é?

— Continue — disse Simon a Sellers. — Caso haja mais.

— Na verdade, não muito. Os pais perguntaram para quem era o modelo no qual ela ficara trabalhando até três da manhã. Acharam que se era tão urgente talvez pudessem entregar, sabe, mas Juliet não fazia ideia. Todo aquele trabalho frenético, dizendo que tinha de terminar, e não conseguia sequer se lembrar para quem era.

— Ela tinha enlouquecido — Gibbs resumiu.

— Mas depois daquela noite não quis mais nada com o trabalho, não conseguia sequer ficar na mesma sala onde havia coisas que tinha feito. Produzira algumas peças para os pais, e tiveram de guardar todas no porão, para que não visse. E todas aquelas da casa dela também foram para o porão dos pais. E foi assim: não trabalhou desde então.

— Sim, trabalhou, apenas mudou de carreira — disse Gibbs.

— Ela é *workaholic*, capaz de enlouquecer; talvez seja o que também aconteceu desta vez. O negócio de sequestro e estupro se tornou um grande sucesso, ela não suportou a pressão, surtou e acertou o marido com uma pedra.

— A mãe disse saber que havia algo errado — disse Sellers, falando dentro do copo. — Agora, quero dizer. Antes de ter descoberto o que aconteceu com Robert.

— Como? — perguntou Simon.

— Juliet telefonou de repente e disse que queria todas as suas coisas de volta, todos os modelos de cerâmica.

— Quando foi isso?

Simon se esforçou para disfarçar seu aborrecimento. Sellers devia ter contado isso primeiro, o resto depois.

— Sábado passado.

— Dois dias após Haworth não ter aparecido para seu encontro com Jenkins no Traveltel — disse Simon, pensativo.

— Isso. Juliet não explicou, apenas disse querer tudo de volta. Foi lá no domingo e pegou. Estava de bom humor, segundo a mãe; melhor do que em bastante tempo. Por isso os pais ficaram tão surpresos quando ouviram...

— Então as casinhas que Naomi Jenkins viu na sala dos Haworth na segunda-feira... Estavam lá havia menos de vinte e quatro horas?

— E daí? — reagiu Gibbs.

— Não sei. É interessante. O momento.

— Talvez quisesse voltar a isso, fazer os modelos — Sellers sugeriu. — Se ela e Haworth estavam envolvidos na coisa do estupro, e ele agora está no hospital, e talvez não saia nunca...

— É — anuiu Gibbs. — Planejava fingir que isso tudo não aconteceu e voltar à cerâmica. Ela é realmente encantadora.

— E quanto ao histórico de Haworth? — perguntou Simon. — E Naomi Jenkins?

Sellers olhou para Gibbs, que respondeu.

— Nada ainda sobre Haworth. E nada sobre a irmã Lottie Nichols. Estive ocupado com os sites esta manhã, mas vou atrás disso.

— Naomi Jenkins é simples — disse Sellers. — Nascida e criada em Folkestone, Kent. Estudou em um internato, se saiu bem. Família de classe média, mãe professora de história, pai or-

todontista. Estudou tipografia e comunicação gráfica na Reading University. Muitos amigos e namorados. Animada, extrovertida...
— Assim como Juliet Haworth — comentou Simon. Seu estômago roncou.
— Por que não pede algo para comer?— sugeriu Gibbs.
— É alguma síndrome de culpa católica? Punir a carne para purificar a alma?
O velho Simon teria querido derrubá-lo. Mas a personalidade pode mudar em reação a um acontecimento traumático ou significativo. A partir de então, você vê sua vida como se dividida em duas claras zonas do tempo, pré e pós. Em dado momento, todos, incluindo Gibbs, tinham cuidado com o temperamento de Simon. Não mais. Isso tinha de ser algo bom.
Simon decidira não ligar para Alice Fancourt. Era arriscado demais. Seria louco de permitir que seus sentimentos por ela o desestabilizassem novamente. Evitar complicações e problemas — essa era a regra segundo a qual tentava viver. Sua decisão não tinha nada a ver com Charlie. O que interessava a Simon se estava puta com ele? Não era como se não tivesse acontecido antes.
Viu um pânico passageiro nos olhos de Sellers ao mesmo tempo que sentiu um ar frio na nuca. Sabia quem havia passado pelas portas duplas do pub antes de ouvir a voz.
— Torta de carne e fritas. Peixe e fritas. Lembro de como era não me preocupar com o colesterol.
— Senhor, o que está fazendo aqui? — disse Sellers, fingindo estar contente de vê lo. O senhor odeia pubs.
Simon se virou. Proust encarava a comida.
— Senhor, viu...
— Eu vi seu bilhete, sim. Onde está a sargento Zailer?
— Voltando do hospital. Eu disse isso no bilhete — respondeu Simon.

— Eu não li *tudo* — disse Proust, como se devesse ser óbvio. Apoiou as mãos na mesa, fazendo com que balançasse. — É uma vergonha que o DNA do caminhão não corresponda ao de Haworth. É outra vergonha que Naomi Jenkins e Sandy Freeguard estejam insistindo em que Haworth não as estuprou.

— Senhor? — disse Sellers, fornecendo o estímulo necessário.

— Temos uma nova complicação. Gosto quando a vida é simples. E esta não é — disse o inspetor, a seguir pegando uma das fritas de Sellers e a levando à boca. — Gordurosa — foi seu veredicto. Ele limpou a boca nas costas da mão e prosseguiu. — Tenho atendido seus telefones como uma secretária enquanto vocês se jogam sobre uma *jukebox* bebendo cerveja. Yorkshire telefonou.

O quê, o condado inteiro?, Simon quase disse. O Homem de Neve tinha medo de qualquer coisa que fosse "no norte". Gostava de manter vago, genérico.

— Não sei do quanto vocês se lembram dos últimos interlúdios de sobriedade, mas o laboratório deles estava comparando o DNA do estuprador de Prue Kelvey com o de Robert Haworth. Isso lhes diz algo?

— Sim, senhor — disse Simon. Algumas vezes, pensou, pessimistas eram agradavelmente surpreendidos. — E?

Proust pegou outra frita no prato de Sellers.

— Correspondência total — disse, com voz carregada. — Sem margem para ambiguidade ou interpretação, temo. Robert Haworth estuprou Prue Kelvey.

— Você vai ligar novamente para Steph caso ela não ligue de volta? — perguntou Charlie.

Eram dez da noite e ela já estava na cama. Tendo uma muito necessária noite curta. Com Graham e a garrafa de vinho tinto que ele trouxera desde a Escócia. "Temos vinho na Inglaterra, você sabe — ela provocara. — Mesmo em uma cidade provinciana como Spilling." Havia sido um longo, difícil e confuso dia de trabalho, e Charlie ficara contente de chegar em casa e encontrar Graham em seu batente. Mais que contente. Empolgada. Ele viajara aquilo tudo para vê-la. Nunca ocorreria à maioria dos homens — Simon, por exemplo — fazer algo assim. "Como sabia o meu endereço?", cobrara.

"Você reservou um dos meus chalés, lembra?", respondera Graham, sorrindo nervoso, como se temendo que seu gesto, sua peregrinação pudesse ser interpretada como exagerada. "Você anotou para mim. Lamento. Sei que é meio furtivo aparecer sem anunciar, mas para começar sempre admirei a diligência do caçador furtivo, e em segundo...", falou, inclinando a cabeça para frente, escondendo os olhos por trás de uma cortina de cabelos. Deliberadamente, Charlie suspeitava. "... Eu... Ahn... Bem, eu queria vê-la novamente, e..."

Charlie não o deixou dizer mais nada antes de colar a boca sobre a dele e o arrastar para dentro. Isso fora horas antes.

Era confortável ter Graham em sua cama. Gostava do cheiro do corpo dele; lembrava madeira cortada, grama e ar. Ele era formado em clássicos por Oxford, mas cheirava a ar livre. Charlie podia se imaginar indo a um parque de diversões com ele, a uma apresentação de *Édipo*, a uma fogueira. Versátil. O quê, quem, podia ser melhor, perguntou a si mesma retoricamente, não deixando espaço em sua cabeça para uma resposta.

"Espero que não vá me deixar de lado novamente, madame", Graham dissera enquanto estavam deitados em meio às roupas jogadas no piso da sala de Charlie. "Tenho me sentido um pouco como Madame Butterfly desde que você desapareceu no meio da noite. Mr. Butterfly, sou eu. Foi muito assustador, quer saber, aparecer aqui sem ser convidado. Achei que você estaria ocupada no trabalho e eu acabaria me sentindo como uma daquelas esposas de olhos crédulos dos filmes de Hollywood, aquelas cujos maridos têm de largar tudo para salvar o planeta da destruição imediata por um asteroide, meteorito ou vírus mortal."

"É, eu vi esse filme", respondera Charlie sorrindo. "Todas as quinhentas versões."

"A esposa, deve ter percebido, sempre é interpretada por Sissy Spacek. Por que ela nunca aprende?", perguntara Graham, enrolando um cacho dos cabelos de Charlie no dedo, olhando como se fosse a coisa mais fascinante do mundo. "Ela sempre tenta convencer o herói a ignorar o meteorito que ameaça a humanidade e fazer um piquenique com a família ou assistir a um jogo da pequena liga. No que diz respeito a planos para o futuro, é míope. Não entende absolutamente nada do princípio da gratificação postergada... Diferentemente de mim...", disse, inclinando a cabeça para beijar os seios de Charlie. "Aliás, o que é pequena liga?"

"Nenhuma ideia", respondeu Charlie, fechando os olhos. "Beisebol?"

Ela se deu conta de que Graham jogava conversa fora de um modo que Simon não fazia. Simon dizia coisas que considerava importantes, ou não dizia nada.

Considerando o que Graham dissera sobre ser dispensado por causa do trabalho dela, Charlie se sentiu mal por fazer a ele as perguntas que tinha de fazer. Não lhe contara que planejava telefonar só por essa razão, em vez de sugerir que se encontrassem. O que estava errado com ela? Por que não ansiava por vê-lo novamente? Ele era sensual, engraçado, inteligente. Bom de cama, embora de um modo um pouco ansioso demais para agradar.

Quando finalmente reuniu a coragem para pedir, Graham não se incomodou nem um pouco. Telefonou imediatamente para Steph. Agora estavam esperando que ela ligasse de volta.

— Você não disse a ela que eu queria saber, disse? — perguntou Charlie. — Se tiver dito, ela nunca ligará.

— Você sabe que não. Você estava aqui quando liguei.

— É, mas... Ela não sabia que você vinha me ver.

Graham deu um risinho.

— Claro que não. Nunca digo à braçal aonde vou.

— Ela disse que você lhe conta sobre todas as mulheres com quem dorme, em todos os detalhes. Também disse que muitas delas começam como clientes.

— A segunda parte não é verdade. Ela se referia a você, só isso. Estava tentando chateá-la. A maioria dos meus clientes é de pescadores gordos de meia-idade chamados Derek. Imagine o nome Derek sendo gemido suavemente no escuro; simplesmente não funciona, não é?

Charlie riu.

— E a primeira parte?

Graham achava que podia seduzi-la para deixar isso de lado? Ele suspirou.

— Uma vez, e apenas porque era uma história irresistível, eu contei a Steph sobre uma mulher com quem dormi. Sue Estática.

— Sue Estática — repetiu Charlie lentamente.

— Não estou brincando, a mulher não mexia um músculo, apenas ficou deitada ali, rígida, o tempo todo. Meu impressionante desempenho não teve qualquer efeito. Fiquei querendo parar e verificar o pulso, ver se ainda estava comigo.

— Imagino que não fez isso.

— Não. Teria sido constrangedor demais, não? A coisa engraçada foi que assim que nos soltamos, ela começou a se mover de novo, normalmente. Levantou como se nada tivesse acontecido, sorriu para mim e perguntou se queria uma xícara de chá. Vou lhe dizer, fiquei um pouco preocupado com minha técnica depois daquele pequeno episódio!

Charlie sorriu.

— Pare de tentar arrancar cumprimentos. Então... Por que Steph iria querer me chatear? Só porque usei seu computador ou...

Graham lançou um olhar malicioso.

— Quer saber o que se passa entre mim e Steph, chefia?

— Não me incomodaria — disse Charlie.

— Eu não me incomodaria de saber o que se passa entre você e Simon Waterhouse.

— Como...

— Sua irmã o mencionou, lembra? Olivia. Sem apelidos daqui para frente, prometo.

— Ah, certo.

Charlie fizera de tudo para esquecer daquele momento medonho: a explosão de Olivia da posição superior literal e moral de seu quarto no mezanino.

— Vocês duas já acertaram as coisas? — perguntou Graham, apoiado em um cotovelo. — Você sabe que ela voltou.

— Ela *o quê?*

Ele soara um pouco brusco demais para seu gosto. A raiva cresceu dentro dela. Se estivesse querendo dizer o que ela imaginava...

— Ao chalé. No dia seguinte, depois que você tinha partido. Pareceu desapontada de não encontrá-la. Contei que havia acontecido alguma coisa importante no trabalho... Por que está me olhando assim?

— Você devia ter me dito isso imediatamente!
— Isso não é justo, chefia. Você acabou de me devolver minha boca. Estivemos ocupados, lembra? Não é como se eu estivesse brincando com os polegares. Ou, se estive, foi com a melhor das intenções.
— Estou falando sério, Graham.
Ele lançou um olhar direto.
— Ainda não fizeram as pazes, não é? Achou que sua irmã ainda estava emburrada, então deixou para lá. Agora se sente culpada e está tentando descontar em mim. Um espectador inocente! — disse, projetando o lábio inferior, o torcendo em fingida infelicidade.
Charlie não estava disposta a reconhecer como ele estava certo.
— Deveria ter me telefonado imediatamente. Você tem meu número. Eu o dei a Steph quando fiz a reserva.
Graham grunhiu e cobriu os olhos com as mãos.
— Veja, a maioria das pessoas não gosta quando os proprietários de suas acomodações de férias demonstram interesse ativo em suas brigas familiares. Sei que quase...
— Exatamente.
— ... mas não, não é? Então eu estava me fazendo de desinteressado. Por pouco tempo, sim, admito isso, policial, mas pelo menos tentei. Ademais, achei que ela iria ligar para você. Não parecia mais chateada. Ela se desculpou comigo.
Charlie apertou os olhos.
— Tem certeza? Tem certeza de que era minha irmã, não apenas alguém que parecia com ela?
— Era Fat Girl Slim, eu juro — disse Graham, rolando para não ser atingido por ela. — Na verdade, tivemos uma bela conversa. Pareceu ter mudado de opinião sobre mim.
— Não suponha isso só porque não o estava atacando.

— Não supus. Não foi necessário iniciativa ou adivinhação. Ela me disse. Disse que eu era muito melhor para você do que Simon Waterhouse. O que me lembra: você não respondeu à minha pergunta.

Charlie estava furiosa com a irmã por interferir. Ficou pensando se a nova abordagem de Olivia era uma forma mais sutil de tentar garantir que Charlie e Graham não começassem uma relação. Estaria confiando no despertar da rebeldia de Charlie?

— Não há nada entre mim e Simon — ela disse. — Absolutamente nada.

Graham pareceu preocupado.

— Exceto que você o ama.

Eu poderia facilmente negar, pensou Charlie.

— Sim — confirmou. Ele se recuperou mais rapidamente que a maioria dos homens teria feito.

— Eu vou conquistar você, vai ver — disse, novamente bem-humorado.

Charlie pensou que ele poderia estar certo. Poderia fazer com que estivesse certo se tentasse, certamente. Não precisava ser outra Naomi Jenkins, desmoronando porque um cretino mandou que o deixasse em paz. Um cretino maior que Simon Waterhouse; Charlie estava se saindo melhor que Naomi em todos os sentidos. Robert Haworth, estuprador. Estuprador de Prue Kelvey. Charlie ainda se esforçava para compreender as implicações.

Contra o conselho de Simon, ela atualizara Naomi completamente pelo telefone naquela tarde. Não podia dizer exatamente que passara a gostar da mulher, e certamente não confiava nela, mas achava entender como a cabeça de Naomi funcionava. Um pouco bem demais. Uma mulher, sob outros aspectos inteligente, tornada tola pela força de seus sentimentos.

Naomi recebera a notícia da correspondência do DNA muito melhor do que Charlie esperara. Ficara em silêncio um tempo, mas ao falar soara calma. Dissera a Charlie que a única forma pela qual poderia lidar com aquilo seria descobrindo a verdade, toda ela. Não haveria mais mentiras da parte de Naomi Jenkins — Charlie estava convencida disso.

Naomi conversaria com Juliet Haworth novamente no dia seguinte. Se Juliet estivesse envolvida em algum esquema financeiro doentio com o homem que estuprara Naomi e Sandy Freeguard, Naomi possivelmente era a única pessoa que poderia levá-la a revelar algo. Por alguma razão que Charlie não conseguia identificar, Naomi era importante para Juliet. Ninguém mais era, certamente não o marido — Juliet deixara isso muito claro. "Eu a *farei* falar comigo", dissera Naomi, trêmula, ao telefone. Charlie admirara sua determinação, mas a alertara para não subestimar a de Juliet.

— Bem, eu não amo braçal, você gostará de saber — disse Graham, bocejando. — Embora eu tenha... Provado, digamos assim. De vez em quando. Mas ela não é nada comparada com você, sargento, por mais meloso que isso soe. Já estou mais que farto dela. É você quem eu quero, com seu charme tirânico e seus padrões absurdamente altos.

— Eles não são.

Graham gargalhou, cruzando os braços atrás da cabeça.

— Sargento, eu mal começo a entender o que você quer de mim, que dirá oferecer.

— É, tá. Não desista tão fácil.

Charlie fingiu estar amuada. Graham dormira com Steph. *Provara*. Ela mal podia reclamar, considerando o que acabara de lhe contar.

— Arrá! Posso provar que Steph não significa nada para mim. Espere até ouvir isto — disse, os olhos brilhando.

— Você é um fofoqueiro impiedoso, Graham Angilley!
— Lembra da música? Grandmaster Flash? — perguntou, começando a cantar. — White lines, going through my mind...
— Ah, é.
— Steph, a braçal, tem uma linha branca dividindo a bunda ao meio. Mostrarei da próxima vez que você for ao chalé.
— Não, obrigada.
— Parece tão ridículo quanto soa. Agora você *sabe* que eu nunca poderia levar a sério uma mulher assim.
— Uma linha branca?
— É. Ela passa horas no bronzeamento artificial, e consequentemente seu traseiro é laranja brilhante — disse Graham, sorrindo.
— Mas se você... Digamos... Separar uma nádega da outra...
— Certo, já saquei!
— ...verá claramente uma faixa branca. Dá para ver um pouquinho quando ela está andando.
— Ela costuma circular nua?
— Na verdade, sim — disse Graham. — Ela tem uma coisa por mim.
— Que você nunca fez nada para encorajar, claro.
— Claro que não! — Graham reagiu, simulando ultraje.
O telefone celular começou a tocar, e ele atendeu.
— Oi — grunhiu. — Linha branca — disse a Charlie, para que não tivesse de imaginar com quem falava. — Hã-hã. Certo. Certo. Ótimo. Bom trabalho, parceira. Você ganhou suas faixas, como dizem — falou, provocando Charlie.
Ela não conseguiu conter o riso.
— Então?
— Nada de Naomi Jenkins. Nunca esteve nos chalés.
— Ah.

— Mas ela procurou todas as Naomi, sendo o belo cãozinho que é. Houve uma Naomi Haworth, H, a, w, o, r, t, h, que reservou um chalé para o fim de semana em setembro passado. Naomi e Robert Haworth, mas Steph diz que a esposa fez a reserva. Tem alguma utilidade para você?

— Sim — disse Charlie, se sentando, tirando a mão de Graham de cima dela. Precisava se concentrar.

— Antes que você tenha esperanças...

— O quê?

— Ela cancelou. Os Haworth nunca apareceram. Steph lembra dela cancelando, e diz que soava chateada. Na verdade soava como se estivesse chorando. Steph ficou pensando se o marido a largara, morrera ou algo assim, e por isso tinha de cancelar.

— Certo — disse Charlie, anuindo. — Certo. Isso é... Ótimo, realmente útil.

— Agora vai me dizer o que é tudo isso? — Graham perguntou, fazendo cócegas.

— Pare com isso! Não, não posso.

— Aposto que irá contar todos os detalhes a esse tal Simon Waterhouse.

— Ele já sabe tanto quanto eu — disse Charlie, sorrindo diante da expressão ferida dele. — É um dos meus detetives.

— Então você o vê todos os dias? — reagiu Graham, suspirando e caindo de volta na cama. — Que sorte a minha.

19

Sexta-feira, 7 de abril

Yvon senta-se ao meu lado no sofá e coloca entre nós um pequeno prato de sobremesa. Tem um sanduíche. Não olha para ele, não quer chamar minha atenção para o caso de isso me levar a rejeitá-lo.

Olho para a tela cinzenta e vazia da televisão. Comer alguma coisa, mesmo aquele pão branco macio, seria esforço demais. Como largar para uma maratona quando você ainda se recupera de uma anestesia geral.

— Você não comeu nada o dia todo — diz Yvon.
— Você não passou o dia todo comigo.
— Você comeu?
— Não — admito.

Não sei quanto resta do dia. Está escuro lá fora, é tudo que sei. Qual a importância? Se Yvon não tivesse aparecido, eu não teria saído do quarto. No momento só há espaço em minha cabeça para você, nada mais. Pensar no que você disse e no que significa. Ouvir a frieza e a distância em sua voz repetidamente. Em um ano, em dez anos, ainda serei capaz de reproduzir em minha cabeça.

— Devo ligar a TV? — Yvon pergunta.
— Não.
— Pode haver algo leve, algo...
— Não.

Não quero ser distraída. Se esta enorme dor é tudo que me resta de você, então quero me concentrar nela.

Eu me preparo para dizer algo mais substancial. Demanda alguns segundos, e energia que não acho que possa desperdiçar.

— Veja, estou realmente contente por você vir e contente que somos amigas novamente, mas... Você pode ir.

— Vou ficar.

— Nada vai acontecer — digo. — Se você está esperando melhoria, esqueça. Não haverá nenhuma. Não vou começar a me sentir melhor, ou deixar isso de lado e conversar sobre outra coisa. Você não pode tirar isso de minha cabeça. Tudo o que vou fazer é me sentar aqui e olhar para a parede.

Alguém deveria pintar uma grande cruz na minha porta, como faziam durante a peste.

— Talvez devêssemos conversar sobre Robert. Se você conversar sobre isso...

— Não irei me sentir melhor. Veja, sei que só está tentando ajudar, mas não pode.

Anseio por deixar minha angústia me arrastar para baixo. Lutar contra ela, fazer um esforço para parecer civilizada e controlada é difícil demais. Não digo isso, para não soar melodramático. Você só deveria falar sobre angústia quando alguém morre.

— Você não precisa fazer nenhuma cena para mim — diz Yvon. — Deite no chão ou uive se quiser. Não ligo. Mas não irei embora — avisa, se enrolando na outra ponta do sofá. — Pensou sobre amanhã?

Balanço a cabeça.

— A que horas a sargento Zailer virá pegá-la?

— Bem cedo.

Yvon xinga em voz baixa.

— Você não consegue falar ou comer, mal reúne energia para se mover. Como irá passar por outra entrevista com Juliet Haworth, inferno?

Não sei a resposta a isso. Passarei por isso porque preciso.

— Você deveria ligar para a sargento Zailer e dizer que mudou de ideia. Se quiser faço isso por você.

— Não.

— Naomi...

— Tenho de conversar com Juliet se quero descobrir o que ela sabe.

— E quanto ao que você sabe? — retruca Yvon, a voz tomada de frustração. — Nunca fui uma grande defensora de Robert, mas... Ele a ama, Naomi. E não é um estuprador.

— Diga isso aos especialistas em DNA — respondo, amarga.

— Eles erraram. Os ditos especialistas cometem erros o tempo todo.

— Pare, por favor — peço. Os falsos consolos dela me fazem sentir ainda mais infeliz. — A única forma de lidar com isso é encarar a pior possibilidade. Não vou me permitir me aferrar a alguma teoria improvável e me decepcionar de novo.

— Certo — diz Yvon, concordando comigo. — Então, qual é a pior possibilidade?

— Robert estar envolvido nos estupros — digo em voz embotada, sufocada. — Ele cometeu alguns, o outro homem cometeu outros. Juliet está envolvida, talvez até no comando. São uma equipe de três. Robert sabia o tempo todo que eu era uma das vítimas do outro homem. O mesmo com Sandy Freeguard. Ele teve o trabalho de nos conhecer por essa razão.

— Por quê? Isso é loucura.

— Não sei. Talvez para garantir que não íamos procurar a polícia. É o que espiões fazem, não? Eles se infiltram em terreno inimigo, fazem relatórios.

—Mas você disse que Sandy Freeguard já tinha procurado a polícia antes de começar a ver Robert.

Eu anuo.

— O namorado de uma vítima de estupro saberia como estava indo a investigação, não é? A polícia manteria a vítima informada, e a vítima confiaria no namorado. Talvez Juliet, ou o outro homem, ou Robert, ou os três, quisessem ser capazes de manter um registro do que a polícia estava fazendo no caso de Sandy Freeguard. Você não disse sempre que Robert é obcecado por controle?

Não consigo impedir as lágrimas de correr quando digo isso. Sabe o que é pior? Todas as coisas gentis, amorosas, doces que você disse e fez ficaram muito mais concretas e tangíveis em minha cabeça desde que me rejeitou no hospital. Ajudaria se eu pudesse fazer com que os momentos ruins se destacassem, avançassem para os holofotes. Então poderia encontrar um padrão que negligenciei até agora e provar ao meu coração como estive errada sobre você. Mas só consigo pensar em suas palavras apaixonadas. *Você não tem ideia de como é preciosa para mim.* Você disse isso no final de cada telefonema, em vez de adeus.

Minha memória se voltou contra mim, está tentando me esmagar com o contraste entre como você foi esta manhã e como foi no passado.

— Por que Juliet esmagou a cabeça de Robert com uma pedra? — pergunta Yvon, pegando metade do meu sanduíche e dando uma mordida. — Por que ela quer provocar e irritar você?

Não sei responder a nenhuma das perguntas.

— Porque Robert a *ama*. É a única explicação possível. Ele finalmente decidiu contar a ela que iria trocá-la por você. Ela sente ciúmes; por isso a odeia.

— Robert não me ama — digo, e me sinto esmagada pelo peso dessas palavras. — Ele me disse para ir embora e deixá-lo em paz.

— Não estava pensando direito. Naomi, ela tentou matá-lo. Se seu cérebro tivesse sangrado e inchado, e você passado dias inconsciente, também não saberia o que estava dizendo — retruca Yvon, jogando migalhas do sofá para o chão. É a ideia que ela tem de limpeza. Ela insiste. — Robert a ama. E vai ficar melhor, certo?

— Grande, e vou viver feliz para sempre com um estuprador.

Eu encaro o pão no chão. Por alguma razão isso me faz pensar no conto de João e Maria. Comida é essencial para qualquer missão de resgate. *Magret de canard aux poires* do Bay Tree. Havia comida na mesa do pequeno teatro no qual fui atacada, prato após prato.

— Largue esse sanduíche — digo a Yvon. — Está com fome?

Ela se sente flagrada, envergonhada por estar pensando em comida em um momento como aquele. Também estou pensando nisso, mas não acho que pudesse dar sequer uma garfada.

— Que horas são? Será que o Bay Tree ainda aceita pedidos?

— O *Bay Tree*? Está falando do restaurante mais caro do condado? — reage Yvon, a expressão mudando; a conselheira sentimental sendo substituída pela diretora rígida. — Foi onde Robert conseguiu aquela comida para você, não foi, no dia em que o conheceu?

— Não é o que você está pensando. Não quero ir lá por saudade dos bons e velhos tempos — digo com amargura, mortificada de pensar no que costumava acreditar: o passado, o futuro. O presente. O que você me fez é pior do que o estuprador fez. Ele fez de mim uma vítima por uma noite; graças a você eu fui debochada, aviltada e humilhada por mais de um ano sem sequer saber disso.

Yvon conseguiu ver que havia algo errado em nossa relação desde o início. Por que não vi? Por que ainda não consigo ver?

Estou determinada a pensar o impensável de você, acreditar no inacreditável, porque preciso matar a parte de mim que o ama a despeito de tudo que me disseram. Deveria ser pequena e abatida agora, mas não é. É enorme. Incontida. Ela se espalhou dentro de mim como um câncer, conquistou território demais. Não sei o que restará de mim se conseguir eliminá-la. Apenas cicatrizes, vazio, uma lacuna. Mas tenho de tentar. Preciso ser tão impiedosa quanto um assassino de aluguel.

Yvon não entende por que de repente preciso sair, e não estou pronta para explicar a ela. Um horror de cada vez.

— Se não é saudade, então por que o Bay Tree? — ela pergunta. — Vamos a outro lugar e não nos arruinaremos.

— Estou indo ao Bay Tree — digo, me levantando. — Vem comigo ou não?

O imóvel que abriga o bistrô Bay Tree é um dos mais velhos de Spilling. Está lá desde 1504. Tem teto baixo, grossas paredes irregulares e duas lareiras de verdade — uma na área do bar e uma no próprio restaurante. Lembra uma gruta bem arrumada, embora seja totalmente acima do nível do solo. Há apenas oito mesas, e normalmente você precisa reservar com pelo menos um mês de antecedência. Yvon e eu tivemos sorte; é tarde, então conseguimos uma mesa que alguém havia reservado semanas antes para as sete e meia. Quando chegamos, eles haviam partido havia muito — saciados e significativamente mais pobres.

O restaurante tem uma porta externa, que está sempre trancada, e uma interna, para garantir que nenhum ar frio da High Street dilua o calor interno. Você tem de tocar uma campainha, e o garçom que aparece para deixá-lo entrar sempre se preocupa em fechar a primeira porta antes de abrir a segunda. A maior parte da equipe é francesa.

Estive aqui uma vez antes, com meus pais. Festejávamos o aniversário de 60 anos de meu pai. Ele bateu com a cabeça ao entrar. Os tetos do Bay Tree são um problema quando você é alto. Mas não preciso lhe dizer isso, não é, Robert? Você conhece o lugar melhor que eu.

Naquela noite, com meus pais, fomos atendidos por um garçom que não era francês, mas minha mãe insistiu em falar com ele em um inglês simples muito lento, com sotaque quase continental: "*Can we av zee bill, pleez?*" Eu me contive para não dizer que ele provavelmente era nascido e criado em Rawndesley. Era uma celebração, portanto não eram permitidas críticas.

Você nunca conheceu meus pais. Eles nem sequer sabem sobre você. Achei que estava me protegendo das críticas e da desaprovação deles, mas na verdade foram eles os protegidos.

É um pensamento estranho: que a grande maioria das pessoas no mundo — mamãe e papai, meus clientes, lojistas pelos quais passo na rua — não tenham tido suas vidas devastadas por você. Elas não o conhecem, e nunca conhecerão.

E o extremo oposto é verdade. O garçom que serve Yvon e a mim esta noite — um pouco solícito demais: paira perto demais de nossa mesa, a postura rígida e formal, um braço às costas, se adiantando para encher nossas taças de vinho a cada vez que uma de nós toma um golinho — provavelmente teve sua vida estilhaçada, de um modo ou outro, por alguém cujo nome não significaria nada para mim.

Apenas em um sentido muito pequeno e banal nós habitamos o mesmo mundo que os outros.

— Como está sua comida? — pergunta Yvon.

Eu pedi apenas uma entrada, o *foie gras*, mas ela vê que eu não toquei nela.

— Isso é uma pergunta falaciosa? Do tipo você já parou de bater em sua mulher? O atual rei da França é careca?

— Se você não pretende comer nada, que porra estamos fazendo aqui? Você se dá conta de quanto esta refeição irá custar? No instante em que entramos, eu senti como se minha conta corrente tivesse se transformado em uma ampulheta. Todo o meu dinheiro duramente ganho é areia, escorrendo.

— Eu pago — digo a ela, chamando o garçom. Três passos e ele está à nossa mesa. — Gostaríamos de uma garrafa de champanhe, por favor? A melhor que tiver — acrescento, e ele sai rapidamente. — Qualquer coisa para me livrar dele — digo a Yvon.

Ela me encara, boquiaberta.

— A melhor? Está louca? Vai custar um milhão de pratas.

— Não ligo para quanto custa.

— Não entendo você. Há meia hora...

— O quê?

— Nada. Esqueça.

— Preferiria que eu estivesse de volta ao meu sofá, olhando para o espaço?

— Preferiria que você me dissesse o que está acontecendo.

Eu sorrio.

— Quer saber?

Yvon pousa seus talheres, se prepara para uma revelação desagradável.

— Nem gosto de champanhe. Deixa o interior do meu nariz coçando e me dá muitos gases.

— Por Deus, Naomi!

Assim que você aceita que ninguém nunca a entenderá e supera a enorme sensação de isolamento, na verdade é bastante reconfortante. Torna-se a única especialista em seu mundinho, e pode fazer o que quiser. Aposto que é como se sente, Robert.

Não é? Você escolheu a mulher errada quando me escolheu. Porque sou capaz de entender como sua cabeça funciona. Por isso você agora quer que o deixe em paz?

O garçom retorna com minha garrafa empoeirada, que apresenta para minha inspeção.

— Parece bom — digo a ele. Ele anui em aprovação e desaparece novamente.

— Então por que ele a levou embora? — pergunta Yvon.

— Foi pegar um daqueles baldes de gelo elegantes e taças especiais para champanhe, provavelmente.

— Naomi, isto está me assustando.

— Veja, se isso a fizer feliz, podemos ir a um Chickadee's drive-through amanhã e você compra um balde cheio de asas de frango cozidas em gordura, certo? Se você não dá conta da vida chique — digo, rindo, me sentindo como se dissesse falas escritas por outra pessoa. Juliet, talvez. Sim: estou imitando a pronúncia rascante e fluente. — E então, qual é o negócio entre você e Ben? — pergunto a Yvon, lembrando que a vida dela não terminou, embora a minha sim.

— Nada!

— Mesmo? Um nada tão grande? Uau.

Ben Cotchin não é tão ruim. Ou se é, é ruim de modo normal. O que, pelo que estou sentindo no momento, parece bastante benigno — talvez o melhor que alguém possa esperar.

— Pare com isso — diz Yvon. — Eu estava chateada e não tinha mais para onde ir, só isso. E... Ben parou de beber.

O garçom retorna com nosso champanhe em um balde de prata cheio de gelo e água, um suporte sobre rodas para o balde e duas taças.

— Desculpe-me — digo a ele. Hora de fazer o que fui fazer ali. — Trabalha aqui há muito tempo?

— Não — diz o garçom. — Apenas três meses.
É educado demais para me perguntar por quê, mas há uma interrogação em seus olhos.
— Quem está aqui há mais tempo? E quanto ao chef?
— Acho que ele está aqui há muito tempo — diz, em um inglês impecável. — Poderia perguntar a ele, caso deseje.
— Sim, por favor — digo.
— Posso? — ele pergunta, apontando com a cabeça para o champanhe.
— Depois. Fale com o chef agora — digo. De repente não posso esperar.
— Naomi, isso é maluquice — Yvon sussurra comigo quando estamos novamente sozinhas. — Você vai perguntar ao chef se ele se lembra de Robert aparecer e encomendar aquela refeição para você, não?
Não digo nada.
— E se lembrar? E daí? O que irá dizer então? Irá perguntar o que exatamente Robert disse? Se parecia um homem que acabara de se apaixonar? Isso não é saudável, se render à sua obsessão assim!
— Yvon — digo em voz baixa. — Pense bem. Olhe ao redor, veja este lugar.
— O que ele tem?
— Coma sua comida cara, está ficando fria — lembro a ela.
— Este parece o tipo de restaurante que deixaria alguém entrar correndo da rua e fazer um pedido para viagem? Está vendo um cardápio para viagem em algum lugar? O tipo de lugar que deixaria um completo estranho sair não apenas com comida, mas também com bandeja, talheres e um guardanapo de tecido caro? E simplesmente confiar que traria de volta quando tivesse terminado?
Yvon pensa nisso, mastigando uma garfada de cordeiro.
— Não. Mas... Por que Robert mentiria?

— Não acho que ele mentiu. Acho que ele sonegou certos fatos fundamentais.

Nosso garçom retorna.

— Eu lhes apresento nosso chef, Martin Gilligan — ele diz. Atrás está um homem magro e baixo com cabelos castanho-escuros despenteados.

— Como está sua comida? — Gilligan pergunta, com o que parece ser um sotaque do norte. Na universidade tive um amigo que era de Hull; a voz do chef lembra a dele.

— Está fantástica, obrigada. Impressionante — diz Yvon com um sorriso caloroso. Não fala nada sobre achar estar acima do preço.

— Etienne disse que você queria saber há quanto tempo trabalho aqui?

— Isso mesmo.

— Sou móveis e utensílios — diz, parecendo se desculpar, como se temesse ser acusado de acomodado por permanecer. — Estou aqui desde que abriu, em 1977.

— Conhece Robert Haworth? — pergunto.

Ele anui, parecendo agradavelmente surpreso.

— É um amigo seu?

Eu não diria sim a isso, embora fazê-lo ajudasse no fluxo da conversa.

— Como o conhece?

Yvon nos observa como se fosse uma partida de tênis, a cabeça virando de um lado para o outro.

— Ele trabalhava aqui — responde Gilligan.

— Quando? Por quanto tempo?

— Ahn... Vejamos, deve ter sido em 2002, 2003, algo assim. Há alguns bons anos. Ele acabara de se casar quando começou, lembro disso. Disse que acabara de voltar da lua de mel. E saiu... Ahn, mais ou menos um ano depois. Virou caminhoneiro. Disse que preferia estradas abertas a cozinhas quentes. Ainda mantemos contato, bebemos alguma coisa de vez em quando no Star. Embora eu não o veja há algum tempo.

— Então Robert trabalhava na cozinha? Não era garçom.

— Não, era um chef. O meu segundo.

Eu anuo. Por isso você conseguiu colocar as mãos em sua surpresinha para mim. Eles o conheciam no Bay Tree, você trabalhou aqui, então claro que confiavam. Naturalmente deixaram que levasse uma bandeja, talheres e guardanapo, e Martin Gilligan ficou bastante feliz de preparar um *magret de canard aux poires* para você quando lhe disse que precisava urgentemente ajudar uma mulher em apuros.

Não preciso fazer mais perguntas. Agradeço a Gilligan, que retorna à cozinha. Como Etienne, nosso garçom, ele é discreto demais para exigir saber por que sentimos necessidade de interrogá-lo.

O mesmo não se aplica a Yvon. Assim que estamos novamente sós, ela ordena que explique. A tentação de ser debochada e evasiva é grande. Jogos são mais seguros que a realidade. Mas não posso fazer isso com Yvon: ela é minha melhor amiga, e não sou Juliet.

— Robert certa vez me disse que ser caminhoneiro era melhor que ser *commis* — digo a ela. — não entendi. Achei que ele queria dizer *commie*, comuna, o que não parecia fazer muito sentido, mas não. Ele quis dizer *commis chef*; c, o, m, m, i, s. Porque era o que ele tinha sido.

Yvon dá de ombros.

— E?

— O homem que me estuprou serviu uma refeição de três pratos aos homens que assistiam. De tempos em tempos ele desaparecia em uma sala nos fundos do teatro e saía com mais comida. Aquele espaço devia ser uma cozinha.

Yvon está balançando a cabeça. Sabe onde eu quero chegar, e não quer que seja verdade.

— Eu realmente nunca pensei em quem preparou a comida.

— Ah, Deus, Naomi.

— Meu estuprador tinha muito trabalho. Precisava entreter os homens, retirar cada prato, trazer o seguinte. Ele cuidava do salão — digo, dando um riso amargo. — E sabemos que ele não agia sozinho, pelo que Charlie Zailer disse. Pelo menos dois dos estupros aconteceram no caminhão de Robert, e foi Robert quem estuprou Prue Kelvey.

Estou tornando a agonia pior, deliberadamente demorando o maior tempo possível para chegar à minha conclusão. Como quando você tem um elástico no pulso e puxa o máximo possível, esticando até que esteja firme e fino, e então deixando que ele bata sobre a pele. Quanto mais longe, mais você sabe que irá doer no final. *Distância de ferir*. Não foi como você chamou?

Yvon parou de defender você.

— Enquanto aquele homem a estuprava, Robert estava na cozinha — ela diz, desistindo, me deixando saber que a convenci. — Ele preparou a refeição.

Eu acordo com um pulo, um grito preso na garganta. Estou encharcada de suor, o coração batendo rápido. Um sonho ruim. Pior do que estar acordada, que a vida real? Sim. Ainda pior do que isso. Assim que deixei passar tempo suficiente para conferir se não estou tendo um derrame ou ataque cardíaco, eu me viro para o rádio-relógio ao lado da cama. Só posso ver o alto dos números, pequenas linhas e curvas vermelhas brilhantes se projetando detrás da alta pilha de livros na mesinha de cabeceira.

Derrubo os livros no chão. São três e treze da manhã. Três um três. O número me aterroriza; o martelar em meu peito acelera. Yvon não me escutaria se a chamasse, mesmo se berrasse. O quarto dela fica no porão e o meu no segundo andar. Quero descer a escada correndo até onde ela está, mas não há tempo. Eu caio para trás; o medo me prende à cama. Algo está prestes a acontecer. Preciso deixar acontecer. Não tenho escolha. Empurrar para longe só funciona por algum tempo. Ah, Deus, que termine logo. Se tenho de lembrar, então me deixe lembrar *agora*.

Eu era Juliet. Eu saí do pesadelo com essa certeza. Por muito tempo sonhei ser sua esposa, mas sempre acordada. E o sonho era que eu, Naomi Jenkins, era sua esposa. Nunca quis ser Juliet Haworth. Você falava sobre ela como sendo fraca, covarde, digna de pena.

Em meu sonho, o pior que já tive, eu era Juliet. Estava amarrada à cama, aos postes de bolota, no palco. Tinha virado a cabeça para a direita, de modo que minha bochecha estava colada no colchão. Minha pele grudava na capa plástica. Estava desconfortável, mas eu não podia me virar para olhar diretamente à frente, pois então veria o homem, veria a expressão em seu rosto. Ouvir o que ele dizia já era suficientemente ruim. Os homens na plateia comiam salmão defumado. Eu podia sentir — um desagradável cheiro de peixe rosa.

Então mantive minha cabeça onde estava e olhei para frente, para a beirada da cortina. A cortina era vermelho-escura. Fora concebida para dar a volta em três lados do palco, todos afora os fundos. Sim, era como parecia. Não lembrava disso antes. E havia mais alguma coisa incomum. O quê? Não consigo lembrar.

Além do limite da cortina ficava a parede interna do teatro. Eu baixei os olhos para uma pequena janela. Isso mesmo: a janela não era ao nível dos olhos, era mais baixa. Também não era ao nível dos olhos dos homens ao redor da mesa.

Limpo suor da testa com o canto do edredom. Tenho certeza de que estou certa, o sonho foi preciso. Aquela janela era estranha. Não tinha cortinas. A maioria dos teatros não tem janela alguma, não no auditório. Eu tinha de baixar os olhos para ver, e os homens teriam de olhar para cima. Ficava entre os dois níveis, no meio. À medida que escureceu, deixei de ser capaz de ver qualquer coisa. Mas antes, quando eu era Juliet no sonho, estava deitada na cama e aquele homem cortava minhas roupas com tesouras, podia ver o que havia do lado de fora. Fixei meus olhos nisso, tentando não pensar no que acontecia, no que iria acontecer...

Arranco o edredom de cima de mim, sinto o ar gelado da noite me cobrir no lugar dele. Sei o que vi através da pequena janela do teatro. E agora sei o que vi através da janela de sua sala, Robert. E porque acabei de ter o sonho; agora sei o que tudo significa. Isso muda tudo. Nada é como eu achava ser.

Embora eu soubesse que era. Não posso acreditar em como estive errada.

Ah, Deus, Robert. Tenho de vê-lo e contar tudo — como descobri, juntei tudo. Preciso convencer a sargento Zailer a me levar novamente ao hospital.

20

8/4/06

TRANSCRIÇÃO EDITADA DE ENTREVISTA
DELEGACIA DE SPILLING, 8 DE ABRIL DE 2006, 8H30

Presentes: SD Charlotte Zailer (CZ), ID Simon Waterhouse (SW), srta. Naomi Jenkins (NJ), sra. Juliet Haworth (JH).

JH: Bom-dia, Naomi. Como dizem? Precisamos parar de nos encontrar assim. Você e Robert diziam isso um ao outro?
NJ: Não.
JH: Estou confiando em você para me ajudar a colocar alguma razão na cabeça desses idiotas. Todos acordaram esta manhã convencidos de que sou uma magnata da pornografia [*risos*]. É ridículo.
NJ: Verdade que você conheceu Robert em uma locadora de vídeos?
JH: Por que uma mulher comandaria uma empresa que lucrasse com outras mulheres sendo estupradas? [*risos*] Embora suponha que se possa dizer que alguém que tenta pulverizar o cérebro do marido com uma pedra enorme é capaz de qualquer coisa. Acha que o fiz, Naomi? Acha que vendi ingressos para homens que queriam ver você sendo estuprada? Ingressos de papel, rasgados na entrada como quando você vai ao cinema? Quanto acha que você valia?
SW: Chega disso.
NJ: Sei que você não fez isso. Conte sobre como conheceu Robert.
JH: Parece que você já sabe.
NJ: Em uma locadora de vídeo?
JH: *Oui. Si. Affirmative.*
NJ: Conte.

JH: Acabei de contar. Você tem Alzheimer?

NJ: Ele a abordou ou você o abordou?

JH: Eu esmaguei sua cabeça com um vídeo, o arrastei para casa e obriguei a casar comigo. A coisa engraçada foi que o tempo todo ele gritava: "Não, não, é Naomi quem eu amo." É o que você quer ouvir? [*risos*] A história de como conheci Robert. Imagine a pobrezinha de mim na fila do caixa, agarrando a caixa de vídeo com minhas patas suadas, tremendo de nervoso. Era a primeira vez que eu saía de casa em muito tempo. Aposto que você não me vê como um farrapo nervoso, não é? Olhe para mim agora; sou uma inspiração para todas nós.

NJ: Sei que você teve um colapso, e sei por quê.

[*Longa pausa.*]

JH: Mesmo? Compartilhe.

NJ: Em frente. Você estava na fila.

JH: Cheguei na frente e tinha esquecido a carteira. Senti como se fosse o fim do mundo. Minha primeira saída, meus pais tão orgulhosos, e arruinei tudo esquecendo de levar dinheiro. Quase me mijei, quase. Sabia que teria de ir para casa de mãos vazias e admitir que tinha fracassado, e sabia que não ousaria sair novamente depois daquilo. [*Pausa*] Comecei a gaguejar com a moça do caixa, não lembro realmente o quê. Na verdade, acho que fiquei apenas me desculpando sem parar. Tudo é culpa minha, entende? Pergunte a nossos bons detetives aqui. Sou uma pretensa assassina e uma encenadora de pornografia teatral. Mas de volta à história: quando vejo, alguém está dando um tapinha no meu ombro. Robert. Meu herói.

NJ: Ele pagou pelo vídeo.

JH: Ele pagou pelo filme, me levantou do chão, levou para casa, me tranquilizou, tranquilizou meus pais. Deus, eles estavam ansiosos para se livrar de mim. Por que acha que me casei tão rápido com Robert?

NJ: Imagino que foi um vendaval de romance.

JH: Sim, mas o que fez o vento soprar? Vou lhe dizer: meus pais não queriam cuidar de mim, e Robert sim. Não o assustava como assustava a eles. Loucura na família.

NJ: Você não o amava?

JH: Claro que sim, inferno! Eu estava um lixo. Tinha desistido de mim mesma, provado sem qualquer sombra de dúvida que era completamente sem valor, acabara de passar por um mau momento e precisara ser cuidada por um tempo. Ele disse que algumas pessoas não eram feitas para o trabalho, que eu já conseguira mais do que a maioria das pessoas conseguia na vida. Prometeu cuidar de mim.

NJ: Essa grande realização; ele se referia às suas feias casas de cerâmica? Eu as vi. Em sua sala. Na cristaleira com portas de vidro.

JH: E?

NJ: Nada. Só estou lhe contando que as vi. É engraçado. Seu trabalho fez com que tivesse um colapso nervoso, mas você colocou aqueles modelos por toda a sua sala de estar. Eles não lembram nada? Trazem de volta lembranças que você preferiria esquecer?

[*Longa pausa.*]

CZ: Sra. Haworth?

JH: Não interrompa, sargento. [*Pausa*] Minha vida teve altos e baixos, mas quero apagá-los de minha memória? Não. Pode me chamar de vaidosa, se quiser, mas para mim é importante me aferrar a alguma espécie de evidência de que existi. Caso esteja bem para todos vocês? Para que saiba que não imaginei a porra da minha vida inteira?

NJ: Posso entender isso.

JH: Ah, fico muito contente. Não estou certa se quero ser entendida por alguém que baixa as calças para o primeiro estranho que encontra em um posto de gasolina. Muitas vítimas de estupro se tornam promíscuas, acredito. Porque se sentem sem valor. Elas se entregam a qualquer um.

NJ: Robert não é qualquer um.

JH: [*Risos*] Isso certamente é verdade. Menina, isso é verdade.

NJ: Você o conheceu bem antes de se apaixonar por ele?

JH: Não. Mas sei muito sobre ele agora. Sou uma verdadeira especialista. Aposto que você nem sequer sabe onde ele foi criado, sabe? O que sabe sobre a infância dele?

NJ: Eu lhe disse antes. Sei que ele não vê a família, que tem três irmãs...

JH: Ele foi criado em uma aldeia chamada Oxenhope. Conhece? Fica em Yorkshire. Seguindo a estrada a partir da região das Brontë. Qual a maior obra-prima: *Jane Eyre* ou *Morro dos ventos uivantes*?

NJ: Robert estuprou uma mulher que morava em Yorkshire. Prue Kelvey.

JH: Foi o que me disseram.

NJ: Ele fez isso?

JH: Você deveria conversar com Robert sobre as Brontë. Supondo que ele volte a falar com você. Ou com qualquer um, aliás. Ele acha que Branwell era o que tinha verdadeiro talento. Robert sempre escolhe o azarão. Quando estava crescendo tinha na parede um cartaz de uma pintura de Branwell Brontë — um bêbado irresponsável e um preguiçoso. Estranho, não? Com Robert sendo tão trabalhador.

NJ: O que está insinuando?

JH: Ele só me contou isso após termos nos casado. Disse que havia preservado isso, como as pessoas costumavam fazer com o sexo nos velhos tempos. Imagino que tenha notado o vício de meu marido em gratificação postergada. Que mais? A mãe era a piranha da aldeia, e o pai estava envolvido com a Frente Nacional. No final largou a família por outra mulher. Robert tinha 6 anos. Isso realmente fodeu com ele. A mãe nunca deixou de amar o pai, embora tivesse sido abandonada, embora ele a tivesse usado como saco de pancadas durante a maior parte do casamento. E cagava para Robert, embora ele a adorasse. Ela simplesmente o ignorava, ou criticava. E como eram tão pobres depois da saída do pai, ela teve de parar de agarrar qualquer coisa com calças e ir trabalhar. Adivinhe que trabalho escolheu?

NJ: Fazer ridículos ornamentos de cerâmica?

JH: [*Risos*] Não, mas ela foi uma mulher de negócios. Criou sua própria empresa, como você e eu. Só que a dela era sexo pelo telefone. Ganhou muito dinheiro com isso, o suficiente para mandar as crianças para uma elegante escola particular. Giggleswick. Já ouviu falar?

NJ: Não.

JH: O pai de Robert nunca o amou. Classificou Robert como o idiota e difícil, o segundo filho que fora levado a ter e que nunca quisera. Então quando ele partiu, a mãe culpou Robert por mandá-lo embora. Robert se tornou a ovelha negra oficial. Fracassou nas provas, apesar da educação cara, e acabou trabalhando na cozinha do Oxenhope Steak and Kebab House. Talvez por isso se identifique com Branwell Brontë.

NJ: Você pode estar inventando isso. Robert nunca me contou nada disso. Por que deveria acreditar em você?

JH: Você tem escolha? É a informação que lhe dou, ou nenhuma. Pobre Naomi. Meu coração sangra.

NJ: Por que me odeia tanto?

JH: Porque ia roubar meu marido, e eu não tinha mais nada.

NJ: Se Robert morrer você não terá nada.

JH: [*Risos*] Errado. Você irá notar que usei o pretérito: eu não tinha mais nada. Agora estou bem. Tenho algo muito mais importante que Robert.

NJ: O que é isso?

JH: Descubra. É algo que você ainda não tem, é o que posso dizer.

NJ: Você sabe quem me estuprou?

JH: Sim. [*Risos*] Mas não vou lhe dizer o nome dele.

21

8/4/06

— Os Brontë vieram de Haworth — disse Simon. — O sobrenome de Robert é Haworth.

— Eu sei — retrucou Charlie. Ela pensara a mesma coisa.

— Sabe o nome do homem com quem Charlotte Brontë se casou? Ela balançou a cabeça. Era o tipo de coisa que Simon sabia e a maioria das pessoas normais não.

— Arthur Bell Nicholls. Lembra da irmã de Robert Haworth, Lottie Nicholls, aquela sobre quem ele falou com Naomi Jenkins?

— Jesus. As três irmãs! Juliet insinuou que estavam mortas.

— Parece que Haworth levou sua identificação com Branwell Brontë um pouco longe demais — disse Simon, soturno. — E quanto ao sobrenome? Acha que é coincidência?

Charlie disse o que havia dito a Naomi Jenkins no dia anterior.

— Não acredito em coincidências. Gibbs está seguindo as trilhas da Giggleswick School e de Oxenhope, então logo deveremos ter algo concreto. Não espanta que não tenhamos conseguido nada com a ligação com a porra da Lottie Nicholls.

— Não gosto dessas entrevistas — disse Simon, girando dois centímetros de chá morno no fundo de seu copo de isopor. — As duas mulheres loucas de Robert Haworth. Elas me dão arrepios.

Ele e Charlie estavam na cantina da polícia, um salão de paredes nuas sem janelas com uma máquina caça-níqueis de alavanca, quebrada, em um canto. Nenhum deles estava contente com o cenário ou o chá fraco e morno. Normalmente teriam uma conversa dessas no Brown Cow, com uma bebida de verdade, mas Proust fizera um comentário com Charlie sobre como no futuro queria seus detetives fazendo seu trabalho no trabalho, não fugindo para clubes eróticos de má fama no meio do turno.

"Senhor, a única coisa que provavelmente encontrará em seu colo no Brown Cow é um dos guardanapos vermelhos de Muriel antes de ela servir o almoço", objetara Charlie.

"Nós vamos ao trabalho trabalhar", rosnara Proust. "Não para alegrar nossas papilas gustativas. Uma ida rápida à cantina todo dia; esse foi o meu almoço por vinte anos, e não me vê reclamando."

Engraçado, era exatamente o que Charlie via. Nem era uma visão incomum. O Homem de Neve estava de péssimo humor naquele momento. Charlie dera a ele preços do fabricante de relógios de sol mais econômico que conseguira achar, um ex-pedreiro de Wiltshire, mas mesmo ele dissera que o preço final para o tipo de relógio que Proust queria seria de pelo menos duas mil libras. O superintendente Barrow vetara o plano. Os recursos eram limitados, e havia outras prioridades. Como consertar o caça-níqueis.

"Sabe o que o cretino me disse para fazer?", resmungara Proust com Charlie. "Disse que o centro de jardinagem perto da casa dele vende relógios de sol por muito menos que dois mil. Tenho permissão para comprar um lá, caso queira. Não importa que esses sejam de pilar e nossa delegacia não tenha jardim! Não importa que não tentem sequer marcar as horas! Ah, eu esqueci de mencionar um fato crucial, sargento? Sim, isso mesmo: Barrow não vê a diferença entre um relógio ornamental de centro de jardim que é apenas para decorar e um de verdade para marcar o tempo solar! O homem é um horror."

Charlie ouviu Simon falar.

— Proust.

Ergueu os olhos.

— O quê?

— Acho que estamos fazendo algo antiético. Jogar Naomi Jenkins na cela de Juliet Haworth e usá-la como isca. Vou conversar com o Homem de Neve sobre isso.

— Ele aprovou.

— Ele não sabe o que tem sido dito. As duas mulheres estão mentindo para nós. Não estamos chegando a lugar algum.

— Não ouse, Simon, cacete!

Ameaças não funcionariam com ele. Ele era um cretino contestador que tendia a achar ser o único protetor do decoro e da decência. Oura coisa a atribuir à sua criação religiosa. Charlie amaciou o tom.

— Veja, a melhor chance que temos de descobrir que porra está acontecendo aqui é deixarmos essas duas atacar uma à outra e esperar que algo saia disso. Algo já saiu: sabemos mais sobre o histórico de Robert Haworth do que sabíamos ontem.

Vendo a expressão cética de Simon, Charlie acrescentou:

— Certo, Juliet pode estar mentindo. Tudo o que ela diz pode ser mentira, mas não acho isso. Acho que há algo que ela quer que saibamos, algo que quer que Naomi Jenkins saiba. Temos de dar tempo para que isso saia, Simon. E a não ser que você tenha um plano melhor, gostaria que não fosse correndo se queixar a Proust e tentar convencê-lo a foder com o meu.

— Você acha que Naomi Jenkins é mais dura do que é — disse Simon com uma voz equilibrada. Charlie notou que já não mordia a isca. — Ela pode desmoronar a qualquer momento, e quando isso acontecer você se sentirá uma merda. Não sei o que há entre você e ela...

— Não seja ridículo...

— Certo, ela é inteligente, não é desprezível como muitas das pessoas com quem lidamos. Mas você a está tratando como se fosse um de nós, e não é. Está esperando que faça demais, está contando demais a ela...

— Ah, vamos lá!

— Você está contando tudo a ela para armá-la contra Juliet porque tem certeza de que foi Juliet quem tentou matar Haworth, mas e se não foi? Ela não confessou. Naomi Jenkins mentiu para nós desde o começo, e digo que ainda está mentindo.

— Ela está escondendo algo — Charlie admitiu. Ela precisava falar com Naomi sozinha. Estava certa de que conseguiria arrancar a verdade dela se estivessem sós.

— Ela sabe algo sobre o que Juliet não está nos contando — disse Simon. — E Juliet vê isso, e não gosta nem um pouco. Ela quer ser a única com todo o conhecimento, o liberando pouco a pouco. Acho que vai parar de falar. Sem mais entrevistas. É a única forma pela qual pode exercer seu poder.

Charlie decidiu mudar de assunto.

— Como vai Alice? — perguntou relaxadamente. A pergunta que ela decidira nunca fazer. *Maldição*. Tarde demais.

— Alice Fancourt? — retrucou Simon, soando surpreso, como se não pensasse nela havia algum tempo.

— Conhecemos alguma outra?

— Não sei como ela está. Por que saberia?

— Você disse que ia se encontrar com ela.

— Ah, certo. Bem, não encontrei.

— Cancelou?

Simon pareceu confuso.

— Não. Nunca marquei de encontrar com ela.

— Mas...

— Eu só disse que poderia entrar em contato, ver se queria me encontrar. Mas no final decidi não fazer isso.

Charlie não sabia se ria ou jogava chá frio na cara dele. Raiva e alívio lutavam pelo controle dentro dela, mas o alívio era o sentimento mais fraco e não teve chance alguma.

— Seu maldito cretino — ela disse.

— Ei?

Simon adotou sua expressão mais inocente: a confusão de um homem que é aleatoriamente assolado por problemas que não poderia prever. O que tornava ainda mais irritante era ser genuíno. No trabalho, Simon podia ser arrogante e dominador, mas em questões pessoais era modesto. Perigosamente humilde, Charlie muitas vezes pensara. Sua modéstia o levava a supor que nada que dissesse ou fizesse poderia ter um impacto em alguém.

— Você me disse que iria se encontrar com ela — falou. — Achei que estava tudo marcado. Você devia saber que eu pensaria isso.

Simon balançou a cabeça.

— Desculpe. Não queria dar essa impressão, se dei.

Charlie não queria mais falar sobre aquilo. Ela mostrara que se importava. De novo.

Quatro anos antes, na festa de aniversário de 40 anos de Sellers, Simon rejeitara Charlie de uma forma especialmente inesquecível. Mas não antes de ter lhe dado esperanças. Haviam encontrado um quarto silencioso e escuro, e fechado a porta. Charlie estava montada em Simon, e se beijavam. Que eles acabariam fazendo sexo parecera evidente. As roupas de Charlie estavam em uma pilha no chão, embora Simon não tivesse tirado nenhuma. Ela deveria ter desconfiado, mas não desconfiou.

Sem explicações ou desculpas, Simon mudara de ideia e saíra do quarto sem uma palavra. Na pressa, não se preocupara em fechar a porta. Charlie se vestira rapidamente, mas não antes que pelo menos nove ou dez pessoas a vissem.

Ela continuava esperando que algo lhe acontecesse para neutralizar aquele momento em sua memória, fazer com que deixasse de ter importância. Graham, talvez. Muito melhor para o ego que Simon, e também mais acessível. Talvez fosse esse o problema. Por que aquela barreira invisível era tão atraente?

— Vá ver como Gibbs está se saindo — disse.

Era estranho pensar que se não tivesse ficado ferida com a coisa de Alice, não teria inventado um namorado ficcional chamado Graham. E se não tivesse feito isso, poderia não ter ficado tão determinada a que algo acontecesse com Graham Angilley ao conhecê-lo. Por outro lado, poderia ter. Ela não era o Tiranossauro Sex, devoradora de homens e aberração completa?

Simon parecia preocupado, como se não achasse sábio se levantar e partir naquele momento, embora claramente fosse o que queria fazer. Charlie não retribuiu seu sorriso tímido. *Por que não me fez uma única pergunta sobre Graham, desgraçado? Nenhuma desde que o mencionei pela primeira vez.*

Assim que Simon partiu ela tirou o celular da bolsa e teclou o número do Silver Brae Chalets, desejando ter se lembrado de pegar o número do celular de Graham. Não queria ter de abrir caminho por uma conversa artificial com a braçal.

— Alô, Silver Brae Luxury Chalets, Steph falando, como posso ajudar?

Charlie sorriu. Graham atendera ao telefone na única outra vez em que ligara, da Espanha, e não fizera todo aquele discurso. Era típico dele obrigar a braçal a fazer o papel completo de recepcionista que ele mesmo nunca sonharia em interpretar.

— Poderia falar com Graham Angilley, por favor.

Charlie usou um forte sotaque escocês. Um purista poderia dizer que não soava escocesa, mas também não soava como si mesma, e isso era o que importava. O disfarce era puramente estratégico. Charlie não tinha medo de um confronto com Steph na verdade, ansiava por dizer à putinha idiota o que pensava dela quando se encontrassem; ficara chocada demais para responder depois da grosseria de Steph na sede —, mas aquela não era hora para uma batalha verbal. Charlie não tinha dúvida de que a braçal a impediria de falar com Graham se pudesse, então o subterfúgio era sua melhor aposta.

— Lamento, Graham não está no momento — disse Steph, tentando fazer a voz soar mais refinada que aquela que Charlie a ouvira usar mais cedo na semana. Vaca pretensiosa.

— Teria o número do celular dele?

— Posso perguntar sobre o que é? — perguntou Steph, uma desconfiança brotando.

Charlie ficou pensando se seu sotaque escocês era mais vagabundo do que imaginara. Será que a braçal descobrira quem era?

— Ah, apenas uma reserva. Não é importante — recuou. — Volto a ligar.

— Não é necessário — disse Steph, soando segura novamente. A hostilidade desaparecera da voz. — Posso ajudá-la com isso, mesmo que tenha falado primeiro com Graham. Sou Steph. A gerente-geral.

Você é a porra da braçal, sua mentirosa, pensou Charlie.

— Ah, certo — disse. Ela não podia passar pela burocracia de fazer uma reserva falsa, que teria de ser cancelada depois, mas não conseguiu pensar em uma saída. Steph estava ansiosa para demonstrar sua eficiência. — Ahn...

Charlie começou insegura, esperando soar uma ocupada escocesa multitarefas que folheava sua agenda.

— Na verdade — disse Steph em tom de conspiração. — Não lhe diga que contei isso, mas você estará melhor lidando comigo do que com Graham. Meu marido não é a pessoa mais precisa no que diz respeito à administração. A cabeça dele costuma estar em outro lugar. Já perdi a conta de quantas vezes pessoas apareceram e eu não tinha ideia de que viriam.

Charlie engoliu ar enquanto o choque percorria seu corpo. Sentiu falta de ar, como se alguém a tivesse socado no estômago.

— Ah, isso nunca é um problema — tagarelou Steph com confiança. — Sempre resolvo tudo e todos ficam felizes. Só temos clientes satisfeitos — disse, com um risinho.

— Marido — disse Charlie em voz baixa. Sem sotaque escocês. Steph não pareceu notar a mudança, de pronúncia nem de disposição.

— Eu sei. Devo ser louca de viver com ele e trabalhar com ele. Mas como sempre digo aos meus amigos, pelo menos não terei aquele choque cultural de muitas mulheres quando os maridos se aposentam e de repente estão por perto o tempo todo. Estou acostumada a ter Graham aos meus pés.

Enquanto Steph falava, Charlie se sentiu murchar lentamente.

Apertou o botão de encerrar do telefone e saiu marchando da cantina.

Quando Charlie voltou à sala dos detetives e encontrou Gibbs esperando por ela praticamente na soleira, o rosto distorcido de impaciência, seu primeiro pensamento foi que não conseguiria, não podia falar com ele. Não naquele momento. Conversas com Chris Gibbs exigiam disposição e certa dose de resistência. Ela precisava de uma hora sozinha. Meia hora, pelo menos. Grande. O seu não era o tipo de trabalho em que isso era possível.

Havia sido um erro ir direto para lá. Ela passara pelo toalete feminino na volta da cantina e pensara em entrar, se escondendo ali até estar pronta para encarar o mundo novamente. Mas quem sabia quando isso seria, cacete? E caso se trancasse em um reservado iria chorar, então teria de esperar uns quinze minutos até o rosto parecer normal novamente. Enquanto ir diretamente à sala de detetives significava que chorar não era uma opção. Bom, pensou. Por Deus, ela conhecia Graham Angilley havia menos de uma semana. Ela o vira um total de três vezes. Deveria ser fácil esquecê-lo.

— Onde esteve? — cobrou Gibbs. — Tenho o histórico de Robert Haworth.

— Ótimo — Charlie disse fracamente. Não queria pedir a ele que contasse o que tinha até ter certeza de que conseguiria ficar e escutar. Não estava descartado ter de correr ao banheiro, afinal.

— Valeu a espera, eu diria — disse Gibbs, com triunfo nos olhos. — Giggleswick School e Oxenhope são ambos verdade. Sargento?

— Desculpe. Continue.

— Você me disse que era urgente. Quer ouvir ou não? — disse Gibbs, lançando a cabeça em sua direção enquanto falava, como um peru raivoso. A linguagem corporal de um valentão.

Naquele momento Charlie não poderia se importar menos com a aldeia natal de Robert Haworth ou sua educação.

— Eu preciso de cinco minutos, Chris — ela disse. Aquilo o chocou. Nunca antes chamara Gibbs pelo prenome.

Ela saiu da sala e ficou de pé no corredor, as costas apoiadas na parede. O toalete feminino era tentador, mas resistiu. Chorar não era a resposta — ela se recusava a chorar, cacete —, mas precisava deixar que o processo de ajuste se completasse. Não poderia ficar perto de ninguém de sua equipe enquanto sentisse um peso afundando dentro dela, enquanto aquela sequência de pensamentos se repetia em sua cabeça. Cinco minutos, ela pensou, é tudo de que preciso.

Steph não sabia que era Charlie ao telefone, então por que mentiria? Não mentiria.

Steph sabia que Graham passara parte da noite de quarta-feira no chalé de Charlie, na cama com Charlie. Na sede, depois da briga por causa do computador, Graham ordenara a Steph para levar um café inglês completo na cama pela manhã. Ele fora específico: cama de Charlie, dissera. "É onde ambos estaremos." Ostentando a infidelidade na frente da esposa. E Charlie não fora a única, ou a única de que Steph teve conhecimento. Também houve Sue Estática. E inúmeras outras clientes do chalé, a crer em Steph.

Graham tinha mentido? Tecnicamente não. Ele admitira que dormira com Steph, mais de uma vez.

Sim, ele mentira, porra.

Ele não apenas chamava Steph de braçal; ele a tratava assim. Tratava terrivelmente. Não espantava que Steph tivesse sido tão belicosa para com Charlie. E ainda assim ficava com ele, brincava afetuosamente sobre ele ao telefone. *Meu marido não é a pessoa mais precisa no que diz respeito à administração.* Por que ela ficava com ele?

Ele contara a Charlie sobre a linha branca de Steph, a pele que o bronzeamento artificial não conseguia alcançar.

O que contara a Steph sobre a anatomia de Charlie? Insistira em chamar Olivia de Fat Girl Slim a despeito dos protestos de Charlie.

Fato após fato, verdade após verdade intragável se destacaram da névoa de raiva e confusão no cérebro de Charlie. Ela sabia que caminho aquilo iria tomar, passara por algo similar após Simon tê-la empurrado do seu colo na festa de Sellers e desaparecido na noite: primeiramente era a explosão do grande choque, depois os muitos pequenos choques posteriores à medida que espaços associados e subsidiários de dor e horror se apresentavam. Centenas de pequenos incidentes precisavam ser reconsiderados à luz da nova informação. Algumas vezes vários ocorriam de uma só vez, e era como ser atingida por minúsculas balas fatais.

Só depois de ter sido totalmente atingido e perfurado, e assim que os tremores passavam, você podia ver o quadro geral.

Finalmente a sucessão de golpes, maiores e menores, chegava ao fim e você ficava mais estável; se acomodava em sua infelicidade como se fosse um velho suéter.

Charlie não amava Graham. Por Deus, precisara lutar para manter Simon fora de sua cabeça, mesmo enquanto faziam sexo. Então não era exatamente o romance do século. Se Graham tivesse telefonado para ela e sugerido acabar com tudo, teria ficado bem. Não era perdê-lo que machucava; era ser feita de tola. Ela se sentia totalmente humilhada, ainda mais quando pensava que, àquela altura, Steph deveria ter se dado conta de quem fora a misteriosa escocesa que ligara. Ela e Graham provavelmente estavam dando gargalhadas às suas custas naquele exato instante.

Era muito parecido com o que Simon lhe fizera, isso era o que Charlie não suportava. A vida de todo mundo era cheia de indignidades assim, ou apenas a sua?

Queria fazer Graham pagar de algum modo, mas, se fizesse e dissesse alguma coisa, ele saberia que se importa. Reagir à sua humilhação por ele seria reconhecê-la, e Charlie de modo algum lhe daria essa satisfação, a ele ou a Steph.

Ainda apoiada na parede do lado de fora da sala dos detetives, ela teclou o número de Olivia. Por favor, por favor, atenda, ela pensou, tentando transmitir as palavras à irmã telepaticamente.

Liv estava fora. A mensagem na secretária mudara. Ainda dizia "Aqui é Olivia Zailer. Não posso atender no momento, então você terá de deixar uma mensagem após o sinal", mas fora acrescentado um anexo: "Estou particularmente interessada em receber mensagens de qualquer um que queira se desculpar prodigamente comigo. Telefonemas do tipo certamente serão respondidos." O tom era amargo, mas não negava a mensagem tranquilizadora. Duas lágrimas correram pelas faces de Charlie, e ela as limpou rapidamente.

— Eis a mensagem pela qual você estava esperando — disse à secretária da irmã. — Eu me desculpo prodigamente, e mais que prodigamente. Sou uma enorme idiota e cretina, e mereço ser colocada no pelourinho. Embora ache que as pessoas não são mais colocadas no pelourinho...
Ela parou de repente, percebendo que soava como Graham. Era o tipo de brincadeira que ele fazia: acanhada, demorada.
— Telefone de noite, por favor. Mais uma vez, minha cabeça e minha vida estão fodidas; desculpe, sei que isso está ficando um pouco tedioso. E posso ter de me jogar debaixo de um trem se você não vier me resgatar. Se estiver livre esta noite e puder se arrastar até Spilling, por favor, por favor, apareça. Deixarei a chave no lugar de sempre.
— Cacete, sargento! — disse Gibbs, se materializando no corredor.
Charlie se virou para encará-lo.
— Se eu pegar você xeretando um telefonema meu novamente, cortarei seus bagos com uma faca de carne, entendeu?
— Eu não estava...
— E não fale palavrões comigo, cacete, e não tente me dar ordens, cacete! Fui clara?
Gibbs anuiu, rosto vermelho.
— Certo — disse Charlie, respirando fundo. — Bom. O que você tem sobre Haworth então?
— Você vai adorar isso — Gibbs anunciou, parecendo, pela primeira vez em semanas, que não se importaria de dar boas novas. Charlie teria apostado em uma deterioração de sua postura, não em uma melhora tão rápida. Talvez devesse dar esporros nele mais regularmente. — O que Juliet Haworth disse a você e Waterhouse era verdade: mãe galinha com um negócio de telessexo, pai profundamente envolvido em política de extrema-direita, um irmão mais velho, pais divorciados, Giggleswick School...

— E quanto ao sobrenome? — interrompeu Charlie.

Gibbs anuiu.

— Por isso não estávamos achando o histórico dele: ele não nasceu Robert Haworth. Mudou de nome.

— Quando?

— Isso também é interessante. Três semanas após ter conhecido Juliet na locadora. Mas falei com os pais dela, os Heslehurst, e sempre o conheceram como Robert Haworth. Foi quem ele disse ser.

— Então estava planejando a mudança havia algum tempo — deduziu Charlie em voz alta. — E isso foi muito antes de estuprar Prue Kelvey. Tinha um registro criminal que quisesse perder?

— Não. Nadinha. Completamente limpo.

— Então por que a mudança? — disse Charlie, pensativa.

— Por idolatrar Branwell Brontë?

— Ele cresceu na Haworth Road. Número cinquenta e dois. Seu novo sobrenome era o nome da velha estrada. De qualquer modo... Com ou sem registro criminal, deve ter tido algo a esconder.

— Por que ele não acorda para podermos ouvi-lo, cacete — suspirou Charlie.

— Talvez acorde, sargento.

— Não acordará. Ainda está tendo ataques epiléticos. Sempre que falo com a enfermeira, ela me diz algo novo e ruim: hérnia cerebelar, necrose hemorrágica amigdalar. Em termos leigos? Ele está partindo — disse, e suspirou. — Então ele nasceu como Robert? Você disse "seu novo sobrenome".

— É — disse Gibbs. — Nascido em 9 de agosto de 1965. Robert Arthur Angilley. Nome incomum, não? Sargento? O que...

Gibbs ficou olhando enquanto ela passava em disparada pelo corredor e as portas duplas que levavam à recepção. Será que deveria segui-la? Após alguns segundos decidiu que tinha de. Não gostara da aparência dela antes de correr: rosto pálido. Quase assustada. Que merda ele tinha dito? Talvez não tivesse a ver com ele. Entreouvira o final do telefonema, e ela dissera algo sobre sua cabeça estar fodida.

Ele se sentia um pouco mal por descontar sua frustração na sargento tanto quanto em Waterhouse e Sellers. Especialmente Sellers. Era ele que realmente merecia isso. A sargento era mulher; a cabeça das mulheres funcionava diferente. Devia deixá-la de fora.

Gibbs passou correndo pela recepção e desceu os degraus, mas já era tarde demais. Charlie já estava no carro, saindo do estacionamento para a rua.

Parte III

22

Sábado, 8 de abril

Nos filmes, seguir alguém de carro sempre parece difícil. Se a pessoa à frente sabe que está sendo seguida, há viradas repentinas em travessas escondidas, saídas laterais para campos, breves saltos pelo ar que terminam com batidas metálicas e fogo. Se a presa ignora, há outros obstáculos: sinais de trânsito que mudam no pior momento, grandes vans que ultrapassam e bloqueiam a visão do perseguidor.

Até agora tive sorte. Nenhuma dessas coisas aconteceu comigo. Estou em meu carro, seguindo a sargento Zailer em seu Audi prateado. Passei por ela enquanto ia à delegacia vê-la. Estava disparando na direção oposta, aparentemente com pressa. Fiz uma manobra no meio da rua, bloqueando o trânsito nos dois sentidos, e fui atrás.

Não acho que Charlie Zailer tenha me visto, e fiquei bem atrás dela o caminho todo para fora do centro da cidade. Spilling não é o tipo de lugar onde outros motoristas dão fechadas. A maioria das pessoas provavelmente está se arrastando na direção de alguma feira local de antiguidades ou artesanato. A única pessoa na estrada com urgência é a sargento Zailer. E eu, já que não posso correr o risco de perdê-la. Tomo cuidado para não deixar um espaço aberto entre meu carro e o dela. Se ela ultrapassa alguém eu deslizo atrás.

No segundo contorno depois do fim da High Street ela vira na primeira à esquerda. É a estrada que leva a Silsford. Segue por quilômetros, sinuosa pelo interior, escura como um túnel por causa das árvores frondosas dos dois lados. Estou mexendo no rádio, distraída, procurando uma música alta para não ter de ficar sozinha com meus pensamentos quando ela vira novamente. Dessa vez à direita. Faço o mesmo. Estamos em uma pequena rua de casas de tijolos vermelhos com varandas, todas recuadas da rua, com pequenos pátios quadrados na frente. De fora, a maioria das casas parece elegante. Algumas têm pinturas externas em cores brilhantes: verde-jade, lilás, amarelo.

Há carros estacionados dos dois lados da rua, e poucas vagas. A sargento Zailer estaciona mal mais ou menos na metade e salta do Audi. Tenho um vislumbre de seu rosto e vejo que esteve chorando. Muito. Sei instantaneamente que não está ali por nada relacionado a trabalho. É onde mora; há algo errado e foi para casa.

Ela bate a porta do carro e abre o portão de madeira vermelho, não se preocupando em trancar o Audi. Estou em meu carro, no meio da sua rua, a poucos metros, mas ela não me notou. Não parece ter qualquer consciência do que a cerca.

Merda. Não tenho ideia de o que fazer. Se algo ruim aconteceu, se houve alguma espécie de tragédia familiar, não irá querer falar comigo. Mas quem mais posso procurar? ID Waterhouse? Não conseguiria convencê-lo a me levar ao hospital novamente para vê-lo, não importando que informação pudesse lhe dar em troca. Sinto sua antipatia para comigo sempre que estou na mesma sala.

Estou sendo ridícula. A sargento Zailer, por mais aborrecida que possa estar, e qualquer que seja o motivo, é a policial encarregada do seu caso. Tenho novas informações que sei que ela quer, qualquer que seja seu estado.

Estaciono em uma das poucas vagas disponíveis junto ao meio-fio e caminho de volta à casa. É menor que a minha, o que faz com que me sinta culpada de uma forma peculiar. Imaginara que deveria viver em um lugar muito maior e grandioso do que eu, pois é uma figura com autoridade. Não que sempre tenha aceitado a autoridade dela. Não aceitarei agora se disser que não irá me levar para vê-lo.

Não mudo, Robert. Tudo o que me importa é você, agora como sempre.

Toco a campainha e não tenho resposta. Ela não sabe quem sou, não sabe que a vi entrar. Toco novamente, dessa vez apertando por mais tempo

— Vá embora! — grita. — Me deixe sozinha, cacete, quem quer que seja!

Toco novamente. Alguns segundos depois vejo, através do painel de vidro colorido da porta, sua forma borrada caminhando na minha direção. Ela abre, e se encolhe. Sou a última pessoa que quer ver. Não ligo. A partir de agora não acho que deixarei que pequenas coisas me afetem. Vou gostar de não ligar. Como sua esposa. Ela e eu temos mais em comum que você, não temos, Robert?

— Naomi. O que está fazendo aqui? — pergunta Charlie Zailer, com olhos úmidos e inchados, nariz vermelho e congestionado.

— Estava indo vê-la. Você estava saindo de carro, então a segui — explico, não falando nada sobre a óbvia perturbação dela, imaginando que preferiria assim.

— Não estou trabalhando agora — diz.

— Posso ver.

— Não, estou falando sério... Não estou trabalhando. Então isso terá de esperar.

Ela tenta fechar a porta, mas a abro com o braço.

— Não posso esperar. É importante.

— Então encontre o ID Waterhouse e conte a ele — diz, co locando todo o peso atrás da porta e tentando novamente fechá-la. Eu dou um passo à frente, e estou no saguão dela. — Saia da minha casa, sua piranha maluca!

— Há coisas que preciso lhe contar. Sei o que vi através da janela da sala de Robert, por que tive o ataque de pânico...

— Diga a Simon Waterhouse.

— Também sei por que Juliet está agindo desse modo. Por que não está cooperando, e por que não liga se vocês acham que tentou assassinar Robert.

— Naomi — diz a sargento Zailer soltando a porta. — Quando eu voltar ao trabalho, seja lá quando for, não irei trabalhar mais no caso de Robert Haworth. Eu realmente lamento e não quero que você considere isso pessoal, mas não quero mais falar com você. Não quero vê-la ou falar com você novamente. Certo? Agora, pode ir embora?

O medo dá uma pontada em meu coração.

— O que aconteceu? É Robert? Ele ainda está vivo?

— Sim. Está na mesma. Por favor, vá embora. Simon Waterhouse irá...

— Simon Waterhouse irá me olhar como se eu fosse uma marciana, como sempre! Se você me mandar embora não contarei nada a ele nem a ninguém. Nenhum de vocês saberá a verdade.

A sargento Zailer me empurra para a rua e está prestes a bater a porta na minha cara.

— Juliet não está envolvida nos estupros — grito desde seu pátio da frente. — Se é um negócio, ela não tem nada com isso. Nunca teve.

Ela olha para mim. Espera.

— O teatro; havia uma janela — digo, sem fôlego, tropeçando nas palavras. — Eu podia vê-la quando estava amarrada à cama. Vi o que havia do lado de fora. Era muito perto, não mais de alguns metros de distância. Só por causa de um pesadelo que tive noite passada lembrei de que tinha visto algo através daquela janela. Quero dizer, sempre soube que tinha visto a janela, mas só isso. Não tinha consciência de ter visto mais nada, mas devo ter visto, deve ter ficado em meu subconsciente.

— O que você viu? — pergunta a sargento Zailer.

Eu quero uivar de alívio.

— Uma casinha. Um bangalô — digo, depois paro para tomar fôlego.

— Há milhares de bangalôs — ela diz. — O teatro podia ser em qualquer lugar.

— Não como esse. É muito marcante. Mas esse não é o ponto — digo, sem conseguir pronunciar as palavras suficientemente rápido. — Vi aquela casinha novamente depois, depois da noite em que fui atacada. Vi através da janela da sala de Robert. Uma das casas de cerâmica de Juliet, na cristaleira com portas de vidro. É a mesma, aquela que vi através da janela enquanto era estuprada. É feita de tijolos que parecem pedra, se é que isso faz sentido. São da mesma cor de pedra; provavelmente pedra reconstituída. E não são lisos. Parece que teriam uma superfície abrasiva se tocados. É difícil explicar se você não viu. Pintura azul-real, uma porta azul com arco...

— E três janelas acima da porta, também em arco?

Eu anuo. Não me preocupo em perguntar, sabendo que ela não responderia.

Charlie Zailer pega seu casaco de um suporte no saguão e tira do bolso as chaves do carro.

— Vamos indo — diz.

Por algum tempo viajamos em silêncio, sem perguntas e sem respostas. Há coisa demais a dizer; por onde começar? Estamos de volta à High Street, viramos à esquerda na Old Chapel Brasserie, indo para a Chapel Lane.

Prometo que nunca irei à sua casa.

Não é onde quero estar. Não é onde você está.

— Quero que me leve novamente para ver Robert, no hospital — digo.

— Esqueça — diz a sargento Zailer.

— Você teve problemas por me levar para vê-lo? Por isso está aborrecida? Tem problemas no trabalho?

Ela ri.

Chapel Lane número três ainda está de costas para a rua. Eu me permito uma estranha fantasia — que há apenas alguns momentos sua casa estava de frente, receptiva e aberta; só se virou quando me viu chegar. *Sei quem você é. Deixe-me em paz.*

A sargento Zailer estaciona mal, os pneus do Audi raspando o meio-fio.

— Precisa me mostrar essa casa de cerâmica — diz. — Precisamos saber se realmente está lá ou se você imagina coisas. Terá outro ataque de pânico?

— Não. Eu estava com medo de me dar conta do que tinha visto, isso foi minha mente resistindo. Superei o pânico noite passada. Você deveria ter visto meus lençóis; acharia que tinham caído em uma piscina.

— Então venha.

Contornamos a lateral de sua casa. Tudo está como estava na segunda-feira — o jardim abandonado que é um depósito de lixo, a vista panorâmica impressionante. Com que frequência você ficou de pé ali, na grama morta e moribunda, cercado pelos detritos de sua vida com Juliet, desejando poder escapar para a beleza que podia ser vista claramente, mas que estava fora de alcance?

Abro caminho até a janela. Quando a sargento Zailer se junta a mim, aponto a cristaleira junto à parede. O modelo do bangalô com porta azul em arco está lá, na segunda prateleira de cima para baixo.

— É aquele ao lado da vela — digo, me sentindo tão chocada quanto teria me sentido caso estivesse ausente. Mas suponho que seja fácil confundir com surpresa a repentina consciência de algo significativo que aconteceu.

Charlie Zailer anui. Ela se apoia na sua parede dos fundos, tira um maço de cigarros do bolso e acende um. Suas bochechas e seus lábios ficaram pálidos. O bangalô de cerâmica significa algo para ela, mas não estou certa de o quê, e tenho medo de perguntar.

Estou prestes a mencionar novamente a possibilidade de ir ver você no hospital quando ela diz:

— Naomi.

Pela expressão, sei que outro choque se aproxima. Eu me preparo para o impacto.

— Sei onde fica essa casa. Vou entrar em meu carro e partir para lá agora. O homem que a estuprou estará lá quando eu chegar. Vou arrancar uma confissão dele, mesmo que isso signifique arrancar as unhas dele com alicates, uma a uma.

Não digo nada, com medo de que tenha enlouquecido.

— Vou deixar você no ponto de táxi — ela diz.

— Mas como... O quê...

Ela está caminhando na direção do seu portão, na direção da rua. Não irá parar para responder às minhas perguntas.

— Espere — grito para ela, correndo para alcançá-la. — Vou com você.

Estou de pé onde Juliet estava na segunda-feira. A sargento Zailer está onde eu estive. A coreografia é idêntica; o elenco mudou.

— Isso não seria sábio, do ponto de vista de nós duas — diz. — Seu bem-estar e sua segurança, minha carreira.

Se eu fizer isso, se for com ela ao lugar, onde quer que seja, e vir o homem, depois o que quer que aconteça, nunca mais terei de pensar em mim mesma como uma covarde.

— Não ligo — digo a ela.

Charlie Zailer dá de ombros.

— Nem eu — diz.

23

8/4/06

— Algum de vocês viu Charlie? — perguntou Simon, ansioso o bastante para chamar Sellers e Gibbs em uma voz mais alta do que normalmente pensaria em usar, embora ainda estivessem a alguns metros.

— Estávamos exatamente indo procurar você — disse Sellers, parando junto à máquina de bebidas do lado de fora da cantina. Procurou moedas nos bolsos.

— Há alguma coisa com ela — Gibbs disse. — Não tenho ideia do quê. Estava conversando com ela antes...

— Disse a ela o nome real de Robert Haworth?

— É, comecei a contar a ela...

— Merda!

Simon esfregou a base do nariz, pensando. Aquele era um problema sério. O quanto deveria contar a Sellers e Gibbs? A porra de Laurel e Hardy, pensou. Mas tinha de contar.

— Cheguei a contar a ela que Haworth nascera Robert Angilley, e ela simplesmente saiu — dizia Gibbs. — Saiu do prédio, entrou no carro e foi embora. Não parecia bem. O que está acontecendo?

— Eu não consegui encontrá-la, não consegui encontrar nenhum de vocês — Simon disse. — O celular dela está desligado. Ela nunca faz isso; vocês conhecem Charlie, nunca fica fora de contato, e nunca sai sem me dizer para onde. Então liguei para a irmã dela.

— E? — perguntou Sellers.

— Isso não é bom. As férias que ela interrompeu deveriam ser na Espanha.

— Deveriam? — perguntou Gibbs. Pelo que ele sabia, havia sido onde a sargento estivera, de onde voltara quando o caso Robert Haworth começara a ficar mais complicado.

— O hotel não era bom, então ela e Olivia saíram e reservaram outro lugar: Silver Brae Chalets, na Escócia.

Sellers ergueu os olhos, derramando chocolate quente nos dedos.

— Merda! — disse. — Silver Brae Chalets? O mesmo que é dirigido pelo irmão de Robert Haworth? Acabei de anotar o nome, há dez minutos.

— O mesmo — disse Simon, soturno. — Olivia acha que Charlie e Graham Angilley têm... Algum tipo de relacionamento.

— Ela não passou mais que um dia lá!

— Eu sei.

Simon não achou necessário contar a Sellers e Gibbs o resto do que Olivia Zailer lhe contara: que Charlie inventara um namorado fictício chamado Graham para deixar Simon com ciúmes, e que quando conhecera um Graham de verdade aproveitara a oportunidade de tornar a mentira real. Aquilo era demais para pensar naquele instante.

Ele se limitou aos fatos relevantes.

— Naomi Jenkins nos deu o cartão de visitas do Silver Brae Chalets por engano quando veio na segunda-feira comunicar o desaparecimento de Haworth. Achou estar dando seu próprio cartão. Charlie ainda estava com ele depois que foi embora; mostrou, mencionou que tinham alguma oferta especial. Obviamente quando o hotel na Espanha se revelou um lixo, ela pensou nos chalés.

— Espere — disse Gibbs, esticando a mão para a bebida de Sellers. Sellers suspirou, mas a deu a ele. — Então Naomi Jenkins tinha o cartão de visitas do irmão de Haworth? Então Jenkins conhece o nome real de Haworth? Ela conheceu a família dele?

— Ela também não está atendendo o celular — disse Simon. — Mas acho que não. Estava desesperada para que procurássemos por Haworth, o encontrássemos o mais rápido possível. Se soubesse que tinha um irmão, ou que mudara de nome, aliás, teria nos dito quando veio na segunda-feira. Ela nos deu tudo que podia para nos ajudar a encontrá-lo.

— Ela tinha de saber — falou Sellers. — Não pode ser coincidência. O que, ela simplesmente estava carregando na bolsa o cartão de visitas do irmão do amante, embora não soubesse quem ele é? Besteira!

Simon estava anuindo.

— Não é coincidência. Longe disso. Acabei de olhar o site do Silver Brae Chalets. Adivinhe quem criou?

— Nenhuma ideia — disse Sellers.

Gibbs foi mais rápido.

— A melhor amiga de Naomi Jenkins é *website designer*, a inquilina.

— De primeira — disse Simon. — Yvon Cotchin. Ela criou o site do Silver Brae Chalets. Também criou um para Naomi Jenkins e seu negócio de relógios de sol.

Ele esperou, querendo ver a compreensão iluminar o rosto deles, mas só viu confusão. Eles ainda não tinham sacado. Não pensavam em conspirações como Simon, era por isso.

— Escutem. Robert Haworth estuprou Prue Kelvey. Sabemos disso, foi provado. Também sabemos que ele não cometeu todos os estupros. Não estuprou Naomi Jenkins ou Sandy Freeguard, mas alguém fez isso, alguém com quem Haworth muito provavelmente estava trabalhando, já que o *modus operandi* foi quase idêntico.

— Está dizendo que é o irmão, Graham Angilley? — perguntou Sellers, que ainda não conseguira de volta sua bebida.

— Espero estar errado, cacete, mas não acho que esteja. Se Angilley é o outro estuprador, isso explicaria como sabia tanto sobre Naomi Jenkins. Há informações pessoais dela no site, bem como seu endereço, que é o mesmo do endereço comercial. Estou certo de que foi assim que a escolheu como vítima: de uma lista dos clientes anteriores de Yvon Cotchin. Se Cotchin fez o site de Jenkins antes do site de Angilley, pode ter dito a ele para dar uma olhada em outros que havia criado, como uma espécie de referência.

— Cacete — disse Sellers em voz baixa.

— Prue Kelvey e Sandy Freeguard... — começou Gibbs.

— Sandy Freeguard é escritora e tem seu próprio site, com informações pessoais e fotos, como o de Jenkins. E a companhia na qual Prue Kelvey trabalhava tem uma página individual para cada membro da equipe, dando informações pessoais e profissionais, e uma fotografia. Foi como Angilley e Haworth souberam tanto sobre elas.

— Naomi Jenkins foi estuprada antes de Kelvey e Freeguard — disse Gibbs.

— Exatamente — disse Simon, que seguira a mesma trilha dedutiva minutos antes. — Ela pode ter sido o momento da mudança para Angilley e Haworth. Eles têm vendido ingressos para estupros ao vivo pelo menos desde 2001. Sabemos disso pela data na história da sobrevivente trinta e um. Seja como for que eles escolhessem suas vítimas nos primeiros tempos, avalio que tudo mudou quando Angilley fez o site para os chalés.

Se Yvon Cotchin lhe *disse* para olhar alguns dos seus trabalhos anteriores, incluindo o site de Naomi Jenkins...

— Um grande se — disse Sellers. — E se o site dos chalés é anterior a Jenkins?

— Vou conferir — disse Simon. — Mas acho que não. E foi como Graham Angilley soube de Naomi Jenkins. Ele deve ter se dado conta de que havia centenas de outras vítimas em potencial na internet, com seus próprios sites. Mas não poderia estuprar apenas mulheres cujos sites Yvon Cotchin tivesse criado, poderia? Seria óbvio demais, arriscado demais. Então eles ramificaram, ele e Haworth; começaram a procurar sites de mulheres profissionais liberais...

— Com fotos, para poder conferir se os agradavam — disse Gibbs. — Cretinos doentios.

Simon anuiu.

— O site de Sandy Freeguard foi criado pela Pegasus. E outra empresa fez o da firma de Kelvey; acabei de falar pelo telefone com o assistente do diretor de marketing.

— Como a sargento se encaixa nisso? — perguntou Sellers. Seus dedos procuraram mais moedas no bolso, mas não encontraram. Gibbs terminara sua bebida e tinha um pequeno bigode de espuma marrom para provar.

— Vou chegar a isso em um minuto — disse Simon, querendo adiar ao máximo pensar nesse lado das coisas. — Naomi Jenkins conseguiu o cartão do Silver Brae Chalets com Yvon Cotchin. Não tinha ideia de que havia qualquer ligação com Robert Haworth.

Sellers e Gibbs olharam céticos para ele.

— Pensem bem. Cotchin efetivamente trabalhou com Graham Angilley. Ela o ajudou a montar seu negócio. Mandaria um bolo de cartões para que pudesse dar às pessoas. Naomi pegou um, e pensou, como qualquer um pensaria, que o Silver Brae Chalets era apenas um lugar de férias para o qual sua amiga fizera um site. Não tinha ideia de que o irmão do namorado casado era o dono e gerente... — disse Simon, a voz murchando.

— Ou que o mesmo irmão era o cretino que a sequestrara e estuprara — disse Gibbs.

— Isso mesmo. Não houve coincidências neste caso, nenhuma. Cada parte da resposta a esta bagunça está ligada a todas as outras partes: Jenkins, Haworth, Angilley, Cotchin, o cartão de visitas...

— E agora a chefia — disse Sellers, parecendo preocupado.

— É — concordou Simon, em uma longa expiração. Seu peito parecia cheio de concreto. — Charlie conseguiu o cartão dos chalés com Naomi Jenkins. Não sabia que Graham Angilley tinha alguma relação com Robert Haworth, não até você contar a ela o nome verdadeiro de Haworth — falou, olhando para Gibbs.

— Maldição. Assim que contei, ela deve ter pensado o mesmo que você: que havia uma grande chance de Angilley ser o outro estuprador. E se estava transando com ele...

— Por isso saiu com tanta pressa — disse Simon. — Devia estar enlouquecida.

— Estou me sentindo um merda — disse Gibbs. — Tenho sido duro com ela.

— Não apenas com ela — retrucou Sellers, erguendo as sobrancelhas para Simon.

— É, tá. Vocês dois merecem. Ela não.

— Vá se foder! Eu não fiz nada — disse Sellers.

Simon tinha uma consciência ativa — alguns diriam hiperativa. Sabia quando tinha feito algo errado. Da última vez que olhara não havia pecados com o nome de Chris Gibbs. Havia uma grande pasta grossa com o nome de Charlie Zailer.

— Vou me casar em junho. Os dois foram convidados. Ele é meu padrinho — Gibbs disse, apontando para Sellers com a cabeça. — E vai sumir no mundo com sua foda secreta na semana anterior. Não ouvi nada sobre uma despedida de solteiro. Provavelmente estarei sentado sozinho na noite antes de abrir mão de minha liberdade, assistindo aos malditos Ant e Dec na TV, enquanto ele tira os pacotes de camisinha vazios da mala...

— Dá um tempo — disse Sellers, parecendo constrangido.

— Não esqueci da sua despedida de solteiro. Só estive ocupado, só isso.

Simon notou que as bochechas dele estavam rosadas.

— É. Ocupado pensando no seu pau, como sempre — devolveu Gibbs.

— Isso pode esperar — disse Simon. — Temos coisas mais importantes com que nos preocupar do que contratar *strippers* e amarrá-lo pelado a um poste. Estamos atolados na merda.

— O que vamos fazer? — perguntou Sellers. — Aonde a sargento foi?

— Olivia diz que Charlie deixou uma mensagem na sua secretária dizendo para aparecer mais tarde, então obviamente planeja estar em casa esta noite, mesmo não estando lá agora. Vou passar lá e falar com ela. Enquanto isso... — disse Simon, se preparando. Eles poderiam mandar que se fodesse. E não poderia culpá-los por isso. — Sei que não deveria pedir, mas... Alguma chance de vocês manterem isso bem escondido do Homem de Neve?

Sellers arregalou os olhos.

— Ah, merda. Proust vai ficar furioso quando... Ah, merda. A chefia e o principal suspeito...

— Ela terá de sair do caso — disse Simon. — Vou tentar convencê-la a contar pessoalmente a Proust. Não deve ser difícil.

Ela não é idiota — falou, mais para se tranquilizar que por qualquer outro motivo. — Provavelmente está em choque e precisa ficar um tempo sozinha para digerir isso.

Ele não queria pensar no que aconteceria se Proust descobrisse antes de Charlie contar.

— Como poderemos esconder isso? — perguntou Gibbs.

— Proust pergunta sobre a sargento a cada cinco minutos. O que iremos dizer?

— Não precisarão dizer nada, porque estarão a caminho da Escócia — Simon disse e, para seu espanto, nem Sellers nem Gibbs questionaram sua autoridade. — Tragam Graham Angilley de volta com vocês, e Stephanie, a esposa. Lidarei com Proust. Direi que Charlie foi a Yorkshire conversar com Sandy Freeguard, agora que temos uma possível identificação do homem que a estuprou. Proust não questionará isso. Sabem como ele é; faz sua caça aos erros mais animada cedo pela manhã — falou. E, vendo os rostos deles, acrescentou: — Vocês têm ideias melhores? Se dissermos a ele que Charlie sumiu, tornaremos as coisas piores para ela, e isso é a última coisa de que precisa.

— O que você estará fazendo? — perguntou Gibbs, desconfiado. — Enquanto estamos no país do *haggis* caçando um pervertido?

— Vou conversar com Yvon Cotchin, e depois com Naomi Jenkins, se conseguir encontrá-la.

Sellers balançou a cabeça.

— Se o Homem de Neve descobrir isto, nós três estaremos fazendo palestras de prevenção de incêndio em escolas primárias antes da semana acabar.

— Não vamos nos cagar antes que seja preciso — disse Simon. — Charlie deve saber que nos colocou em uma situação impossível. Aposto que estará de volta em uma hora. Verifiquem o Brown Cow antes de partir para os chalés, para o caso de estar lá. Se estiver, me liguem.

— Sim, chefia — disse Gibbs, sarcástico.

— Isso não é uma brincadeira — disse Simon, olhando para seus sapatos.

A ideia de que Charlie se envolvera romanticamente com Graham Angilley, um homem que provavelmente era um monstro, um estuprador sádico, incomodava Simon mais do que conseguia entender ou explicar. Sentia quase como se tivesse acontecido a ele, como se tivesse sido atacado por Angilley. E se era assim que ele se sentia, não queria pensar em quão pior devia ser para Charlie.

Um policial uniformizado estava andando pelo corredor na direção deles. A conversa terminou abruptamente, e Simon, Sellers e Gibbs sentiram a conspiração silenciosa pairando no ar ao redor à medida que o policial Meakin se aproximava.

— Desculpe interromper — disse Meakin, embora só estivesse interrompendo um clima de desconforto mudo. Falou com Simon. — Há uma Yvon Cotchin aqui para ver você ou a sargento Zailer. Eu a coloquei na sala de entrevistas um.

— Outra coincidência — disse Gibbs. — Poupa uma viagem.

— Ela disse o que quer? — Simon perguntou a Meakin.

Atrás dele, ouviu Sellers insistindo:

— Eu *ia* organizar uma maldita despedida de solteiro para você, tá? Eu *vou*.

— Ela disse que sua amiga desapareceu. Está preocupada, porque quando a viu pela última vez a amiga estava bastante aborrecida. É tudo o que sei.

— Obrigado, Meakin — disse Simon. — Estarei lá em um minuto.

Assim que o jovem policial partiu, ele se virou para Sellers e Gibbs.
— Aborrecida, desaparecida, isso lhes diz algo?
— O que está dizendo?
— Não sei.

O primeiro pensamento de Simon ao ouvir o que Meakin tinha a dizer foi absurdo e paranoico demais para ser repetido. Sellers e Gibbs achariam que estava perdendo o controle. Decidiu não correr riscos.

— Não tenho ideia. Mas se fosse de apostar, colocaria dinheiro em isto ser outra coisa que não coincidência.

— Por que ela não me contaria para onde estava indo? — perguntou Yvon Cotchin. — Nós esclarecemos tudo, ela não estava mais chateada comigo, sei que não estava...

— É improvável que tenha sido algo errado que você fez — Simon disse a ela. — Conversavam havia menos de três minutos, e ele já estava impaciente com as torções de mão e mordidas de lábios de Cotchin. Parecia se preocupar mais em como a ausência inexplicada da amiga se refletiria nela que com o risco para Naomi.

Simon acabara de ouvir em segunda mão a teoria de Naomi Jenkins de que Robert Haworth preparara a comida que as plateias assistindo aos estupros encenados haviam comido. Era possível, supunha, e uma boa razão para Haworth esconder de Jenkins o fato de que um dia fora um chef.

O que Simon não conseguia entender, não importando o quanto tentasse, era por que Haworth iria querer ter relações com Sandy Freeguard e Naomi Jenkins sabendo que seu irmão as estuprara. Ele lembrou das duas entrevistas gravadas entre Naomi e Juliet Haworth. Ele e Charlie haviam escutado as fitas novamente algumas horas antes. *Ele não via ninguém da família. Robert era a ovelha negra oficial.* Mas se sua família era composta de um estuprador em série, uma vagabunda que vendia sexo pelo telefone para estranhos e um valentão racista que apoiava a Frente Nacional...

Simon sentiu uma excitação dentro do corpo. Se Robert Haworth era a ovelha negra de uma família estragada, então isso não fazia dele, por qualquer avaliação ética objetiva, uma ovelha branca? A única coisa boa a sair de uma família ruim?

Simon estava desesperado para conversar com Charlie. O ceticismo dela era o teste definitivo para todas as suas teorias. Sem ela, era como se faltasse metade do seu cérebro. Então provavelmente estava errado, mas ainda assim... E se Robert Haworth tivesse sabido o que o irmão Graham estava fazendo com mulheres e decidido procurar pelo menos algumas dessas mulheres para tentar compensá-las?

Por que simplesmente não procurou a polícia? — Charlie teria dito.

Porque algumas pessoas nunca fariam isso, não importava a razão. Entregar um membro da família à lei? Não; traição grande demais, pública demais.

Quanto mais Simon tentava desmontar a teoria, mais ela parecia determinada a abrir as asas e decolar. Se Robert sabia dos estupros e se sentia incapaz de relatá-los à polícia, se sentiria ainda mais culpado. Não seria possível que tivesse assumido a missão de tentar compensar as vítimas de Graham de outra forma?

Não, idiota. Robert Haworth estuprou Prue Kelvey. Isso era inquestionável.

— Naomi não está pensando direito no momento — disse Yvon Cotchin, chorosa. — Poderia fazer alguma loucura.

A voz dela devolveu Simon ao presente.

— Ela deixou um bilhete dizendo que voltaria mais tarde — falou. Era mais do que Charlie tinha feito. — Esse é um bom sinal. Pensaremos novamente caso não volte logo.
— Isso vai parecer loucura, mas... Acho que pode ter ido à aldeia, onde Robert cresceu.
— Oxenhope?
Yvon anuiu.
— Ela queria ver. Não por nada objetivo, só por estar associada a Robert. Ela é obcecada assim.
— Naomi sabia que Robert Haworth não era o nome original dele? — Simon perguntou.
— O quê? Não. Decididamente não. O que... Como ele se chamava?
Hora de mudar de assunto.
— Yvon, há algumas perguntas que gostaria de fazer sobre seu trabalho. Tudo bem?
Ele planejava perguntar de qualquer forma, independentemente do que dissesse.
— Meu trabalho? O que sobre isso? Como isso é relevante para Naomi, ou Robert?
— Não posso discutir isso com você. É confidencial. Mas acredite em mim, suas respostas serão inacreditavelmente úteis.
— Tudo bem — disse após uma breve pausa.
— Você criou o site para o negócio de criação de relógios de sol de Naomi Jenkins.
— Sim.
— Quando?
— Ahn... Não estou certa — disse, se remexendo na cadeira. — Ah! Foi em setembro de 2001. Lembro porque estava trabalhando nele quando ouvi falar dos aviões batendo no World Trade Center. Um dia medonho — disse, estremecendo.

— Quando o site estava pronto e operando? — Simon perguntou.

— Outubro de 2001. Não demorou muito.

— Você também criou um site para o Silver Brae Chalets, na Escócia.

Yvon pareceu surpresa. A boca retorceu. Simon imaginou que ela estava lutando contra a ânsia de perguntar novamente o que era aquilo tudo.

— Sim — disse.

— Você conhece Graham Angilley, o dono? Foi como conseguiu o trabalho?

— Nunca encontrei com ele. É amigo do meu pai. Graham... Está com algum tipo de problema?

— Tenho certeza de que está bem — disse Simon, sem se importar se Yvon notaria o veneno em sua voz. — Quando criou o site dele? Lembra?

Teria havido alguma conveniente atrocidade terrorista que o tenha gravado na memória?

— Antes ou depois do site de Naomi?

— Antes — ela respondeu sem hesitar. — Muito antes: 1999, 2000. Algo assim.

A decepção fez Simon se encolher. Era o fim de sua teoria de que Graham Angilley olhara o site de Naomi Jenkins para ter uma ideia do padrão do trabalho de Yvon Cotchin. Se Simon estava errado sobre aquilo, sobre o que mais poderia estar errado?

— Tem certeza? Não poderia ter sido o contrário, Naomi Jenkins primeiro e depois o dos chalés?

— Não. Fiz o de Naomi bem depois do de Graham. Tenho todos os meus velhos diários de trabalho em casa; na casa de Naomi. Posso lhe mostrar as datas exatas em que trabalhei em ambos, caso queira.

— Isso seria útil — respondeu Simon. — Também vou precisar de uma lista completa dos sites que criou desde que começou. Isso é factível?

Yvon pareceu preocupada.

— Nada disso tem a ver comigo — protestou.

— Não achamos que fez nada errado — disse Simon. — Mas preciso dessa lista.

— Certo. Não tenho nada a esconder, é só...

— Eu sei. O nome Prue Kelvey significa algo para você?

— Não. Quem ela é?

— Sandy Freeguard?

— Não.

Ela parecia dizer a verdade.

— Certo — disse Simon. — Estou particularmente interessado em mulheres com empresas, como Naomi Jenkins, para quem você criou sites. Algum nome de que se lembre de imediato?

— Sim, provavelmente — disse Yvon. — Mary Stackniewski. Donna Bailey.

— A artista?

— É. Acho que são as únicas de que você pode ter ouvido falar. Havia uma mulher com uma agência de encontros, outra que fazia modelos; era filha de minha...

— Juliet Haworth — cortou Simon, sentindo os pelos do seu braço se arrepiando. Modelos? Tinha de ser.

— Essa é a esposa de Robert — disse Yvon, olhando para ele como se fosse maluco. — Não seja tolo. Nunca poderia trabalhar para ela. Naomi me penduraria no poste mais próximo e fuzilaria como traidora...

— E quanto a Heslehurst, Juliet Heslehurst? — cortou Simon. — Modelos de casas de cerâmica?

Yvon arregalou os olhos de assombro.

— Sim — disse com voz fraca. — Essa era a mulher que fazia os modelos. Foi o primeiro site que fiz. Há... Ela também se chamava Juliet. Será...

— Eu faço as perguntas. Como conheceu Juliet Heslehurst?

— Não conheci, não de verdade. A mãe dela, Joan, foi minha babá quando eu era pequena. Antes de ter os próprios filhos. Nossas famílias permaneceram em contato. Joan mencionou à minha mãe que a filha precisava de alguém para criar um site...

— Então o site de Juliet Heslehurst foi o seu primeiro? Antes do de Graham Angilley?

— Sim.

— Você, por acaso, teria sugerido ao sr. Angilley olhar o site de Juliet Heslehurst para ter uma ideia do padrão do seu trabalho?

O rosto de Yvon ficou vermelho. Suor brotou em seu lábio superior.

— Sim — sussurrou.

Naomi me penduraria no poste mais próximo. Era a segunda vez que Simon ouvia a palavra "poste" em muito pouco tempo. Ele mesmo a dissera primeiro ao falar sobre a despedida de solteiro de Gibbs, aquela que Sellers se esquecera de organizar. Simon ficara pensando por que Gibbs se importava tanto — um homem são iria querer evitar ser despido e amarrado, que parecia ser o que acontecia nesses...

O coração de Simon parou de repente. Depois recomeçou com um pulo enorme. Cacete, ele pensou. Cacete, cacete.

Ele pediu licença e saiu da sala, o celular já na mão. Algumas coisas estavam ficando horrivelmente claras; a menos importante delas era que, a partir de então, a equipe inteira teria de ver o mau humor de semanas de Chris Gibbs como algo pelo que ser grata, por mais desagradável que possa ter sido enquanto durou.

24

Sábado, 8 de abril

— Vou parar no próximo posto — diz Charlie Zailer. Depois, como que pensando melhor, acrescenta: — Tudo bem?
A voz dela parece engasgada. Não olha para mim, não olhou desde que partimos. Olha diretamente à frente enquanto fala, como se usando um celular em viva voz, conversando com alguém distante.
— Vou ficar no carro — digo.
Eu quero me fechar, colocar uma caixa metálica ao redor do corpo para ficar invisível. Isto foi um erro. Eu não deveria estar aqui. Como sei que ela está dizendo a verdade sobre o homem e para onde quer que estejamos indo?
Se vou vê-lo novamente, não deveria ser no território dele. Deveria ser em uma delegacia de polícia, numa fila de reconhecimento. O pânico começa a comer os limites da minha mente. Isto soa errado. Eu deveria dizer à sargento Zailer para parar o carro e me deixar ali mesmo, no acostamento. Era um dia brilhante quando partimos, mas estamos dirigindo há uma hora e o céu nesta parte do país é cinza-claro com manchas cinza-escuro irregulares espalhadas. O vento sibila, empurrando a chuva diagonalmente sobre o para-brisa. Eu me vejo com frio e encharcada ao lado da estrada e não digo nada.
A leve batida ritmada da seta me faz erguer os olhos. Passamos por placas azuis com linhas brancas diagonais: três, duas, uma. Linguagem de estrada. Uma vez você me disse que achava as estradas relaxantes, mesmo com tráfego engarrafado. "Elas têm um ritmo especial", você disse. "Vão a algum lugar." O olhar intenso em seus

olhos; seria eu capaz de entender aquela coisa que era tão importante para você? "São como mágica, como uma estrada de tijolos amarelos para adultos. E são bonitas." Aleguei que a maioria das pessoas não concordaria. "Então elas são idiotas", você disse. "Podem ficar com seus prédios tombados. Não há nada mais impressionante que uma longa faixa cinzenta de estrada se estendendo a distância. Não há lugar algum onde eu preferiria estar. Exceto aqui com você."

Expulso o pensamento de minha cabeça.

A sargento Zailer entra mais rápido do que deveria no estacionamento do posto. Olho para o colo. Se me permitir olhar pelas janelas, poderei ver um caminhão vermelho um pouco parecido com o seu. Se entrar, poderei ver uma lanchonete que lembre aquela do Rawndesley East Services. Minha respiração para na garganta quando me ocorre que aqui também pode haver um Traveltel.

— Você deveria entrar, tomar um café, esticar as pernas — diz a sargento Zailer ranzinza, saindo do carro. — Ir ao banheiro.

As últimas palavras são baixas, levadas para longe pelo vento.

— Você é o quê, minha mãe?

Ela dá de ombros e bate a porta. Fecho os olhos e espero. É impossível pensar. Tento apontar um refletor para meu cérebro, e o descubro vazio. Após alguns minutos, ouço a porta do carro se abrir. Cheiro de café e cigarros; a combinação me deixa nauseada. Depois ouço a voz de Charlie Zailer.

— O homem que a estuprou chama-se Graham Angilley — diz. — Ele é irmão de Robert.

Bile sobe pela minha garganta. Graham Angilley. Onde já ouvi o nome Angilley? Então me ocorre.

— Silver Brae Chalets — consigo dizer.

— O teatro no qual você esteve, onde estava a plateia... Não era um teatro. Era um dos chalés.

Isso me faz abrir os olhos.

— Era um teatro. Havia um palco, com cortinas.
— Cada um dos chalés tem um quarto principal em um mezanino. É como um quarto sem paredes, uma plataforma quadrada alta que você confunde facilmente com um palco. E há uma balaustrada de madeira ao redor do mezanino, com cortinas, para dar mais privacidade ao quarto.
Enquanto ela fala, eu imagino. Está certa. É o detalhe de que não conseguia me lembrar sobre as cortinas — eu sabia que havia algo. Elas não pendiam do teto. Eram presas a uma espécie de corrimão. Se não estivesse amarrada à cama, se pudesse me levantar, teria conseguido olhar por cima.
Silver Brae Chalets. Na Escócia. Um lugar real, aonde as pessoas vão passar férias, se divertir. Aonde eu queria levá-lo, Robert. Não espanta que tivesse ficado tão chocado e irritado quando disse que havia reservado.
— Yvon, minha melhor amiga, criou o site deles. Não havia balaustrada de madeira entre mim e a plateia. Apenas um corrimão metálico horizontal em três lados do palco.
— Talvez cada chalé seja ligeiramente diferente — retruca a sargento Zailer. — Ou talvez aquele no qual você ficou não estivesse concluído.
— Isso. A janela pela qual eu olhei não tinha cortinas. E os rodapés ainda eram de madeira crua, sem pintura — disse. Por que isso não me ocorreu antes?
— O que mais pode me dizer? — pergunta a sargento Zailer. — Sei que tem escondido alguma coisa.
Eu fito minhas mãos no colo. Não estou pronta. Como ela sabe o nome de Graham Angilley? Ela esteve no Silver Brae Chalets? Algo não parece certo.
— Tudo bem — diz. — Então vamos conversar sobre o tempo. Uma merda, não? Fico surpresa por você ganhar a vida com

relógios de sol neste país. Se alguém inventar um relógio de chuva ganhará uma fortuna.

— Não existe tal coisa.

— É, sei disso. Estava falando besteira — diz, e acende um cigarro, abrindo uma fresta de janela. Chuva fria penetra pela abertura retangular, me acertando no rosto. — O que acha de relógios de sol que não marcam o tempo, os ornamentais?

— Sou contra. Não demora tanto tempo para fazer um relógio de verdade. Um relógio de sol que não diz as horas não é um relógio de sol. É apenas lixo.

— São mais baratos que os de verdade.

— Porque são lixo.

— Meu chefe quer um para nossa delegacia. Quer um de verdade, mas os chefões não deixarão que gaste o dinheiro.

— Farei um para ele — eu me ouço dizer. — Pode pagar o que quiser.

Charlie Zailer parece surpresa.

— Por que faria isso? Não diga que como um favor para mim; não acreditarei.

— Não sei — digo. Porque se prometer fazer algo para seu chefe terei de sobreviver a esta viagem. Se falar como se acreditasse que sobreviverei, então talvez sobreviva. — Que tipo ele quer? — pergunto.

— Um que possa ficar na parede.

— Farei de graça se você me levar novamente ao hospital para ver Robert. Preciso vê-lo, e não me deixarão entrar sem você.

— Ele mandou que você o deixasse em paz. E ele é um estuprador. Por que deseja vê-lo?

Ela nunca irá adivinhar. Ninguém pode adivinhar a verdade, exceto eu. Porque eu o conheço muito bem, Robert. O que quer que você sinta por mim, eu o *conheço* bem.

— Juliet não estava envolvida em organizar os estupros — digo. — Fossem eles... Feitos por algum tipo de prazer pervertido ou pelo dinheiro que rendiam... Como seja. Juliet não teve nada a ver com isso.

— Como pode saber? — reage a sargento Zailer, desviando os olhos da estrada, me interrogando com o olhar penetrante.

— Não tenho nada que você considere ser evidências — respondo. — Mas tenho certeza de que é verdade.

— Certo — diz, soando amarga. — Então aquele modelo de cerâmica do chalé, o mesmo chalé que você viu através da janela enquanto estava sendo agredida... Juliet apenas adivinhou sua aparência, foi isso? Inspiração divina. Nada a ver com ela fazer espetáculos de estupro com a ajuda de Graham Angilley e seu marido, e sabendo exatamente onde aconteciam.

— Eu disse que não era responsável pelos estupros. Nunca disse que não tinha visto o chalé.

— Então... Você quer dizer que Graham Angilley pediu que fizesse um modelo? Porque sabia do seu significado mesmo que ela não? — retruca, fumando furiosamente enquanto derruba o que acha ser minha teoria. — Mas Juliet nos contou o que aconteceu com você, cacete. Adivinhou que você acusara Robert de estuprá-la; sabia todos os detalhes. Se não estava envolvida, como saberia, porra?

Não acredito que ainda não sacou. Deveria ser uma detetive. Mas ela não o conhece, Robert; por isso está perdida. Por isso eu estava perdida na primeira vez em que falei com Juliet em uma sala de entrevistas da polícia. Àquela altura sua esposa conhecia você melhor que eu.

Não mais.

— Juliet sabia o que me acontecera porque acontecera a ela também.

Estou dizendo isso em voz alta? Sim parece que estou.
— O homem, Graham Angilley, também a estuprou.

— *O quê?*
A sargento Zailer para no acostamento. Os pneus cantando me fazem encolher.

— Pense nisso. Todas as mulheres que Graham Angilley estuprou eram profissionais liberais de sucesso. Juliet também era até ter um colapso. Por isso teve um: por ter sido estuprada. Foi amarrada à mesma cama que eu, no mesmo palco, ou mezanino, que seja. Houve uma plateia, homens comendo e bebendo. E embora estivesse amarrada à cama, viu exatamente o mesmo que eu pela janela. Fez um modelo daquilo. E colocou em exposição na cristaleira da sala — explico, depois fazendo uma pausa para encher o pulmão.

— Continue — diz a sargento Zailer.

— Ela não sabia que Robert tinha conhecimento do que acontecera a ela, então não tinha razão para imaginar que a casinha de cerâmica com a porta azul em arco seria familiar a ele... Como eu, ela não contara a ninguém o que tinham lhe feito. Estava envergonhada demais. Não é fácil, passar de ser invejada e de sucesso a alvo de piedade.

— Mas Robert sabia, não? E quando encontrou Juliet na locadora naquela noite, não foi por acaso.

— Não. Nem quando me encontrou no posto de gasolina. Deve ter seguido as duas, por semanas, talvez meses. E Sandy Freeguard. Você não disse que ela bateu no carro dele? Ele estava à distância de um acidente porque a seguia. Esse era o padrão: o irmão nos estuprava, depois Robert nos seguia até ser capaz de armar um encontro supostamente fortuito.

— Por quê? — pergunta a sargento Zailer, se inclinando na minha direção, como se mais proximidade pudesse arrancar a resposta de mim. — Por que queria encontrar e iniciar relações com as vítimas do irmão?

Não respondo.

— Naomi, você tem de me dizer. Posso acusá-la de obstrução.

— Acuse-me de alta traição, caso queira. Por que deveria ligar?

Charlie Zailer suspira.

— E quanto a Prue Kelvey? Ela não se encaixa no padrão. Robert a estuprou, e ela o viu antes que colocasse a máscara. Não poderia tê-*la* seguido e concebido um encontro, não poderia ter se tornado namorado *dela*.

— Juliet tentou matar Robert por ter descoberto que ele sempre soubera do estupro. Provavelmente a única razão pela qual conseguiu se casar com ele, ou mesmo olhá-lo nos olhos, era por ter certeza de que não sabia. Aos seus olhos, sua dignidade estava intacta. Ela não era... Estuprada e repulsiva; era como costumava ser. Mas Robert sabia, e Juliet descobriu, e se deu conta de que ele passara anos mentindo, deixando-a achar que seu segredo estava seguro, e sua privacidade, mas na verdade o tempo todo... — falo, depois engolindo em seco para tentar acalmar a agitação em meu peito. — Ela achou que ele ria dela pelas costas, que toda a relação era um deboche, uma provocação dele. Seu conhecimento secreto era um modo de ter poder sobre ela, poder esse que seria capaz de usar a qualquer momento, ou guardar por quanto tempo quisesse. Não precisava lhe contar que sabia até estar pronto, não precisava contar de modo algum caso não quisesse.

Charlie Zailer franze o cenho.

— Você está dizendo isto do modo como foi, ou como Juliet viu isso?

— Como ela viu. Estou explicando por que tentou matá-lo. Ela anui.

— Não vou conversar com ela novamente. Juliet. Aquelas entrevistas; não vou fazer isso novamente.

Sua esposa está descontrolada, Robert. Bem, não preciso lhe dizer isso, não é mesmo? Isso sim é dizer o óbvio. Até o momento se contentou em me provocar com suas ambiguidades enlouquecedoras. Caso conversemos novamente, ela se tornará mais explícita, ampliando sua campanha de ódio. Começará a me dizer coisas, e não posso permitir que isso aconteça. Da próxima vez que for ao hospital, quero lhe contar o que sei no coração e na alma, não o que me disseram. Há uma grande diferença; é a diferença entre poder e desamparo. Sei que você entenderá, mesmo se a sargento Zailer não.

— Como Juliet descobriu que Robert sabia? Você também sabe isso? — pergunta. Um silêncio desconfortável enche o carro, um que estou determinada a não romper. — Naomi, não é hora de se fechar! Jesus! Como ela soube? Por que Robert queria sair com mulheres que o irmão atacara? Por quê?

Ela tamborila no painel com as unhas.

— Sabe, tudo o que você acabou de me contar sobre Juliet também poderia valer para você. Você não sabia que Robert tinha conhecimento do que lhe acontecera, sabia? Mas ele sabia. Talvez seja você quem sinta que ele ria de você pelas costas, usando algum tipo de poder doentio, manipulando-a. Talvez você queira vingança, e por isso quer ir ao hospital, para terminar o que Juliet começou.

— Quero ver Robert porque preciso conversar com ele. Preciso explicar algo. Algo particular que é entre mim e ele.

Só nós dois, Robert, e ninguém mais. É o que eu sempre quis.

25

8/4/06

Elas chegaram quando a luz do dia começava a morrer. Charlie não parou onde deveria, na área circular de cascalho onde os hóspedes do chalé estacionavam os carros. Em vez disso subiu pela grama, sentindo o calombo abafado sob o carro. Manteve pressão constante no acelerador. Só tinha uma coisa em mente, e era a necessidade de continuar seguindo, olhando diretamente à frente, não se permitir pensar demais. Quantas vezes tinha pensado, tanto sobre vítimas quanto sobre perpetradores de crimes violentos: como tinham feito aquilo, como tinham se forçado a prosseguir? Agora ela entendia: o truque era evitar, a todo custo, ver o quadro completo, o geral. Evitar ver a si mesmo.

Charlie só meteu o pé no freio quando a porta azul em arco estava bem diante do para-brisa. O chalé dela e de Olivia. Pouco antes ela se apoiara naquela porta, fumando um cigarro e conversando com Simon pelo celular enquanto Graham esperava em sua cama. Seria fácil pensar: e agora... Mas Charlie não ia cair nessa armadilha. Pensar no passado em relação ao presente e ao futuro era o suficiente para que ela surtasse, e não podia arriscar isso. Estava ali para conseguir as informações de que precisava de Graham e Steph; era nisso que tinha de se concentrar.

Ouviu a respiração entrecortada de Naomi harmonizando com a sua; isso a lembrou de que não estava só no carro.

— É ela. A cabana que vi através da janela — disse Naomi. Apontou para o chalé ao lado, que era maior que aquele no qual

Charlie e Olivia haviam ficado e tinha uma porta retangular cor de pistache com janelas combinando. — Aquele foi onde me atacaram. E aquela é a janela.

Charlie não se preocupou em perguntar se tinha certeza. Naomi olhava ao redor, os olhos brilhantes e penetrantes, como se tentasse gravar cada detalhe físico do lugar para algum teste futuro. Charlie ficou pensando em como iria se sentir caso também tivesse sido estuprada por Graham, em vez do que realmente acontecera. Em vez de ter tido muito trabalho para flertar com ele, seduzi-lo...

Uma batida forte na janela do carro a fez dar um pulo. Nós de dedos, bem como vários braceletes batendo no vidro, um vislumbre de unhas cor de rosa. Steph.

— Quem é ela? — perguntou Naomi, soando apreensiva.

Ir ali tinha sido um erro. Mais um. Charlie não estava em condições de entrevistar Steph ou tranquilizar Naomi. Deveria ligar para Simon, pensou, e depois concluiu: não posso encarar isso. Ele saberá. Não tem como já não saber. Apertou o botão para abrir a janela. Ar frio tomou o carro. Naomi se encolheu em seu banco, passando os braços ao redor do corpo.

— Que porra vocês acham que estão fazendo? — cobrou Steph. —Não podem estacionar aqui. Não podem subir na grama assim.

— Tarde demais — disse Charlie.

Steph sugou o lábio superior brilhante.

— Onde está Graham?

— Era o que eu ia lhe perguntar.

— Não seja idiota! Achei que ia ficar com você. Achei que os dois estavam tendo um belo fim de semana romântico juntos. Pelo menos foi o que ele me disse. Não me diga que tem mais alguém. Típico — falou, cruzando os braços.

Charlie não achou que ela estivesse encenando.

— Então não está aqui?

— Pelo que sei, está em sua casa. E o que você quer?

Charlie sentiu o olhar horrorizado de Naomi queimando sua pele. Não podia olhar para ela, então fixou os olhos em Steph. Deveria ter contado a Naomi sobre ela e Graham, deveria saber que Steph iria falar. Mas isso teria envolvido pensar antes, e nem mesmo Charlie era tão autodestrutiva a ponto de fazer isso naquele momento. Abriu a porta do carro e saiu para o ar gelado. As paredes dos chalés estavam traçadas com manchas escuras úmidas. Mesmo o ar parecia denso de umidade.

— Vamos conversar no escritório — disse Charlie. — Pelo bem de seus hóspedes.

— Sobre o quê? Não tenho nada para lhe dizer.

Naomi saiu do carro, pálida e solene. Charlie viu a expressão no rosto de Steph mudar de irritação para choque.

— Você reconhece Naomi? — perguntou.

— Não!

A negativa de Steph foi rápida demais, automática demais.

— É, reconhece. Graham a estuprou, naquele prédio ali — disse Charlie, apontando. — Havia uma plateia de homens, jantando. Aposto que você preparou o jantar, não foi? Suas famosas refeições caseiras.

— Não sei do que está falando — disse Steph, o rosto vermelho. Ela mentia mal; pelo menos era algo. Charlie achava que não iria demorar para acabar com ela.

— Ela não me viu — disse Naomi. Eu não a vi. Como iria me reconhecer?

— Pelas fotos que Graham tirou com seu telefone e enviou para o dele — Charlie respondeu. Ela viu Naomi ter um esgar, e pensou que talvez tivesse tentado esquecer aquele detalhe. —

Foi isso, não, Steph? Aposto que encontrarei muitas fotos se der uma olhada. Você provavelmente é idiota o bastante para guardar lembranças, e Graham certamente é arrogante o bastante. Onde estão as fotos de Naomi e todas as outras mulheres? No escritório? Podemos ir lá dar uma olhada?

— Você não pode olhar em lugar nenhum! Você não tem um mandado, então é contra a lei. Suma daqui, tá? Não vou perder meu tempo falando com uma das muitas putinhas do meu marido!

O braço de Charlie disparou, derrubando-a no chão. Steph ficou de joelhos e tentou falar, mas Charlie a agarrou pela garganta.

— Você pode acabar matando-a — disse Naomi em voz baixa.

Isso provavelmente fora um alerta. Não a excelente sugestão que era.

— Você sabe o que seu marido é, não? — Charlie mandou para Steph. — Sabe sobre os estupros. Você preparava as refeições. Provavelmente vendia os ingressos e administrava, como faz com os chalés, o lado legítimo do negócio.

— Não — disse Steph, tentando respirar.

— Por que a mudança de local, de um dos seus chalés para o caminhão de Robert Haworth? Ficaram preocupados que alguém reconhecesse o local? Ou alguns dos hóspedes do chalé ouviram gritos à noite e começaram a fazer perguntas desconfortáveis?

Charlie sentiu prazer em cravar as unhas na pele de Steph.

— Por favor, me solte, por favor! Está me machucando! Não sei do que está falando.

— Sabia que Robert mudou o nome de Angilley para Haworth? — perguntou, colocando a boca junto ao ouvido de Steph. —

Sabia? — perguntou, berrando o mais alto que conseguiu. Foi bom, uma necessária liberação da tensão.

— Sim. Não consigo respirar.

— Por que ele mudou de nome?

— Cacete, Charlie! Você a está sufocando. Vai matá-la se não tomar cuidado.

Charlie ignorou Naomi. Não estava interessada em ouvir como deveria se comportar. Era tarde demais para isso.

— Por que Robert mudou de nome? — perguntou novamente, sentindo a garganta de Steph se mover em pânico sob a pele da palma de sua mão.

— Ele e Graham tiveram uma briga. Não se falam desde então. Robert... Não consigo respirar! — disse, e Charlie afrouxou o aperto ligeiramente. — Robert não queria ter nada a ver com Graham ou a família. Nem mesmo o nome.

— O que causou a briga?

— Não sei — disse Steph, tossindo as palavras. — É problema pessoal de Graham. Não me meto.

Charlie a chutou na barriga.

— O cacete que não! Como acha que seria ser chutada até a morte diante de uma plateia? Por quanto os ingressos seriam vendidos? Hein? E quanto a Sandy Freeguard? Você reconhece esse nome, não é? Juliet Heslehurst? Prue Kelvey? Embora tenha sido Robert quem a estuprou, não Graham. Por quê? Por que a mudança, depois de Graham ter estuprado todas as outras?

Não vou dizer nada até ter falado com Graham — disse Steph, soluçando. Ela se enrolou em bola na grama, agarrando a barriga.

— Você não vai falar com ele, sua merda. Nem hoje nem por muito tempo, cacete. O quê, acha que vamos colocar os dois juntos em uma celinha mobiliada, deixar que brinquem de casinha?

— Eu não fiz nada. Não sei do que está falando. Não fiz nada errado, absolutamente nada!

Charlie pegou a bolsa no carro e acendeu um cigarro.

— Deve ser uma sensação legal — disse. — Não ter feito nada errado.

Steph não tentou se levantar.

— O que vai acontecer comigo? O que vai fazer? Nada disso foi culpa minha. Você viu como Graham me trata.

— Nada disso foi culpa sua? — perguntou Charlie, se sentindo melhor com a nicotina.

Steph cobriu o rosto com as mãos.

Charlie sentiu vontade de chutar de novo, então fez isso.

— Se quer passar o resto de sua vida na prisão, problema seu. Continue negando tudo. Mas se quiser ficar fora da cadeia, tem escolhas.

É, tá. Steph seria uma idiota se acreditasse que haveria como se safar daquilo. Se estivesse envolvida em armar os estupros e lucrar com eles, ficaria trancada por muito tempo. Charlie não tinha dúvida de que o escritório e a casa de Steph e Graham estavam cheios de imagens que provavam seus crimes. Nem em seus sonhos mais extravagantes e delirantes eles esperavam ser apanhados. Charlie viu tudo isso nos olhos de Steph, em seu comportamento. Graham deve ter prometido que não havia perigo, que tinha tudo sob controle.

Que tipo de piranha idiota acreditaria em um homem como Graham Angilley?

Steph ergueu os olhos.

— Que escolhas? — perguntou, lágrimas e muco escorrendo do pelo rosto.

— Traga uma fotografia de Graham. E preciso das chaves daquele chalé — disse, apontando para a porta pistache. —

Naomi precisa identificar o homem e o lugar. E depois que tiver feito isso iremos para o escritório e você me contará tudo que preciso saber. Se me desorientar com a menor mentira eu saberei, e garantirei que apodreça na prisão mais vagabunda que conseguir encontrar.

Charlie mentiu com confiança. Na realidade, a polícia não tinha controle sobre onde os prisioneiros cumpriam suas penas. Steph poderia acabar no novo resort confortável Categoria D do outro lado de Combingham. Todos na sala de detetives o conheciam como "O resort" porque tinha alojamentos em vez de celas, e dizia-se que a comida dos detentos era razoável. Steph cruzou o campo cambaleando na direção do escritório. A parte de trás da saia estava encharcada. Ela ficara deitada na grama molhada, mas Charlie estava bastante certa de que também tinha se mijado: o cheiro denunciava. Deveria sentir alguma compaixão por ela, Charlie pensou. Mas não sentia. Não havia sequer um grama de simpatia por Steph dentro dela.

— E se Graham a obrigou a participar? — Naomi perguntou. — E se realmente não sabe nada sobre isso?

— Ela sabe. Ninguém a obrigou a nada. Você não sabe dizer quando alguém está mentindo para você?

Naomi esfregou as mãos e soprou sobre elas.

— Você e Graham... — começou, incerta.

— Não vamos conversar sobre isso — cortou Charlie. Naomi não poderia ter escolhido uma combinação de palavras pior do que a que tentara.

A porta do escritório se abriu e Steph saiu. Começou a atravessar o campo, mais firme sobre os pés. Colocara calças de ginástica pretas e tênis. A distância Charlie viu a fotografia na mão de Steph, viu Naomi se encolher.

— É só uma fotografia — disse. — Não pode machucar você.

— Poupe-me da besteirada terapêutica — Naomi cortou.
— Acha que não pode me machucar ver o rosto dele depois de todos esses anos? E se ele voltar? Não estou certa de que consiga fazer isso. Não podemos simplesmente ir embora?

Charlie balançou a cabeça.

— Estamos aqui — disse, como se o estado de coisas fosse de algum modo irreversível. Era como parecia. Sempre ficaria presa ali, no Silver Brae Chalets, com a grama molhada fazendo cócegas em seus tornozelos através da meia. Steph parecia tão aterrorizada quanto antes. Ao se aproximar, começou a falar freneticamente, desesperada demais para esperar até chegar mais perto.

— Eu não sabia que estavam estuprando as mulheres. Graham me disse que eram atrizes, que a coisa de vítima assustada era uma encenação. Como quando eu fazia isso.

— Quando você fazia? — repetiu Charlie.

Arrancou a foto da mão de Steph e a passou para Naomi, que olhou por um segundo, devolvendo imediatamente. Charlie tentou olhar nos olhos dela, sem sucesso. Naomi olhava fixamente na direção oposta, para um grupo de árvores. Charlie colocou a foto na bolsa, que jogara no banco do motorista do carro. Não queria estar perto de uma foto de Graham. Por que Naomi não dizia nada? Fora Graham quem a estuprara ou não?

— Na maioria das vezes eu era a vítima — continuou Steph, sem fôlego. — Eu era aquela que Graham amarrava à cama, a que tinha de gritar, implorar e tentar me libertar. Ficava exausta. Também tinha de cuidar dos chalés, da limpeza e das reservas, das confirmações...

— Cale a porra da boca — mandou Charlie, estendendo a mão. — A chave. Vá e espere por mim no escritório. E não faça mais nada, está ouvindo? Não tente ligar para o celular de

Graham. Se telefonar para alguém, eu descobrirei. Posso conseguir a informação com a BT, com sua operadora de celular; fácil. Um movimento errado e você passará os próximos vinte anos em uma cela suja e fedorenta. Não verá a luz do dia até ser uma velha, e mesmo quando sair alguém provavelmente vai esfaquear você na rua — disse Charlie, e pensou: quem dera. Ainda assim, estava gostando do fingimento. — Mulheres que colaboram com estupradores em série não costumam ser populares — encerrou.

Gemendo, Steph entregou a chave e cambaleou de volta para o escritório.

— E? Foi o homem que a atacou? — Charlie perguntou a Naomi.

— Sim.

— Como sei que não está mentindo?

Por favor, esteja mentindo.

Naomi se virou para encará-la e Charlie viu como a pele ficara pálida, quase translúcida. Era como se tivesse alvejado pelo choque de ver aquele rosto, o rosto de Graham.

— Não queria que fosse ele — disse. — Não queria dizer sim. De certo modo era mais fácil não saber, mas... É ele. Esse é o homem que me estuprou.

— Vamos olhar o chalé, acabar com isso — disse Charlie, caminhando na direção da porta com a chave entre polegar e indicador, pronta para esfaquear qualquer um que se metesse no seu caminho. Parou ao se dar conta de que Naomi não a seguia.

— Venha — disse.

Naomi olhava para a janela

— Por que tenho de entrar? — perguntou. — Sei que é o lugar.

— Você pode saber, mas eu não — disse Charlie. — Lamento, mas você disse em sua declaração que não viu o exterior do prédio onde estava. Preciso que reconheça o interior.

Ela destrancou a porta e entrou na escuridão. Tateou as paredes dos dois lados e encontrou um painel de interruptores. A maioria era de *dimmers*. Mexeu neles até que alguns acenderam. Era como o chalé que ela e Olivia tinham alugado, apenas maior. Aparentemente ninguém estava hospedado no momento: nenhum sinal de roupas ou malas. O lugar estava vazio a não ser pelos móveis, imaculadamente limpos. As cortinas vermelho-escuras no trilho ao redor do quarto no mezanino estavam abertas, e Charlie viu uma cama de madeira. No alto de cada um dos quatro postes, uma bolota havia sido esculpida na madeira.

Ouviu a respiração pesada atrás de si. Quando se virou, viu que Naomi tremia. Subiu as escadas até o mezanino. Pensando se Graham escolhera a cama exatamente por causa das protuberâncias, porque era fácil amarrar uma corda nelas. Por um segundo pensou que iria vomitar.

— Podemos desaparecer daqui agora? — pediu Naomi desde a base da escada.

Charlie estava prestes a responder quando as luzes se apagaram.

— Quem está aí? — gritou, ao mesmo tempo que Naomi berrava:

— Charlie!

Houve um baque alto, o som da porta da frente do chalé se fechando com força.

26

Sábado, 8 de abril

É o pior tipo de escuridão a que nos cerca, aquele tipo que dobra você e faz com que sinta que nunca conseguirá retornar à luz. Dura apenas um segundo. Ouço um zumbido, e o interior do chalé está visível novamente. Pouco. Tudo parece cinzento. Uma voz de homem diz "Merda". Vejo duas formas na penumbra — uma larga e uma menor e mais estreita. A forma mais ampla poderia ser você, Robert. Por um momento me convenço de que é, e meu coração acelera. Não penso em correspondência de DNA e nas mentiras que me contou, ou o nome verdadeiro que partilha com seu irmão, o estuprador. Não imediatamente, pelo menos. Penso em seus beijos, em qual era a sensação, como me senti quando você me mandou ir embora e deixá-lo em paz. Perder você.

Gradualmente o quarto fica mais claro. O zumbido era o som do interruptor do *dimmer*. Nenhum dos dois homens é você, ou Graham Angilley. Meus ombros cedem à medida que a tensão deixa meu corpo. São ID Sellers e ID Gibbs.

— Que porra de brincadeira é essa? — Charlie berra com eles.

— Quase me fizeram ter um ataque cardíaco.

Eu olho para Gibbs, esperando que reaja mal a ser censurado, mas não parece tão feroz quanto pareceu quarta-feira em meu ateliê.

— Desculpe — diz. — Devo ter me apoiado no interruptor.

Sellers, o gordo, está com raiva.

— Qual é a *sua* brincadeira? — cobra. — Simplesmente sumindo sem falar com ninguém. O que deveríamos dizer a Proust?

Charlie não responde.

— Ligue a porra do celular e telefone para Waterhouse — Sellers diz. — Ele não está nada bem. Mais preocupado com você do que com mentir para o Homem de Neve. Já vi homens com esposas sumidas em melhor estado. Se não souber logo de você, Deus sabe o que poderá fazer.

Charlie dá uma pequena engasgada, como se as palavras dele a tivessem chocado ou aborrecido.

— Onde está Angilley? — pergunta Gibbs.

Charlie olha para mim, depois para seus dois colegas.

— Melhor conversarmos particularmente. Naomi, espere aqui. Vamos sair — diz e começa a andar, parando na metade do caminho até a porta. — A não ser que prefira esperar do lado de fora.

Sinto três pares de olhos em mim. Não quero ficar naquele lugar onde fui torturada, especialmente não sozinha, mas do lado de fora estarei desprotegida caso Graham Angilley volte de repente. Posso ser a primeira pessoa que ele vê. Mas Steph disse achar que ele estava na casa de Charlie...

— Por que Graham Angilley estaria em sua casa? — pergunto a ela.

A desconfiança começa a crescer dentro de mim quando vejo Gibbs e Sellers parecendo tão constrangidos quanto Charlie. Eles sabem de algo.

— O que está acontecendo? — pergunto, tentando não soar como se estivesse suplicando informações, suplicando para ser aceita. — Você e Graham... Andam se encontrando? Você está tendo sexo com ele?

Por mas maluco que isso soe, não consigo pensar em nenhuma outra explicação.

— Como? — berro com ela. — Como pode ser isso? Você o conhecia antes de me conhecer? Quando lhe dei aquele cartão...

— Isso terá de esperar — interrompe Sellers. — Precisamos conversar, sargento.

Charlie passa os dedos pelos cabelos curtos.

— Precisamos de cinco minutos, Naomi. Por favor. Conversaremos depois, certo?

Nenhum dos detetives se move, e me dou conta de que estou sendo mandada para fora. Ando o mais rápido que consigo até a porta, que parece a um milhão de quilômetros de distância. Eu a fecho atrás de mim. Tentar escutar se prova inútil: as paredes são grossas demais, a construção boa demais. É como um continente lacrado; nada escapa.

Está escuro agora, mas há uma luminária presa à parede de um dos chalés. Sinto como se estivesse em seu facho, atraindo todo o brilho. Se Graham Angilley subir de carro me verá imediatamente. Eu me agacho, abraçando os joelhos, me sentindo um animal caçado.

Minha respiração começa a se dar em movimentos curtos e rápidos. Há conexões demais, ligações demais que são erradas, que não deveriam estar aqui. Você não pode ser irmão do homem que me estuprou. Yvon não deveria ter o cartão de visitas dele, ou criado um site na internet para ele. Charlie não deveria estar dormindo com ele, mas está, tem de estar.

Sellers e Gibbs não sabiam que ela estava na Escócia. Não sabiam que havia me trazido para cá. Por que fugiu sem dizer a ninguém? *Por que* me trouxe? Como uma espécie de isca? Havia choque no rosto de Sellers quando a fitara pouco antes. Quase horror. Como se nunca tivesse pensado que fosse capaz do que quer que tenha feito.

Poderia acontecer novamente.

Aqui estou eu, no lugar onde um dia fui estuprada, com uma mulher que mentiu descaradamente para mim e seus colegas. Que porra estou fazendo? Eu me levanto de um pulo. Preciso me mover, substituir pensamento por ação antes que minhas suspeitas se transformem em terror explícito.

A bolsa de Charlie está no banco do motorista do carro. A porta está fechada, mas não trancada. Eu a abro e depois o fecho da bolsa, procurando as chaves. Se fosse corajosa fugiria a pé, mas não sou uma corredora, e este lugar fica a quilômetros de qualquer coisa.

Nada de chaves dentro da bolsa, do compartimento com zíper, em qualquer lugar. Maldição. Eu me curvo para olhar a ignição, sabendo que não sou o tipo de pessoa que tem esse tipo de sorte. Pisco várias vezes para ter certeza de que não é uma alucinação provocada pelo estresse: as chaves estão lá, todas elas. Casa, trabalho, casa. Talvez também uma da casa de um vizinho. Fito o fardo de metal pendurado, pensando em por que não incomoda Charlie ter aquilo pendurado ali enquanto dirige. Imagino que, se fosse eu, tiraria a chave do carro do chaveiro e a guardaria separada.

Jogo a bolsa no banco do carona, entro no carro e ligo. O motor é silencioso. Dirijo sobre a grama até a beira no campo e passo para o cascalho. Em segundos, estou seguindo pela estrada estreita para longe de Silver Brae Chalets. É uma sensação boa. Melhor que ficar sob o holofote de Graham Angilley, na propriedade dele, esperando que chegue e me encontre.

O que não aconteceu porque ele está na casa de Charlie. Estou com as chaves dela. Deveria ir e encontrá-lo. Ele não sabe que sei onde está ou quem é.

Engasgo com a ideia de que, finalmente, tenho vantagem sobre ele. Não quero perdê-la. Não irei, não posso. Já perdi o suficiente. Agora seria um bom momento para tentar lembrar em detalhes de todas aquelas fantasias de vingança que costumava repassar de cabeça todos os dias até conhecer você. De qual eu gostava mais: esfaquear, atirar, envenenar? Amarrar o homem e fazer a ele o que fez a mim?

Preciso me livrar do carro de Charlie o mais rápido possível, deixá-lo ao lado da estrada assim que chegar a uma de verdade e pegar uma carona. Do contrário, não irá demorar até ser parada por um carro da polícia. Acredite em mim, Robert, nada irá me deter desta vez. Com ou sem Charlie, eu irei àquele hospital, e se você novamente me mandar ir embora e deixá-lo em paz, não vou ligar.

Porque agora entendo. Sei por que você disse aquilo. Você achou que eu estivera falando com Juliet, não é? Você supôs. Ou melhor, que ela estivera falando comigo. Dando sua versão dos acontecimentos, arruinando tudo, me contando todas as coisas que você não podia suportar que soubesse. Então desistiu.

Eu lhe disse que o amava, no hospital. Você deveria ser capaz de ver que eu falava sério, o quão sério falava, por meus olhos e minha voz, mas ainda assim desistiu. E esperou que eu fizesse o mesmo, fosse embora. Até eu conseguir chegar novamente ao hospital, você terá certeza de que nunca voltarei.

— Como pôde pensar isso, Robert? Não me conhece nem um pouco?

27

8/4/06

— Ela levou a porra do meu carro! — Charlie berrou na escuridão.

— Você não deixou as chaves nele, deixou? — perguntou Sellers, correndo atrás dela.

— Chaves, bolsa, telefone, cartões de crédito. *Jesus!* Não diga, eu não quero ouvir. Não quero nenhum dos dois me dizendo que não deveria tê-la trazido comigo ou deixado o carro destrancado com a bolsa dentro, certo? Na verdade, podemos evitar qualquer conversa sobre o que eu deveria ou não deveria ter feito? Ainda sou sargento de vocês, lembrem-se.

Charlie queria descobrir o quanto Proust sabia, mas não estava disposta a demonstrar fraqueza. Situações extremas exigiam um retorno às táticas simples de parquinho que a ajudaram a se superar na escola: nunca demonstre que se importa.

— Sellers, pegue o celular. Quero meu carro de volta.

— Vai precisar de sorte, sargento. Sabe como é a polícia escocesa.

— Ela não ficará muito tempo na Escócia. Está indo para o Culver Valley General Hospital e seu amado psicopata Robert Haworth. Mande uniformizados receberem-na no estacionamento. Gibbs, você e eu vamos conversar com a sra. Graham Angilley — ordenou. A chegada de Sellers e Gibbs dera uma sacudida em Charlie, e agora se sentia um pouco mais como ela mesma. Pelo menos o suficiente para dar uma impressão razoável.

Steph estava no escritório, atrás de uma das escrivaninhas, com um rolo de papel higiênico rosa e uma garrafa de removedor de esmalte na sua frente, esfregando a unha do indicador com o papel. A pele ao redor do pescoço estava vermelha. Fez questão de não erguer os olhos. O rosto — como seu traseiro, se fosse possível confiar no marido — era laranja de bronzeamento artificial, a não ser logo acima e abaixo dos olhos, onde permaneciam trechos de pele mais clara. Ela parece a porra de uma coruja, pensou Charlie.

— Despedidas de solteiro — ela disse em voz alta, batendo as palmas das mãos na escrivaninha.

O corpo de Steph pareceu se contrair.

— Como você descobriu? Quem lhe contou isso? Foi ele? — perguntou apontando com a cabeça para Gibbs.

— É verdade?

— Não.

— Você acabou de me perguntar como eu descobri. Ninguém diz "descobrir" sobre algo que não é verdade. Você diz "O que a faz pensar isso?" Ou você é obtusa demais para entender a diferença?

— Meu marido só queria comer você por causa do seu trabalho — disse Steph, a voz cheia de veneno. — Nunca gostou de você. Ele tem um barato correndo riscos, só isso. Como deixar você usar nosso computador noite passada embora soubesse que era tira. Se você se preocupasse em olhar, teria encontrado todo tipo de coisa. Disse a Graham que era maluco de deixar, mas ele não consegue se conter. É um barato, foi o que disse — falou Steph, com desprezo. — Sabe como ele chama você? Peituda. Porque é magra e seus peitos são grandes demais.

Não pense nisso. Não pense em Graham. Ou em Simon.

— O que há no computador que seu marido não queria que eu achasse? — perguntou Charlie. — Achei que você tinha dito que as mulheres eram todas atrizes, que era tudo consensual e honesto? Se isso é verdade, Graham não teria nada a temer da polícia, não é? Melhor encarar, Steph. Você não é inteligente o bastante para mentir para mim de forma convincente. Já se contradisse duas vezes, em menos de um minuto. E não sou a única pessoa consideravelmente mais esperta que você e que pode muito bem querer foder com você. Pense em Graham. Não acha que adoraria colocar toda a culpa em você? Não acha que poderia inventar uma história que é... Ah, muito melhor do que qualquer coisa com que você poderia se sair? Ele é formado por Oxford. Você é apenas a braçal dele.

Steph pareceu encurralada. Seus olhos se moviam desconfortáveis, pousando em objetos ao redor da sala sem motivo claro.

Os olhos. A pele ao redor não era laranja porque Steph usava uma máscara de olhos quando fazia bronzeamento, como as máscaras que as vítimas de estupro eram obrigadas a usar. Diferentemente do ID Sam Kombothekra, que alegara nunca ir à Boots, Steph saberia onde comprar máscaras de olhos no atacado. Será que Graham a mandava às compras de tempos em tempos, para fazer estoque? Charlie jogou o papel higiênico e o removedor de esmalte no chão.

— Vou perguntar mais uma vez — disse secamente. — São despedidas de solteiro, seu pequeno negócio?

— É — disse Steph depois de uma pausa. — E Graham não poderia jogar nas minhas costas. Não sou homem. Não posso estuprar ninguém, posso?

— Ele poderia dizer que você era o cérebro da operação. Poderia até mesmo dizer que você o obrigou. Ele *dirá* as duas coisas. Será sua palavra contra a dele. Aposto que você fazia toda a administração, não é, mantendo todos os registros, como faz para os chalés?

— Mas... Não seria justo ele dizer isso — protestou Steph. Charlie notara, em seus anos na polícia, que todos sentiam ter direito a um tratamento justo, mesmo os sociopatas mais impiedosos e depravados. Como muitos criminosos que Charlie conhecera, Steph estava horrorizada com a ideia de que poderia não ser tratada com justiça. Era muito mais fácil quebrar as regras, éticas e legais, se as outras pessoas continuavam a segui-las.

— Então, de quem foi a ideia? Do negócio? Despedidas de solteiro com estupro ao vivo. Inspirado, aliás. Bem-feito. Imagino que seus pequenos espetáculos eram populares.

— Foi ideia de Graham, tudo isso.

— Não de Robert Haworth? — perguntou Gibbs.

Steph balançou a cabeça.

— Nunca gostei disso — falou. — Sabia que era errado.

— Então você sabia que as mulheres não eram atrizes — disse Charlie. — Sabia que estavam sendo estupradas.

— Não, achei que eram atrizes.

— Então por que era errado?

— Era errado de qualquer forma, mesmo as mulheres querendo fazer.

— Ah, mesmo? Por quê?

Steph procurou algo para dizer. Charlie quase podia ver as engrenagens se movendo dentro da cabeça: rotações lentas, com estalos.

— Os homens que vinham... Podiam ver os espetáculos que nós... Os espetáculos que Graham fazia e... Ter ideias erradas. Poderiam achar que tudo bem fazer aquilo com mulheres.

— Diga a porra da verdade! — berrou Charlie, agarrando Steph pelos cabelos. — Você sabia, não é, sua putinha de merda? Sabia que aquelas mulheres estavam sendo estupradas!

— Ai! Me solte, você está... Certo, eu sabia!

Charlie sentiu o aperto da mão diminuir. Ela havia arrancado um chumaço de cabelos de Steph, deixando gotas de sangue no couro cabeludo. Gibbs observou, impassível; poderia estar olhando para uma partida de rúgbi tediosa na tela de uma televisão pela diferença que teria feito em sua expressão e seu comportamento.

Steph começou a fungar.

— Eu não faço parte disso. Também sou vítima — disse, esfregando a lateral da cabeça. — Eu não queria fazer, Graham me obrigou. Disse que não podia correr o risco de pegar mulheres na rua com frequência grande demais, então eu tinha de atuar como vítima na maioria das vezes. O que quer que ele tenha feito com aquelas mulheres uma ou duas vezes, fez comigo centenas a milhares de vezes. Alguns dias eu ficava tão machucada que não podia sequer me sentar. Você não pode imaginar como é, pode? Não tem ideia de como é para mim, então não...

— Você antes se descreveu como encenando — Charlie disse. — Graham era seu marido. Você dormia com ele de qualquer maneira. Por que não fazer isso na frente de uma plateia e ganhar algum dinheiro? Muito dinheiro, provavelmente.

— Graham me estuprou, assim como estuprou as outras — Steph insistiu.

— Mais cedo você descreveu seu papel no jogo como "estafante" — Charlie disse. — Não traumático, horrendo, aterrorizante, humilhante. Estafante. Uma forma curiosa de se referir a ser interminavelmente estuprada na frente de plateias, não é? Soa muito mais convincente como uma descrição de participar de espetáculos de sexo ao vivo voluntariamente, noite após noite. Isso, posso imaginar, seria estafante.

— Eu não fazia isso voluntariamente. Eu odiava! Eu disse a Graham: me dê um pântano para limpar todo dia em vez de me obrigar a fazer *isso*.

— Então por que não ligou para a polícia? Poderia ter interrompido a coisa toda com um telefonema.

Steph piscou várias vezes com o absurdo da ideia.

— Não queria colocar Graham em apuros.

— Mesmo? A maioria das mulheres gostaria muito que um homem que as estuprou apenas uma vez ficasse em apuros, quanto mais centenas de vezes.

— Não, elas não iriam querer, não quando é o marido delas! — disse Steph, limpando o rosto molhado com as costas da mão.

Charlie era obrigada a admitir que ela tinha razão. Seria possível que Steph fosse uma participante relutante? E também Robert Haworth? Será que Graham teria forçado o irmão a sequestrar e estuprar Prue Kelvey?

— Graham não é má pessoa — disse Steph. — Ele apenas... Ele vê o mundo de um modo diferente, apenas isso. De seu próprio modo. As mulheres têm fantasias de estupro o tempo todo, não? É o que ele diz. E ele não as machuca fisicamente.

— Você não acha que estupro seja dano físico, sua piranha idiota? — disse Gibbs.

— Não, não acho — disse Steph, indignada. — Não necessariamente. É apenas sexo, não? Graham nunca bateria em alguém ou faria com que precisasse ir a um hospital.

Ela se virou para Charlie, ressentida.

— Olhe, Graham realmente teve uma infância terrível. A mãe era uma piranha e uma bêbada, e o pai não dava a mínima. Era a família mais pobre da aldeia. Mas isso forjou Graham, como ele sempre diz. As pessoas a quem nunca aconteceu nada de ruim são as *azaradas*, não as sortudas. Nunca aprendem de que são feitas, o que poderiam fazer se realmente enfrentassem algo.

— Você o está citando? — perguntou Charlie.

— Só estou dizendo que você não o entende, e eu sim. Depois que o pai foi embora, a mãe se organizou e abriu um negócio...

— Sim, um negócio de sexo pelo telefone — disse Charlie.

— Empreendedora, ela.

— Graham diz que ela deixou de ser uma piranha amadora para se tornar uma piranha profissional. Ele sentia vergonha dela. Mas ficou satisfeito com o negócio em certo sentido, porque finalmente tinham algum dinheiro e ele pôde escapar. Ele se educou e se tornou alguém.

— Ele se tornou um sequestrador e estuprador, isso sim — disse Gibbs.

— É um empresário de sucesso — disse Steph, orgulhosa.

— Ano passado comprou para meu carro uma placa personalizada que custou cinco mil — contou, suspirando. — Muitos negócios têm nos bastidores coisas acontecendo que se todos soubessem...

— Como vocês anunciam? — perguntou Gibbs, interrompendo as justificativas patéticas dela. — Como atraem clientes?

— Principalmente sites de bate-papo na internet. E muito boca a boca — contou em voz entediada. — Graham cuida disso. Ele chama de recrutamento.

— As plateias, fazem reservas em grupo?

Charlie anuiu para a pergunta de Gibbs. Era importante. Deixaria que ele assumisse por ora. Seu interesse naquilo era pessoal demais; Gibbs estava pensando na mecânica da operação.

— Apenas muito eventualmente. Certa vez tivemos um grupo, com algumas mulheres nele. Isso foi incomum. Normalmente são reservas individuais, e Graham nunca aceita reservas de mulheres; os homens na plateia não gostariam disso.

— Como exatamente funciona? — pergunta Gibbs. — Um homem de casamento marcado procura Graham querendo uma de suas despedidas de solteiro especiais, e então o que acontece?

— Graham encontra os outros homens para compor um grupo entre dez e quinze.

— Como ele os encontra?

— Eu lhe disse. Principalmente conversando com pessoas na internet. Ele está em todas essas... Cibercomunidades pornô. Tem muitos contatos.

— Amigos em altas posições — murmurou Charlie.

— Então esses homens passam suas despedidas de solteiro com pessoas que nunca viram antes? — perguntou Gibbs.

— É — disse Steph, como se isso fosse óbvio. — A maioria dos homens não pode convidar seus amigos habituais, não é? A chance é de que seus amigos habituais não estejam nessa, então nossos clientes não iriam querer que soubessem que estavam. Entende o que quero dizer?

Charlie anuiu, sentindo o desgosto se espalhar por seu corpo como um lento veneno insípido.

— Homens normais querem passar suas despedidas de solteiro com os amigos — disse Gibbs em voz baixa. — Isso é o que interessa. Não assistindo a um estupro, com estranhos. Isso não é uma despedida de solteiro.

— Então Graham reúne de dez a quinze pervertidos perturbados para cada estupro, e o que acontece a seguir? — pergunta Charlie. Os homens se encontram antes, se conhecem?

— Não, claro que não. Eles não querem se conhecer. Só querem passar uma noite com pessoas que pensam igual e que nunca verão novamente. Não usam sequer os próprios nomes. Assim que reservam, Graham lhes dá um novo nome, que irão usar pela noite toda. Veja, espero receber algum crédito por toda ajuda que estou dando. Não podem dizer que não estou colaborando.

Uma memória desagradável subiu à superfície dos pensamentos de Charlie.

— Graham não deveria ser negligente, sempre se esquecendo das reservas dos chalés?

Steph franziu o cenho.

— Sim, mas eu cuido dos chalés. Graham não é apaixonado por eles, não comparado com suas despedidas de solteiro. Quando realmente se interessa por algo ele faz direito, cem por cento.

— Que admirável — disse Charlie.

Steph aparentemente não captou o sarcasmo.

— Sim. Ele sempre se preocupa em não colocar os clientes em risco. Realmente se preocupa em protegê-los, é sua principal regra. Sempre cuidar do cliente, nunca morder a mão que o alimenta.

— Estou ansioso para dizer a ele que todos os seus clientes serão acusados de cumplicidade com estupro — disse Charlie.

Steph estava balançando a cabeça.

— Você não pode fazer isso — disse.

Ela estava tentando se apresentar como uma fonte de informações objetiva, tentando esconder o triunfo em sua voz, mas Charlie o ouviu.

— O que disse sobre as mulheres serem todas atrizes remuneradas; essa é a versão oficial. Graham diz a todos que reservam, caso caia merda no ventilador, que todos os homens devem dizer que acreditavam plenamente que as mulheres eram participantes voluntárias, que era tudo um espetáculo, que o estupro não era real. Por isso Graham faz todo o sexo e os homens apenas assistem, embora a maior parte do tempo eles provavelmente queiram participar. Para que não possam ser responsabilizados por nada. Você não pode provar que qualquer de nossos clientes sabia que as mulheres estavam sendo forçadas a fazer sexo.

— Você acabou de nos contar — disse Gibbs, nada impressionado com a lógica dela. — Ambos ouvimos você explicar isso muito claramente. É só do que precisamos.

— Mas... Não está no papel nem nada — disse Steph, ficando pálida.

— Você realmente acha que não vamos quebrar esses homens? Acha que eles não vão falar, se entregar? — reagiu Charlie, se inclinando sobre a mesa. — Há demasiado deles, Steph. Alguns irão desistir e contar o que tiverem a contar, porque estarão se borrando de medo. Irão cair na mesma mentira na qual você caiu: que falar os ajudará a escapar da prisão.

O lábio inferior de Steph tremeu.

— Graham vai me matar. Ele vai me culpar, e isso não é justo! Só estávamos oferecendo um serviço, só isso. Diversão. Os homens não fizeram nada errado, não tocaram naquelas mulheres.

— Você preparava a comida? — perguntou Gibbs. — Os jantares elaborados? Ou Robert Haworth fazia isso? Sabemos que ele estava envolvido nos estupros, e sabemos que já foi chef.

Charlie escondeu sua surpresa. Robert Haworth, um chef?

— Eu cozinhava — disse Steph.

— Isso é outra mentira?

— Ela está tentando proteger Robert porque é irmão de Graham — disse Charlie. — Se Graham é sentimental com os clientes, imagine como deve se sentir em relação ao irmão.

— Na verdade você está errada nisso — se vangloriou Steph. — Robert e Graham não se falam, há anos.

— Por quê? — Gibbs perguntou.

— Tiveram uma briga enorme. Robert começou a sair com... Uma das mulheres. Disse a Graham que ia se casar com ela. E então se casou com ela, o desgraçado idiota.

— Juliet? — perguntou Charlie. — Juliet Heslehurst?

Steph anuiu.

— Graham ficou furioso por Robert sequer pensar em chegar perto dela depois... Bem, você sabe. Era um grande risco para o negócio. Graham poderia terminar atrás das grades, e Robert nem ligou, simplesmente foi em frente e casou com ela — contou, os lábios retorcendo de raiva. — Graham é frouxo demais com Robert. Vivo dizendo que se Robert fosse meu irmão nunca mais falaria com ele.

— Achei que você disse que Graham não falava com ele — lembrou Charlie.

— É, mas continua tentando fazer as pazes. Eu sou a intermediária, e estou farta de levar mensagens de um lado para o outro. Ele é frouxo demais, meu marido. É Robert que sustenta a rixa — falou, franzindo o cenho, mergulhada em pensamentos. — Mas Graham diz que não pode desistir dele. Robert é o irmão menor, e ele sempre cuidou. Pelo menos mais que os pais inúteis.

— Então Graham estava disposto a perdoar Robert por ameaçar os negócios? — perguntou Gibbs.

— É. Para Graham, família é família, não interessa o que faça. Foi igual com a mãe e o pai. Foi Robert quem cortou com eles, os dois. Não disse uma palavra a eles depois que saiu de casa. Alegou que tinham falhado com ele. Bem, tinham, mas... Então disse a mesma coisa sobre Graham depois da briga por ter começado a ver a tal Juliet. Como se fosse a mesma coisa!

Antiga indignação, novamente expressa.

— Se Graham se importa com Robert, isso lhe dá uma razão para mentir sobre o envolvimento de Robert nos estupros — disse Charlie.

Steph franziu o cenho.

— Não estou falando nada sobre Robert.

— Ele estuprou Prudence Kelvey — disse Gibbs.

— Não sei do que você está falando. Não conheço esse nome. Veja, não lembro da maioria dos nomes das mulheres. Eu estava ocupada na cozinha a maior parte do tempo.

— Prue Kelvey foi estuprada no caminhão de Robert — Charlie disse a ela.

— Ah, certo. Nesse caso eu não saberia. Como não envolvia refeições, eu ficava fora disso. A não ser quando estava... Sendo a vítima.

— Por que a mudança de chalé para caminhão? — Gibbs perguntou.

Steph examinou as unhas.

— Bem?

Ela suspirou, como se as perguntas a estivessem irritando.

— O negócio dos chalés começou a ficar cada vez melhor. Chegou ao ponto em que havia pessoas, hóspedes por perto quase o tempo todo. Graham achou que era arriscado demais; alguém poderia ver ou ouvir alguma coisa. E o caminhão era... Móvel. Mais conveniente. Especialmente para mim. Eu estava farta de toda maldita cozinha. Também já tinha coisa demais sem aquilo. O único aspecto negativo é que não podemos cobrar tanto agora que oferecemos um pacote que não inclui jantar. Mas ainda fornecemos bebidas — disse Steph em uma voz aguda, defensiva. — Champanhe, de boa qualidade. Então não é que não ofereçamos nada a eles.

Charlie decidiu que ficaria bastante feliz se Steph Angilley morresse de repente de um ataque cardíaco imprevisto, mas particularmente doloroso. Gibbs parecia sentir o mesmo.

— Eu odeio Robert — confessou Steph lacrimosa, como se não conseguisse mais se conter. — Mudar o nome daquele jeito, o desgraçado. Só fez isso para ferir Graham, e funcionou. Graham ficou arrasado. Está em péssimo estado neste momento, desde que você contou a ele que Robert estava no hospital.

Ela cuspiu as palavras para Charlie, que tentou não se encolher ao lembrar de conversar com Simon pelo celular na frente de Graham. "Então, o que aconteceu a esse Haworth?", Graham perguntara descontraidamente depois. E Charlie contara sobre Robert, que dificilmente sobreviveria. Graham parecera chateado; Charlie se lembrava de pensar que era doce da parte dele se preocupar.

— Graham realmente se importa com família e a dele é uma merda — Steph continuou. — Até mesmo o irmãozinho se tornou um traidor. Quem Robert pensa que é? Ele, sim, estava errado, não Graham. É tão injusto! Todos sabem que não se misturam negócios e prazer, e você certamente não tenta destruir os negócios do irmão. Ele também fez isso novamente.

— O quê?

— Aquela tal Naomi com quem você esteve aqui antes. Robert devia estar transando com ela, porque ela tentou reservar um chalé para os dois. Fingiu que também se chamava Haworth, mas eu soube quem era assim que ouvi o nome Naomi. Graham ficou cuspindo fogo. "Robert fez de novo", disse.

Charlie tentou limpar a cabeça. Não havia nada como conversar com uma pessoa muito idiota para produzir uma espécie de claustrofobia mental.

— Graham e Robert não se falam. Mas vocês usam o caminhão dele para suas despedidas de solteiro.

— É — confirmou Steph. — Graham tem uma chave.

— Quer dizer que Robert não sabe que vocês usam o caminhão para as despedidas? — perguntou Gibbs com incredulidade na voz. — Ele deve notar que não está lá algumas noites. Graham finge usar o caminhão para algum outro propósito? Charlie não gostou do tom das perguntas de Gibbs. Por que estava tentando arrumar um modo de Robert não ser culpado de nada? Sabiam que Haworth estuprara Prue Kelvey — havia evidências sólidas e incontroversas para provar isso.

Steph mordeu o lábio, parecendo desconfiada.

Gibbs tentou novamente.

— Se Robert não quer nada com Graham, por que deixá-lo usar o caminhão? Por dinheiro? Graham o aluga dele?

— Não vou falar nada sobre Robert, certo? — disse Steph, cruzando os braços. — Do jeito que está, Graham vai querer me matar. Se eu falar sobre Robert ele realmente vai me assassinar. Ele é muito protetor em relação ao irmãozinho.

28

Domingo, 9 de abril

É mais de meia-noite quando chego à minha casa. Peguei uma carona com um jovem caminhoneiro falante chamado Terry, e cheguei em segurança. Não fiquei nervosa por estar no veículo de um estranho. Todas as piores coisas que poderiam me acontecer já aconteceram. Eu me sinto imune ao perigo.

O carro de Yvon não está aqui. Deve ter voltado para Cambridge, para a casa de Ben. Sabia que ela faria isso quando saí de casa ontem sem dizer para onde estava indo. Yvon é uma daquelas pessoas que não conseguem ficar sozinhas. Precisa de uma presença forte na vida, alguém em quem confiar, e meu comportamento recente tem sido imprevisível demais. Ela imagina que a vida com Ben Cotchin será mais segura.

O clichê "O amor é cego" deveria ser substituído por um mais preciso: "O amor é inconsciente." Como você, Robert. Se me perdoa a piada doentia. Yvon vê tudo que Ben faz, mas não consegue chegar às conclusões certas. É a cabeça dela que não funciona direito, não os olhos.

Vou diretamente ao ateliê, destranco a porta e pego o maior dos meus macetes, sopesando-o na palma da mão. Acaricio sua cabeça dourada com os dedos. Sempre achei macetes prazerosos de segurar; gosto da ausência de linhas retas. Eles têm a mesma forma dos pilões que algumas pessoas usam para transformar ervas em pastas, mas são feitos de madeira e bronze. Com este em minha mão, eu poderia causar danos graves, e é o que quero fazer.

Pego um pedaço de corda no chão, sob a mesa de trabalho, depois mais um pouco. Não tenho ideia de quanto é o bastante. Estou acostumada a amarrar relógios de sol embrulhados, não homens. No final, decido levar toda a corda que tenho e um par de tesouras. Tranco o ateliê, volto ao meu carro e dirijo até a casa de Charlie.

Ninguém poderia me culpar pelo que estou prestes a fazer. Estou prestando um serviço, um necessário. Não há alternativa. Graham Angilley nos atacou a todas há muito tempo — Juliet, eu, Sandy Freeguard. Simon Waterhouse me contou na quarta-feira que o índice de condenação por estupros antigos é baixo, e Charlie disse que não há evidências de DNA do ataque a Sandy Freeguard. Apenas a Prue Kelvey, e Angilley não tocou nela. Seria a palavra dele contra a minha.

A casa de Charlie está escura, como estava quando Terry, o caminhoneiro — seu colega, como gosto de pensar nele — me deixou diante dela há quarenta e cinco minutos, para pegar meu carro. Não estava preparada para entrar então, desarmada.

O imóvel parece vazio, irradia uma imobilidade fria. Se seu irmão Graham está do lado de dentro, deve estar adormecido. Pego as chaves de Charlie e, o mais silenciosamente que consigo, testo uma após a outra na fechadura. A terceira funciona. Eu a viro muito lentamente, depois, centímetro a centímetro, abro a porta da frente.

Segurando o macete na mão, espero que meus olhos se acostumem à escuridão. Quando isso acontece, começo a subir as escadas. Um degrau range leve, mas não o suficiente para acordar alguém que dorme, inconsciente. No andar de cima há três portas. Imagino que levem a dois quartos e um banheiro. Entro na ponta dos pés nos quartos, um depois do outro. Ninguém. Confiro o banheiro: também vazio.

Não estou tão assustada quanto provavelmente deveria. Retornei ao modo eu-posso-fazer-tudo. Da última vez que me senti assim fui à delegacia e contei a um detetive que você havia me estuprado.

Graças a Deus que o fiz. Foi graças a mim que a tentativa de Juliet de matá-lo fracassou.

Desço novamente, segurando o macete ao nível da cabeça para o caso de precisar usá-lo de repente. Coloquei a corda sobre o braço e a alça da bolsa no pescoço. Abro a única porta do saguão e encontro uma comprida sala estreita com portas de vidro abertas no meio, dando para uma pequena cozinha bagunçada com muita louça suja empilhada do lado da pia.

Satisfeita por não haver ninguém em casa, fecho as cortinas da sala e tateio as paredes perto da porta até achar o interruptor. Se Graham Angilley vier à casa e vir uma luz acesa irá supor que é Charlie. Irá tocar a campainha. Abrirei a porta, mas não o suficiente para que me veja. Depois me esconderei atrás dela, e quando ele a abrir e entrar, baixarei o macete em sua cabeça.

Pisco, atordoada com o repentino brilho forte na sala. Vejo uma luminária e então a ligo, desligando novamente a luz principal. Há um bilhete na mesa, junto à base da luminária. Ele diz: "Onde você está, cacete? Não deixou a chave. Fui arrumar algo para comer e tomar umas bebidas fortes. Volto mais tarde. Ligue para o meu celular quando receber esta mensagem — m. preocupação. Espero que o que estiver fazendo não seja loucura/mortal."

Largo o pedaço de papel assim que acabo de ler. Não quero segurar a caligrafia do seu irmão, não quero que ela toque minha pele. A mensagem me confunde. Por que Angilley precisaria de uma chave? Ele já deveria estar dentro da casa para poder colocar o bilhete na mesa. Depois me ocorre que, se queria sair, precisaria ser capaz de entrar novamente. Provavelmente está em algum lugar próximo, telefonando regularmente para ver se Charlie voltou. Mas ninguém ligou desde que estou aqui. Por que não está tentando o fixo?

E a porta da frente estava trancada quando cheguei. Quem a trancou se Angilley não tem chave?

Tiro o celular de Charlie da minha bolsa. Está desligado. Eu o ligo, mas não sei a senha, então não posso acessar mensagens que Angilley tenha eventualmente deixado.

m. preocupação. Espero que o que estiver fazendo não seja loucura/mortal. Ele se importa com ela. Dor e amargura crescem dentro de mim como uma maré. Não há nada pior do que ser confrontada com provas de que uma pessoa que quase a destruiu é capaz de ser gentil com alguém mais.

Estremeço, me dizendo que não é possível. Charlie Zailer não pode ser amante de Graham Angilley. Na segunda-feira, eu poderia ter falado com qualquer detetive sobre seu desaparecimento; dei a ela o cartão do Silver Brae Chalets por engano. E por acaso está dormindo com seu irmão?

Não acredito em coincidências.

Ouço a porta de um carro se abrir e fechar na rua. Depois é desligado. Tem de ser ele. Corro para o saguão, assumo minha posição junto à porta da frente. Jogando a corda no chão aos meus pés, agarro a maçaneta, pronta para girar assim que a campainha tocar. Apenas uma pequena virada suave deve bastar.

Então ouço o barulho que imagino a porta fará quando abri-la. Só que não estou imaginando; estou realmente ouvindo. Dentro da casa — o som vem de trás de mim, onde deveria haver silêncio. Chocada, afrouxo o aperto no macete e ele cai no chão. Engulo um grito e me curvo para pegá-lo, mas não consigo ver. Minhas mãos ficam presas nas voltas da corda.

O saguão está mais escuro que há alguns segundos. Como pode ser? Será que o barulho que ouvi foi o som de uma lâmpada queimando? Não; a porta do saguão quase se fechou. Controle-se, digo a mim mesma, mas meu coração acelera, descuidado. Preciso retomar o controle.

Ouço passos no passeio que leva à porta. Eu me agacho, tateando o chão para encontrar meu macete. "Onde está?", sussurro, desesperada. A campainha toca. Uma voz feminina diz:
— Char? Charlie?
Prendo a respiração. Não é seu irmão. Não tenho ideia de o que fazer agora. Quem mais poderia ser? Quem aparece à uma hora da manhã?
Ouço a voz murmurar:
— Que porra de boas-vindas é esta?
Mas não ouso abrir a porta. Meus dedos se fecham ao redor do macete. Devo dizer algo?
— Charlie, abra a porta, por Cristo.
A mulher parece frenética. Deve ser quem escreveu o bilhete que encontrei, não Graham Angilley. Mas o bilhete estava na sala, na mesa. Não no carpete do saguão perto da caixa de correio, onde deveria...
A mulher esmurra o vitral. Deixo o macete no chão e engatinho de volta à sala, abrindo a porta com a cabeça. É quando o vejo. Está de pé, pés bem separados, no centro da sala. Sorrindo para mim.
— Naomi Jenkins, assim como eu vivo e respiro — ele diz.
O pânico me sufoca. Tento me levantar, mas ele me puxa para ele, colocando a mão sobre minha boca. Tem gosto de sabonete.
— Shh — ele diz. — Escute. Consegue ouvir? Passos. Mais silenciosos, mais silenciosos e... Lá se vão! A irmãzinha de Charlie está enfiando seu corpinho gordo no carro.
Ouço o motor de novo. O toque dele corrói minha pele. Estou ficando fora de mim.
— Lá vai ela. Adeuzinho, Fat Bitch Slim — diz. Ainda apertando a mão sobre minha boca, ele coloca os lábios no meu ouvido e sussurra: — Olá você.

29

9/4/06

Pela primeira vez em sua carreira na polícia, Simon estava contente de ver Proust. Fora ele quem telefonara para o inspetor, pedira que viesse. Quase suplicara. Qualquer coisa era melhor que ficar sozinho com seus pensamentos. Há algo errado com minha vida se, em situação extrema, eu me volto para o Homem de Neve, Simon pensou. Mas quem mais havia ali? Com Charlie fora, ele não conseguia pensar em ninguém cuja companhia o fizesse se sentir melhor. Ligar para seus pais estava fora de questão. No minuto em que intuíssem qualquer tipo de problema, suas vozes seriam tomadas por alarme e Simon teria de deixar suas preocupações de lado para confortá-los.

Ele ainda pensava em Charlie como estando sumida, embora Sellers tivesse telefonado dando notícias. Sabia onde ela estava, que Gibbs estava com ela, que estava em segurança. Também sabia que ela fora para cama com Graham Angilley. Um estuprador em série. Sem saber o que ele era, quem ele era. A ideia deixava Simon em pânico. Como Charlie poderia ser a mesma depois de uma experiência dessas? O que ele deveria dizer quando a visse novamente?

Supondo que um dia a visse novamente. Ela sumira sem lhe dizer uma palavra. Mesmo agora, tendo conhecimento de que ele sabia onde estava, não ligara. Seu telefone estava na bolsa que Naomi Jenkins levara, mas ela poderia ter usado o de Gibbs.

Ela falou com Sellers e Gibbs. É só com você que não quer falar.
Bem, por que deveria, cacete? Que utilidade Simon já tivera para Charlie? Alguns meses antes ela chamara a atenção para uma música que tocava no rádio do carro dele quando iam para uma reunião na delegacia de Silsford. Simon ainda lembrava da letra; era sobre uma pessoa dar a outra nada além de dor. Charlie dissera: "Não sabia que você era fã do Kaiser Chiefs. Ou está tocando essa música por alguma outra razão?" Ela inicialmente parecera desdenhosa, depois desapontada quando Simon lhe disse que era o rádio, não um CD. Ele não escolhera a música, nem sequer a conhecia.

A chegada de Proust o impediu de pensar em qual música escolheria naquele momento. O inspetor tinha os olhos vermelhos e a barba por fazer.

— São duas da manhã, Waterhouse. Você interrompeu um sonho. Agora nunca saberei como ele termina.

— Um sonho bom ou ruim? — perguntou Simon, ganhando tempo. Postergar a descompostura o máximo possível.

— Não sei. Lizzie e eu tínhamos acabado de comprar uma casa nova e nos mudado. Era muito maior do que a nossa atual. Chegamos cansados e fomos direto dormir. Não sei mais graças a você.

— Um sonho ruim — disse Simon. — Sei como termina. O senhor se dá conta de que cometeu um erro terrível comprando a casa nova. Mas a velha já foi vendida para pessoas que a adoram e estão determinadas a ficar. Não há como consegui-la de volta. Um pesadelo de arrependimento eterno.

— Encantador — disse Proust, parecendo mal-humorado. — Muito obrigado por isso. Já que está com disposição para tagarelar, talvez pudesse explicar por que me acordou para dar informações que poderia facilmente ter dado esta tarde.

— Eu não sabia então que Charlie levara Naomi Jenkins para a Escócia com ela.

Proust franziu o cenho.

— Por que não?

— Eu... Eu não deveria estar prestando atenção quando ela me contou.

— Ahnn. Está ouvindo isso, Waterhouse? O som de mal disfarçado ceticismo? Você e a sargento Zailer são como gêmeos siameses. Você sempre sabe onde ela está, com quem está, o que comeu no café da manhã. Por que não desta vez?

Simon não disse nada. Estranhamente, se sentia melhor agora que o Homem de Neve lhe dava uma bronca; sentia como se tivesse transferido algo, algo de que estava contente de se livrar.

— Então vamos esclarecer isso: você só soube que a sargento Zailer tinha levado Jenkins para a Escócia pelo telefonema de Sellers, é isso que está dizendo?

— Sim, senhor.

— E quando recebeu esse telefonema?

— No meio da tarde.

— E por que não me contou então? Poderia ter me poupado o problema de vestir o pijama.

Simon estudou seus sapatos. Naquele momento ele achava que conseguiria dar conta. Ficara mais nervoso à medida que a noite avançava, sem que Charlie entrasse em contato. Esperava que ligasse desde o telefonema de Sellers, para dizer a Simon o que queria que fizesse. Mas ela não fizera isso, e de repente lhe parecera extremamente possível que nunca o faria. Nesse caso, Simon precisava contar a Proust uma dose suficiente da verdade para se proteger.

Os olhos do inspetor se apertaram, prontos para escrutinar cada nova mentira que brotasse.

— Se a sargento foi a esse lugar de chalés para prender o dono e sua esposa, por que não o levou com ela e mais alguns policiais? Por que levar Naomi Jenkins, que é na melhor das hipóteses uma testemunha e na pior uma suspeita?

— Talvez quisesse que Jenkins identificasse Angilley como o homem que a agredira.

— Bem, essa não é a forma de fazer isso! — disse Proust, com raiva. — Essa é a forma de ter seu carro e sua bolsa roubados. Como ficou evidente. Por que a sargento Zailer seria tão idiota? Ela colocou em risco a si mesma e a Jenkins, e todo o nosso trabalho duro...

— Acabei de receber um telefonema da polícia da Escócia — interrompeu Simon.

— Acho mais difícil acreditar nisso do que em qualquer coisa que ouvi até agora. Aquele bando é inútil.

— Acharam o carro de Charlie.

— Onde?

— Não longe do Silver Brae Chalets. Cerca de seis quilômetros e meio seguindo a estrada. Mas a bolsa foi levada.

Proust suspirou fundo, esfregando o queixo.

— Há tantos aspectos dúbios nisto que mal sei por onde começar, Waterhouse. Por que Naomi Jenkins, tendo ido à Escócia identificar seu estuprador, de repente resolveria roubar um carro e fugir, efetivamente começando a se comportar como uma criminosa?

— Não sei, senhor — Simon mentiu.

Ele não podia contar ao inspetor o que Sellers lhe dissera: que Naomi não confiava mais em Charlie, que sabia sobre o envolvimento de Charlie com Graham Angilley por causa de algo que Steph dissera.

— Fale com a sargento Zailer — disse Proust, impaciente.

— Algo deve ter acontecido, não é mesmo? Nos chalés. A sargento Zailer deve saber o que é, e você também já deveria. Quando falou com ela pela última vez?

— Antes da partida dela — Simon admitiu.

— O que você não está me contando, Waterhouse?

— Nada, senhor.

— Se a sargento Zailer foi ao Silver Brae Chalets prender os Angilley, por que Sellers e Gibbs também foram para lá separadamente? É necessário três deles? Um detetive com apoio uniformizado teria sido adequado.

— Não estou certo, senhor.

Proust deu uma pequena volta ao redor de Simon.

— Waterhouse, você já me conhece bastante bem. Não diria isso? Você deveria saber que se há uma coisa que detesto mais que ouvir uma mentira é ouvir uma mentira no meio da noite.

O silêncio era o melhor que Simon podia fazer. Ficou pensando se em certa medida não queria que Proust o quebrasse, arrancasse a história toda dele. Charlie e Graham Angilley. Será que o Homem de Neve poderia dizer algo que o fizesse se sentir melhor com isso?

— Talvez eu devesse perguntar a Naomi Jenkins. É improvável que ela seja menos prestativa que você. O que está sendo feito para encontrá-la?

Finalmente uma pergunta que Simon podia responder sinceramente.

— Alguns policiais uniformizados estão no hospital. Sellers disse que Charlie está certa de que é para onde Jenkins irá, de modo a ver Robert Haworth.

— Então você e a sargento estão se comunicando por intermédio de Sellers. Interessante — disse o inspetor, dando outra volta em torno de Simon. — Por que Jenkins quer ver Robert Haworth? Ela sabe que ele estuprou Prudence Kelvey, não é mesmo? A sargento Zailer contou a ela?

— Sim. Não sei por que quer vê-lo, mas aparentemente quer. Muito.

— Waterhouse, são duas da maldita manhã! — disse Proust, batendo no relógio. — Ela já estaria lá se fosse para onde estava indo. A sargento Zailer tem de estar errada. Temos alguém diante da casa de Jenkins?

Merda.

— Não, senhor.

— Claro que não temos. Ingenuidade a minha — disse ele, a voz mais fina; as palavras eram projetadas sobre Simon como chumbinho. — Mande alguém para lá assim que possível. Se não estiver lá, tente a casa do ex-marido de Yvon Cotchin. Depois os pais de Jenkins. Estou chocado de me ouvir dizendo tudo isto, Waterhouse.

Como se temendo ter sido sutil demais em sua desaprovação, Proust berrou:

— Qual o problema com você? Você não precisa de um velho bêbado de sono como eu para lhe dizer o básico!

— Estive ocupado, senhor — falou. Todos os outros estão na porra da Escócia. *Senhor.* — Charlie disse que Jenkins iria direto para o hospital. Como foi a última de nós a falar com ela, supus que soubesse o que estava falando.

— Encontre Jenkins, e logo! Quero saber por que ela se evadiu. Nunca gostei do álibi dela para o período no qual Robert Haworth deve ter sido atacado. A palavra da melhor amiga é tudo que temos, e essa mesma amiga criou o site de Graham Angilley na internet!

— Nunca disse que tinha problemas com o álibi, senhor — murmurou Simon.

— Estou dizendo agora, não estou? Tenho um problema com toda esta bagunça confusa, Waterhouse! Círculos dentro de círculos, é o que isto é. Estamos perseguindo nossas caudas! Olhe aquela grande massa preta — disse, apontando para o quadro branco na parede da sala dos detetives, no qual Charlie escrevera com marcador preto os nomes de todos os envolvidos no caso, com setas entre eles sempre que havia uma ligação. Proust estava certo: havia mais ligações do que seria de esperar. O diagrama de Charlie agora lembrava uma aranha com obesidade mórbida — uma enorme massa negra de linhas, setas, círculos, curvas. A forma do caos.

— Você já viu algo tão insatisfatório? — cobrou Proust. — Porque eu nunca vi!

Por falar em insatisfatório, pensou Simon.

— Juliet Haworth parou de falar, senhor.

— Ela chegou a começar?

— Não, eu digo parou totalmente. Tentei duas vezes, e nas duas ela ficou totalmente em silêncio. Sabia que isso ia acontecer. Quanto mais perto ela achar que estamos da verdade, menos irá dizer. Há evidências suficientes para condená-la, mas...

— Mas isso não é bom o suficiente — disse Proust, completando a frase de Simon. — Por mais que eu gostasse de uma condenação aqui para agradar os figurões, quero saber o que aconteceu. Quero um quadro claro, Waterhouse.

— Eu também, senhor. Está ficando mais claro. Sabemos como Angilley escolhia suas vítimas a partir de sites, pelo menos duas delas de sites criados por Yvon Cotchin.

— E quanto a Tanya, a garçonete de Cardiff que se matou, a que não sabia ortografia? Ela também tinha um site?

— Ela é a exceção — admitiu Simon. — Podemos explicar as plateias nos estupros; Angilley estava vendendo despedidas de solteiro violentas. Já encontramos referências à operação dele em salas de bate-papo na internet. Foi o que estive fazendo...

— Em vez de falar com sua sargento ou tentar encontrar Naomi Jenkins — destacou Proust. — Ou me contar a verdade sobre o que realmente está acontecendo em sua mente peculiar ou em sua vida ainda mais peculiar, Waterhouse. Se perdoa minha objetividade.

Simon ficou paralisado. Essa estava entre as coisas mais dolorosas que ele havia lhe dito ao longo dos anos. Charlie teria dito: "Peculiar, no que diz respeito ao Homem de Neve, é qualquer homem que não tem em casa uma esposa que assa pão e cerze meias." Simon podia ouvir claramente a voz dela em sua cabeça, mas não era a mesma coisa que tê-la consigo.

Sua vida *era* peculiar. Ele não tinha namorada, não tinha amigos de verdade afora Charlie.

— Sellers pegou uma pilha de evidências no Silver Brae Chalets — continuou. — Angilley tinha tudo belamente arquivado, como se fosse totalmente legítimo: números de contato de dezenas de homens e uma lista de vinte e três nomes de mulheres: aparentemente antigas vítimas e futuras. Alguns nomes com datas e marcações ao lado, outros sem. Sellers procurou todas as mulheres no Google; ou têm seus próprios sites ou uma página no site de uma empresa. São todas profissionais...

O telefone diante de Simon começou a tocar. Ele atendeu.

— ID Waterhouse, sala de detetives — disse automaticamente. Não seria Charlie: ela teria ligado para seu celular.

— Simon? Graças a Deus, cacete!

Seu coração acelerou. Não era Charlie. Mas soava um pouco como ela.

— Olivia?

— Eu perdi seu celular, e passei a última hora sendo embromada, primeiro por um imbecil eletrônico, depois por um humano. Deixe para lá. Olhe, estou preocupada com Charlie. Pode mandar um carro da polícia à casa dela?

Os nervos de Simon zumbiam enquanto ele dizia a Proust:

— Mande policiais fardados com luzes piscando para a casa de Charlie — falou. Ele nunca antes dera uma ordem ao Homem de Neve.

Proust pegou um telefone na mesa adjacente.

— O que aconteceu? — Simon perguntou a Olivia.

— Charlie me deixou uma mensagem hoje; bem, ontem, imagino, só que ainda não dormi. Disse para passar na casa dela. Avisou que a chave estaria no lugar de hábito, e para eu entrar caso ainda não tivesse chegado.

— E?

Simon sabia sobre a chave que Charlie mantinha sob a lixeira. Deixara lá para ele em algumas oportunidades. Ele a censurara; qual o sentido de ser uma detetive se você deixava sua chave no primeiro lugar que um ladrão iria procurar? "Não tive energia mental para pensar em esconderijo melhor", dissera, cansada.

— Cheguei lá por volta de oito — contou Olivia. — Charlie não estava lá, nem a chave. Enfiei um bilhete pela caixa de correio, falando para ela me ligar. Fui ao pub, comi algo e tomei dois drinques, li meu livro, não ouvi nada. Acabei realmente preocupada e voltei à casa. Ainda não tinha voltado. Fiquei sentada no carro basicamente esperando por ela. Normalmente teria desistido e ido embora, mas a mensagem que ela tinha deixado... Soava realmente chateada. Quase me contou que algo ruim tinha acontecido.

— E? — perguntou Simon, fazendo muita força para manter a voz controlada. *Vá à porra do ponto.*

— Adormeci no carro. Quando acordei, a luz estava acesa na sala de Charlie e as cortinas fechadas. Antes estavam abertas.

Imaginei que tinha voltado, então fui até lá e toquei a campainha, pronta para dar uma bronca nela por não me ligar ao chegar em casa e ver meu bilhete. Mas ninguém abriu a porta. Sei que havia alguém lá, vi movimentos no saguão. Na verdade, estou certa de que eram duas pessoas. Uma delas devia ser Charlie, mas então por que não me deixou entrar? Você provavelmente acha que estou sendo neurótica, mas sei que algo está errado.

— Charlie está na Escócia — Simon contou. *E Graham Angilley não está.* — Ela não pode estar em casa.

— Tem certeza?

— Positivo. Foi uma coisa de último minuto.

— Ela voltou ao Silver Brae Chalets? — perguntou Olivia, soando mais como a jornalista que era. — Você telefonou e me fez todas aquelas perguntas sobre Graham Angilley... Por que porra Charlie não me contou que iria vê-lo novamente em vez de me fazer aparecer na casa dela como uma idiota? — reclamou, depois fez uma pausa antes de continuar. — Sabe por que ela estava tão chateada?

— Tenho de ir, Olivia — disse Simon, querendo desligar o telefone, querendo ir ele mesmo à casa de Charlie. Proust já vestira seu casaco.

— Simon? Não desligue! Se não é Charlie na casa, então quem é?

— Olivia...

— Eu poderia voltar para lá, quebrar uma janela e descobrir eu mesma! Só estou a cinco minutos de lá.

— Não faça isso. Olivia, está me ouvindo? Não posso explicar agora, mas acho que há um homem perigoso e violento na casa de Charlie. Fique bem longe. Prometa isso.

Seu fracasso em proteger Charlie o deixava ainda mais determinado a proteger a irmã dela.

— Prometa isso, Olivia.

Ela suspirou.

— Certo, então. Mas me ligue assim que puder. Quero saber o que está acontecendo.

Assim como Proust. Ele ergueu uma sobrancelha enquanto Simon desligava.

— Um homem perigoso e violento?

Simon anuiu, sentindo a pele esquentar.

— Graham Angilley.

Ele já estava indo na direção da porta, apalpando o paletó em busca das chaves do carro. Proust o seguiu; Simon ficou surpreso ao descobrir que o inspetor — normalmente tão lento e cuidadoso — podia correr mais rápido que ele.

Os dois homens estavam pensando a mesma coisa: Naomi Jenkins tinha a bolsa de Charlie, as chaves da casa dela. Se Olivia estava certa sobre ter visto duas pessoas, Naomi poderia estar dentro da casa com Angilley. Eles tinham de chegar lá rápido. O Homem de Neve esperou até estarem no carro, dirigindo ao dobro da velocidade permitida, antes de falar.

— É só uma coisinha, um pequeno detalhe, mas por que Graham Angilley está na casa da sargento Zailer? Como ele sabe onde ela mora?

Simon manteve os olhos na estrada. Não respondeu. Quando Proust voltou a falar, seu tom era silenciosamente cortês, os lábios apertados e brancos.

— Fico pensando em quantas pessoas serão dispensadas depois que isto tudo estiver terminado — especulou.

Simon se aferrou ao volante como se fosse tudo o que tivesse no mundo.

30

Domingo, 9 de abril

Graham Angilley está de pé acima de mim, com a tesoura que eu trouxe de casa. Corta o ar diante de meu rosto. As lâminas fazem um ruído metálico de fatiar. Na outra mão, ele segura meu macete.

— Quanta consideração sua vir bem equipada — ele diz.

Só há um pensamento girando em minha cabeça: ele não pode vencer. Não pode ser assim que a história termina, comigo sendo idiota o bastante para vir aqui sabendo que havia uma boa chance de ele estar aqui, levando comigo tudo de que precisa para me humilhar e derrotar. Tento não pensar em minha própria imprudência. Eu devia estar louca de achar que poderia superá-lo. Mas não posso me deter nisso. Há três anos eu me permiti me sentir impotente na presença dele, e isso fui: totalmente desamparada. Desta vez tenho de fazer tudo diferente.

Começando por não demonstrar medo. Não irei me encolher ou suplicar. Ainda não fiz isso, não quando ele levou a tesoura à minha garganta nem enquanto me amarrou a uma das duas cadeiras de madeira de espaldar reto na cozinha de Charlie. Fiquei em silêncio e tentei manter meu rosto impassível, inexpressivo.

— É como nos velhos tempos, não é? Com a exceção de que está vestida. Por ora.

Minhas mãos estão amarradas atrás da cadeira, e cada pé amarrado a uma das pernas de trás. A pressão nos músculos da minha coxa está se tornando pior que desconfortável. Angilley fecha a tesoura e a coloca na mesa da cozinha. Rola o macete nas duas mãos.

— Bem, bem — diz ele. — O que temos aqui? Um comprido objeto cônico com uma extremidade redonda cega. Eu desisto. É algum tipo de brinquedo sexual? Um grande consolo de bronze?

— Por que você não senta nele e descobre? — digo, esperando que ele pense que não sinto medo.

Ele sorri.

— Vai brigar desta vez, é mesmo? Faz bem, como nós de Yorkshire às vezes dizemos. Gosto de um pouco de variedade.

— Por isso você faz a mesma coisa o tempo todo: amarrar mulheres e estuprá-las? Você até diz a mesma coisa: "Quer um aquecimento antes do espetáculo?" Que fala ridícula — digo. Eu me obrigo a rir. O que quer que lhe diga, seja desafiadora ou tímida, não fará diferença em relação ao que ele faz a mim. Ele sabe como quer que isto termine. Nenhuma palavra minha o afetará de modo algum, porque não leva nada a sério. Perceber isso me permite falar livremente. — Você pode achar que é aventureiro, mas estaria perdido sem sua rotina idiota. Isso permanece o mesmo, quem quer que seja a mulher, seja Juliet, eu, Sandy Freeguard...

A pele ao redor dos olhos dele enruga quando o cenho franzido se torna um sorriso distorcido.

— Como sabe sobre Sandy Freeguard? Por Charlie Zailer, aposto.

— Ou por Robert — sugiro.

— Boa tentativa. Charlie lhe contou — Angilley diz, farejando o ar. — Sim, acho que identifiquei o inconfundível odor de solidariedade feminina e fortalecimento duplo. Vocês duas fazem colchas de retalhos juntas no tempo livre? Devem ser bastante próximas se você tem as chaves da casa. Um pouco antiprofissional da parte dela, eu diria. Mas não tão ruim quanto realizar as obras das trevas com você. Esse foi o mais sério *faux pas* da sargento até o momento.

Tento mudar de posição para deixar as pernas mais confortáveis, mas não funciona. Meus pés começam a formigar; logo estarão dormentes.

— Você parece sensual quando rebola e se remexe assim. Faça de novo.

— Vá se foder.

Ele coloca o macete na mesa.

— Teremos muito tempo para usar isso mais tarde — ele diz.

Minhas entranhas reviram. Tenho de mantê-lo falando.

— Fale sobre Prue Kelvey — digo.

Ele pega a tesoura e anda lentamente na minha direção. Um grito sobe pela minha garganta. Preciso de toda força de vontade para contê-lo. Se der o menor sinal de medo, não conseguirei fingir depois disso. Minha encenação tem de ser constante, impermeável. Ele ergue o colarinho de minha blusa e me diz para inclinar a cabeça para frente. Depois começa a cortar pela minha nuca. Sinto o metal frio da tesoura sobre minha pele.

Ele joga o colarinho no meu colo assim que é retirado.

— Que tal responder às minhas perguntas primeiro? Como meu irmão acabou quase morto no hospital? A boa sargento só me contou isso. Você o colocou lá, ou foi Juliet?

Ele parece menos frívolo agora. Como se desse valor.

Olho nos olhos dele pensando em se seria algum tipo de truque. Deixar que veja que isso tem importância para ele é como me dar uma arma. Mas talvez pense que não há nada que possa lhe fazer. Ele me amarrou a uma cadeira para se assegurar disso.

— É uma longa história — digo. — Minhas pernas estão doendo e não consigo sentir meus pés. Por que não me desamarra?
— Sempre faço isso no final, não faço? — diz Angilley, flertando. — Qual a pressa? Deveria destacar que se meu irmãozinho morrer e eu descobrir que foi você quem tentou assassiná-lo, *irei* matar você — diz, e corta o botão de cima de minha blusa.
— Que tal simplesmente fazermos sexo e encerrar isto? — sugiro, sentindo meu coração latejar em minha boca. — Não há necessidade de jogos preliminares.
O homem parece irritado, brevemente. Depois seu sorriso suave reaparece.
— Robert não vai morrer — digo.
Ele pousa a tesoura na mesa.
— Como você sabe?
— Estive no hospital.
Depois de uma pausa ele fala.
— E? Não faz sentido ser enigmática e misteriosa comigo, Naomi. Não se esqueça, eu a conheço por dentro — fala, piscando. — Você esteve no hospital e...
— Você não quer que Robert morra e não quero que Robert morra. Estamos do mesmo lado, o que quer que tenha acontecido entre nós no passado. Por que não me desamarra?
— Nenhuma chance, gracinha. Então, quem quer Robert morto? — o homem pergunta. — Alguém parece querer.
— Juliet — digo.
— Por quê? Porque ele estava provando você pelas costas dela?
Balanço a cabeça.
— Ela sabe disso há meses.
Pega a tesoura novamente.
— Minha paciência estava se esgotando quando esta conversa começou. Agora está anoréxica como Karen Carpenter.

Então, por que não é uma boa menina e me diz o que quero saber?

— Corta outro botão.

— Deixe minha roupa em paz — digo, enquanto o pânico cresce dentro de mim. — Você me desamarra e eu o levo para ver Robert no hospital.

— Você me leva? Ora, obrigado, fada madrinha.

— A única forma de você conseguir vê-lo é comigo — digo, inventando enquanto falo. — Ele não pode receber visitas, mas posso colocar você para dentro. A equipe me conhece. Fui vê-lo com Charlie.

— Pare de se vangloriar antes que se envergonhe. Eu por acaso fui ver Robert hoje. Há duas horas — diz o homem, rindo do meu choque, que evidentemente não consegui esconder. — Sim, isso mesmo. Entrei na unidade de terapia intensiva sozinho, como um meninão. Uma moleza. Há um teclado do lado de fora da ala com letras e números. Só tive de ver dois médicos entrando e decorar o código que foram gentis o bastante de teclar bem na minha frente — diz, pousando a tesoura, afastando a outra cadeira da mesa e se sentando ao meu lado. — Todos os equipamentos de vigilância e segurança, teclados, códigos de alarmes e tudo mais, tudo o que fazem é deixar as pessoas *menos* vigilantes. Nos velhos tempos, enfermeiras e médicos provavelmente ficavam de olhos abertos em busca de elementos ofensivos como *moi*. Mas não há necessidade, não mais. Agora que há um painel digital na porta e um código, um *código*, nada menos, todos podem circular com as cabeças nas nuvens, como ovelhas tomando Valium, confiando em que um equipamento desprezível cuidará da segurança por eles. Só foi preciso uma teclada rápida e estava do lado de dentro, passando pela porta em uma nuvem de invisíveis superbactérias resistentes a drogas.

— Como Robert está?
Seu irmão dá um risinho.
— Você o ama? É uma coisa de amor? É, não é?
— Como ele está? Diga.
— Bem... Posso ter tato e dizer que ele é um bom ouvinte?
— Mas ainda está vivo?
— Ah, sim. Na verdade está um pouco melhor. A enfermeira com quem flertei me contou. Já não está, como eles dizem, entubado. Eu deveria explicar, para o caso de você ter frequentado uma escola ruim, chega de tubos. Respira sozinho. E o velho coração estava pulsando. Vi na tela. A linha verde subia e descia, subia e descia... Vou lhe dizer: hospital de verdade não tem nada a ver com drama de hospital na TV, não é? Fiquei muito desapontado. Passei uns dez minutos no quarto de Robert e não encontrei uma só enfermeira ou um só médico determinado a interferir em nossos negócios. Não havia nenhuma enfermeira rígida mandando que confrontasse minhas questões não resolvidas. Eu me senti um pouco negligenciado.

Ele tinha se esquecido da tesoura. Decidi tentar uma abordagem mais direta.

— Graham, quero ir ver Robert. Preciso vê-lo. Ele é seu irmão, e sei que você se importa com ele, por mais frívolo que seja sobre isso. Por favor, me desamarre para que possa ir ao hospital?

— Estou mais preocupado comigo que com você ou Robert — diz, com um sorriso de desculpas. — O que irá acontecer comigo? Serei preso, provavelmente, e você dirá à polícia que lhe fiz todas aquelas coisas indizíveis. Não é?

— Não minto. Escute, sei com certeza que a polícia não tem evidências de perícia contra você. Nada de DNA. Charlie me contou.

— Excelente — diz Angilley, esfregando as mãos. Há algo inclusive em seu prazer, como se esperasse que eu partilhasse.

— Se você me deixar ir, juro por minha vida que direi à polícia que você não foi o homem que me atacou. Não há como você ser condenado por nada.

— Ahn — diz, esfregando o queixo, pensativo. — E quanto a sargento Charlie? O que já disse a ela? Conheço as mulheres e suas grandes bocas. Intimamente, lembra?

Meu cérebro está zumbindo com o esforço de tentar pensar mais rápido do que consigo. Ele não pode ter falado com Steph ou teria conhecimento de que Charlie sabe muito mais sobre seu envolvimento nos estupros do que eu poderia ter contado.

— Ela confia em você — digo. — Acha que é seu namorado.

— Doce. Mas como todos os grandes romances, o nosso não pode durar. É só uma questão de tempo antes de Charlie descobrir o nome verdadeiro de Robert e que sou o irmão. E então ficará pensando em por que não contei a ela. Na verdade achei que o jogo havia terminado quando você entrou. Supus que era Charlie, e me escondi atrás da porta da sala. Só quando você começou a circular, eu dei uma espiada e compreendi que era você. Se Peitubo tivesse me encontrado na casa dela quando eu não deveria estar, ouso dizer que teríamos tido um grande rompimento.

— O que você estava fazendo? Por que estava aqui quando Charlie não está?

— Queria descobrir se ela trazia trabalho para casa, alguma coisa relacionada à tentativa de assassinato do meu irmãozinho. Queria saber a quem culpar.

Não consigo mais sentir meus pés, não consigo ignorar a dor lancinante em pernas e costas.

— Veja, se eu disser que não é o homem que me estuprou a polícia não pode tocar em você.

Angilley franze o cenho.

— Estuprou? Isso não é exagerar um pouco?
— Poderia me desamarrar? Por favor.
— E quanto a Sandy Freeguard?
— Não sabe quem você é, e não contarei a ela. Desamarre.
— Eu poderia. Se você me disser por que Juliet tentou matar Robert.

Hesito. Acabo dizendo:
— Ele disse que ia deixá-la por mim — falo. Não preciso entrar em detalhes sobre como você contou a Juliet, as palavras exatas que escolheu. Deve ter precisado de muito tempo para explicar tudo. A versão reduzida é suficientemente boa para seu irmão. — Agora você me conta sobre Prue Kelvey.
— O que tem ela? Foi uma das minhas damas principais, como você — diz, pegando a tesoura de novo e cortando os dois últimos botões de minha blusa. Ela cai aberta. — Você não pode ir ao hospital assim, com os peitos pendurados para fora. Muito inadequado.

A voz dele fica mais dura.
— Como você sabe sobre Prue Kelvey? — pergunta, fechando a tesoura lentamente sobre a alça do sutiã, cortando de um lado.
— Você não fez sexo com ela. Robert, sim. Você o obrigou?
— "Obrigar" é um pouco forte demais. Eu o encorajei. Ou melhor, pedi à minha esposa para transmitir uma mensagem de encorajamento. Robert e eu não estávamos nos falando, e eu queria acertar as coisas. Prue Kelvey foi minha oferenda de paz. Robert aceitou, e fiquei empolgado. Achei que iria gostar. Infelizmente não gostou, e acabei lamentando minha generosidade. E as coisas ficaram ainda piores em vez de certas — diz Angilley, suspirando antes de continuar. — Robert é meu irmãozinho. Queria que ele fizesse parte das coisas, se envolvesse devidamen-

te. Ele estava lá no começo, em minha despedida de solteiro, quando tive a ideia do negócio. Fomos a Gales para o fim de semana, a Cardiff, apenas eu e Robert. Acabamos bêbados em um restaurantezinho indiano vagabundo, o que foi meio que um anticlímax. Até eu ter a inspirada ideia de dar à garçonete tímida uma noite da qual se recordar. Éramos apenas nós e ela, eu estava bêbado, parecia a coisa óbvia a fazer. Garanti que Robert também tivesse sua vez com ela. E da bolota daquela experiência brotou o grande carvalho de um negócio de grande sucesso. Eu sozinho revolucionei as despedidas de solteiro neste país.

— Despedidas de solteiro — repito vagamente, sentindo frio e dormência. A palavra "bolota" soa em minha cabeça. Fecho os olhos e vejo pilares de cama com bolotas no alto. Eu me sinto tonta, como se fosse desmaiar.

— Sabia que você entenderia — diz o homem. — Você tem uma cabeça empresarial sobre os ombros, assim como eu tenho, assim como minha querida mãe tinha. Ela ganhou uma fortuna simplesmente sendo seu próprio eu vadia; a mulher era bem brilhante. Admiro mulheres de sucesso.

Ele começa a cortar minhas calças, começando por um buraco no joelho.

— Buuu — ele diz, sorrindo para mim. — Olá, senhor Joelho.

— Você tem de me desamarrar — digo. — Sinto como se minhas costas fossem se partir.

— Foi minha mãe quem me contou seu grande segredo.

— Qual segredo?

— Seu plural, não singular. Das mulheres. Todas vocês têm fantasias com sexo forçado. Eu permito que vocês realizem essas fantasias. Dou a vocês o que não ousam admitir desejar. Não que seja um altruísta; não finjo ser. Tenho sorte. Não há muitas pessoas que desfrutem do seu trabalho como eu. Embora também tenha sido um grande esforço, principalmente graças a Robert. Depois de nossa garçonete galesa, quando chegou o momento de criar uma base mais profissional, foi difícil convencê-lo a embarcar. Eu me tornei o ator principal, permanentemente. É um sofrimento persuadir meu irmão a fazer algo se seu coração não estiver naquilo. Ele está sempre sendo teimoso por uma coisa ou outra. Só concordou em dar às nossas estrelas uma carona para casa após terem se apresentado. Ele a levou para casa.

Vendo meu rosto, ele começa a sorrir.

— Não sabia disso, sabia? Sim, foi Robert quem a levou em segurança de volta ao carro. Claro que não poderia vê-lo, pois tinha uma máscara sobre os olhos.

— Você queria que ele tivesse um papel maior, então o obrigou a estuprar Prue Kelvey. Você o chantageou, foi isso?

Angilley sorri, balançando a cabeça.

— Você parece me ver como uma espécie de tirano. Sou uma velha alma gentil. Robert não desfrutou de sua noite com a srta. Kelvey, e me arrependi de ter facilitado isso. Desde aquela noite não trocamos uma palavra — diz, balançando a cabeça.

— Ele insistiu em que ela usasse a máscara nos olhos durante toda a apresentação, o que não foi bom para os espectadores. Alguns se queixaram, incluindo o noivo, e tive de devolver algum dinheiro. Todos gostam de ver os olhos; as janelas para a alma e tudo mais.

— Por que ele a fez manter a máscara? — pergunto, o testando.

— Quem sabe, cacete? — responde, cortando um buraco maior na outra perna da calça, no joelho. — Normalmente essa é a resposta no caso de Robert. Medo que ela o reconhecesse, talvez? Robert é um pessimista. Pode ter entrado em pânico com a chance de se deparar com ela novamente algum dia.

Eu anuo, satisfeita por seu irmão não saber nada.

— Por que escolher mulheres com sites na internet? Por que não pegar mulheres aleatórias na rua?

— Porque, minha querida enxerida Naomi, é muito mais assustador para as mulheres se sentirem que foram escolhidas. Não ficou pensando em por que você? E como eu sabia todas aquelas coisas? Sinistro; muito pior do que ser tirada da rua, anônima. Não, é a coisa pessoal que coloca o medo nos olhos, e o medo nos olhos, como meus espectadores constantemente me dizem, é crucial.

Sorrio friamente para ele.

— A coisa pessoal. Soa bem. E está certo, isso torna tudo pior. Aposto que gostaria de ter pensado nisso você mesmo, não é?

Angilley enrijece.

— Chega de falatório — diz. Ele se agacha ao lado da minha cadeira e começa a cortar a perna da calça, de baixo para cima.

— Um pouco baixo isso, não? Plagiar as ideias dos outros e apresentá-las como se fossem suas?

— Se você diz. Agora, não podemos nos esquecer do longo objeto cônico que tão gentilmente trouxe, e todos os seus possíveis usos... Pronto!

Uma perna das minhas calças se foi, em pedaços no chão. Um medo agudo me silencia. Não consigo respirar.

— O que quer que Robert tenha lhe dito, ele não a ama ou se importa com você — diz Angilley, parecendo satisfeito consigo mesmo. — Sou eu aquele com quem ele se importa. Por que acha que tem o trabalho de se encontrar com minhas estrelas depois do espetáculo e fazer com que se apaixonem por ele?

— Por que acha que faz isso? — consigo perguntar.

— Simples: superação. Eu sou um sucesso, Robert é um fracasso. Sempre foi assim, como dizem nas melodramáticas adaptações da BBC. Nossa mãe foi dura com ele depois que nosso pai deu no pé. Papai na verdade nunca se ligou a Robert, e mamãe o tratou como o bicho-papão depois que papai foi embora. Enquanto isso, eu não fazia nada errado; era o garoto dourado. Robert secretamente sempre quis me derrotar. Provar que é melhor. É como faz isso: procura as mulheres que, digamos, relutaram em fazer comigo, as enfeitiça e manipula até que estejam ansiosas para fazer com ele.

Eu o encaro, chocada e horrorizada com sua arrogância.

— Você não pode honestamente acreditar nisso.

Ele sorri e começa a cortar para baixo a partir da cintura de minhas calças.

— Se não está mentindo, se Juliet realmente *tentou* matar Robert, temo que você não tenha nenhuma chance. Se ele não a preferia antes, agora preferirá. Meu irmãozinho é um masoquista. Sempre teve uma queda por mulheres que o tratavam como lixo. Legado da querida mamãe, temo. Quanto mais o punia, mas dedicado ele era. Finalmente rompeu com ela, orgulho masculino e tudo mais. E está desde então procurando uma substituta, embora eu não ache que ele compreenda isso. Só sei disso de ler as revistas alienadas da minha esposa.

Sinto a tesoura dentro de minha roupa de baixo, suave e fria sobre a pele. Minha mente se esvazia e o instinto assume. Com toda a minha força, empurro meu corpo para a esquerda, desequilibrando a cadeira. É uma questão de quatro ou cinco segundos, não mais que isso. Como tão poucos segundos podem conter tantos incidentes distintos? Seu irmão ergue os olhos enquanto a cadeira e eu caímos sobre ele, enquanto o pulso dele é torcido para trás. Ele solta o braço, que vai na direção do corpo, quase em um reflexo. À medida que a cadeira desaba sobre ele, eu o vejo olhando para a tesoura aberta na mão. Sinto o baque nauseante quando a cadeira atinge seu braço, empurrando a mão na direção do rosto.

Ele berra. Sangue jorra, caindo em meu rosto, mas não consigo ver de onde vem. A cadeira desaba sobre Graham Angilley. Em vez de estar de pé, agora estou inclinada sobre o corpo dele, trêmulo e de bruços. Eu o ouço gemer, grunhir, mas não consigo ver seu rosto, mesmo virando a cabeça o máximo possível. Tento gritar por socorro, mas estou ofegando demais para me fazer ouvir.

Não consegui ver sangue antes, mas agora consigo. O vermelho se espalha sobre o linóleo xadrez azul. Respiro fundo e berro pedindo ajuda, sustentando o som o mais que consigo. Inicialmente são palavras, depois torna-se apenas um uivo, uma liberação aguda de dor.

Ouço um estalo alto, pés pisando duro pelo corredor. Continuo a berrar. Vejo Simon Waterhouse e um homem careca atrás, e continuo a berrar. Por que ninguém nunca irá me ajudar devidamente, ou o suficiente. Não aqueles homens que invadiram, não Yvon, não Charlie, ninguém. Nunca escaparei. Por isso tenho de continuar a fazer esse barulho.

31

Segunda-feira, 10 de abril

Não irei embora. Nunca deixarei você sozinho. Estou de pé do lado de fora da porta da unidade de terapia intensiva e sinto sua presença, como algo pesado no ar. Quase poderia crer, se não soubesse que é o contrário, que a atmosfera serena e solene no hospital hoje é por nossa causa. Equipe, visitantes e pacientes passam por mim de cabeça baixa.

Estive aqui ontem, mas não pude vir vê-lo. Simon Waterhouse insistiu em ficar comigo o tempo todo. Enquanto os médicos me examinavam, ele esperou do lado de fora da sala de exames. Acho que você aprovaria a paciência e a dedicação dele; são duas qualidades que também tem. Ele me levou para casa assim que ficou satisfeito por os especialistas pensarem que eu podia sair. Não havia nada fisicamente errado comigo, continuei a dizer, além da dor em pernas e braços por ter sido amarrada.

Ontem não cheguei perto da unidade de terapia intensiva. O que foi uma sorte. Torna mais fácil hoje.

Teclo o código no teclado, aquele que acabei de ver um médico usar. CY 1789. O truque que funcionou para seu irmão também funcionou para mim. A porta zumbe, e quando a empurro ela abre facilmente. Estou em sua ala. Eu me dou conta imediatamente de que entrar fisicamente na unidade é apenas parte do desafio. Agora preciso parecer que pertenço a este lugar, como se considerasse natural minha presença neste corredor. Graham também deve ter feito isso, deve ter tido a consciência de que parecer se esgueirar seria fatal.

Erguendo a cabeça, passo rapidamente e com confiança pela base das enfermeiras na direção do seu quarto, contente por ter tido a presença de espírito esta manhã de colocar meu único terninho. Deixei a bolsa em casa; em vez disso carrego uma maleta de couro marrom com zíper que espero me faça parecer oficial. Sorrio para todos por quem passo — um sorriso caloroso e atarefado que diz: "Estou certa de que todos sabem quem sou. Sou daqui; já estive aqui antes, e voltarei." E voltarei, Robert, quer você me queira ou não. Não serei capaz de manter distância.

A porta de madeira de seu quarto tem uma janela quadrada. Quando vim aqui com Charlie, a cortina estava aberta, mas agora está fechada. Estico a mão para a maçaneta e entro no quarto sem olhar ao redor para ver quem me observa. Sem hesitar.

Há duas enfermeiras jovens em seu quarto. Uma lava seu rosto e pescoço com uma esponja. Merda. O choque apaga o sorriso de meu rosto. "Desculpe", diz a outra enfermeira, que coloca um fluido em uma bolsa ligada a uma das máquinas. Ela confundiu meu medo com raiva. Sou mais velha que ela e visto roupas caras; ela supõe que eu seja alta funcionária do hospital.

A colega, a com a esponja na mão, é menos deferencial. Ela pergunta: "Quem é você?"

É mais fácil agora que você está na minha frente. É um homem na cama, imóvel. Os olhos estão fechados, a pele pálida. Encaro seu rosto e me dou conta de como estamos separados. Poderíamos muito bem não ter nada a ver um com o outro. Tudo sobre você — seus pensamentos, sentimentos, a rede de órgãos internos que mantém seu corpo funcionando — está dentro de sua pele.

Por um momento me parece estranho que outra pessoa, lacrada e autocontida como você está em seu continente de carne, tenha penetrado em minha pele em tal grau. Se um cirurgião

o abrir, encontrará todas as suas diferentes partes. Se me abrir, encontrará a mesma coisa. Você quase me substituiu, Robert, dentro de meu próprio eu. Como permiti que isso acontecesse?
— Este é Robert Haworth, certo? — digo, projetando o som como alguém com todo direito de não ser paciente, mas que, ainda assim, está sendo paciente.
— Sim. Você é detetive?
— Não exatamente — digo. Ergo minha maleta de couro para sugerir que contém documentos importantes. — Sou a oficial de ligação com a família. Estou trabalhando com a polícia. A sargento Zailer disse que não haveria problema se eu visse Robert agora.

Graças a Deus por Simon Waterhouse. No caminho de volta do hospital, ontem, ele mencionou a possibilidade de chamar um oficial de ligação com a família para cuidar de mim. É um pouco tarde para isso, senti vontade de dizer.

As enfermeiras anuem.
— Já terminamos mesmo — diz uma delas.
— Ótimo.
Dou a ela um sorriso ocupado e eficiente. Nenhuma questiona por que um oficial de ligação com a família precisa passar tempo com um homem inconsciente. O título que me dei foi suficiente para elas. Soou correto, sugeriu procedimentos implantados e orientações diligentemente concebidas, metas e objetivos claros. Nenhuma necessidade de que as enfermeiras ficassem alertas.

Assim que saíram, eu caminho até você e acaricio sua testa, que ainda está úmida da esponja. Tocar você agora é uma experiência estranha. Sua pele é apenas pele, como a minha, como a de qualquer um. O que o torna tão especial? Sei que seu coração ainda bate, mas estou mais interessada em o que seu cérebro está fazendo. Essa é a parte de você que o torna diferente das outras pessoas.

Robert Angilley.
O grito ainda está ali, aquele que começou ontem. Mas no momento estou garantindo que ninguém possa ouvi-lo além de mim.
— Olá, Robert. Estou de volta.
É doido, mas espero uma resposta, observo seu rosto em busca de sinais de movimento.
— Seu irmão perdeu um olho. Graham. Eu o vi novamente. Não foi tão ruim quanto da primeira vez.
Há muito a dizer. Não sei por onde começar.
— Ele também está no hospital. Não neste. Outro. Foi por minha causa que ele se feriu. Não fiz isso deliberadamente. Apenas aconteceu.
Imagino ver suas pálpebras tremendo. Provavelmente porque olhava com muita atenção. Vemos o que queremos ver.
— Sei de tudo, Robert. Ninguém me contou. Bem, algumas coisas descobri, com a polícia, conversando com Juliet. Mas descobri as partes mais importantes sozinha. E desde então só tenho pensado em vir aqui lhe contar. Você pode viver ou pode morrer, mas de qualquer forma quero que saiba que o derrotei. Eu fiz isso, Robert, embora você tenha tido vantagem sobre mim por tanto tempo. Era você aquele com todas as informações, que podia decidir revelá-las ou não.
Eu me curvo para beijar seus lábios. Espero que estejam frios, mas não. Estão quentes. Recuo.
— Posso lhe fazer e dizer o que quiser agora, não posso? Você não tem controle. Só depende de mim. Sou eu aquela com a informação, e todo o poder. Sou eu que estarei fazendo as revelações, e você não tem escolha a não ser ficar deitado aí e me escutar. É o oposto de como foi com Juliet.

Outro tremor em sua pálpebra, mal perceptível.

— Sei que Graham também a estuprou. E você a encontrou e cuidou dela, casou com ela, fez com que confiasse em você e precisasse de você. Assim como fez comigo. Deve ser fácil fazer uma mulher se apaixonar por você quando sabe tanto sobre ela, tanto que ignora que você sabe. Fácil dizer todas as coisas certas. Funcionou tão bem com Juliet, não? E então você quis ver se funcionaria de novo. Com Sandy Freeguard.

Minhas pernas começam a tremer. Eu me sento na cadeira ao lado de sua cama.

— Mas Sandy não era tão boa quanto Juliet. Para seus propósitos. Você deve ter ficado desapontado depois de um começo tão bom — ela cair em sua encenação de cavaleiro em armadura reluzente. Por que não cairia? Você sabe como nos fazer sentir seguras e cuidadas. Mas Sandy não era como Juliet, ou eu. Não afundou em si mesma e transformou em missão de vida esconder seu segredinho sórdido. Ela contou à polícia, entrou para grupos de apoio, lidou com o estupro melhor do que qualquer um esperaria. Não lhe ocorreu se sentir envergonhada ou tentar esconder nada. Era seu irmão quem devia sentir vergonha. Sandy Freeguard se deu conta disso muito antes de mim, muito antes de Juliet.

"A raiva que sinto é diferente de qualquer anterior. É fria, meticulosa. Fico pensando se esse tipo de fúria gelada, o tipo que você consegue controlar e moldar, é a mesma coisa que o mal. Se é, então há mal dentro de mim pela primeira vez em minha vida.

"O quanto Sandy Freeguard lhe contou sobre o que seu irmão fez a ela? Muito, provavelmente. Devia ser a principal coisa em sua mente. Ela era falante, e você, seu namorado amoroso e carinhoso."

Eu me inclino mais perto.

— Quão enfurecedor para você. Que desperdício de todos os seus esforços. Seu joguinho doentio só funcionava com mulheres que enterravam a experiência, se escondiam. Pessoas como eu e Juliet, que sentiam pânico de alguém saber, por causa do que o mundo poderia pensar de nós. Esse foi o seu barato, não? Casar com Juliet sabendo que ela não tinha ideia de que você sabia. Vê-la se fazer de tola dia após dia, amando e confiando no irmão do homem que a estuprara, que lucrara com seu estupro. Pensando que, por pior que se sentisse, por mais estilhaçada que estivesse por dentro, pelo menos conseguira esconder sua derrota do mundo, e agora tinha você, e as coisas estavam começando a melhorar. Você deve ter sabido tudo o que passava pela cabeça dela. Você se deliciava com seu conhecimento secreto, não é mesmo? Provavelmente se vangloriava sobre como estava errada, quão distante da real verdade. Posso ver vocês dois em casa, em sua sala, vendo televisão, jantando. Fodendo. E o tempo todo, a cada segundo que passavam juntos, você sabia que podia destruir seu mundo inteiro a qualquer momento se escolhesse fazer isso, contanto que sabia do estupro, que essa era a única razão pela qual se interessara por ela. E não fora apenas Graham quem ganhara dinheiro com isso. Você também. Estavam juntos no negócio. Sabia que podia contar isso a Juliet a qualquer momento que desejasse. A maior viagem de poder.

Eu me levanto, caminho até a janela. Um homem de macacão verde e óculos de proteção poda os pequenos arbustos redondos no pátio do lado de fora do seu quarto usando uma lâmina motorizada. O som zumbido para de tempos em tempos, depois recomeça.

— É uma das formas mais eficazes de arruinar a vida de alguém; mostrar a ela, de repente, que sua interpretação do mundo, tudo o que acha entender e acredita ser verdade, tudo o que importa, é baseado em uma mentira, um cruel truque sádico. Talvez seja a forma mais eficaz de destruir outro ser humano. Você deve pensar assim. Sei como você é, Robert; só o melhor serve.

Você não diz nada. Estou tentando provocar alguém que está inconsciente.

— Espero que esteja impressionado. Você pode ter me desorientado com sucesso, mas houve efeitos colaterais que não antecipou. Não pode dar a alguém um ano de sua vida e deixar que o ame do modo como fiz sem dar um pouco de si a essa outra pessoa. E você me deu o suficiente para estar segura quanto a isso. Agora sou aquela que sabe coisas sobre você, coisas que nunca teria imaginado que eu seria capaz de descobrir. Mas consegui, porque nosso relacionamento era real, além de falso.

Suas pálpebras tremem; desta vez sei que não imaginei. A expressão "movimento ocular rápido" me vem à mente. Isso não acontece quando se está em sono profundo? Talvez esteja tendo um sonho ruim. O que isso significaria para alguém como você, cujo modo de vida escolhido é mais horrendo que os pesadelos da maioria das pessoas?

— Você estuprou Prue Kelvey, embora não quisesse realmente. Graham queria que fizesse, então fez, mas não gostou disso, gostou? Não como Graham gostava de estuprar mulheres; ele adorava isso. Ele disse que você também não estava interessado na garçonete na despedida de solteiro dele, embora também a tenha estuprado, estimulado por seu irmão. Era uma espécie de experiência, não? Fazer o que Graham fazia de tempos em tempos? Para provar a si mesmo que seu modo era superior, uma outra divisão. Estou em pânico de seus olhos abrirem. Preciso ser capaz de terminar, e não estou certa de que conseguiria com você me olhando. Respondendo.

— Sei que você obrigou Prue Kelvey a usar uma máscara sobre os olhos enquanto se metia nela. Graham acha que fez isso por temer que visse seu rosto, temer que pudesse encontrá-lo novamente um dia e reconhecê-lo. Eu sabia que estava errado quando disse isso. Mas eu também estava errada. Até entrar neste quarto e vê-lo hoje, achei que você obrigara Prue Kelvey a manter a máscara para que não visse seu rosto. Para que pudesse fazer a ela o que fizera a Juliet e Sandy, e a mim: conceber um encontro, tornar-se seu namorado, seu salvador. E depois arruinar sua vida, demolir tudo.

Balanço a cabeça, pensando em como pude acreditar nisso.

— Claro que não era isso. A ordem dos acontecimentos teria sido totalmente errada. Eu conheço sua mente organizada, Robert. Você tinha de ser primeiro o salvador, realmente *ser* um salvador, e depois se tornar o destruidor. Por isso as vítimas de Graham eram perfeitas. Não teria funcionado nem um pouco, teria, com uma mulher que você mesmo já houvesse estuprado?

Engulo em seco e prossigo.

— Você obrigou Prue Kelvey a usar uma máscara enquanto a estuprava porque não podia suportar ver a *falta* de reconhecimento nos olhos dela. O terror dela não tinha nada a ver com você como indivíduo, era apenas um agressor sem nome. Não podia suportar essa ideia, podia? Você se sentiu insignificante, como se pudesse muito bem ser qualquer um. Ela não sabia sequer seu nome, embora você e Graham soubessem o dela, a tivessem escolhido especialmente entre todas as mulheres que poderiam ter selecionado. O que a tornava mais especial que você, e isso o enlouqueceu. Precisava que fosse mais pessoal. Queria ser importante para as mulheres, queria que importasse para elas ser você. Não um estuprador anônimo, intercambiável com seu irmão.

Eu me levanto, fico o mais distante possível de você neste quarto pequeno. Quando volto a falar, minha voz está rouca, como se houvesse uma lixa em minha garganta.

— Você e Graham não são absolutamente intercambiáveis. Você queria ferir as mulheres mais do que ele. Estuprá-las era suficiente para ele, mas não para você. Não me surpreende que você quisesse que as pessoas percebessem como é único. Não há ninguém no mundo como você, Robert. "Você me falou sobre a distância de ferir, lembra? Havia um limite para o quanto você podia ferir Prue Kelvey, e aquela garçonete na despedida de solteiro de Graham, porque elas não conheciam você. Todos sabem que há pessoas brutais e violentas no mundo, assim como há furacões e terremotos. Se não conhecemos esses monstros pessoalmente, pensamos neles como se fossem quase desastres naturais; quando devastam nossas vidas, não consideramos isso pessoal. É apenas aleatório. Eles não nos conheceram e amaram, não foram íntimos de nós. Dizemos a nós mesmos que não conhecem as pessoas boas, sensíveis e vulneráveis que realmente somos. Se soubessem, não conseguiriam nos ferir como feriram. O dano pode ser terrível, mas não é realmente sobre nós. Poderia ter acontecido a qualquer um. Você me disse tudo isso sobre si, e estava certo."

Meu hálito deixa o vidro enevoado. Desenho um coração com meu indicador, depois o esfrego.

— Sei por experiência própria, Robert. Fica muito mais fácil se você consegue colocar alguma distância entre si e seu agressor. Seu irmão sabia meu nome quando me levou para seu carro sob ameaça de uma faca, mas ele não *me* conhecia. Eu sabia que não era nada em relação a mim. Isso foi um consolo.

O interior de minha boca parece couro. O ar no seu quarto está quente e seco. Não posso abrir a janela. Há uma tranca, e ela não cede.

— Graham fingiu ser ideia dele escolher como vítimas mulheres com sites na internet, para que pudessem provocá-las com o que sabiam sobre elas. A coisa pessoal, mais medo e dor em seus olhos, enquanto especulavam por que elas, entre todas as mulheres, haviam sido escolhidas. Graham me contou tudo sobre isso e estava feliz em receber todo o crédito. Mas a ideia foi sua, não, Robert? Depois da despedida de solteiro de Graham, você ficou frustrado. Provavelmente com raiva. Sentiu como se aquela garçonete tivesse se safado sem punição, não? Pareceu uma oportunidade desperdiçada porque, por mais que o próprio Graham tivesse aproveitado, você sabia que a garçonete já começara a se consolar com a ideia de que era simplesmente vítima do azar, no lugar errado na hora errada — digo, enxugando as lágrimas. — Você sugeriu uma correção no plano de negócios de Graham: em vez de estranhas, sugeriu escolher mulheres especiais, deixando que soubessem que vocês sabiam quem eram e o que faziam. Deixar que soubessem que haviam sido selecionadas. Graham gostou da ideia, mas se satisfaz mais fácil que você. Você ainda não estava feliz. É o seu nome que desejava que fosse conhecido; o de ninguém mais é importante. Mas não poderia sugerir a Graham que os dois se apresentassem às mulheres que planejavam estuprar, criassem uma relação com elas e depois as estuprassem, podiam? Graham não queria ser apanhado.

Mas ele foi, e isso em parte graças a mim. Tento me lembrar de que sou não apenas uma vítima de você e seu irmão. Também sou, ou poderia ser, uma vencedora. Dependendo do que faço agora.

Continuo a falar para seus olhos fechados.

— Você não se preocupou em ser apanhado, não é? Tinha confiança de que poderia destruir suas vítimas tão completamente que elas não representariam uma ameaça. Pensou que seu método era à prova de falhas. Devo lhe falar sobre seu método? — digo, e rio, um ruído duro e enferrujado do fundo da garganta. — Primeiramente chega perto de nós, fica à distância de ferir. Faz que o amemos, necessitemos de você, para que todo o nosso mundo seja Robert, Robert, Robert. Deus, você é brilhante nessa parte! Tão amoroso, tão romântico. É o marido ou amante perfeito; qualquer que seja o papel que esteja interpretando, coloca toda a energia e todo o entusiasmo nisso. Se não acreditássemos que é a alma gêmea perfeita, não doeria muito quando descobríssemos a verdade, doeria?

Eu agarro a beirada de seu travesseiro de cima e arranco de sob sua cabeça, segurando-o com as duas mãos.

— Esta é a parte pela qual mais anseia. Ferir. O grande choque surge quando revela quem realmente é. Você mesmo me disse.

Fico em silêncio enquanto me lembro de suas palavras exatas: *Eu pensei muito tempo em deixá-la. Planejei, ansiei por isso. Isso se transformou nessa... Coisa lendária em minha cabeça. O gran finale.*

— Yvon estava errada de pensar que você nunca trocaria Juliet por mim. Teria feito no fim. Sempre foi parte de seu plano. Mas queria prolongar a excitação da antecipação, estender isso o máximo possível, antes de passar para a vítima seguinte. Primeiro fomos vítimas de Graham, depois suas. Aposto que você via Graham como um tipo de ator coadjuvante; sabia que era quem realmente iria nos destruir: Juliet, Sandy Freeguard. Embora tenha visto que Sandy Freeguard seria muito difícil de destruir, então passado para outro nome da lista: o meu.

Aperto o travesseiro nas mãos, cravando as unhas nele. O tecido me repele. Não consigo deixar uma marca, por mais que aperte, não consigo transmitir minha agonia para esse objeto inanimado.

— Você pode se orgulhar de ter nervos de aço, mas no fundo é um covarde e um hipócrita. Por mais que despreze seu irmão, não rompeu todos os laços, rompeu? Ainda o deixa usar seu caminhão para suas noites de estupro. Até mesmo estuprou Prue Kelvey para mantê-lo feliz, do seu lado. Porque há uma coisa que Graham tem de que precisa desesperadamente: a lista de nomes de vítimas. Para que possa fazer delas também suas vítimas.

"O tempo todo que passou casado com Juliet, sabia que um dia iria atingi-la com a verdade. A penúltima quarta-feira foi o dia que escolheu. Deveria me encontrar no dia seguinte no Traveltel. Seria o dia 30 de março, aniversário do dia em que seu irmão me estuprou. Quão perfeito do seu ponto de vista. Sabia que se me dissesse que havia deixado Juliet para começar uma vida nova comigo, eu pensaria que aquela data havia sido vingada, desinfetada. Teria ficado ainda mais segura de que estávamos destinados a ficar juntos, que você era meu salvador. Porque não há algo como uma coincidência, certo?

"Você não apareceu, mas se tivesse aparecido, se seu plano tivesse funcionado, teria levado consigo uma mala. Teria me dito que deixara Juliet e perguntado se poderia ir para casa comigo. Consegue adivinhar o que teria dito?"

Eu dou uma risada amarga. Lágrimas caem em minha mão, no travesseiro. Estou chorando muito, mas não chateada. Estou com raiva, tanta raiva que a pressão em minha cabeça esprime umidade para fora de meus olhos.

— O que você disse a Juliet? Como deu a notícia? Se estiver certa, e tenho certeza de que estou, provavelmente esperou até os dois estarem na cama. Montou nela ignorando seus protestos de cansaço? Ela deve ter ficado confusa. Você sempre era tão gentil; o que estava acontecendo? De repente não era mais gentil. Ela não o reconheceu como o Robert que conhecia e amava, o homem com quem se casara. Você a estuprou, como sempre soube que um dia faria, como sempre planejara fazer. Só que foi muito melhor que com Prue Kelvey, porque estava à distância de ferir.

Você viu a terrível dor nos olhos de Juliet, e soube que era tudo por você.

"E estuprá-la em si também não teria sido suficiente; não quando podia tornar ainda pior para ela. Queria que ela relacionasse essa provação à outra, à noite no chalé de Graham."

Sacudo o travesseiro diante de seus traços inertes.

— Vê o quanto sei? Não está impressionado? Era importante para você que Juliet compreendesse o completo horror do que fizera a ela, o quão a traíra e enganara. Então como fez isso? Aposto que disse o que Graham disse, não? "Quer um aquecimento antes do espetáculo?" Ou algo nesse sentido. Esse terá sido o melhor momento para você, ver os olhos dela se arregalando de choque, ver a incompreensão no seu rosto. E depois o quê? Além do estupro? Disse que a estava trocando por mim, outra das vítimas de seu irmão? Disse tudo naquele momento, incluindo que planejava passar os anos seguintes destruindo minha vida do modo como destruíra a dela: primeiro se casando comigo e me deixando idilicamente feliz, depois demolindo tudo, assim que tivesse escalado outra das baixas de Graham para assumir meu lugar?

Meu corpo inteiro treme, sua. Coloco meu rosto perto do seu.

— Acho que não — digo, respondendo à minha própria pergunta. — Você teria querido que ela pensasse que era a única a quem fizera isso. Não iria permitir a ela o conforto de saber que não estava sozinha como vítima. Não, apenas disse que a estava trocando por outra mulher. Foi tudo o que disse sobre mim. Mas disse a Juliet todo o resto; que o homem que a estuprara era seu irmão, e tudo sobre o negócio de família. Cada pequeno detalhe tornava aquilo pior para ela, e melhor para você.

"Só que cometeu um erro, não foi? Uma porra de um grande erro, na verdade, porque veja bem agora. Você achou que Juliet iria desmoronar ao saber da verdade. Achou que seria capaz de sair daquela casa horrível, deixando para trás um resto trêmulo de esposa, fraca demais para ir à polícia ou fazer algo sobre a nova informação que havia lhe dado. Ela não denunciou o primeiro estupro, denunciou? Porque estava envergonhada demais. Contava que estivesse envergonhada demais para denunciar o segundo. Ademais, quem acreditaria nela? De repente, ela alega ter sido estuprada não uma vez, mas duas, a segunda pelo marido devotado? Se contasse a alguém, você teria parecido chocado e expressado preocupação com sua sanidade."

Ando de um lado para o outro em seu quarto, dobrando e desdobrando o travesseiro.

— Sei como é fazer planos e vê-los destruídos, Robert. Entendo, de verdade. Eu também faço planos. E você foi tão completo, pensou em todos os detalhes. Deus, deve ter sido irritante quando sua revelação modificou Juliet de um modo que nunca antecipara. Ela ficou mais forte, não mais fraca. Ela não desmoronou em uma pilha desamparada. Ela pegou um peso de porta de pedra e afundou sua cabeça com ele. Ela nem sequer chamou uma ambulância depois, apenas deixou você deitado ali, sangrando. Morrendo. Não posso dizer que a culpo.

Minha garganta queima. Não posso falar muito mais. Ainda não posso parar, tampouco. Era por isso que eu ansiava: contar tudo, tirar tudo de mim.

— Você está mergulhado demais em seus próprios pensamentos, em seu próprio mundinho. Bem, agora não tem escolha, suponho. Mas eu falava de antes. Por ser tão narcisista, calculou mal. Juliet já havia desmoronado uma vez. Tivera um colapso nervoso. Ela foi insegura e tímida todos os anos que passaram casados. O único caminho era para cima, Robert; por que não viu isso? Por que não lhe ocorreu que os seres humanos na verdade são bastante resistentes, especialmente aqueles como Juliet, e eu, que viemos de famílias amorosas e de um passado seguro. Quando você mostrou a Juliet a criatura deformada que realmente é, foi um choque grande o bastante para fazer tudo girar no cérebro dela. Tudo se reorganizou. Ver que seu salvador na verdade era seu inimigo a fez reagir de um modo que mais nada provavelmente teria feito.

Suas pálpebras se movem.

— Esse é seu modo de me perguntar como sei disso tudo? Sei porque o mesmo aconteceu comigo. Quando descobri a verdade, juntei tudo, me dei conta de como fora estúpida de acreditar que outra pessoa poderia me salvar. Pela primeira vez desde que seu irmão me estuprou, eu quis reagir, eu mesma. Outra pessoa a engana e mente para você, e aqueles que deveriam amá-la são os que mais fazem isso; é o que Juliet pensa agora. É como ela vê o mundo. Você a tornou um monstro também, um que não liga para mais nada, nem para si mesma.

Eu rio.

— Sabe, ela poderia ter me contado tudo que sabia sobre você, mas não fez isso. Ao contrário, usou isso para me provocar. Embora soubesse como você era um pervertido grotesco e doentio, ainda me odeia por tentar roubar seu marido; o gentil e sensível. Você pode achar isso bizarro. Eu não acho. Há dois Robert em minha cabeça, assim como há na dela. Essa provavelmente é a pior coisa que fez a ambas: nos deixou chorando a perda de um homem que nunca existiu. Mesmo sabendo disso, ainda o amamos.

Baixo os olhos para o travesseiro em minhas mãos. Quando o peguei, minha intenção era sufocar você. Ter sucesso no que Juliet fracassou. Fico contente de ela não tê-lo matado. Agora eu posso. Você merece. Qualquer um concordaria que merece morrer, exceto os ingênuos e desorientados, aqueles que acreditam que matar é sempre errado.

Mas se eu terminar com sua vida agora, seu sofrimento estará quase no fim. Só irá durar mais alguns segundos. Ao passo que, se não fizer isso, se eu sair deste quarto e o deixar vivo, terá de ficar aqui e pensar sobre tudo o que disse, sobre como venci e você perdeu, apesar de todo o seu esforço. Isso será uma tortura para você. Supondo que ouviu tudo o que disse.

O problema, agora como antes, é que não tenho como saber o que está pensando, Robert. Você pode ver o quanto me feriu. Eu meio que desisti do jogo nessa frente. Talvez seja no que irá se concentrar, caso eu o deixe respirando neste quarto. Talvez seja o vencedor, imune à punição em seu estado de casulo, e eu estou destruída, completamente destruída, ainda mais porque ainda não encarei isso.

Quero lhe dizer uma última coisa antes de acabar com sua vida ou permitir que ela continue, algumas palavras que preparei na cabeça antes de vir para cá. Eu as escolhi tão cuidadosamente quanto escolho os dizeres de meus relógios de sol. Eu as sussurro em seu ouvido, como uma bênção, ou um feitiço mágico: "Você é a pior pessoa que já conheci, Robert. E a pior pessoa que irei conhecer." Dizer isso em voz alta sublinha algo em minha mente: que o pior passou.

E agora preciso decidir.

32

13/4/06

— Não acho que ele queira puni-la — disse Olivia. — Acho que está verdadeiramente preocupado com você. Deveria ligar para ele. Vai acabar tendo de falar com ele um dia.

Luz do sol brilhante penetrava pelas cortinas fechadas. Charlie desejou ter comprado umas mais grossas e ficou pensando em quanto custaria acrescentar um blecaute. Balançou a cabeça. Seu plano — muito melhor que o de Olivia — era não chegar perto do telefone. Simon deixara montes de mensagens que ela não queria escutar. Além disso, Olivia estava errada: Charlie não necessariamente teria de falar com Proust um dia. Ou com Simon. Poderia enviar seu pedido de demissão. Então nunca teria de encarar nenhum dos dois novamente.

Olivia se sentou ao seu lado no sofá.

— Não posso ficar aqui para sempre, Char. Tenho trabalho a fazer e uma vida para levar. Assim como você. Não é bom isso de ficar o tempo todo de pijamas, fumando o dia inteiro. Por que não se arruma, toma um belo banho? Escova os dentes.

A campainha toca. Charlie se enrola no sofá, apertando o roupão ao redor do corpo.

— Deve ser Simon — disse. — Não o deixe entrar. Diga que estou dormindo.

Olivia olhou feio para ela e foi atender à porta. Não conseguia entender por que Charlie não estava mais feliz com a incansável procura de Simon, por que de repente ele se tornara a pessoa que menos queria ver. Charlie não estava disposta a se rebaixar explicando. Sabia que iria desmoronar assim que abrisse a boca para falar. O que quer que ele dissesse seria errado. Se suas tentativas de fazê-la se sentir melhor fossem sutis e indiretas, Charlie atribuiria isso a constrangimento, o que aumentaria sua vergonha. Se fossem explícitas, ela precisaria ter uma conversa com ele — o homem que rejeitava seu amor desde que se conheceram — sobre Graham Angilley, o estuprador em série pelo qual se apaixonara para se recuperar... Não, havia um limite para a degradação que uma pessoa podia suportar.

Charlie ouviu a porta da frente se fechar. Olivia retornou à sala.

— Não é Simon. Ah! — disse, apontando um dedo acusador para Charlie. — Você está desapontada, e não tente negar. É Naomi Jenkins.

— Não. Diga a ela que não.

— Ela tem algo para você.

— Eu não quero.

— Disse a ela que você precisava de cinco minutos para se aprontar. Então, por que não sobe, veste umas roupas e fica apresentável? Do contrário, simplesmente a deixarei entrar e ela poderá ver seu robe sujo de chá e seus pijamas disformes.

— Se você fizer isso eu...

— O quê? Fará o quê? — reagiu Olivia, bufando. — Mandei Simon embora, mas não ela — disse, apontando com a cabeça para o saguão. — Pare de sentir pena de você por um minuto e pense pelo que *ela* passou. Pense pelo que passou há poucos dias, bem aqui nesta casa, para não falar no resto. Novamente amarrada. Quase estuprada novamente.

— Não precisa me dizer — retrucou Charlie rapidamente. Ela não queria pensar no que Proust e Simon haviam encontrado em sua cozinha: o olho esquerdo arrancado de Graham, cortado com precisão em dois, os encarando de uma poça de sangue.

— Acho que preciso — Olivia discordou.

— Porque você parece pensar que é a única a quem algo ruim já aconteceu.

— Eu não acho isso! — devolveu Charlie com raiva.

— Acha que é fácil para mim saber que nunca poderei ter filhos?

Charlie resmungou baixo, dando as costas.

— Isso tem relação com o quê?

— Qualquer homem que eu conheço, qualquer homem com quem começo uma relação que pode ser minimamente séria, tenho de dar a má notícia; imagine jogar a bomba no primeiro encontro. Você não tem ideia de quantos caras eu nunca vejo novamente após contar a eles. Isso realmente dói, mas eu guardo a dor comigo porque sou estoica e acredito em determinação...

— Estoica? Você? — reagiu Charlie, rindo.

— Eu sou — insistiu Olivia. — Nas coisas sérias, eu sou. Só porque gemo quando minha delicatéssen fica sem cervo e pasta de pimenta, isso não significa nada! — diz, suspirando. — Você tem sorte, Char. Simon sabe sobre você e Graham...

— Cale a boca!

— ... e sabe que não foi culpa sua. Ninguém a culpa.

— Certo, verei Naomi.

Qualquer coisa para impedir Olivia de falar sobre Simon e Graham. Charlie se levantou, apagando o cigarro no cinzeiro da mesa, já cheio de guimbas. Elas mudam e se rearrumam — uma pilha coleante de gordos vermes laranja-amarronzados — quando um novo é pressionado na pilha. Que repugnante, pensou Charlie, perversamente satisfeita com a visão.

No andar de cima, ela se lavou, escovou cabelos e dentes e colocou as primeiras roupas que viu ao abrir o guarda-roupa:

jeans puídos e uma camisa de rúgbi lilás e turquesa com gola branca. Quando desceu, a porta da frente havia sido aberta e Naomi Jenkins e Olivia estavam do lado de fora. Naomi parecia mais relaxada do que em qualquer momento em que Charlie a vira, mas também mais velha. Havia em seu rosto rugas que não estavam ali duas semanas antes. Charlie se esforçou para sorrir, e Naomi fez de tudo para retribuir. Era o que Charlie queria evitar: o cumprimento desajeitado e distorcido, reconhecimento de experiência e dor partilhadas que nunca poderiam ser esquecidas.

— Veja — disse Olivia. Ela parecia apontar para algo na parede da frente da casa, sob a janela da sala.

Charlie enfiou os pés em um par de tênis que tirara dias antes na base da escada, e saiu. Estava apoiado na parede da frente um relógio de sol, um retângulo chato de pedra cinza, de mais ou menos cento e vinte por noventa centímetros, e cinco de profundidade. O gnômon era um triângulo de ferro sólido com uma projeção na forma de um grande rolamento, na metade do ângulo superior. O dístico estava em latim, escrito em letras douradas: *Doce umbra*. No alto do mostrador, ao centro, ficava a metade inferior de um sol. Seus raios projetados para baixo eram as linhas que representavam horas e meias horas: as linhas do tempo. Outra linha — uma curva horizontal na forma de um sorriso inclinado — cortava esses e atravessava todo o mostrador, da beirada esquerda à direita.

— Eu disse que faria um para seu chefe — disse Naomi. — Aqui está. Pode ficar com ele, é de graça.

Charlie estava balançando a cabeça.

— Eu não vou voltar ao trabalho ainda — disse. Se é que vou. — Leve à delegacia, chame o inspetor Proust.

— Não. Eu o trouxe aqui porque queria dá-lo a você. É importante para mim — disse Naomi, tentando olhar nos olhos de Charlie.

— Obrigada — disse Olivia enfaticamente. — Muito gentil de sua parte.

Charlie estava convencida de que a irmã se comportava bem com o único objetivo de fazê-la parecer ainda mais deselegante em comparação.

— Obrigada — ela grunhiu.

Houve uma pausa densa. Depois Naomi disse:

— Simon Waterhouse me disse que você não tinha ideia sobre Graham. Quando se envolveu com ele.

— Não quero falar sobre isso.

— Você não deveria se punir por algo que não foi culpa sua. Fiz isso por anos, e não me levou a lugar algum.

— Adeus, Naomi — disse Charlie, se virando para entrar. Se Olivia quisesse, poderia levar o maldito relógio de sol para dentro. Charlie não ligava. Proust provavelmente já havia se esquecido de que um dia quis um.

— Espere. Como está Robert?

— Na mesma — disse Olivia depois que Charlie não respondeu. — Continuam tentando acordá-lo, mas até agora nada. Continua a ter ataques epiléticos, mas não com a mesma frequência.

— Se ele um dia recuperar a consciência, enfrentará uma longa lista de acusações — disse Charlie. — Ficou claro pelo que encontramos no Silver Brae Chalets que ele estava muito envolvido no negócio de despedidas de solteiro. Dirigia muito e ficava com metade dos lucros — falou. Olivia teria contado tudo isso a Naomi se Charlie não desse sua versão antes. Fora Olivia quem falara com Simon; Charlie ouvira tudo em segunda mão. Ela não queria que Naomi soubesse em que medida deixara de cuidar da própria vida. — Robert gosta de lugares impessoais e anódinos, não? Postos de gasolina, o Traveltel, hospital? Pois bem. A prisão faz o posto de gasolina médio parecer o Ritz.

— Ele merece tudo o que receber — disse Naomi, se virando para Olivia quando Charlie se recusou a olhar para ela. — Assim como Graham. E a esposa.

— Ambos tiveram fiança negada... — disse Olivia.

— Certo, cacete, já basta — cortou Charlie.

— Simon Waterhouse também disse que Juliet passou dias sem falar — disse Naomi.

Dessa vez Charlie ergueu os olhos. Anuiu. Ela não gostava de pensar em Juliet Haworth sentada em silêncio em uma cela. Charlie se sentiria melhor se Juliet ainda estivesse fazendo exigências, provocando todo mundo com quem tinha contato. Juliet também iria passar um bom tempo na prisão, talvez tanto quanto Graham Angilley. Isso não parecia certo.

— O que você não me contou? — Charlie perguntou a Naomi. — Juliet tentou matar Robert porque descobriu que ele conspirara com seu estuprador; disso eu sei. O que ainda não sei é por que Robert deliberadamente se aproximou das mulheres que Graham atacara.

Ela se sentia ser sugada de volta, e se ressentia disso. Naomi Jenkins fizera joguinhos com ela desde o início, e Charlie não estava preparada para perder mais jogos.

Naomi franziu o cenho.

— Eu lhe direi quando tiver terminado — falou. — Ainda não terminou.

— O que quer dizer? — perguntou Olivia. Charlie desejava que a irmã ficasse calada ou, idealmente, voltasse para dentro de casa, onde, com alguma esperança, talvez se lembrasse de que era uma jornalista de cultura, não uma policial.

— Há uma linha de data no relógio de sol — disse Naomi, apontando.

Charlie olhou novamente para a pedra retangular apoiada em sua parede.

— No dia 9 de agosto, aniversário de nascimento de Robert, a sombra do nodo seguirá essa linha exatamente, acompanhará a curva até o fim. Este é o nodo, aqui — disse Naomi, esfregando a pequena esfera de metal com o polegar.

Surgiu uma suspeita dentro de Charlie.

— Por que você marcaria o aniversário de Robert em um relógio de sol e pediria que o desse ao meu inspetor?

— Porque foi quando começou — respondeu Naomi. — No dia em que Robert nasceu. Nove de agosto — disse, repetindo a data. — Lembre-se de olhar caso seja um dia de sol.

Ela se virou para partir com um pequeno aceno. Charlie e Olivia observaram enquanto entrava no carro e ia embora.

33

Quinta-feira, 4 de maio

Vai melhorar. Eu vou melhorar. Um dia ficarei aqui e conseguirei respirar com facilidade. Um dia sentirei coragem suficiente de vir aqui sem Yvon. Eu direi as palavras "quarto onze" em outro contexto — talvez outro hotel, um luxuoso numa linda ilha — e não pensarei neste quarto quadrado com janelas de vidros duplos arranhadas e rodapés lascados. Ou as camas de solteiro coladas com seus horríveis colchões laranja de salão de ginástica, ou este prédio que parece um alojamento universitário vagabundo ou um centro de conferências barato.

Yvon se senta no sofá, brincando com as bolinhas das almofadas, enquanto eu olho para o estacionamento que o Traveltel divide com o Rawndesley East Services.

— Não fique com raiva de mim — peço.

— Não estou.

— Sei que você acha que isto é ruim para mim, vir aqui, mas está errada. Preciso que este lugar perca seu significado. Se nunca mais voltar, ele irá me assombrar para sempre.

— A assombração se apagará com o tempo — retruca Yvon, devidamente contribuindo com suas falas para essa discussão já familiar. — Esta sua peregrinação de quinta-feira à noite está mantendo suas lembranças vivas.

— Tenho de fazer isso, Yvon. Até me entediar, até que vir aqui seja uma tarefa. É o que as pessoas dizem sobre cair do cavalo e sentir medo: você tem de montar de novo imediatamente.

Ela apoia a cabeça nas mãos.

— Isso é tão pouco você, não sei como começar a explicar isso.

— Vamos tomar uma xícara de chá? — pergunto, pegando a chaleira com o rótulo descascado e a levando ao banheiro para colocar água. A uma distância segura de Yvon, eu digo: — Eu talvez passe a noite aqui. Você não precisa ficar.

— De jeito nenhum — ela responde, aparecendo à porta.

— Não vou deixar você fazer isso. E não acredito que seja o que você alega.

— O que quer dizer?

— Você sabe o que Robert é, o que ele fez, mas ainda está caída por ele, não? Por isso quer estar aqui. Aonde foi esta tarde? Quando eu telefonei? Você saiu e não atendia ao celular.

Desvio os olhos para fora da janela. Há um caminhão azul parando no estacionamento, letras pretas pintadas na lateral.

— Eu disse: estava serrando no ateliê. Não ouvi o telefone.

— Não acredito em você. Acho que esteve no hospital, sentada junto ao leito de Robert. E não pela primeira vez. Houve outras oportunidades recentemente em que não consegui entrar em contato com você...

— Tratamento intensivo é uma unidade fechada — digo a ela. — Você não pode simplesmente entrar. Yvon, eu odeio Robert. Odeio de um modo que você só pode odiar alguém que um dia amou.

— Eu odiei Ben assim uma vez, e agora olhe para nós — ela diz, a voz cheia de desprezo por ambas.

— Foi escolha sua dar a ele outra chance.

— E agora é sua ficar com Robert, se e quando ele acordar. A despeito de tudo. Você o perdoará e os dois se casarão, você irá visitá-lo toda semana na prisão...

— Yvon, não posso acreditar que esteja dizendo isso.
— Não faça isso, Naomi.
Um som de campainha vem do meu paletó, que coloquei na cama quando Yvon e eu chegamos. Tiro o telefone do bolso, pensando em amor, em distância de ferir. Graças à minha conversa com seu irmão, na cozinha de Charlie Zailer, eu entendo você melhor do que entendia antes. Descobri sozinha que você queria ferir mulheres, e que precisava que elas primeiro o idolatrassem de modo a ampliar a dor até que fosse insuportável, mas não era apenas isso, era? Sua psicose é como um — como é o nome daquelas coisas? Isso: um palíndromo. Também funciona ao contrário. Amor e dor estão inextricavelmente ligados em sua cabeça — Graham me fez ver isso. Você acreditava que apenas se ferisse e agredisse mulheres, elas iriam realmente amá-lo. O legado da querida mamãe, disse Graham. Por mais que tivesse amado sua mãe antes de ela abandoná-lo, a amou ainda mais depois, não foi? Quando seu pai foi embora e a fez sofrer, foi sua angústia que o obrigou a reconhecer a força desse amor.

— Naomi?

Por um momento, confundo a voz do homem com a sua. Apenas por estar onde estou.

— É Simon Waterhouse. Achei que gostaria de saber. Robert Haworth morreu esta tarde.

— Bom — digo, sem hesitação, e não apenas em benefício de Yvon. Era verdade. — O que aconteceu?

— Ninguém tem certeza ainda. Haverá uma autópsia, mas... Bem, simplificando, parece que simplesmente parou de respirar. Algumas vezes acontece depois de grandes hemorragias cerebrais. O cérebro inchado não consegue enviar ao sistema respiratório as mensagens necessárias. Lamento.

— Eu não — digo a ele. — Só lamento que a equipe do hospital pense que teve uma morte natural e pacífica. Ele não merecia isso.

Seria fácil para mim dizer a mim mesma que você era uma pessoa com problemas, doente, tão vítima quanto suas vítimas. Eu me recuso a fazer isso. Ao contrário, pensarei em você como o mal. Tenho de traçar uma linha, Robert.

Você está morto. Estou falando — dirigindo meus pensamentos — a ninguém. Suas lembranças e justificativas acabaram. Não me sinto empolgada. É mais a sensação de riscar algo de uma lista e se sentir mais leve. Agora há mais uma coisa a riscar e, quando isso tiver sido feito, será o fim. Talvez então eu possa ser capaz de parar de vir aqui. Talvez o quarto onze tenha se tornado o quartel-general de minha operação até o encerramento dos negócios.

Isso supondo que Charlie Zailer se importe o suficiente com encerrar nosso negócio para começar a pensar no relógio de sol que dei a ela.

Como se lesse minha mente, Simon Waterhouse pergunta:

— Você... Desculpe perguntar isso, mas falou recentemente com a sargento Zailer? Não há motivo para que tenha feito isso, é só que... — diz, e a voz morre.

Sou tentada a perguntar se ele viu o relógio de sol. Talvez a irmã de Zailer o tenha apanhado e dado ao inspetor que o queria. Gostaria de um dia passar pela delegacia de Spilling e vê-lo ali, na parede. Fico pensando se deveria mencionar algo sobre o relógio a Simon Waterhouse. Decido que não.

— Eu tentei, mas acho que Charlie não quer falar com ninguém no momento. Exceto Olivia.

— Tudo bem — ele diz, e a voz murchando me diz muito claramente que não está.

34

19/5/06

Charlie estava sentada a uma mesa junto à janela no Mario's — um pequeno e barulhento café italiano na praça do mercado de Spilling — para poder vigiar a rua. Ela veria Proust antes que entrasse, o que lhe daria tempo para se compor. No quê? Realmente não sabia.

Aquela não era a primeira vez em que saía de casa desde a volta da Escócia — Olivia a obrigara a dar a volta no quarteirão e ir à loja da esquina com alguns dias de intervalo, alegando que seria bom —, mas era a primeira vez em que saía sozinha, para um lugar de verdade, de modo a encontrar alguém. Mesmo que esse alguém fosse apenas o Homem de Neve.

O relógio de sol de Naomi Jenkins estava apoiado na parede do café, atraindo olhares confusos, e alguns de admiração, de garçonetes e clientes. Charlie desejava tê-lo embrulhado, mas agora era tarde demais. Ainda assim, pelo menos era para o relógio que todos olhavam, e não para ela. Temia o dia em que alguém na rua apontaria para ela e gritaria: "Ei, é aquela policial, a que transou com o estuprador." Charlie decidira deixar o cabelo crescer para não ser reconhecida. Quando estivessem mais longos, poderia tingir de louro.

Proust estava na sua frente; se esquecera de vigiá-lo. Na maioria do tempo, pensou, o mundo real poderia muito bem não existir. Ela mal ouvia o CD de árias famosas de ópera que ensurdecia todos os outros no Mario's, ou o exuberante acompanhamento vocal alto e desafinado do dono detrás do balcão. O universo de Charlie fora reduzido a alguns poucos pensamentos sofridos que se repetiam interminavelmente em sua cabeça: por que eu tinha de conhecer Graham Angilley? Por que fui idiota o bastante de ter uma queda por ele? Por que meu nome está em todos os jornais e noticiários enquanto o dele é protegido pelo anonimato? Por que a vida é tão injusta, cacete?

— Bom-dia, Charlie — disse o inspetor, desconfortável. Carregava uma grande brochura, aquela sobre relógios de sol que Simon comprara para ele. Ele nunca antes chamara Charlie pelo prenome. — O que é isso?

— Um relógio de sol, senhor.

— Não precisa me chamar de senhor — disse Proust. — Estamos em um café — acrescentou, como se fosse uma explicação.

— É seu, de graça. Nem mesmo o superintendente Barrow pode fazer objeções a isso.

Proust pareceu descontente.

— Grátis? Foi Naomi Jenkins quem fez?

— Sim.

— Não gosto do dístico. *Docet umbra*: a sombra informa. É superficial demais.

— É isso o que significa?

Claro. Charlie deveria imaginar que as palavras eram significativas.

— Quando você vai voltar? — perguntou Proust.

— Não sei se vou.

— Você tem de superar isso. Quanto mais cedo você deixar isso para trás, mais cedo todos esquecerão.

— Mesmo? Se um dos meus colegas dormisse com um famoso estuprador em série, eu não acho que iria esquecer.

— Certo, talvez as pessoas não esqueçam — disse Proust, impaciente, como se fosse um mero detalhe. — Mas você é uma boa policial e não fez nada de errado.

Giles Proust, determinado a permanecer otimista? Isso era novidade.

— Então por que o inquérito oficial? — Charlie perguntou.

— Isso não foi decisão minha. Veja, antes que você perceba estará encerrado. Aqui entre nós dois, é só uma formalidade, e... Você tem todo o meu apoio!

— Obrigada, senhor.

— E... Todos os outros... Também querem...

Evidentemente o Homem de Neve não sabia como tocar no assunto de Simon. Ele brincou com o punho da camisa, depois pegou o cardápio e o examinou atentamente.

— O que Simon Waterhouse pediu que dissesse? — perguntou Charlie.

— Por que não quer vê-lo? O homem está arrasado.

— Não posso.

— Poderia falar com ele pelo telefone.

— Não.

Sempre que o nome de Simon era mencionado, Charlie sentia que iria perder a compostura.

— E-mail? — tentou Proust, suspirando. — Volte ao trabalho, sargento. Os primeiros dias poderão ser desconfortáveis, mas depois disso...

— Não desconfortáveis. Um pesadelo. E depois disso, os dias seguintes serão um pesadelo. Todo dia será um pesadelo até eu me aposentar. E mesmo então... — disse Charlie, depois parando, se dando conta de que a voz começara a falhar.

Proust falou.

— Não passo sem você, você sabe.

— Talvez precise.

— Bem, não consigo! — disse. Ela o deixara com raiva.

Uma jovem garçonete loura com uma tatuagem de borboleta no ombro se aproximou da mesa.

— Posso trazer algo? — perguntou. — Chá, café, sanduíche?

— Vocês têm chá verde? — perguntou Proust. Quando a resposta foi não, ele tirou do bolso do paletó um saco de chá embrulhado em papel.

Charlie não conseguiu deixar de sorrir enquanto a garçonete partia, carregando o pequeno pacote longe do corpo como se fosse uma pequena bomba-relógio.

— Trouxe um consigo?

— Você insistiu em me encontrar aqui, e temi o pior. Ela irá colocar leite e açúcar, sem dúvida — respondeu, depois voltando a atenção novamente para Charlie. — Por que pediu que trouxesse isso? — perguntou, dando um tapinha no livro na mesa.

— Queria que olhasse uma data para mim: 9 de agosto. Quando estávamos conversando sobre o presente de casamento de Gibbs, o senhor disse algo sobre a linha de data em um relógio de sol: que ela representa dois dias de cada ano, não apenas um. É isso mesmo, não?

Os olhos de Proust apontaram na direção do grande bloco de pedra e metal apoiado na parede. Olhou para ele por alguns segundos, depois de volta para Charlie.

— Sim. Cada data tem um gêmeo, digamos, em algum outro momento do ano. Nesses dois dias, a declinação do sol é exatamente a mesma.

— Se uma dessas datas for 9 de agosto, qual é a outra? Qual é o gêmeo?

Proust pegou seu livro e consultou o sumário. Passou para a página em questão. Olhou para ela por um longo tempo.

— Quatro de maio.

O coração de Charlie deu um pulo no peito. Ela estivera certa. Sua ideia maluca não era nada maluca.

— O dia em que Robert Haworth morreu — disse Proust objetivamente. — Qual o significado de 9 de agosto?

— O nascimento de Robert Haworth — respondeu Charlie. O que Naomi dissera? *Porque foi quando começou. Ainda não acabou.* Ela também dissera isso. Mas agora sim. Robert Haworth estava morto. Seu aniversário de nascimento estava geminado à data de sua morte, juntos para sempre, na linha de data daquele relógio de sol diante de Charlie.

Docet umbra: a sombra informa.

— Naomi fez isto antes de Robert morrer — disse Charlie.

— Morte natural, por falência pulmonar — lembrou Proust.

— Essa foi a conclusão do inquérito.

O chá verde dele chegou. Sem leite nem açúcar.

— Acho que vai ficar muito bonito na parede de nossa delegacia — disse o Homem de Neve, farejando sua bebida cautelosamente, depois tomando um gole. — E, considerando minha colossal carga de trabalho, poderei muito bem estar ocupado demais para notar, em 4 de maio do próximo ano, se a sombra do nodo estiver na linha de data. E mesmo que não esteja ocupado demais e me lembre de olhar, o dia poderá estar nublado. Se não há sol, não há sombras.

Será que isso significa, pensou Charlie, que se há muitas sombras precisa haver uma fonte de luz em algum lugar?

— Há muito pouca justiça humana neste mundo — disse Proust. — Gosto de pensar na morte de Robert Haworth como um elemento de justiça natural. Seu corpo desistiu da luta, sargento. A mãe natureza corrigiu um dos seus erros, apenas isso.

Charlie mordeu o lábio.

— Com uma ajudinha — grunhiu.

— Bastante verdade. Juliet Haworth certamente contribuiu para o resultado.

— E ela irá tombar por causa disso. É justo, senhor?

— Ela atacou Haworth no calor do momento. Será tratada com simpatia — disse Proust, suspirando. — Volte para sua equipe, Charlie. Você não irá mudar minha ideia sobre qualquer coisa relacionada a trabalho em um café lotado e barulhento. Não consigo pensar direito com *La Traviata* guinchando ao fundo.

— Vou pensar nisso.

O inspetor anuiu.

— Basta por ora — disse, se inclinando para frente e passando os dedos pela superfície de pedra lisa do relógio de sol. — Eu tinha escolhido meu lema, sabe, para o relógio de sol que queria. Antes do superintendente Barrow estragar tudo. *Depresso resurgo*.

— Soa um pouco deprimente — disse Charlie.

— Não é. Você não sabe o que significa.

Como poderia ela não perguntar, com ele sentado ali como um colegial que fizera o dever de casa, tão evidentemente ansioso para contar.

— Bem?

Proust engoliu o resto do seu chá.

— Eu pouso, depois me elevo novamente, sargento — disse ele, mantendo os olhos em Charlie enquanto erguia o saquinho molhado da xícara com a colher. Segurou no alto, um gesto de triunfo. — Eu pouso, depois me elevo novamente.